U0458583

新版

西游记前传

致宁——著

上海三联书店

序

《西游记》恢宏壮阔，富含哲理。故事发生的背景十分广阔，涉及天地海、囊括儒释道，仙灵魔怪、人神鬼精、帝王将相，在大一统的前提下，多方深谋远虑，运筹帷幄，决胜千里。

故事的背景缘由复杂而深奥，引人深思。如为什么在一个表面完备的体系下会发生取经这样搅动各方利益的大规模行动，为什么三界最高统治者全力支持取经而又不直接派遣人员加入取经队伍，为什么会选择师徒四人，为什么一个没有任何法力的人会入选路途满足妖魔鬼怪的取经行动，为什么一个经常要散伙的人会进入人员挑选条件极为严苛的取经队伍，选择大唐作为目标究竟是因为什么，等等，这一切都有着深层次的原因。

在《西游记》当中，虽然没有对所处世界背景体系及其诞生的过程进行详细的描述，但这一体系对于《西游记》里故事的发生发展有着深刻的影响。三界系统是如何建立和运作的，发生搅乱地界和大闹天宫的事件时这套体系会怎样进行处理，哪些人员参与，以及处理的结果会是怎样，都与这套体制所基于的思想和现实条件有着密不可分的关联。在这样的条件模式下，人们寻找各自的着眼点，指导行为方向。

《西游记》中有许多暗藏的谜团：神秘的菩提祖师是什么来历，他为什么要培养并赶走孙悟空，且要隐藏身份，这和闹天宫有没有内在的联系？取经真正的获益者以及目的是什么，又触及了其他哪些人的利益？取经的时机选择有什么奥妙，之前进行了哪些安排，这些安排又涉及了怎样的智慧和谋略，牵涉到了哪些方面，各方又是以怎样的态度和方式对待，为什么会是这样，出于怎样的考虑，这些又和取经过程当中所遇到的人和事有着怎样的关联，所涉及的各方的命运是否已经提前做出安排？《西游记》里提到的功果究竟因何让参与其中者为之豁出性命？

此外，诸如：诞生孙悟空的那块灵石是怎么来的，水帘洞在孙悟空进去之前的主人是谁，唐僧的前世金蝉子是怎样加入佛门的，佛门是如何产生向东拓展之心的，阻力和动力究竟来自何方，为什么降服闹天宫的孙悟空要舍近求远专门去请如来，唐僧和孙悟空的命运究竟有多少是由他们自身掌握的，天蓬元帅为什么要骚扰嫦娥以至于被贬下界，沙僧仅仅打破一只玻璃盏就要受到贬黜以及飞剑穿心的酷刑是为什么。甚至，地仙之祖为什么要和一个护送佛门取经的使者结拜，文殊的青狮一口吞了十万天兵是什么起因，大鹏怎么和他们走在了一起，红孩儿一个妖怪为什么能够指使天庭下属的神职人员，取经路上遇到的妖魔鬼怪又是怎样来的，等等，这些看似独立而又神秘的事件却可能有着深层次的关联。

一切皆是有因果。这些人物和事件的来历以及背景和它们之间的内在关联都将在这部作品当中进行系统而完整的阐述，展现一个西游之前的精彩世界。

目 录

第一章　一元初始大道生　天地开辟万物成

无尽虚空生一元，万物自此初始现。

元始汇聚大道法，太极之形宇宙间。

盘古开辟成天地，老君受命大罗仙。

神佛西游有起源，须看西游之前传。

宇宙万物生成之前，一片虚空，无始无终，无前无后，无上无下，无长无短，无大无小，无明无暗，也无冷无热，是后来所生之物不能描述的形态。

就在那无尽的过去之一刻，不知具体何时，也不知具体何处，后人概算约距今十万八千劫之时，无尽黑暗静寂的虚空之中，陡然生出一元。此元初始时既无尺寸大小，也无方向空间，但变化却极为迅速，在初生的一瞬间便立刻向四面八方演化，其速度之快、变化之巨，无以描述，只从表象显现瞬间从无到有，喷薄而出，同时伴随生出无数光华，继而向八方扩散，呈现极亮、极热之形态，此谓之为：一元初始。在此一元初始的过程中，未来生成世界万物的物质便已俱备其中，只是形态初始，若要成万物之形，还需经历许久的逐步演化。

一元已初始，随即"道"亦生成，"道"，就生于这无尽虚空中产生的一元诞生的一刹那之间，万物初生则道即生，万物泯灭则道即无。什么是"道"？道既是天地万物所因循的法则，因此其后从一元中所生所化之万物皆以"道"来，皆遵从"道"之法则。

在此之后，由初始一元而进一步衍生，迅即遵循道之法则生出无数万物之初相，并产生出空间之大小，同时也有了时间的初始，从此，世上便有实有空，有始有终。

伴随初始的世界诞生的是元始之神，其真身为宇宙的化身，元神汇聚的是宇宙的大道，其拥有的是运转整个世界的力量和法术，后人称其本尊以及化身为"元始天尊"。

在一元初始瞬间从无到有之后，世界又经历了许久的黑暗与混乱，又不知过去多少劫数，一元生出的初始之物开始演化出无数虚实之物，那无数虚实之物继而又分离汇聚，再次放出耀眼的光芒，宇宙脱离了彻底的黑暗，光明重现。又经历了无数劫，万物在元始体内汇聚成为无数太极之相，太极之相外为一圆，内为二元环绕之形。太极之内，容有万物，展现万千变化，无以计数。太极的化身名为"太上大道君"，太上大道君传承元始大道，以太极之形循迹于宇宙之中，历经万劫演变，有千万万化身。

太极之外形不变，而其内则是无穷无尽不断演化变迁的万象，万象之初皆是混沌一团，虽有实形，但无法区分内部之详细形状。无数的混沌相乃是一团团气相，其中有一相尤为特别，在此相之中，表面虽然也是混沌一片，但冥冥之中却孕育着一个神灵。此神灵与众不同，既有元神也有骨肉、精血，是灵动之物，而非固化之体，只是神灵刚刚孕育于混沌，尚是雏形，且在无意识的沉睡之中。这神灵乃是元始天尊本体之中育有混沌灵气，以先天之气化成。

神灵不停生长，逐步幻化成形：有首有尾，有四肢，有躯干，骨肉精血完备。孕育神灵的混沌相为一内外圆浑相，内为浊气积聚，外为清气包裹，神灵于此混沌相之中心，因循大道灵气，静静沉睡、生长，在太极中前行，又历经了无数劫。

约三万五千劫以前，混沌中的神灵生长完全，形神皆成，有了意识，继而苏醒。刚刚苏醒的神灵睁眼观望，见四周唯有一片混沌环绕，全为气雾包裹，迷茫空虚，静寂无声，备感无比枯燥孤独。这神灵与固化之物不同，天性有着对生机的向往，那孤寂的世界无光、无物、无声，终不是其精神与肉体的归宿，在许久孤独的思考之后，神灵终下定决心，要将自己的元神和身躯幻化天地万物，以现生机。其躬身而起，由蜷缩而站立，那周身清浊之气立即被分散开来。清气上升，化作为天；而浊气则下沉，化作为地，天地遂逐步分开。神灵没有停息，手托上天，脚踏大地，不断生长，天地也在他的托举下逐渐远离，终有一刻，神灵耗尽了所有的气力，再也不能伸展，轰然倒下，由此定下天地万万丈距离。其元神、气息和躯干分别化作世间仙神、诸物。后人称谓此神灵为"盘古"。而此开天辟地之举是为"开劫"。从此，此界的天地劫数纪元开启，开始了一个演化无数生机万物的世界。

而后那生成的天地元神精灵之气又分别凝结幻化：天之元神精气化为伏羲；地之元神精气化作女娲，均是蛇形之身，因是从混沌融合的一体天地而来，故原本为一家。

盘古倒下，盘古的元神、躯体和气息则幻化出五行、万物、气象，以及执掌之神。

元神其一化为：蓐收，掌五行之金，遍体金光，神采奕奕；

元神其二化为：句芒，掌五行之木，浑身青翠，生机勃勃；

元神其三化为：共工，掌五行之水，满身粼光，清冷恣意；

元神其四化为：祝融，掌五行之火，周身赤红，灼热猛烈；

元神其五化为：后土，掌五行之土，通体浅黄，慈祥端庄。

盘古之躯化为天地各物：眼化日月，从此日月升落，循迹于天顶，开始有了光明，只是日月升落尚没有规则，不知何时日升，何时日落，又是从何方而升落；四肢五体化为五岳，脊梁化成一座万丈高山，名为"昆仑"；骨骼化为山，肌肉化为土，毛发化为草木，血液化为河流大海，四海环绕大地，大地上蜿蜒的江河如盘古的血液般奔腾不息。盘古的呼吸化为风，吹拂万物；声为雷，惊天动地；呵气为雾，挥汗成雨，滋润着世间的花草树木。自此，五行、万物、风雨雷电皆有归属，只是尚未有序。

初始的大地是一个整体，祖脉初成，脊为昆仑，那昆仑山气势磅礴，蔚为壮观。山上仙草、灵木繁多，天地初始仙草仙木中有一芭蕉，一紫藤，那芭蕉高枝阔叶，碧绿直迎日月；紫藤遒茎盘干，萦绕曲向天空，都是天生仙物。

　　各类奇花异草中有一最为奇特者，乃是一棵人参神树，这人参树是天地第一个结果繁生的神木，所结之果食之可令万物长生。人参树孕育于混沌之中，生于大地之根，大地之根位于东海海中一座仙山，那山丹崖奇峰，峭壁异石，山上青葱盈翠，溪瀑潺潺，多有花果，每见彩凤、飞龙、麒麟腾跃，百川汇聚，奇花异草遍地，亦是十洲三岛之祖脉。十洲三岛皆是远离尘陆的渺渺仙境，此山与其皆相通连。大地之根处，汇大地之灵气，通四海达千山。伴随地之初生，大地之根的元气凝聚，诞生一仙，是为地仙之祖，因与天地同生，故而又名"与世同君"。人参树与那地仙之祖生于一处，被其精心看护种养。

　　除却花草树木，还有那万千种生灵，天空之中有凤凰，陆地之上有麒麟，海水之内有神龙，龙生九子而各有不同。又有那虎豹豺狼，牛鹿猪羊，蛇蝎蛙鼠，飞鸟鱼虫，更有那诸多形态各异之神兽出没。天地初生时的生灵皆是各物之祖，飞禽之长为凤凰，金身雀尾，鸣声千里；走兽之长为麒麟，头顶长角，周身金鳞，四足生风，身躯威武。正所谓：鸟从鸾凤飞腾远，兽随麒麟越崇巅。

　　至此，盘古开天辟地，天地因循大道开劫生成，有了世间万物，也便有了诸事的发生。

　　万古长存不灭之元始天尊，每到开劫，天地初开之时，便会化身显形来到开劫之界，传承大道。天尊见此太极中盘古界业已初开，便携太上大道君伴随万道金光，驱动真形，来在此界。先观此界情形，只见上有青天日月，下有厚土大地、江河湖海、走兽飞禽、花草树木等生灵，确为一片勃勃生机之地。真个是：千般山水成大地，万种生灵显生机。

宇宙虽为宏广极，此处亦是甚为稀。只是此时此界虽然有万物，但尚处混乱无序之中。因见有生灵生机，于是元始天尊准备传道法于此界，以令万物归宗，有规有序。

元始天尊所在的是三十六重大罗天界之处，天尊随即施展无上法术顷刻间生成两座仙府作为居所，分别为：位于三十五重天上玉清境之中的玄都玉京府，元始天尊居于此紫云之阁、碧霞之宫；三十四重天上上清境玄都玉京仙府，来在此界的太上大道君真形被元始天尊命名为灵宝天尊，居于此间。两座府邸皆是金雕玉砌，霞光瑞彩。

安置完毕，接下来便要传道授法，元始天尊先是命灵宝天尊造一处传讲道法之处。灵宝天尊遂在所居上清天生成一座辉煌的宫殿，只见此殿：高屋飞角，通体庄严，上盖七七四十九层七彩琉璃瓦，门前九九八十一级无瑕白玉阶，金砖铺地，紫金为柱，乌木玄窗，内有雕花桌台，外有仙木林立，四周开奇花缤纷、结异果累累，遍地仙草依依，四周紫气萦然，仙云缭绕，绵绵不绝，通体金光漫漫，与日月同相辉映，与天地浑然一体，元始天尊将其命名为"弥罗宫"。

弥罗宫气势不尽恢宏，仙神之气韵十足。两位天尊来在宫中，元始天尊汇集宇宙大道，因循太极之法，幻化出此界的第一神尊，准备将天地大道之法传与新神，由他在未来掌管和治理此界。

此时元始天尊坐在宫中高台之上，身着太极法衣，金丝银线，间有光辉，神情祥和泰然，目光深邃悠远，面目凝而不重，灵宝天尊在座下陪伴。新生神亦是着锦绣仙衣，天生仙体气度不凡，一见二位天尊，上前拜见。三神互相见礼已毕，新生神落座，元始天尊便开始了传道授法。

元始天尊身怀大道，厚重沉稳；灵宝天尊太极显相，规矩庄严；新生神凝神听法，面有生机。元始天尊开口道："我见此界开劫，多有生气，每每开劫之地，必将由乱入序，因此来在此界传大道之法，你便是此界道法的传承护佑者，待你学成之后，依据道法治理此界天地，因循太极，浑成有序一体。"新生神点头称是道："谨遵元始天尊之命。"

元始天尊稳坐云台，头顶绽放金光，目沉诸界，传法由内，引思于外，口吐莲花，亘古之大法，首开此间。所讲是何道法？乃是常人甚至是后世之金仙皆不能听得的依据此间太极之形神因果所生成的"大乘混元道法"，都有：天地万物来历构成，所始所终，所生所克，所长所短，所依所属，诸事之理，诸物之由，乃至各种治理之法，是为安定未来之三界天下所依据。得到此道法者自然掌控天地三界，不一而足。元始传道，有说有问，有讲有答。

元始天尊讲大道，太极化身灵宝天尊则依据元始的大道，说太极之法：世界由无极而生一元，一元而生太极，太极分而不离则存，合而互消则灭；依太极之法生阴阳万物，万物消长因循大道；大道有规有序，万物因而循规、成矩。

而后天尊又让新生之神发问。因是为此界之道而生，新生神因而先问此间万物："万物因何而有，因何而无，因何而长，因何而消。"再问生灭："万物因何而生，因何而灭，因何而去，因何而还。"又问："万物因何成规，因何定矩，因何而聚，因何而从。"元始天尊皆一一解答。

太极大道，浩浩汤汤，宏广深奥，无所不有，无所不包，即便是讲解给神灵听也得九九八十一天，方才能讲述完全。那底下听讲的新生神灵，专注聆听，仔细牢记，感天地造化玄妙无比，听元始所讲之道，时时顿悟。

上清天弥罗宫中，元始天尊传讲大道，灵宝天尊解说太极，九九归真，不觉八十一天之后，新生神得传了完整的太极大道大乘混元道法，此时已非当初那般仅有仙体而无仙法，心中已有大道法术，只待修行圆融，成就上神真身。元始天尊见其已悉数听得太极大道，便问道："我的道法已全数传与你，你意欲如何治理此界？"新生神见天尊有问，答道："天地之相，应因循大道之德而有序，我欲令此界生灵皆循道有德，以令天下安生。"元始天尊听了点头道："因你是此界而生，想必是感知了此界之本相，乃是此界因循本性的归宿，那我就给你起个法名'道德'，专为在此界护道。"新生神得法名，向天尊行礼致谢，从此称"道德天尊"。

后又统称此三位天尊为三清，是为：玉清元始天尊，上清灵宝天尊，太清道德天尊。

元始天尊又问那灵宝天尊："你对此有何看法？"灵宝天尊道："世间一切皆道法自然，有序则自然循序，无序也是循序自然，循规与不循规者亦是如此。"元始天尊听灵宝天尊此一说，也点点头道："灵宝可在此界传道于众生。"

接着元始天尊又施展无上大法，汇聚天地九阳真气，生出一位真神：太乙天尊。太乙者，太一也，出世便有上圣慈瑞之相。

太乙天尊在金光瑞霭中显形，见了元始天尊下拜，又向另二位天尊行礼，灵宝和道德天尊还礼。元始天尊道："我观此界，宜以仁德者为天帝，我化太乙天尊，令其为天帝，代表众生心中的上天之意，你二者须因循大道之法辅佐天帝共同治理，以使之传承。我之道已然尽皆讲述完毕，真神将回归本位。"说罢，元始真神化作一道金光，只化身留在此界。

灵宝天尊、道德天尊和太乙天尊领命拜别元始真神。

第二章　世间无序需归正　仙神传法欲大统

　　道德天尊得道，天帝已立，灵宝天尊施展法术，在三十三重天太清境中建立兜率宫府，供新生上天护道神圣道德天尊居住。又在九重天上设立一座灵霄宝阁，供天帝议事，后有寝宫。灵霄阁虽然不大，但通体紫霞金光，瑞气笼罩，乃是一座精致的灵仙之阁，其他三位天尊各自居于自己宫中，而弥罗宫则专为几位天尊听讲大道法之地。太乙天尊谢过灵宝天尊，自此便在灵霄阁中行天帝之职。

　　天帝初立，太乙天尊奉元始之道，招来三位先天神祇，分别交付使命，乃是：中天北极紫微，总领众星，掌管日月星辰，令日月有序；南极长生，总领万灵；勾陈上宫，安定南北两极。安置完毕，上天遂渐显有序。

　　道德天尊初得道法，潜心修行，得以日渐精进。

　　上清天上八十一天，世间已过万千年，春、夏、秋、冬四季依序轮回交替，万物规律生息。山河湖海万物繁生，花草树木，鸟兽鱼虫，呈现出勃勃生机。其中又有因天地造化得天地日月之灵气而幻化成形者，是为妖。此时的地界，妖类滋生繁衍，天空海上有大鹏、蛟龙，森林山川有兽怪、鱼精，数量也伴随生灵逐渐众多，遍及各处。

　　一日，三天尊在灵霄阁议事，太乙天尊居中而坐，灵宝和道德天尊就座两旁。太乙天尊开口道："今请二位天尊前来，是为商议地界妖类众多，尚且未有管束之事。那妖类虽是灵动，却无有灵性，因自在天生，故无拘无束。有温顺喜静，也有凶恶好斗者，或独行，或成群，有些也颇具神力，每每是你争我夺，皆浑然不知敬天礼神，处于混乱无序之中。我巡查地界时感触颇深，认为需加以管束教化。遂请二位天尊聚首，共同商议此事。"灵宝天尊点头道："现今世界，诸神随意而为，万物滋生，有得天地精华者化为妖身，也是天生随性，无有善念，爱妄动，不知礼敬上天，确需教化。"道德天尊时时关注天下状况，听罢也道："自打开辟以来，诸神各自而立。众生无序，其中不乏有性情凶恶胡作非为者，且有法力，却皆没有敬神之心，恐将来难免生乱，做出有违天意之举。世间本应因循有序，故此是要加以约束，令其知序明理，祭天供奉，听从天帝管辖才是。不知太乙天尊意欲如何？"

太乙天尊听罢道德天尊一番话道："此事正当迫切。世间混乱之形态，乃治理尚且缺失所致，我等既已奉元始天尊大道之旨执掌天地，本应担负起管束之责。那地界成精之妖数量已是众多，遍及各处，且甚为愚顽，又有好争斗之本性，一旦发生变故，做出逆天意之事，威胁上天，届时将无以收拾，须及早整治。妖类众多，教化不易，恐耗费时日，故单凭你我几个无暇顾及全部，需是在地界寻些得力之选代为整治。"道德天尊闻听太乙此言便问："不错，但不知是否已有安排？"太乙天尊道："尚且没有详细安排，故而请两位天尊前来商议。"

灵宝天尊此刻道："这个不难，我去其中挑选一些，传其道法，命其统领那些地界成精的生灵便可。"太乙天尊一听有理，不禁点头，一旁道德天尊却是摇头，太乙和灵宝天尊见其似乎有疑义，太乙便问道："道德天尊对此有何高见？"道德天尊道："能统治如此众多妖类者，须是非同一般，只有仙灵方可。而自天地开辟以来，仙神皆是先天精气所化，屈指可数，各有其位，一时无更多神灵生出。那地界生灵，本有共性，从中料难挑出所需之选，助上天统领苍生。况又无法确保所选中者一定会听命。"

太乙天尊闻道德天尊此言便问："那依照你的意思，该如何是好？"道德天尊回答道："依我之见，还是新打造的为好。因是应心所造，既可保其天生具有仙性，又必可听从使命，此乃是两全之策。不知灵宝天尊意下如何？"灵宝天尊道："此法虽好，不过也有不妥。一是打造仙灵之体亦难保一定成功，二来即便打造而成也仍需教化，至于其将来是否一定听命倒也没有定数。"灵宝天尊坚持自身的看法。

太乙天尊见两位天尊各执一词，似乎都是在理，一时间拿不定主意。思索片刻后，对两位天尊道："二位所说皆是有理，一时孰优孰劣难以断定，我看不如这样，两位各自按照自己所说的方法分头行事，哪个成行，就依哪个，若都得成，那是再好不过，二位看如何？"灵宝和道德天尊互相看了看，同时点头道："好，就依此行事。"太乙见二位认可，便安排详细，告诉两位天尊："但且需要相助，尽可提出。"灵宝和道德天尊谢过太乙天尊，就此议定，相互辞别，分头行事。

先且不说那道德天尊如何去打造仙灵，灵宝天尊出灵霄阁之后，随即前往下界寻找可堪教化之徒，同时也准备要对世间生灵进行启蒙。

来在了地界，灵宝天尊放眼望去，见那广袤山川已因日月照耀，雨露润泽，滋养出花草连片，绿树成林，生灵遍布。山林之间，飞鸟穿梭，走兽腾跃，一派生机盎然，却不见些许妖类的踪影。原来那妖类生性机警，且好在阴暗之地躲藏，故而难见踪迹。灵宝天尊知是其秉性，心中早有打算，故此并不急切。驾祥云，运金光，来在昆仑山的山巅之上，至琼崖开阔之地，见正有一瑞兽在卧，远远望去，一团祥云环绕，锦鳞生辉，金角玉蹄，狮头龙尾的，正是那兽中之首麒麟，乃是天尊心中首选。

灵宝天尊收金光祥云上前，麒麟见是有上神前来，立起身相迎。天尊点头相见，对其直言道："今有地界妖类四生，无有管束，未听教诲，不敬天地，易生祸乱，你乃兽中之首，可愿协助上天统御这些妖类？"麒麟听天尊所言，方知原来是为此事而来，略加思索，开口道："地界生灵各有秉性，天地当任由其驰骋，我亦是如此，况且群兽尊我为首，我无意统领群妖，还请天尊另寻恰当之选。"灵宝天尊见麒麟无有此意，知是自然之道，只点点头，未作停留，告别转身而去。那麒麟昂首扬须，一声长啸，送别天尊。

离开麒麟之地，灵宝天尊一路思索前行："想那麒麟乃是地界灵物之长，本是统领地界生灵的上佳之选，只可惜其无意为之。"虽是有遗憾，但也无碍，天尊早已备有他法，便睁慧眼四下观瞧，凡见有群妖聚集之处，灵宝天尊便明暗之中仔细观察，看有无可选之材，尤其是那些群妖之首，天尊都着重留意。

妖精虽然数量众多，但皆由无灵性的草木鸟兽所化，自打成妖之后，便在天地间恣意放纵，野性根深，冥顽不灵，甚至不易接近。天尊在那山海之中、林草之间挑选了些稍具灵气已成妖形的鹏、蛟、狮、猿、虎、豹、狼、虫，聚拢来，在洞天府地，试着以道义开启其听从教化之心、尊天敬神之意，再在其中择有悟性者，传其修行之道和一些法术，看看能否选出可堪重任者。

灵宝天尊虽秉承有教无类之师传之心，却怎奈这些个凡间精怪却难以得其要领。有的虽习得了一些法术，但却任意成性，反倒相互之间争斗，皆不愿听从管束。灵宝天尊在地界多日所遇皆大同小异，难以达成所愿。见自己的设想始终无果，堪堪就要落空，天尊不禁有些失落。怅然间，想起同他一起分头行事的道德天尊，不知其现在何方，结果如何？或许他的自造仙灵之法才是可行良方。灵宝天尊边行边想，继续找寻，忽然计上心来："既然已经成形的妖类性情已定，难以教化，何不在尚未成形的生灵当中择其有灵性者进行点化，再加以教诲，岂不也能合乎心意？"灵宝天尊一番斟酌之后，更觉此法可行。主意已定，心中一扫这些日的郁结，不禁欣喜，仙步也变得轻快。

点化未成形的生灵，须是挑选有先天灵性的才是上佳之选，哪里有此种灵性之物？地界还属昆仑仙山。那昆仑山本是盘古脊梁所化，灵兽、仙木众多。灵宝天尊几经搜寻比对，终在昆仑山上选中一株菩提神树，此树生于天地之初，立于昆仑山巅，汲取天地日月精华，早有灵性。天尊来在树下，见那菩提树高百尺，干劲枝遒，根深叶阔，迎日而上，遍体灵光，知是非凡之木，遂不耽搁，即刻施法点化。因早有灵性，一经天尊点化，菩提树随即成形，有了自如之身，见天尊倒身下拜。天尊心中喜悦，将其搀起，仔细打量，见其面色沉静、心绪笃实，仙性遍体，心下满意，遂将自己此次前来的目的告之："我乃是上天之神灵宝天尊，此行的目的是找寻合适之选为上天统领地界生灵，如你愿意，我可传你修行法力，待你有成之时，便可担当此重任。"菩提树一听是天尊上神，且欲传其法力并委以重任，不尽欢喜，满口应允："决不辜负天尊重托。"

灵宝天尊高兴，遂以树为名，为其取法号"菩提"，传其道法。那天尊有天罡三十六变，地煞七十二化绝技，又集元始天尊大道和此界之要成《黄庭经》，是为其主要道义。天尊将那上天入地七十二般变化之术的口诀传与菩提，菩提十分具有悟性，心性又笃实，遇此难得机遇，更心无旁骛，谨记在心，勤加练习。未久，菩提便可以腾云变化，山海遨游。只是未及深厚，但历经时日，依法修行不辍，便自不断增长。天尊又与其讲解黄庭之道，菩提更显大彻悟之性，一点即通，遂得《黄庭经》之玄妙。

就这样，七七四十九日之后，灵宝天尊见菩提已得精要，满心欢喜，只因此行目的尚未完全达成，便叮嘱菩提："你已习得了我法术的精要，将来会安排你统领地界草木成精的生灵。"菩提点头。灵宝天尊又道："只是这世上生灵众多，我还要继续寻找其他合适之选，今后你便自己勤加练习，待你修炼达成之时，我会再来寻你。"菩提应允，灵宝天尊便自离去。菩提虽然不舍，但不敢违背天尊之意，惜别天尊，自行修炼不提。

天尊见此法果然奏效，便继续依此行事。那菩提乃天生木本之体，将来待其修行得成可安置其统领草木山石成精者，而统御兽类成精的，天尊则认为要在兽中挑选才是上佳。

天地初生之上古，虎豹狮狼等诸般猛兽成精，有非比寻常之威，灵宝天尊先是在其中遴选。怎奈此类猛兽太过凶顽，野性难驯，不服管束，只好放弃。天尊又在诸般灵兽之中左挑右选，终选中一只白牛，乃是牛之祖兽，即天地第一只牛形。那白牛身形巨大，肩高数丈，头顶一对长角，威武雄壮，力大无比，虽力大善斗却不与百兽争，生在昆仑山中，因食仙草，逐渐成精，有了灵性，恰遇灵宝天尊。天尊观其可堪教化，便将其点化成形。白牛被点化之后，果然拜谢。天尊于是说明来意，白牛表示愿听从天尊教化安排，灵宝天尊便将其收归门下，并传其法力。

那牛祖不同于菩提，天生灵动，没有菩提的沉静心性，只是好学法术，却无心习经。灵宝天尊知其天性，便只传了其法术，那白牛却也用心，亦学会了天尊所授的七十二般变化，也能上天入地。天尊得了菩提和牛祖，此行终是不虚，心中甚为满意。

再说那一心要自己从头打造仙灵的道德天尊，自灵霄宝阁辞别了二位天尊，回到仙府，稍加安排后，动身前往地界寻找可打造仙灵之物。经过习道和许久的修炼，道德天尊已是法力高深，精通天地五行之法、解化之术，无论是飞天遁地，还是移山填海、点物化形，都已是信手拈来，自在随心，既得道又有术，再加上先天神体，此时其已可称得上是天地法力第一上神。道德天尊心中打算："须得是先天灵物，方可打造成为称心如意仙体，再加以教化，以助统领地界众生。"

道德天尊来在地界，也见到山河蜿蜒、花草繁盛、走兽奔腾，真是诸般美景，不禁感叹，但此行却因有目的而来，故无暇停留观赏，却使神通，不在云里行走，只在低处飞行，时刻注意寻找可供打造仙形之物。

大地虽广，万物虽多，但多为凡物，其中倒也不乏精华，但要找寻道德天尊心中理想之物，也非易事。此时天地已有日月星辰，山石树木，但罕有先天灵气者，那些草木顽石大都无灵性，道德天尊四处遍寻无果，不觉间也来在昆仑山之地。昆仑山气势磅礴，绵延不绝，冷峰苍岭，山顶常见风雪，百宝云集，仙木众多，灵兽出没，乃是个滋生神物的地方。众多开天之时生出的生灵，都在此生息，怪兽灵猴，奇花异草满山遍布。

　　道德天尊在昆仑山以东行走查看，正走处，远远望见前面有一株碧绿冉冉的芭蕉树，宽叶直干挺拔于艳阳之下，树上伸展出的芭蕉叶，绿莹莹，闪出道道光彩，一看便是非凡。天尊走上前去，定神观瞧，只见此树高三丈有余，树干笔直，尤其是那顶上，迎空生有两片硕大的芭蕉叶，每片也有一丈多长，迎风而动，映日闪耀道道金光。道德天尊一见，心中一喜："这芭蕉叶真乃是不凡之物，如能做成宝扇，可助风火之用。"于是便挥手摘了那两片巨大的芭蕉叶下来，持在手中又看了遍仔细。原来，这两片芭蕉神叶，一片是太阴之气所生，一片是太阳之气所养，那太阴所生之叶可生阴风化雨，而太阳所养之叶可生阳风助火。

　　天尊遂施法力将两片叶子各做成一柄神扇，金丝为骨，绿叶为面，能伸缩自如，揣在怀里。再看那芭蕉树，却没有了原先的金光和仙气。原来，只有天地初开所生成之物，长期吸收日月精华才能生出此等灵物。不远处，一只生有六耳的猕猴，蹲在一棵树上正向这边观望。

　　创仙所需的材料，到底要用什么样的才算理想，天尊遍寻不着，正独自思量之际，忽见前方明亮耀眼，放眼望去，不禁心中欣喜："这造仙灵的材料有了。"

第三章　太清寻宝化仙形　女娲施法创生灵

　　道德天尊欲寻宝化仙，寻遍四处未果，忽然见前方光华熠熠，霞彩生辉，遂沿着那光亮寻去，及近前观瞧，原来是一片五彩明石。天尊仔细观看，不禁称奇，见那明石遍体光耀夺目，晶熠闪亮，灵气不凡，是为天生神石，其中一颗高三丈有余，最为耀眼。天尊见到此石，甚为欣喜，便欲施法术就地将其点化成仙灵。天尊先是将其内部精华初化，究竟化作何形？天尊想到在那芭蕉树旁望见的一只猕猴，众生之中，属此类生得最似神形、最有灵性，就照其隐约化个形状。又据其眼、耳、鼻、口及身上通处点石九窍，成了仙胎雏形，然后催动真气看能否即刻化之。

　　道德天尊凝神聚气，施展法力催炼神石，意图使其成为仙灵之体。未承想，此石原乃非凡之物，天尊虽为此界开天之神灵，亦不能得迅速点化之法，经过数次尝试，念了几番咒语，那神石似乎丝毫不为所动。天尊方知是不能速成，但并未就此放弃，因确是难得的宝物，故决心为之多费些精神，于是又多花了许多心思气力。足足过去三天三夜，天尊已使遍了法术，那神石形状依旧未有丝毫变化，如此一来，天尊不禁感慨："这世上亦有无法掌握的玄机所在！"

　　昆仑山峭壁荒崖，山峰卧雪，不是个好的久待之地，道德天尊渐生放弃的想法，但却又有不舍，毕竟如此神石得之不易，又经其点化过，但只不能化成心中理想的仙灵，弃之甚为可惜。天尊看着那神石，原样静静矗立在眼前，自顾闪烁光华，依旧岿然不动，颇为无奈，心想：

"我既不能将其点化成形，又不愿舍弃，不如令其自行汲取天地精华，让天地点化于它也许才是其最好的归宿，成与不成、何时成形就让天地造化来决定吧！"想至此处，天尊遂托起那未成形的神石去寻找一个能安放的好去处，一边寻思着还应找人看守，以免野兽妖怪前来侵扰。

道德天尊驾仙云至云端高处，放眼四方，观陆地四海，唯见那东海海中一座大山仙云缭绕，甚是不凡。天尊乃此界开天之神，通晓天下万物诸事，知其乃是鸿蒙初生时便存于天地之间的大地之根所在，有地仙之祖居于其间，便定下主意，带着未成形的仙石前往那仙山。

天尊来在山前，见那山果是一个清净仙地，天地岁月流转，现已是山林密布，花草丛生，麒麟、彩凤齐聚，四周海阔天空，碧水蓝天，山上翠绿葱茏，水府洞天，仙云缭绕，花果妖娆，生灵嬉戏，仙踪龙影，灵气非凡。远远望去，一棵高达千尺、粗有数丈、叶繁枝茂、遍体生辉的神树挺拔立于山中，那便是始于混沌之中的人参神树，天地初生之时便在此间生长，被天地开辟以来便在此居住修行的地仙之祖看护种养。树上有一只金蝉鼓噪，天尊仔细看去，见那金蝉竟也是有灵气。

天尊仔细寻得了那地仙祖的所在，手托灵石驾仙云来在其洞上方，见那洞外遮水帘，潺潺清音，涓流不息，尽与外界尘世隔绝。其间有一处开阔之地，有桥有屋，内有石房。一仙者光华护体正在洞内修炼法术：坐地飞升，移形换影，袖里乾坤，一一展现不凡。天尊见了也不觉赞许，其虽未得上神传承，但凭借其天生仙性，自身汲取大地、日月之精华，是修行甚深。待其收了架势，道德天尊来在洞口前，高声道："与世同君可在？道德前来一见。"

那地仙祖正在洞中修炼，忽听外面有人呼唤自己的名号，仔细分辨却是个陌生的声音，便起身出来拨开水帘看个究竟，只见一仙神立在眼前，身披太极八卦仙衣，金光遍体，旁边还有一块五彩仙石，熠熠生辉。那仙祖疑惑："莫非是道德天尊？不知为何突然前来？"不敢妄加揣测，正欲问询。天尊看那来者，仙骨临风，仪态非凡，先开口道："与世同君一向可好，道德有礼。"那地仙祖见果真是道德天尊，连忙施礼，道："不知天尊来此，有失远迎，快请进来一坐。"天尊点头，将神石置于洞外，随仙祖进入水帘之洞内。

天尊来到洞中，其内又有一番洞天，树木花草遍地，石房一座，大石为桌，中石为凳，小石为杯碗，一应俱全，确是个休养生息的好地方。仙祖请天尊先行落座，自己去那人参树所在之地，未久返回将一仙果奉上与天尊润口，天尊见那仙果，鲜嫩光洁，通透润泽，自认虽为天神，却也未曾见过，不禁暗暗称奇，吃一口唇齿鲜香满溢，神清气爽，果然奇特非凡。天尊尝了几口，连声夸赞。那地仙祖道："此乃是人参树所结之果，我好生侍弄使其开花结果，吃了有长生灵效，十分的稀少，每三千年才得开花，再三千年才得结果，又三千年方能成熟，却仅结三十个果实，这果实实不一般，寻常生灵吃一个可成仙体，活数万年，乃天地间独有。"天尊闻听不住点头。

食罢人参果，天尊问道："仙祖在此仙境一向可好？"地仙祖笑道："方寸之地，容身而已，我孤家一身，每日修行也是寂寞，此处位于东海，唯有和东海之龙尚能常叙谈往来，不知天尊来我这清净之地有何贵干？"天尊道："我此次前来是有事想求助于仙祖。"地仙祖一听，心中不解，道："哦？我一世外小仙岂敢说能有助于天尊，但有所能，定会出力。"天尊点头道："我在那昆仑山上寻得天生神石，取其精者欲将其点化，怎奈劳费多时，依旧无功，我便欲令其自行采取天地日月精华，任其随天而化，又恐其被那妖邪侵扰，欲请你代为看护，你看如何？"仙祖一听，方知那洞外神石有此出处，心下想："若答应请求倒也是一个和天尊结交的机会。"遂对天尊道："如此举手之劳，小仙愿替天尊分忧，可将神石置于那山顶，采天地之气、汲日月精华，又无侵扰。"天尊一听地仙祖答应，满意欣喜，称谢，仙祖忙还以礼。即刻行至洞外，一挥手，只见那神石迅即飞升而起，稳稳落在那山顶之上，在太阳的照耀下，绽放光华。

天尊见那仙祖已有如此运用自如的法力，遂心生将其收归自己门下之意，便道："仙祖法力高深，独自隐居，无有施展，岂不埋没？何不入我门下，随我建立天地一统，届时定有高位得坐！"地仙祖一听，有些不解，便问："不知天尊所说何为天地一统，是有何必要？"道德天尊并不隐瞒，同时也想借此机会听听诸仙神对他想法的看法。天尊道："感天地万物，虽有日月五行，却运行无序；虽有太乙，但天地诸神皆不归心；虽有众生，却各自独行，无有章法，生死轮回无有归所。将来仙神与生灵渐多，而那万物滋生却需要有五行及时供养，需云时有云，需水时要有水，需火生而不可乱，如无有掌控，万物只能自生自灭，饥渴时无雨，居水处却泛滥，天地无有统一规矩，则必将混乱不堪，不合太极因循有序之道。更有那诸多妖邪，生性恶念于心，侵扰众生，乱自行径。我有意封各路诸神，各司其职，因循章法，分管天上地下，成为有序一统。"

那地仙祖一听，方才明了，原来道德天尊有此意图，但却有犯难，心想："我本清净修行之人，不想沾惹世事，那太乙称帝，诸神各自行事，妖邪作乱，我也知晓，我居于世外，倒也不受其扰，但那道德天尊有此一心，欲建天地一统，此时不从，将来如若其果真得成，我毕竟难以独善其身；但是如果从了那天尊，却又失却自如，非我本心，这又如何是好？"仙祖心中正在盘算，不禁面露犹豫之色，道德天尊早已看在眼里，对其道："此并非强求，但请仙祖出山之事，我确有诚意，仙祖可多加思量，不必即刻答复。"听天尊这么一说，地仙之祖松了口气，谢道："天尊此意，我定当大力支持，容我有些思考，能更为周全，多谢天尊体谅。"

天尊于是又问那地仙祖："不知这山、这洞可有名称？"地仙祖答道："尚无称号，不知天尊可有意赐名？"道德天尊道："我观此山花果甚是繁多，可以此为名。"地仙祖道："好，这山就依天尊命名'花果山'！这洞可因外有水瀑如帘就叫'水帘洞'为好。"天尊也点头称妙，遂施展法力，移来一方石碣置于正当中，又顷刻间在上面刻出"花果山福地，水帘洞洞天"几个字。地仙祖见天尊法术更为出神入化，不禁赞叹道："好个'福地洞天'，乃是修道之圣地！"天尊闻之微微一笑。

道德天尊不做久留，遂辞别地仙祖，临走之时仙祖还赠送多枚人参仙果，请道德天尊带与其他几位天尊享用。道德天尊谢过别去，留下那经过点化、育有雏形的神石立于仙山顶上汲取日月之精华。

　　点化灵物成仙受阻，道德天尊只得另作打算。此时尚不知那灵宝天尊如何。离开花果山，天尊驾祥云过东海，缓缓前行，去处未定，但无论怎样，自己所说必要达成。天尊寻思："一步造就天生之仙十分不易，而那些妖兽又属冥顽不化之类，我何不打造些称心生灵，择其优者修炼，统领甚至取代妖类占据地界之主，岂不是一样达成所愿？"想至此处，不禁心中欣悦开解。又仔细思量："此类既非天生仙体，也只能居于地上，那女娲乃大地元神所化，最能解得大地之精妙，何不叫女娲来造？"如此有了打算，天尊即刻念动咒语，召唤女娲。

　　女娲听见道德天尊召唤，不知何事，做法飞行，未多时，来在天尊面前。那女娲生得蛇形身姿，面目柔和慈善，娇美端庄，翩翩来和天尊见礼，开口问道："不知天尊有何指教？"声如流水琴音。天尊道："我见这大地生机无限，但却满是妖孽，缺少善念生灵，我欲让新的生灵占据地界主导，你可能设法创造？"女娲略一思索道："我可一试，但此事自开辟以来倒未曾有，不知造成何等模样？"道德天尊见女娲应允，心中喜悦，道："就比照神形造一个模样。"女娲说："好。"遂撮大地之土，和海水成泥，精心捏出头身四肢、眼耳口鼻。又汇聚自身大地元神灵气，对着泥土做的身形吹上一口。那捏造出的身形随即起身站立行走，见到女娲，立刻拜倒，口称："女娲娘娘。"

　　道德天尊一见女娲此法得成，所造之类果然是性情平顺，有敬神之心，十分满意欣喜，便命女娲再多做些出来。女娲于是又捏造出一个泥土身形，并依道德天尊之意，按太极阴阳之道，分为男女。接着一连又捏造多个，依样施法，个个成活，在那地上翻滚爬行，欢呼雀跃。人类就此问世，只是这地界广大，若想要人族遍布，尽快成势，所需数量众多，天尊见女娲捏造费时，遂教女娲依照阴阳之道传授其交合之法，其便可自行繁衍。人类之中，女为阴，男为阳，阴阳相生相合，从此代代繁衍，逐步遍及各地。

创造生灵功成，天下自此多出一族，名为"人"。人族虽不具天生仙体，但比之其他生灵能言能行，能学能记，如不避苦，得了仙缘，专心修行，汇集天地精华，便能得道，成万物之灵。自此之后，天地万千诸事多与之有关。

道德天尊心意达成，因自打为此离开天宫不觉间已过去许多时光，人类繁衍又尚需时日，正可回天宫与几位天尊进一步商讨，遂与女娲别过，回转天宫。

回到三十三重天上，道德天尊来在兜率宫中，取出些带回的五彩神石，左右翻看，又置于八卦炉中，用那芭蕉扇扇风，用自己修炼的真火烧炼，竟炼出了真金，天尊用此真金打造出一只金刚琢，明晃晃闪亮，颇有灵气，遂平日带在身上，时时打磨修炼，以作防身之用。原来天尊当下的法力，只能将那五彩石炼成物，却无法化成仙，天尊对此神石原本的打算终究作罢。

第四章　天帝之争逞英雄　水火大战破苍穹

　　道德天尊返回了天宫，此时灵宝天尊也已从下界回到自己的宫中，太乙天尊得知，召集两位天尊同聚灵霄宝阁议事。三位天尊再度聚首，太乙天尊主言，见两位天尊皆气定神闲，料是不虚此行，问道："二位此去辛劳，想必颇有收获，不知前次商议之事可有结果？"灵宝天尊先道："不错，我已找寻到两名合适之徒，并已传授法术，只待其修炼得道，便可有统领众生之能，听从天帝吩咐，为天帝分忧。"太乙天尊一听欢喜，又问道德天尊如何。道德天尊道："我亦达成所言，造化出灵体。"太乙天尊大喜，道："两位天尊皆达成所愿，真是可喜可贺，不知接下来做何打算？"

　　道德天尊早有主意，见太乙天尊问起，先开口道："地界生灵逐渐增多，众生繁衍生息，依赖五行，五行皆有归属，是为五行之神，此五行之神乃是开辟以来世间万物密切相关的首要之神，但五行诸神却尚未归正，未听从天帝号令行事，尤其是那水火的行径时时处于失控的混乱状态，须将水火置于掌控之中，万物生灵方能正常繁衍生息。故此若要天下安定，诸神归一，必须让五行归序，下一步当是整顿神纲，令其真正依照天帝意志管辖治理，以利苍生。"太乙天尊闻听道："道德天尊所言极是，正是我意。"灵宝天尊在一旁也点头表示认同。

　　道德天尊继续道："五行分为金、木、水、火、土，各自秉性不同，那金、木、土之神倒也安定，只是水、火易生乱，又对万物影响至深，故此二神若能服归管束，后面便好安置。"太乙天尊道："甚是有理，不知道德可有良方？"道德天尊道："你且传一道令与此五行之神，命其前来听从安排，不得再如以往擅自行事，观其变化再做决定。"太乙又问灵宝意下如何，灵宝天尊道："此法可为。"于是，太乙天尊即刻派遣仙使，分别前往五行诸神之处，讲明意旨。

使者来到南地祝融神宫处，见那火神宫殿通体发散着岩浆般的红色光芒，四处喷射着熊熊烈火，火神祝融正在自己的火焰神宫之中，使者高声求见。祝融闻听有来使要见，不禁诧异，不知所为何故，召来使进宫来见。使者见了那祝融，见其赤面红身，面容如怒，不禁胆怯，鼓足勇气传达太乙天尊旨意："天帝有令，为泽被苍生，五行本应归序，众生方能因循五行相生，从而繁荣太平。故五行诸神须至天帝之处尊天尊教诲安排。请五行众神三日后，悉数至灵霄阁听令。"

那祝融自认是无上至尊，原本就生性暴躁，凡遇有不随心之事，即刻便会爆发，今见有人称天帝并要其服从，顿时心生怒火，对来使怒目而视大声喝道："哪里来的什么天帝？却胆敢命令于我！我乃是盘古开天之神，我的意愿，便是上天的最高意愿！要我听从他人的安排，是绝无可能！这世上除了我，没人配当天帝！"来使见状胆战心惊，生怕那祝融当下发威逞恶，也不敢多言，急转身匆匆出得火神宫殿，去详尽回禀天尊。

又有使者来在水神共工处，水神宫殿由寒冰砌成，冰柱冰门，冰顶冰梁，高大宽广，晶莹透亮，寒气逼人。浑身散发着粼光的共工在寒冰宝座上坐定，接待了来使。当他听罢来使传达的天尊旨意，也如同火神一般，冷冷拒绝，只是语气委婉。那使者得了答复，浑身打着冷战连忙出了水神宫去天宫回禀。

遣去的五位仙使一一返回，向太乙天尊禀报结果，太乙见此事果有难处，虽早有意料，但不知如何应对，遂又请灵宝、道德二位天尊一同前来商议。

三位天尊为众神归序之事聚首灵霄阁，太乙天尊先大致讲述了使者报来的结果："那水火二神已明确回复拒绝听令，金、木二神虽没有立即回绝，但却也未表可否，看来是想探看其他几位的态度再做定夺，唯有那后土神祇愿遵从天意行事。两位天尊对此作何打算?"灵宝、道德两位天尊虽对此结果心里早有所准备，但真要面对，却也不得不慎重。道德天尊近来修行大有增进，心性正盛，故主张用强，随即提出："依我主张应先由水、火二神入手，必要时联手将其压服，则其他几位必然顺从。"灵宝天尊闻言道："既然已有后土愿意归序，金、木二神仅是游移，便先从金、木二神着手，再逐步解决意向相对、力量较强的水、火。"二位天尊此时又意见分歧，各自有理，太乙天尊不禁犹豫。

正在几位天尊商讨之间，忽有仙童来报："禀三位天尊，外面有火神祝融要见诸位天尊。"三位天尊一听，皆是诧异，太乙天尊道："不知祝融此次突然前来所为何故，难不成与当前所议之事有关?"征得另两位天尊同意之后，便叫仙童："让祝融来见。"没等仙童来请，祝融直闯进来，看守灵霄阁的仙童阻拦不住，任他怒气冲冲自行闯进阁中，见了三位天尊，冲着坐在中间的太乙开口便嚷道："你有何本领，在我面前敢称天帝，要我前来听命? 你等可知我乃开天辟地五行至尊，听从你们的吩咐，岂不是笑话! 这天帝之位，只有我才配得上坐，你趁早让出此位! 不然的话，让你后悔莫及!"祝融气势汹汹，咄咄逼人。

道德天尊见祝融如此强横，要夺天帝之位，起身高声喝道："不得无礼! 太乙天尊乃是元始天尊亲点天帝，怎能由你胡来? 况且太乙担当天帝，天下安定太平，有何理由为你而变? 你不过区区五行之一，趁早断了念想，以免横生灾祸!"灵宝天尊在旁也说道："正是，你莫要有此打算!"正说间，侍者已请来另外三位神祇：紫微、南极、勾陈上宫，几位天神将祝融围在当中，灵宝天尊和道德天尊也摆开架势。祝融本打算当场用强，见几位天神齐聚，料不能占得上风，短暂的对峙之后，急腾一团烈焰，愤愤然抽身离去。

元始天尊此刻也闻讯前来，众天尊见祝融离去，不做追赶，见过元始天尊。元始天尊问明此事来由，便告知三位："此事不可强求，以免急而生乱。"几位天尊领受元始之意，各自回宫，再作打算。

第四章　天帝之争逞英雄　水火大战破苍穹

话说那祝融怒气冲冲地离开上天，并未回归自己的驻处，回想道德天尊所说一番话语，大有贬低之意，心中不禁愈发愤恨，心想："这口气不出，让那几个所谓的天尊从此看轻，断不能忍。"想至此处，心中发了个狠念：一定要让天地所有众生见识到他的威力，在他的威力下屈服！

祝融平日就不平顺，无端就要暴发，纵起之处，一片烈焰红光，便使草木成灰，生灵奔逃，今日里，他更要一展平生之力，尽其所能，打算让三天尊、太乙、诸神以及天地众生彻底见识他的威力。于是祝融念动自己所具行火法力，顷刻之间，那天火便呼啸着从天而降，扑向大地，地火也破土而出，冲上云天，天地之火一并被勾起，霎时间，平静的大地忽然翻腾，到处是冲天烈焰，炽热灼烧，草木连片尽燃，河水开始沸腾。地界生灵被这突如其来的炽烈焰火包围，惊恐万状，四处奔逃，刹那间被灼伤无数，哀鸿遍野。

此次与以往之火大为不同，以往之火，数时、数日皆可平息，今朝却越燃越旺，渐渐已是无法收拾，急剧扩散向四方，毫无收敛之意，山峦、平地被炙烤得如同火中之金，滚烫难立，其中有一路巨焰直奔北方共工所居之处。

五行之中水与火相对，祝融施威惊扰天地，共工惊觉，见祝融又生是非，平时很快平息，而此次居然愈演愈烈，竟直奔他而来，眼见得其原本晶莹宏伟的水神圣殿开始消融崩塌，心下生怒，同样身为开天五行之神的共工见不得他祝融独逞淫威，侵犯其领地，共工心想："祝融以火张狂发威，岂不知我为水神与你相克，你怎敢来向我寻衅？今向我施威，我岂能坐视！"即刻取了自己的兵器万年坚冰锥出宫飞在空中迎向祝融。

那祝融正肆意挥舞着三尖神火叉，搅动天地之火，向天地示威，共工挥兵器迎头赶到。二神见面，共工先行发难："祝融，你为何无端焚毁天地，还将火引至我处？"祝融见共工突然出现，并对其怒吼，也高声道："共工，你来得正好！我要你们都看看我有何等威力，可否坐得天帝！"共工一听祝融此举是为了争夺天帝，顿时大怒，对祝融喝道："你想做天帝，先要问问我同不同意！你若能胜得过我，我就让你坐天帝一位，你若斗不过我，还是向我归顺，让我来当天帝！"

祝融正在兴头之上，哪听得这话，吼啸着加力发威，天地火势更猛。共工见祝融没有退意，于是也施展开天所生之神力，猛地从江河湖海掀起高山般的巨浪，翻卷千层，狂啸而出，水到之处，冰冷无情，与祝融所生之火相碰撞搅动。水火猛然相遇，只见：一个是炽热无比腾烈焰，一个是冰冷无双翻巨涛；一个能焚天毁地成灰烬，一个可淹山没土变汪洋。刹那间，水火翻腾，此消彼长，只把天地当作自己施展表演的场所。天地之间被水火和冲天气雾笼罩，睁眼不见天日。

祝融见共工使力，专为他而来，且要盖过他的势头，冲天怒火即刻从心中暴发，举兵器三尖神火叉，直接向共工杀去。共工见祝融前来，早有准备，迎头见阵，挥万年坚冰锥向祝融便打，与祝融斗到了一处，只见那：神火叉翻飞无影形，坚冰锥舞动冷寒风。二兵相交似雷霆，生灵奔走天地惊。二神你来我往，在空中盘旋冲撞，连斗百十个回合难分胜负。

水火二神先从天上打到地下，又从大地东南打到西北，从西南打到东北，直打得天昏地暗，风云呼啸，海水翻腾，山峦崩塌，东海之水入西海，南海之水北海盛。二神绞斗，水火漫卷，直叫那比翼之鸟合翼难飞，生灵涂炭尽皆苦悲。

二神此番恶斗，女娲全都看在眼里，见天地水火突然生乱，那刚刚造出来的生灵人类面对飞来横祸是呼天抢地，四处奔逃，水淹火烧，死伤无数。妖类也是难抵御此天降大灾，纷纷躲藏，此情形自天地初生以来从未有过，因此一时皆不知所措。

眼见如此惨景持续，女娲心中由惊转怒，心想："任凭他们这样争斗下去，刚刚创造的生灵马上就要被全部毁灭，而且说不定要生出更大的事端。"正想着如何处理此事，那大祸事端已出。原来，祝融、共工的打斗愈发激烈，从地上又打到天上，兵器搅在一处，撞塌了原本接地连天的不周山，又冲向天穹，猛然间捅破了天顶。苍穹破裂，霎时间，惊震天地，天色陡然暗沉。众生悚骇，抬头看，只见那天外的火石没有了遮拦，如同暴风骤雨般从裂开的豁口处破洞而出，喷涌而降，拖着炽烈风火划破长空，光亮刺眼，在震撼的撕裂声中呼啸砸落。大地随之震颤，大海咆哮，掀起滔天巨浪，滚滚奔涌淹没大地。飞火流石所及之处，穿透大地，炽烈岩浆裹挟烟尘破土喷发，腾空遮天蔽日，山崩地裂。地上生灵原本已处于水火之灾，这下更无处藏身，虫兽皮焦肉烂难躲飞火，飞鸟羽燃翼折莫逃流光。眼见得一片焦土，万物瞬间灰飞烟灭。正在打斗的祝融、共工二神亦不能幸免，来不及躲闪，加上之前争斗多时，已虚弱难当，被从那撞破的天洞中暴风骤雨般落下的大小飞火疾石击中要害重伤，再不能战，急仰仗些许余力，忍负伤痛仓惶逃回各自宫中。

天穹破裂，天宫震动，元始、灵宝、道德、太乙天尊各自出离了本宫来在灵霄阁外聚首，随后一同来在天边观瞧。只见天空洞破，大地之上，烈焰腾空，洪水漫天，水火二神已因伤罢手逃遁。道德天尊见刚刚创出的生灵大片死伤，不能眼睁睁看着这场惨剧蔓延，当务之急是先要解决天破一事。正在此时，只见大地上一道五彩之光跃起，迎着疾风烈火朝天洞飞去，几位天尊定睛一看，原来是女娲。女娲焦急思考着如何将天洞补上，无论于天还是于地与万物生灵都是最为紧迫之事，忽然间灵机一动，想到曾经见过的五彩灵石或许是补天的好材料，于是忙寻得一块，手举五色石用尽全力顶着上方的猛烈冲击接近了那天洞，将神石奋力嵌入天洞之中。那五色石牢牢嵌入天穹，挡住了暴风骤雨般倾泻而下的飞火流石。

道德天尊见状大喜，却见那五色石遮挡住了阳光，天尊眉头紧皱，思索片刻之后，飞身下界来在女娲面前。女娲刚返回地面正欲再取五色石去补天洞，见道德天尊前来，赶紧见过天尊。天尊对她道："我来教你用火炼化那五色神石，你尽快炼成通透，再将炼好的神石前去补天！"女娲闻听，不敢耽搁，即刻按照天尊指点再去采来些五彩石，天尊做八卦宫位架起炼石炉,女娲急忙以炉炼石。未几,将那神石果真炼成晶莹剔透,女娲手举明石,顶狂风,迎烈焰,再去补那天洞,果然能够补上天缺,且明镜透彻,复原如初。二神见状大喜,忙加紧炼制。

天破乃一时之事,补天却非一日之功,那五彩石乃是稀罕之物,非轻易可得,补到乾宫央地,道德天尊又去昆仑山西边脚下去寻五彩神石。昆仑山高耸入云,雄奇逶迤,天尊来到昆仑山处,见山脚下有一缕随天地初生的仙藤,上结着个紫金红葫芦,光华瑞彩,金光千道,知不是凡物,遂将其采下,准备用于装炼制好的金丹。

女娲在道德天尊的点化下,炼得了足够的五彩石,逐步补全了天洞。再看那天顶,飞石不落,地上火势也开始平息,洪水逐渐退去。二神这才心安。

女娲补天已毕,苍穹再度完好无缺,水火二神重伤不出,至此,天灾的大源头已灭,亘古未有的祸乱终于有所平息。这暂时的宁静,让生灵有了难得的一丝喘息,谁料想却不是灾难的尽头。

因天破,飞火流石袭击,天地之间已满是烟尘,日月被遮蔽,大地满目疮痍,白昼昏暗如同黑夜,盛夏冰冷如入寒冬。水火二神皆因此次争斗元气大伤,仓皇逃归本处之后,一蹶不振,气息屡弱。五行相生相依,如今水火环节缺失,因而大乱。火不能生,水不能降,万物无以滋养,草木枯萎,毒瘴遍布,生灵又冻馁致死无数,剩余的初以腐尸为生,继而相互蚕食,深陷苦厄,妖类因五行混乱遂异化成魔。那因乱而生的魔皆是性情残暴,面目狰狞,皮糙肉厚,浑身青筋凸起,喜好争斗,伤生害命,贪婪无比。少部分人族躲过此番劫难,侥幸逃生,所剩无几。眼见得混沌苍穹暗无天日,茫茫大地生机全无。

道德天尊见水火羸弱,五行大乱,遂前往水火二神处,遍陈其罪恶,命二者交出五行掌控之力。二神心中虽是不愿,但此时毫无反抗之能,无奈只得顺从,交出水火法器。只因五行不能缺失,故而天尊留下二神性命。控制了五行中水火的运转,五行的平衡逐渐恢复。

第四章　天帝之争逞英雄　水火大战破苍穹

收毕水火之力，道德天尊又召来风神生风，一点点吹散满天弥漫的烟尘。烟尘浓厚，充斥天地之间，七七四十九日方才消散。水火逐渐复苏，野火又生，焚尽枯枝残叶；雨露又降，洗净污垢灰烬。大地在遍洒甘霖之后，清天朗日重现，和煦的阳光穿透云间散射出金色光芒。世间暖暖春风吹拂，茸茸绿意复生。

道德天尊又担心那海水再起恶浪，遂将五色神石炼出的真金在八卦炉中锻造成一枚定海神珍铁置于海底最深处。天地四海终于迎来了久违的平静。

第五章　祸起天下妖魔兴　人魔相争终难平

　　天地经历了一番大的灾祸之后，此时彻底平定，地上生灵欢腾，对仙神的力量是无比的崇敬，幸存的人类更是开始自发祭拜供奉。大地逐渐恢复生机，又现百兽林中奔走，群鸟山水翔集，犹如以往一般模样。人族因灾祸，弱者大多丧命，所剩无几，余者得此太平，继续繁衍，渐又增多。而那妖魔也逐渐遍布各处。

　　妖魔原本以走兽飞禽为食，见有人类出没，似兽非兽，不知是何来路，初始也有所疑惧，远远观望，但时日一久，见人也是居于山林洞穴，往来行走，打猎摘果，饮水吃食，与其他活物一般类似，且人类没有鹿马之蹄，也没有猛禽利爪，更无野兽尖牙，大都孤立单行，对妖魔来说甚是好捕捉。又因皮细肉嫩、血鲜髓香，妖魔便将人捉来吃，食髓知味，渐渐地更把吃人当作喜好。

　　有了人类的滋养，妖魔愈发繁盛，并开始因争地抢食互相攻击。五行在缺失水火之后，逐渐恢复，重归平衡，但魔族数量已是庞大，初始分散，渐渐集结成群，大大小小成百上千，且还在不断扩张。一个个魔族群体则又开始展开争斗，互相吞并壮大，此消彼长。天地间时有成妖成精的生灵，也都不得不投靠强大的魔族群体，成为魔族一员，以求自保。一时间是凡妖即魔，地界竟被魔族悉数占领，几乎成为了魔界一般！

　　在彼此你争我夺之中，胜者兼并其他魔族逐渐壮大，有几个厉害的魔头因实力最为强大，渐成了气候，分别称王，乃是：牛魔王、蛟魔王、鹏魔王、狮驼王、猕猴王、猢狲王。其余大小有些实力的魔头也各自称王称霸。那牛魔王即是当初被灵宝天尊点化，师从天尊的牛祖。其原本不好争斗，自打习得灵宝之法，自觉法力高强，逐渐好勇斗狠，因遇五行之乱，便也成魔。牛魔王不但天生力大无穷，且又有七十二般变化，能够轻易降伏虎豹豺狼等诸般猛兽、精怪，故而很快声名远播，四周妖魔也都拜服，归其麾下。在牛魔王的带领下，又去与其他魔族群落争斗，屡屡获胜，因而不断壮大，久而久之竟聚集妖魔有数万之众，成为最大的魔族，吃人更是无数。

其他几个虽不及牛魔王法力之大，手下妖魔数量略少，但多则也有上万，少则数千，那些魔王也各怀绝技：蛟魔王乃是蛟龙，遍体青鳞，能翻江倒海水中称霸；鹏魔王乃是金翅大鹏，嘴坚爪利，振翅可翱翔万里，空中无敌；狮驼王乃是九头狮祖，巨口獠牙，力大威猛，能搬山覆岭；猕猴王机敏且善聆听，知晓远近天地；猢狲王则是面如鬼魅之猿，性情残暴令人神皆惧。这些大大小小的魔族群落不但侵扰苍生，相互之间也屡屡因占地、争食互不相让，你争我夺没有停歇，世间被搅闹得无些许宁日，陷入一片混乱之中。

人族躲过一劫又遭一难，天灾可避，也有尽时，那些个凶恶妖魔的侵犯却防不胜防，日夜不息。人族不胜其扰，又无力抵挡，更难以躲避。无端的天灾、野兽的侵扰、妖魔的杀戮，加上风餐露宿、食住不安、精神不宁，人类的寿命短暂，大都早早衰亡，分布范围逐渐缩减。为防御野兽妖魔的侵袭，人族逐渐聚集成部落，群体而居，围绕在部落长老的周围，这样便能更好地抵御野兽和妖魔。魔族在人族分散而居时，侵犯人族尚能屡屡得手，现如今人族聚集成群，合力抵抗魔族入侵，魔族之间又相互争斗，面对聚集的人族，各个魔族群落虽有蛮力，但再不能轻易得手。只是人族想要完全防御和彻底除去时常来扰乱的妖魔，还不具备实力。

这一切皆看在道德天尊眼里，如今人族的遭遇和事态发展与其最初的期待完全相背，人类屡屡为妖魔所困，且有逐渐恶化之势，面临生死危机，再任由魔族恣意放纵，则人族将被其吞灭，甚至天地恐将都要被其占领。道德天尊觉得是时机铲除魔族，让人族扬威并占据地界之主了。为此道德天尊又来在地界，遍察四方，寻访得力之选。这一日，行至东海之滨，于波涛涌浪、琼崖之巅，朝阳金光照见一仙面朝东方盘坐。天尊睁慧眼观看，见其非同一般，遂收祥云，来在了他的面前。那正在打坐者一见有上仙驾金光而至，连忙起身相见。天尊仔细打量了一下面前站立者，其虽貌若小童，身形却挺拔稳健，双目炯炯有神，精气团身，元阳至盛，已知其乃是先天至阳之气所化，又汲取了许多东方旭日精华，是极为不凡之身。遂对其讲明身份，道出来由："我乃道德天尊，现正在找寻合适之选为我举荐能修道成仙之人，不知你是否愿意？"那仙见是上神道德天尊，忙行礼，口中道："不知天尊要将这些仙人派何用场？"道德天尊道："如今地界妖魔甚多，分布颇广，妖魔皆凭恶而生，拥有法力，滥杀生灵无度，多有恶行，对于神灵是没有任何恭敬，更不听从管束。而人族原本是应心打造，心有善念，愿意敬天礼神，能听从教化，易掌控其行径，也能修成法术，成仙得道，可以堪用。我要让数量已是众多的人族去铲除那些妖魔，成为地界主导生灵。由于人相较于魔：力不及其大，皮不及其厚，心不及其恶，奔跑不及其快速，又无仙术，且缺乏实力领军人物，如此直接去与妖魔对抗，难有胜算。因此需先教化一部分人修成法术，以期带领人族发起向妖魔的进攻。人非个个有灵性，不能尽数修成仙体，还需严加挑选，又分布甚广，逐一找寻不便，故需有能在人族中挑选出可悟道者，便于我传道授法，使其修炼成仙。"那仙闻听道："即是天尊吩咐，愿为天尊效力！"道德天尊见其有意，十分满意，遂为其起法号"东华"，传了其道法，对其进行了点化，随后命其找寻一百零八名最具灵体、灵性的可修炼成仙之人。

东华领命，辞别天尊，即刻前往四方寻觅。百日之间，行遍了那山川平原之地，河流大海之滨，茅屋洞府人群所在之处，历经辗转，借天尊所传慧眼，终寻得足够人数，皆乃是女娲当初亲手捏造，而非后天繁衍。对他们说明了缘由，那些人见是天尊意欲传法，皆十分欢喜情愿，东华将这些人聚在一处，带至昆仑山之巅事先和天尊约好见面的地方。

在那千峰万壑之中，昆仑山巅耸入云天，道德天尊已在此等候多时，见东华终于出现，身后领一班人等，心中喜悦。东华见了天尊上前交付使命。天尊仔细察看所选之人，果然称心，十分满意。先赐予他们光彩仙衣，后就地开坛讲法，传授修仙得道和进攻防御之术。那些被选之人，本有灵性，又得此难能机遇，无不感激珍惜，用心专注，勤学苦修，以期得道成仙。

七七四十九日之后，天尊见该传之法术皆已传毕，遂逐一检验，终归满意，又给每人灌输法力，脱胎换骨，以期快速增进，料已可以胜过那些妖魔。

传毕法力，众人已成仙体，概有仙术，一齐跪谢。道德天尊遂登高台，在众仙面前说道："自天地初始，人族生，有尊卑，敬天礼地。而世间却有妖魔，食人无数，作恶多端，天理不容。为立天地之序，令人族兴盛，须将妖魔除去，众生方可安居。现你等皆已修炼有道，当担负起此一重任。"

众仙人因皆是道德天尊教化，故尊其为师祖，纷纷表示："愿意听从天尊指令，为铲除妖魔尽力！"天尊见众仙有意，心中喜悦，便说出具体安排："我命你们分头前往人族所聚之处，见人族长老告知欲征讨魔族一事，让那长老安排族中精壮之士一起来听从调遣，由你们率领人族去攻打魔族群落，降伏妖魔。"众仙领命，出山分头行事。道德天尊返回天宫，静观除魔结果。

人族群居，有长幼尊卑之序，长老是族中最有威望者，见有仙人前来，身具高强法力，陈述天尊之意，欲带领人族除去妖魔。因正备受妖魔侵害之苦，长老自是欣然应允，忙征召族中青壮有力者一齐前来，听从仙人吩咐。遂共计有天下勇者一十八万，分头展开对妖魔的征讨。

人族开始劈山伐木，磨石造兵，制作石斧棍棒，经过好一番准备之后，遂对魔族开战。在初步试探后，全面的战斗迅即在大地之上展开。

地界妖魔众多，遍布各处，平日里或藏身于密林深处，或躲避在高山洞穴，或居于江海湖泊，有三五十，有千百个，多则上万群集在一起，进攻防御。人族在仙人带领下，趁群魔不备，出其不意率先发起了进攻，一时间，不论高山平地，还是森林原野，在黎明傍晚、白日黑夜，凡有妖魔聚集之处，不知从何方突然冒出无数手持兵器的人族勇士，由仙人率领着，气势汹汹，喊杀阵阵直入妖魔所居之地。那些个妖魔猝不及防，仓促间应战，多是狼狈奔逃，一时哀鸿遍野。人仙能飞天遁地，力强身坚，灵敏迅捷，进能攻，退可守，抵挡掩杀魔族首领和那些较为厉害的妖魔。人族勇士也个个身强力壮，与妖魔展开浴血奋战。

交战之初，人族在仙人带领下取得了诸多胜果，虽也有伤亡，但士气却增。群魔突然遇此攻击，虽大多皮糙肉厚，筋强骨硬，但因忙中应对，多有慌乱，故初始处于了下风，加上每群人族战士都有身具法力的仙人带领指挥，因此对魔族的攻击颇具成效，每每魔族的头领被那仙人战败，其余的妖魔便也无心恋战。

时光前行，日夜更迭，由春至夏，无论晴空暴雨还是风雪狂沙，人魔之间的大小战斗都在持续激烈进行之中。那些易于击败的魔族群落已然消灭溃散，剩余的多是因妖魔数量众多，为首的魔头太过强大，一时人族无法继续取得更多胜利，渐渐进入拉锯争夺。

经过这一番鏖战，零散和成群的魔族已所剩无多，只有几个大的魔王带领的妖魔族群尚未攻破。牛魔王原本手下妖魔最众，有三万之多；狮驼王手下妖魔上万，猕猴王五千，猰㺄王也有三千，几大魔王数番争夺，早已划地割据，各自霸踞一方，互不相干。因几个大的魔头强大凶悍，手下妖魔数量众多，几路人仙战军分别对其发起的进攻，都无功而返。还有那水中的蛟魔王，率七千水族妖怪，鹏魔王领空中三千飞禽，更是有人仙不及的本领，故始终不能取胜。

人族在分别出击，击溃五十余个共计三万余众的中小魔族群落之后，虽自家损失了五万，士气仍旺。但面对最大的几个妖魔群落，各路人族却屡屡受挫畏葸不前。

第五章　祸起天下妖魔兴　人魔相争终难平

牛魔王居于高山深洞，手下妖魔数万，自己也因曾得天尊教化，法力高强，在这场人魔之战中虽也遇到数次人族发难，但都被其轻易击退，以为不过如平常战斗，故而并不在意，且他也乐得见到其他那些魔族部落逐个被削弱。一日，牛魔王正在自己洞府之中与几名手下一边吃喝一边商议伺机发起反击，忽听门外小妖来报说有个猕猴王求见。牛魔王闻听有些奇怪道："我与其素不往来，此次前来不知究竟为何？"想了想便吩咐道："摆好阵势，让他来见！"小妖领令出去，未久，只见猕猴王打洞外快速步入洞中。

来在牛魔王洞府之中，猕猴王见过牛魔王，牛魔王冷眼盯着他问道："你来为何？"猕猴王道："我此次是为与人族交战之事而来。"牛魔王闻听笑道："哦，想是你如今面临他们的攻击，力不从心了！"猕猴王道："且听我把话说完，最近我发现大量人族勇士云集我部落山林四周，想是要向我发起进攻。但此次不同以往，来者颇为不善，聚集而来的人族有数万之众。我观察那人族已是许久，他们从一开始发起的进攻便是面向我全部族类，每次得胜之后，并不罢手，是意在全面彻底除灭我族。实不相瞒，我的手下经过一番大小战斗已剩不过数千，我自觉难以应对，故此前来谋求联合，以共同对付人族大军。"

牛魔王紧盯着猕猴王听罢其所言，略加思索开口道："我不惧怕他们半分，为何要与你联合？"猕猴王见状对牛魔王道："据我看，此次人族聚积是想要集中力量以多胜少，各个击破，逐一彻底消灭全部我族。而如今只剩你我几个，迟早会向你发起进攻，若单个与之面对，恐最终都难逃一劫。现在他们越聚越多，因此我们需要联合起来与之对抗，才能避免逐一被其削弱消灭，从而得胜！"

牛魔王毕竟曾受过天尊点化，此刻已有所悟，对猕猴王道："好吧，不过就如你所说，我一方和你联手，只能暂时占得上风，待那人族再度聚集更多，便不能敌。你若能借你我联合之机说动其他几个大王联手，倒有胜算，起码互相之间免除争斗，能一心应敌。"猕猴王见牛魔王答应，心中大喜，忙应道："牛王所言极是，只要你愿联手，我自去尽力说服其他几位一同联合对抗人族之军。"牛魔王点头。

  猕猴王也不耽搁停留，旋即辞别牛魔王，又去找那猢狲王谋求联合。猢狲王近来也发现人族大军正向其所在之地聚集，在烦恼如何应对人族即将到来的进攻之时，见猕猴王前来并提出联手，正合其意，马上应允。二魔王又同至狮驼王处，一齐陈述利害，将三家魔王已然联合之事告知，狮驼王见此情形，思索之后也同意入盟。

  四大魔王现均已愿意联手，猕猴王复又前往牛魔王处，告知结果，牛魔王大喜，又亲自上天入海，说动鹏魔王和蛟魔王加入联盟助阵。

  几个魔王的联盟意向达成，牛魔王便牵头安排几大魔王连同剩余未被消灭的大小魔头数十位齐聚自己的领地，商议联手打败人仙之军。此番魔族各首领包括牛魔王、蛟魔王、鹏魔王、狮驼王、猕猴王、猢狲王尽皆到齐。议事的山洞颇大，洞内石壁参差突兀，能容纳千员，天下残存众魔首在此齐聚，尽是些豺狼虎豹、猛兽飞禽成精，各自手拿兵器，面露凶色，眼有杀机，叽叽喳喳，喧喧嚷嚷，你一言，我一句，听起来如同吵闹。

  那牛魔王见众魔头聚齐，高声叫道："诸位，先听我说！"众魔头一听牛魔王发话，顿时安静下来，目光一起转向牛魔王处。牛魔王接着道："今天请大家来，是要商量商量对策。那人族针对我们开战已久，有具备法力者率领，如今大量聚集一处，意欲合力对我等进行攻击。大家之前互相你争我斗，各自为战，现如今，我们遇到了强大对手的集中进攻，与之单独争斗再不能轻易得手！"众魔王一听也纷纷响应："是啊，是啊！"猢狲王道："之前我们都把人族捉来就吃，还把他们赶得四处逃窜，现在看来，人族是请来了帮手想出对策要一举除灭我族。"其他魔王也都附和道："的确是这样！"牛魔王道："人族联合发起进攻，我们单打独斗难以应对，只有联合起来，才能共同击败人族从而获胜。"此时，诸多魔王一齐高声叫喊："联合起来，联合起来！"声音响彻震撼了整个山洞，回荡不息。牛魔王见众魔王群情激昂，意见统一，大笑道："好！既然大家都同意联合起来，那我们就有了无穷的力量，占领上天也是迟早的事，到时候你我不但能够消灭人族，还能一统天地！"
众魔闻听一齐高声呼应。牛魔王又道："不过现在先得推举一位首领，
带领大家共同应敌。"众魔当中有的叫道："牛魔王你的手下数量最多，
法力又最大，你就是我们的天生头领！"其他也有不少魔王应声附和，
都推举牛魔王作为魔族总头领。牛魔王见大家一致推举他，正合心意，
也就不推辞，对众魔道："好！既然大家都信得过我，那我就担当此统
领之位，你们联合一处，共同听我的调遣，消灭人族，占领上天，这世
界便都是我们的了！"众魔王大笑，齐声振臂高呼，表示愿听从牛魔王
的号令，平天灭地。就此，魔族统一了行动，联合成为一个整体来应对
人族的进攻。

　　此时的人族大军已聚集准备好集中向猕猴王和猢狲王两个较弱的魔
族部落分头发动进攻，正要出发之际，没想到魔族联军先发动了攻势，
人族两路战军措手不及，面对的敌军数倍于之前的估计。经过一番厮
杀，难以抵挡，节节败退，伤亡惨重。几大魔王个个奋勇当先，施展神
威，尤其是有那牛魔王亲自带领魔族军团出击的战斗，无论多少有法力
的仙人出来围攻，遇到牛魔王，一律落败，再难取胜。一时间，人族主
力大军被击溃，四散奔逃，不得不由攻转守，陷入了被动局面。

第六章　天尊高徒法力成　势不可当欲决胜

　　群魔由守转攻，连连得胜，气焰无比嚣张。而人族则步步退却，难以招架，短期之内便损伤两万余众，余者心惊胆寒，眼见就要溃败，再无转势可能。道德天尊将这一切看在眼里，心中忧虑："难道要我亲自出手才行？我法力虽大，但妖魔数量众多，若一时首尾难顾，让其逃脱四散，则再度搜寻费力。"当下无有更好对策，但也不能放任，遂下界招来众仙询问详情。众仙趁交战间隙来在天尊处，因许久苦苦征战，现已伤损大半，仅剩三十余名，且士气低落，陈述了当前危难局势，倾诉无尽的苦恼。

　　道德天尊听完他们的陈述，见众仙狼狈苦楚，先是安抚了一番，又问道："那妖魔为首的是何情形，又有何种手段，竟能如此了得，令你们束手无策？"有曾经与那牛魔王交战过的，便告诉天尊："那为首的魔王乃是一只牛魔，力大无比，且有颇高法力，能腾云驾雾，擅长变化，我等数人联手皆不是其对手。现其联合众妖魔正欲发起一场大的攻击，请天尊尽快定夺。"

　　道德天尊听完对那为首妖魔法力的详细叙述，竟然似曾相识，不禁眉头紧皱，想起一人。天尊一番思量，又见那仙人现已因此前的征战，所剩无多，魔族正气势大盛，很快就要发起进攻，已然没有时间允许再度挑选、教化，等待其修炼功成。形势紧迫，看来需得求助其他几位天尊。遂对众仙道："你们带领人族勇士暂且按兵不动，回避正面争斗，待我返回天宫仔细谋划再做定夺。"众仙领命。

回到天宫，道德天尊径直前往上清境玄都玉京仙府见灵宝天尊。灵宝天尊见道德天尊急匆匆赶至自己府中，将其迎至府内落座，问道："道德此次前来有何要事商议？"道德天尊遂解说来由："正欲有事求助。前者因天地之中多有妖魔，后人族兴起。妖魔多行恶果，而人族天生灵性又可堪教化，能立德行，敬天祭神，故我欲以人族取代妖魔，成为地界主宰。这样一来，地界可得有序，诸神可享安乐供奉。为此我发动人族除魔，意欲令地界永得安宁。初始倒也顺利，但如今那些魔王联合一处，与之交战，人族再难取胜。尤其是那为首的魔头，是一只牛魔，竟有腾云变化的高强法术，难以降服，不知是何来路。其他几个魔头也是十分了得，加上魔族数量众多，人仙已是难以应对，为此特地前来请灵宝天尊相助。"

　　灵宝天尊听完道德天尊一番话语，点头道："除魔之举也是顺应天道之意，至于那牛魔我却也知晓其来历。"道德天尊听灵宝天尊这样一说，心中之前的疑云顿解，暗想："那魔头果是与灵宝天尊有关。"便吃惊问道："哦？灵宝天尊如何知晓这牛魔的来历？"灵宝天尊道："说来这牛魔与我确有些渊源，其乃是开天之后第一只牛形，即牛祖，我当初下界寻找可堪教化之生灵时，因见其天生灵体，又有灵性，故将其点化，并传授了他法术，本欲在其修成之时命其统领众妖类，未料他终入魔道。"道德天尊听他这么一说，不禁面露忧虑之色道："难怪这牛魔十分了得，原来是得天尊教化，方有如此法力。"灵宝天尊道："妖魔因乱而生，不敬天尊神，如今道德欲除乱扶正，当是大义，既然那牛魔源于我，我倒也该助一臂之力将其降服。"

　　道德天尊见灵宝天尊有意帮助解决此事，心中一喜，待其话音刚落便问："不知有何应对之策？"灵宝天尊不急不忙道："降服那牛魔，我可以推荐一人。"道德天尊有些诧异，问道："哦？不知是何人，有大法力，能担当降服魔头重任？"灵宝天尊继续道："当年受传我法术者，其一是这牛魔，而另一位乃是一株天生灵根的菩提树，也被我点化，传授了道法，据我所知，其现已潜心修行有成，虽也历经天地之乱，却未入魔道，或可堪重用。"道德天尊听了马上问道："能不能让他前来对付那牛魔？"灵宝天尊道："我可以一试，看他愿不愿意出力，按理说他本为妖身，如今没有参与魔道已经是一件好事。"道德天尊点头道："还请灵宝天尊多费苦心，尽快让那菩提肯答应前来除魔降妖。"灵宝天尊应下此事，二位天尊互相别过，只等去寻来菩提，再做计较。

　　话说菩提自打被灵宝天尊点化，又传习了天尊的道法和经要，从此心无旁骛，自在昆仑山中日夜修炼不辍，七十二般变化等法术已是炉火纯青。菩提天生心性平定，因修经定性，五行之乱也未能使其堕入魔道。

　　这一日，菩提正在自己的洞中修炼，忽见洞门外金光万道，瑞彩千条，忙出来一看究竟，只见霞光中立有一位真神，不是别人，正是灵宝天尊。菩提见是恩师，急忙上前施礼，天尊点头，仔细打量，见那菩提现是英姿飒爽，仙气满盈，知是修炼有成，心中欣喜。菩提将师尊迎至洞中落座，问天尊此番来意，灵宝天尊也不婉转客套，直接说明："我此番前来是想要你前去降伏那牛魔王以及其他那些个大小魔头。"菩提闻听道："感念恩师授道传法，既然恩师有命，加上我修行多时，正欲施展修为，自是愿为天尊效力。"灵宝天尊点头。菩提心中却又有疑惑，不禁问道："师尊为何不亲自出面？依照师尊的法力，应是能手到擒来。"灵宝天尊见菩提有问，道："我乃上天之神，天命乃是传道教化众生。降服那地界妖魔，非我之功果所在。此外，那些魔头尚不知晓你的厉害，你可趁他们正聚在一处，与之相约决战。他们当前气势正盛，必会应允，可借此时机将其一举击破，毕其功于一役。若此次伏魔成功，则有机会统御地界，担当一界之主。"菩提闻此一说，忙下拜道："感念天尊开悟提携！"

　　灵宝天尊见菩提愿意出山，心中满意，对菩提道："此次初出山门，便要遭遇强敌，我担心那牛魔王也会七十二变等法术，你占不得上风，我赠你一样兵器，再传你一样本领，以应对那诸多妖魔。"说罢将一杆玉麈从怀中取出交给了菩提，菩提接过手中，见其玉杆银丝，遍体闪烁灵光，果是宝物，忙施礼道："多谢师尊！但不知还有哪样本领？"天尊道："天地间的变化，有天罡之数三十六，地煞之数七十二，你之前学得的便是七十二地煞之术，主要是些腾挪变化、分身移神、消灾避难之术。而三十六天罡数中则是呼风唤雨、搬山填海、移星换斗大化之法。我现在要传你的便是天罡三十六变化。"菩提闻听又连连称谢。灵宝天尊遂传其三十六天罡法术口诀，菩提一一谨记。

传授完口诀之后，灵宝天尊携菩提一同上到天宫，请来太乙天尊和道德天尊齐聚灵霄宝阁。道德天尊正在自己的兜率宫中焦急等待，闻灵宝天尊有请，很快来在灵霄阁中，见灵宝天尊领一人前来，心中便已明了。灵宝天尊把菩提给另二位天尊作了引见，菩提以礼见过两位天尊。道德天尊仔细打量那菩提，见其面容庄重，身形挺拔，伟岸凛然，显露出大义果敢、大无畏之气概，果然非凡，很是高兴，便即刻具体商议对策。道德天尊对菩提道："我欲除却地界妖魔，但妖邪如今联手，尤其是那领头的牛魔，颇为厉害，甚至威胁上天，菩提即是灵宝天尊的高徒，你可有决心前去降服此魔？"菩提回道："那牛魔虽是厉害，但我跟随天尊学法，自己也勤加苦练，将天尊所授法术全部修炼得精通，还研习了应对之方，如今又得传天罡之术，对于战胜他自是有成竹在胸。"道德天尊一听大喜，接着问："那么可有具体应对的策略？"菩提道："天尊不必担忧，对付那些个妖魔，只需叫其尽数前来，我方也全数出马，一战便可彻底终结魔族！"道德天尊一听，见菩提非但有降服魔头之心，还有尽数铲除妖魔之意，未及欣喜，反倒有些犹豫，如果按菩提所述行事，这样一来，地界和整个人族的命运被押注菩提一人身上。依此行事，则菩提胜，地界安定；菩提败，满盘皆输，一时难以抉择。道德天尊不禁看了灵宝天尊一眼。灵宝天尊见道德天尊目光迟疑，心中明了，对其道："我看此计可行，菩提非是夸大其词，其已得传我大部分道法，颇具修为，道德大可放心。"

道德天尊一听灵宝天尊此言，暂也不好再表怀疑。灵宝天尊见是时机，又对道德天尊道："莫不如道德再传他一样本领，以力保取胜。"道德天尊一听有些迟疑："这个……，也好，如此更有胜算，不知你想要何种法术？"菩提正欲开口，灵宝天尊先道："就传道德的三昧真火之术吧。"原来灵宝天尊知道这是道德天尊自行修炼的真火，远胜天地五行凡火，十分地厉害。此真火放于炉中能炼物，放出炉外能克敌，那菩提自是不知，遂代菩提向道德天尊提出。此情此景，道德天尊是难以拒绝，于是便叫菩提随他到兜率宫中，传其三昧真火要诀。菩提忙谢过天尊。

按照那菩提的提议，几位天尊在灵霄阁最终商定决战事宜，将由菩提具体安排。道德天尊又带上菩提返回地界，命众人仙听从菩提调遣，众仙遵令，不敢怠慢。

人族大军此时重被聚集一处，清点勇士，共计还有十万余众，一起听从菩提的统领，菩提精心安排调遣，准备停当，便拟定日程，择日派人前往那牛魔王处与之相约决战。

魔族的几位首领因屡屡得胜，本欲发动最后的进攻，以将人族彻底击溃，却忽然见人族大举撤退，并严加防御，按兵不动，不知何故。牛魔王谨慎，未敢贸然发动攻击，派各路魔王严加防守，以防突袭，然而却不见动静，一切出奇地平静，战斗也突然不再发生。牛魔王奇怪之中这几日与几个魔头一起商议下一步对策。众魔首正一起七嘴八舌议论之时，门外有小妖来报说有一人前来通报相约决战，牛魔王闻听有人前来挑战，颇有些诧异，于是叫齐所有魔首，让那人来见。来人被数名小妖用兵器指着来到牛魔王的洞中，见四周聚集着众多张牙舞爪的妖魔鬼怪，个个气势汹汹，杀气腾腾，都是些魔族头领，中间的一位是高大魁梧、身披战甲、头顶长角的牛头模样，想是那魔王之首牛魔王了。来人也是挑选出来的勇士，并不惧怕，冲着牛魔王高声道："我首领要与你魔族相约决战，三日后，在昆仑山下一决高低。"牛魔王和众魔王都是好斗之徒，一听是人族要和魔族决战，倒来了兴致，待来人说毕来意，众魔便纷纷大声叫嚷，定要一战将人族彻底赶尽杀绝，再打上天宫，称霸天下。

第六章　天尊高徒法力成　势不可当欲决胜

41

牛魔王见群魔斗志不可挡，再者根据目前的战况也相信自己一方完全有获胜的把握，便对来人道："好！既然你们有意前来送死，你且回去，告诉你们头领，就依照约定的时间、地点，到时候一战定胜负！"来人听完正欲转身，牛魔王又将其叫住："还有，如果我们取胜，叫那所谓的什么天尊让出天宫，由我们来统御天下。"众魔王都仰天大笑，无不称是。

得了牛魔王的答复，使者当下也不多言，出了牛魔王的洞府，回去和菩提回禀。菩提见魔族答应决战，也不耽搁，即刻做好最后的布局安排。众仙人和勇士皆摩拳擦掌，争相上阵，在菩提的率领之下，很快聚齐全部力量在事先约定决战的地点昆仑山以西一处山谷开阔之地摆出决战准备阵势。

诸魔亦不敢怠慢，全体出动，点齐余勇七万有余，是群情激昂，个个摩拳擦掌跃跃欲试。牛魔王和众魔王为此次决战精心做了准备，力求必胜。众魔虽不懂得排兵布阵，但魔头也各有分工：牛魔王坐镇中央；鹏魔王有翻天之术，率飞翔之族；蛟魔王有覆海之能，率水部；狮驼王力大可以移山，负责殿后；猕猴王耳聪目明则随时探听通报战场战况。

上古怪兽，数量种类繁多，且大都好斗，能迅猛突袭，早已被牛魔王派人召来无数，暗中布置，作为此番决战的先锋，由猰貐王率领在前打头阵，有那：混沌、穷奇、梼杌、饕餮四大凶兽在最前，又有：睚眦、嘲风、蒲牢、狻猊、赑屃、狴犴、螭吻、狰狞、狍鸮、窫窳、巴蛇、诸犍、椒图、化蛇、青牛、蛊犬、闻獜、獑猢、呲铁、山臊、火鼠、并封、夫诸、猾裹、鸣蛇、马驳、傲狠、九婴、土蝼、爰牛、诸怀、獦狚、孰湖、朱厌、长右、犀渠、举父、足訾、朱獳、蠪侄、狢即、合窳、马腹、狙如、雍和、狟狟、彘、蛮、颙、獜、狆、狐，还有巨蝎、蜈蚣、山巨蛛和九尾狐等。这些怪兽个个凶悍狰狞，有的生锯齿獠牙，有的长硬鳞巨爪，有的有如钢巨角，有的是双头九尾。有能发火，有善吐水，有能生风，有能巨吼，有善吞噬，有善撕咬，有善奔跑，有善冲顶，有能吐丝。有善蜇，有善毒，有善攻，有善守，有善追逐，有善夜袭，有善偷袭，有能散瘟疫。力图在大战之初便形成压倒气势。

中央坐镇的牛魔王总督全局，有最多的妖魔，那些虎、豹、熊、狮、狼、犀、兕、猪、羊、獐、马、鹿、犴、蛇、猴、猿、狳、獬、牛、兔、狐、貉、蝠、鼠等，以及树精、木怪悉数聚集。鹏魔王带领：毕方、钦原、蛊雕、肥遗、颙雀、跂踵、罗罗、絜钩、鹰、雕、燕、雀等飞禽之师藏在高山之后，欲从空中居高临下突袭；蛟魔王带领鱼、虾、龟、蟹等水族魔怪潜伏水底，以待战机。其他中小魔王的部落也集结一处，做好了对人族进行全面集中攻击的准备。

众魔一切准备停当，自觉胜券在握。牛魔王一声令下，魔族大军浩浩荡荡出发，挺进决战的战场，只等决战时刻的来临。

第六章　天尊高徒法力成　势不可当欲决胜

第七章　乾坤之战天地动　菩提施展大神通

　　决战约定之时到来，灵宝天尊和道德天尊来在了昆仑山上空坐镇，时刻观察双方战况，防备魔族突破人族战军屏障，威胁天宫。菩提和人仙率领的人族布好三层方阵，青龙、白虎、朱雀、玄武四神兽镇守住东西南北四方，菩提于中央总督全局。

　　昆仑山西边平静宽阔之地，一侧险峰高峻嵯峨，一条大河奔腾流过，决战双方对阵。大战将临，此时此刻，麒麟躲、凤凰匿。妖魔的阵前猛兽摇头摆尾，水中蛟龙翻腾，空中枭猇盘旋，真可谓是杀气连天。人族也是一排排一层层威武勇士一望无边。最前排的勇士身披犀牛皮甲，手持长矛，后排勇士也各握利器，皆是斗志昂扬。战场上空日月同天辉映，照亮天地每一处角落，阵阵冷风从大地和人们的耳边萧萧掠过，白云不停，空气却如同凝固了一般，都在静静地等待这一场史无前例的大战的爆发。

　　时辰已到，菩提一声令下，人族勇士挥舞手中武器呐喊着一齐向前，那边朱厌出现在山巅之上，扬首长啸，牛魔王举手中棍一声大吼，这是开战的约定，大战随即爆发。

　　自打开天辟地以来一场前所未有的浴血之战迅即展开，双方一齐呐喊，怒吼中铺天盖地冲向对方，个个不顾生死，拼尽全力。好一通大战，只杀得天昏地暗，日月无光，山河倒卷，水土扬翻，飞沙走石，走兽俱惊，树木皆蔫，花草折枝，虫羽无踪，血肉横飞，群魔乱窜。

　　一阵阵殊死厮杀，从日升打至日落，又从日落战斗到日升，参战的各方互不相让，都使出浑身解数，飞天、遁地、吐水、喷火、生风、化雾，各种兵器，各种能用的武力、法术尽使。魔族众多的先锋神兽，凭借利爪钢牙、厚皮坚蹄，攻击凶猛，人族一众伤亡惨重，一开始便被冲散了第一阵列，落了下风，且战且退，死伤渐多。

人族虽处下风，却三阵前赴后继，欲阻挡住第一波猛兽的攻击。无奈，人族和仙人联合的三阵拼尽全力都没能抵挡住其发起的第一轮攻击，全部被冲散。此刻后面狮驼王率领的队伍又一齐冲杀过来，只待将被冲散的人族逐一赶尽杀绝，便将获得此战的最终胜利。牛魔王稳居在中央，见此场决战看起来胜负已分，想那天上诸神和人族不自量力，前来决战，还未等自己出手，便已是不堪一击，看着战场势态的变化，牛魔王心中不禁得意。

再看那菩提，一边指挥身边的人抵抗前来的猛兽、妖魔，一边观察对面的攻击态势，第一波攻击已经过去，自己一方已经完全被冲散，而对方的中坚力量刚刚发起第二轮的攻击。菩提对此早有安排，心中并没有惊慌，只见他突然纵身而起，带出千百道金光，直奔狮驼王而去，狮驼王正在指挥向前冲杀，没料到菩提突然出现，唬了一惊，急忙中使绝技搬动大山来阻挡菩提，菩提一见是移山之术，毫不放在眼里，使出化解之法，将大山转向猕猴王压下，那猕猴王正指挥怪兽追赶逃散人群，忽然一座大山压来，没有防备，瞬间被压在山下，不能动弹。狮驼王见前来的此人有如此大法力，将他的看家本领瞬间化解，不禁心惊，忙纵身赶上前去，移走高山，将猕猴王解救出来，那猕猴王已被山压得是筋断骨折。狮驼王顾不得他，转身张开血盆大口，吞向菩提。菩提却也不躲避，被狮驼王瞬间吞入腹中。猕猴王趁机急忙指挥小妖将猕猴王抢回。众人仙见菩提被狮驼王吞下，大惊，正慌乱间，却见那狮驼王就地翻滚，痛苦万状，原来菩提在狮驼王腹中翻江倒海施展神通。人仙一见此情形，迅即上前将那狮驼王捆住拿下。菩提也从其张开的口中跳出。

空中有大鹏魔王正指挥飞禽向地面攻击，见猕猴王和狮驼王都被菩提克制，急挥利爪俯冲来攻，菩提闪身躲避，向那鹏魔王的利爪一指，便不能伸缩，利爪无用，鹏魔王惊惧，连忙振翅而逃。鹏魔王飞翔之术无人能及，菩提不去追赶。

　　三个魔首在须臾间都被菩提斗败，其手下小妖小魔，见此情形，无不吓得四散奔逃，哪里还有心思追杀人族。正潜伏深涧的蛟魔王见此情形，从水中一跃而出，霍喇喇卷起冲天巨浪，水涛四射，珠光翻腾，遮天蔽日，张开巨口向菩提吞来。菩提见蛟魔王也终于露面，正中下怀，并不畏惧，轻身躲闪，避开锋芒。那蛟魔王身形游走变换上下飞舞异常迅捷，菩提竭力与之避开纠缠，寻机擒拿，却一时不能脱身占得上风。而此时蛟魔王却越战越勇，伸利爪紧逼，菩提自怀中抽出玉麈，挥舞着迎向了蛟魔王利爪。蛟魔王只顾伸爪来抓菩提，未曾想那菩提却将一柄拂尘挥将起来，瞬时将其利爪缠住，一时竟不能挣脱。蛟魔王利爪突然被束缚，心中慌乱，使出全身力气翻腾挣扎，被其挣脱，一头扎入深涧之中。

　　菩提见其入水，岂能轻易放过，也念动避水诀，入水寻那蛟魔王争斗，意欲将其一举擒获。那蛟魔王乃是水中之物，一旦入水，如虎归山，成蛟龙入海之势，翻回头又主动迎向菩提。菩提水中缠斗之功不及那蛟魔，玉麈在水中也使不上力，身形也不及那蛟魔灵活，未几个回合，已被利爪划伤。此时周围潜伏的一群鱼虾鳖蟹、龟鳖鼋鼍身披铠甲，手持兵器，从四面八方的暗处一齐聚拢上来，霎时间波浪滚滚，磷光团团，兵甲森森，围住菩提。菩提见状不妙，急忙抽身从水中跃出，闪在空中。

　　蛟魔王见菩提退走出水，知其厉害，却也不追，只是将半个身形探在水面上，双睛紧盯菩提，神形凶恶挑逗。此时的菩提和蛟魔王二者皆有顾忌，一时间成焦灼之态。

　　灵宝天尊见菩提勇武，心中欣喜。道德天尊将这一切看在眼里，心想："该我出一出力。"遂从怀中取出芭蕉宝扇，朝那蛟魔王一扇，只见一团烈火，红滚灼热，直扑向那蛟魔王所在。此乃是道德天尊自行修炼的三昧真火，能化五行之金，能焚五行之木，能焦五行之土，不惧五行之水，能炼物克敌，收放自如，在此之前还从未施展过，今见此恶战方才使出此法术。

蛟魔王正在水面与菩提对峙，忽见天空红光盖顶，一团烈火破云而至，虽未近身前，已被烤得满身疼痛，急忙哧通一声钻入水中躲避。只见那团烈火降落水面，居然并未消散，而是燃烧成一片。道德天尊又连扇了几扇，霎时间，烈焰翻腾，火光冲天而起，红霞四射，灼热异常，不多久，那山涧之水已经开始沸腾翻滚，气雾弥漫。

蛟魔王起初还尽力深潜，试图躲避，没承想那烈焰越烧越旺，整个山涧之水也灼烫非常，未久再也无法承受，憋足气力，从布满烈焰的水面冲出，身带火光，逃向大海，须臾间不见影踪。

菩提见道德天尊出手，真火威力无比，那蛟魔王被火围困，最终逃离，因后面还有劲敌，也不追赶，返回阵前。人族见菩提屡屡得手，停下四散奔逃的脚步，都为之欢呼。此刻菩提定了定心神，稳住了阵势，使出了天罡之大变化，一声凤鸣，划破长空，又一声麒麟吼，地动山摇。众飞禽走兽经过一番激战，业已疲惫不堪，现冷不防听到如此厉声，正是针对其而来，被震慑得尽皆悚惧，骨软筋麻，一时间纷纷落地、瘫倒，无力挣扎，众人族勇士借此机会，大开杀戮。只可怜那些百年长成、千年纵横的活物，瞬间魂消命殒，血溅成河，只有少数逃入四周丛林之中，再不见踪影。

猕猴王早已将此情形通报牛魔王得知，那牛魔王闻听，大惊失色，未曾料想居然有如此大法力者前来与之对抗，是该自己亲自出马了。于是命左右抵挡住身边的众敌，整束一下厚甲，持手中天尊所赠兵器混铁棍去寻菩提对阵。

二人在阵前会面，菩提打量了一下牛魔王，见其身材魁梧，面目凶悍，头顶一对长角，冲天而立，开口问道："你就是牛魔王？"牛魔王道："正是，你是何人？难道是那所谓的天尊找来的帮手？"菩提道："不错，我是专门前来降伏你等魔族的，今天要让魔界从此消失！"牛魔王仰天大笑道："好大的口气，那天尊许给你什么好处？你来此拼力作对，我一向我行我素，无人敢干涉，哪叫你来多事？"菩提听他这一问，冷笑道："莫啰嗦许多，妖魔作恶，我只要降伏你，将魔族彻底铲除，乃是替天行道！"牛魔王道："替天行道？何为天道？你要称天道，那要看你有没有这个本领。我把你取了性命，教你知道什么才是真正的天道！"说罢便挥动手中混铁棍向菩提攻去。菩提使拂尘相迎，二人上下翻飞斗在一处，只见铁棍舞狂风，拂尘扫雪影，双方你来我往数十回合不分上下。

菩提见一时难以招式取胜，便摇身一变，变作一只鸟雀去啄牛魔王的眼睛，牛魔王身形巨大，与人角力，可占上风，但论及灵活，却大大地不及，偌大的一个牛祖，被一只小小鸟雀弄得是狼狈不堪。牛魔王气恼，也使出变化，变作飞鹰来擒鸟雀。二人你变我化，都施展的是天尊所传法术，几番变将下来，菩提占得上风，那牛魔王见自己的看家变化之法居然屡屡被菩提破解，知道遇到对手，便收了化身，使出法象，化作一只千丈长白牛，肩比云间，蹄掩半山，角似铁塔，吼声惊天，大地震颤，撞倒山峰，踏碎岩壁，乱石飞崩。这下菩提无论如何变化，都不及其雄大，被逼得连连后退。

菩提见那牛魔王现出的法身颇具威力，定了定心神，遂使出从道德天尊那里刚刚习得的三昧真火之术，从口中喷出一股烈焰，直奔牛魔王而去。菩提使出的三昧真火虽不及道德天尊神威，但是那牛魔却也无法抵挡应对。牛魔王不曾料到在菩提口中凭空吐出烈焰，直奔自己而来，顷刻间直烧得一层皮肉焦烂，疼痛不已，再无抵抗之力，不得已拼命奔逃躲避。菩提驾云紧紧追赶，牛魔王一路败逃远去。

那些小妖魔一见牛魔王败走，几大魔王也相继失手，再无心恋战，纷纷四散奔逃，人族勇士趁势奋力包抄追杀，将那些妖魔野兽几乎擒杀殆尽，仅有少数向北方逃脱。

菩提追杀牛魔王千里之外，追使其从此远遁，便不再追赶，又返回战场。此时此刻，沙场上空乌云压顶，烟尘弥漫，阴暗笼罩大地，惨烈之状，触目惊心。眼前这一片生死搏杀之地已是草木焦枯，尸横遍野，到处残肢断臂，苦痛哀号，汗水混着血水流淌，四处幽暗悲鸣，余者精疲力竭，捲立倒卧，泣血椎心。阵阵冷风，吹不散扑面腥煞之气；暴雨滂沱，冲不断遍地血流成河！生者恸，亡灵悲，魂无所归。

众人清点战场，魔族被俘获上万，除少量逃遁外，其余尽皆殒命，人族也死伤近半。菩提虽勇，但见此情此景，也不禁唏嘘慨叹。

决战惨烈异常，上古之兽在这场大战中死伤众多，少数逃遁，余者被擒。那九尾狐逃进平顶山中，巨蝎精藏身灵鹫山内，山巨蛛战后往深山中躲藏。魔族至此彻底落败，原本几乎成为魔界的大地再不见了魔族大规模的集中出现。

这真是：乾坤之战天地动，人魔纷争逞英雄。只为世间归一统，浴血相杀灭苍生。

伏魔之战终结，烟火散尽，战场狼藉，人族大获全胜，天地重归宁静。众天神在云中见证人魔大战的整个过程，见胜负已分，遂收拢金光，各自离去。菩提得胜之后，稍作休整，与众人道别，随灵宝天尊上天以待庆贺。道德天尊没有马上回转天宫，召唤剩余众仙安排后续事宜。众仙按照天尊要求，清点人族勇士，剩余六万，又论定大小功劳。将俘获的一万妖兵兽卒聚集安置，又收了青牛给天尊作为坐骑。

经此一战，人族在地界众生灵中的威势无可匹敌，那些原本四处兴风作浪的妖魔只能藏匿于山林隐蔽之处躲避。男女老幼纷纷庆祝，犒赏有功勇士，祭拜歌舞，一片欢乐，自是不提。

道德天尊吩咐诸事完毕，跨上青牛，纵祥云回到自己的兜率宫中，将青牛交与童子好生照看。又召来太白金星吩咐玄机。那太白姓李，名长庚，机警善言，有文治之才，入了天尊门下，天尊对其交代仔细，李长庚依天尊之命，潜伏踪迹，下界暗中行事。

菩提在上清境灵宝天尊仙府中受到款待，平日不苟言笑的灵宝天尊因高徒此番光耀显威，欣喜之色溢于言表，对菩提大加赞赏。菩提归谢天尊传道教诲。此时有人前来通报："太乙天尊得知天尊已回宫中，约请天尊三日后赴灵霄阁庆贺筵席。"灵宝天尊欣然应允,打发来人回去之后,对菩提道:"此番你率众一举将妖魔降服,铲除了魔界,立下大功,我会在此次会上推举你担当地界首领,你莫负我重望!"菩提闻听天尊此言,喜出望外,心绪激昂,想自身毕竟苦修多年,遇此难得良机,自是期待满怀,满口允诺道:"定不负天尊之意。"

第八章　玉帝登基成九鼎　诸神之职各分封

　　三日之后，九重天上，灵霄宝阁装扮一新，天香缭绕，瑞彩霞光，仙桌仙椅摆放整齐。银盘堆积仙果，玉盏盛满琼浆，一旁仙童侍立。诸位天尊和菩提锦衣华服齐聚宝阁之中，道德天尊早已在此等候，元始天尊、灵宝天尊、太乙天尊、菩提，以及受邀一同前来的北极紫微、南极长生、勾陈上宫、后土神祇等互相以礼见过，分别落座。

　　虽说是庆贺，却显庄严，诸神正襟危坐，太乙天尊先行举杯邀几位天尊和诸神共饮，众神欣然举杯一饮而尽。接着太乙天尊道："今日请诸位一聚是为庆贺降魔功成，并商议封赏之事。"此时只见元始天尊威严庄重，灵宝天尊气定神闲，道德天尊则微微颔首，菩提初次来此上神齐聚的灵霄仙阁，未免拘谨。气氛有些许凝重，诸神似乎都明了此次并非完全意在庆贺，而是要商讨重要的决定。

　　灵宝天尊环顾了一下四周，顿了一顿，起身对诸神说道："此次伏魔之战，大获全胜，妖魔尽除，实属不易！那妖魔数量众多，强大凶悍，人族堪堪落败，天宫岌岌生危，诸位也都看见，菩提以一人之力，挽狂澜于既倒，斗败全部强敌，乃是此次获胜的首要功勋，按照之前我们曾有过的商议，依我之见，其可封为地界首领。"菩提见灵宝天尊果如其言推举自己，忙起身施礼道："多谢天尊举荐，若我执掌地界，定当尊天意，效全力！"灵宝天尊见菩提当众表明态度，显露满意神情，太乙天尊也是点头。根据最初与灵宝和道德两位天尊针对地界治理的安排，菩提担当地界之主可算是在情理之中。未参与此次地界降魔之战的几位上天神祇也了解其大致过程，心中也无太多疑义。正在此时，听在场有一人发话道："不妥！"

此言一出，众神大多十分意外，尤其是灵宝天尊和菩提更是出乎意料：怎会有人对此事加以阻拦？在场的诸神都循声望去，见发话的正是那道德天尊，众神不解其意，纷纷以疑惑的目光看着他，等待其给出缘由。只见道德天尊起身稳步来在了灵霄阁的中央，对诸神说道："灵宝天尊所言不假，之前的确曾经商讨过找寻能者治理地界一事，但时过境迁，现较之当初已大为不同。如今，世上已不单单是有地界，而是有三界，即：神、人、鬼三界。人族经此一战已占据地界主导；而天地五行、日月星辰、风雨雷电由专门仙神掌握，之前无有规矩，现在该当有序；另外，自打开天以来，天地间阴阳生死轮转，亡魂众多，也已可成一界。因此，我认为当前是有必要立三界的统领，建大一统天庭，来总管这三界。此首领必须能上知天，下晓地，中通人性，是纵横通达的治世之材方可胜任！"

此一番话语自道德天尊口中平静而出，却掷地有声，似在诸神心中鸣钟击鼎，掀起巨大波澜。灵宝、太乙、菩提听完都不禁一怔，道德天尊此言虽出乎意料，却又在乎情理。而三界之首当是非同小可，自打开天辟地以来还从未有过，如今却被提出，摆在了面前。对此即便在座的几位顶级天神亦难轻易断定可否，在惊讶之余，诸神皆未发话，稍顷，不禁一齐将目光转向元始天尊，此等大事已非元始天尊出面评判不可了。

大道之化身元始天尊闻听道德天尊有此一提法，早知道理，见众神疑惑，便开口对众神说道："世间一切从无中来，到无中去，终归无序，而生灵逆之。此界自开劫以来，天地因清浊而分，初始时生灵无多，道法于天，本自如然，之后经历万千演化，众生繁多，人、神、亡灵皆盛，遍布天地，而万物只有循道有序方能生生不息。道之法，法归自然，大道非争、不避，而利万物，乃顺其自然而成。众生则要历经统合方能由弱而强，与天道相衡。故正如道德天尊所言，三界一统，是为当今太极归序之理。"众神闻听元始天尊说大道、破迷径，方才开解，纷纷点头，尤其是那道德天尊，听罢心中备觉振奋。诸神不由得同将注意力集中在由谁来担当三界之主上。

"三界之主"这一亘古无上尊位，既然已被提出，又合乎大道之理，任何人都难免对之憧憬期待，古今多少征战杀伐无不因此心而起，不知枉负了多少性命。诸神皆各自盘算。灵宝天尊料三界之主将从在座的几位中诞生，似无悬念，而看此情形，想那道德天尊心中的三界首领之选恐非自己推举的菩提，亦非如今的天帝太乙天尊等诸神。如若设立三界首领之位，其提出者道德天尊当下则是最为合适之选。那道德天尊现已是法力高深，居众神之首，还曾解化女娲补天，缔造人族世界，且是此次伏魔大战的发起者。此时此刻，又是他提出神、人、鬼三界统领之说，想必是对之势在必得。余者也多如灵宝天尊心中所想。

灵宝天尊心在传道，见既有此时机，也还是要让菩提继续争取三界之首一位，于是马上提议："我看菩提亦可担当三界主宰。"菩提一直在仔细聆听诸位天尊的话语，先是听得那话锋突转，由推选地界首领变为三界统领，心中无有准备，不知是该争取还是该放弃，正忐忑迟疑间，见灵宝天尊再度举荐自己，大为惊喜。菩提苦心修炼，难得此一机会施展，如今更是走到了诸神之主的位置最近处，岂能不动心，他便也有了争夺之意。但这毕竟与之前所想大为不同，况另几位天尊和天神都在场，菩提此次却未敢擅自发话，只待形势有所明朗。

诸神心中能担当三界之首者看来无非是论资历和法力，要论资历，这里只元始、灵宝、道德和太乙天尊最为资深；论法力，灵宝和道德两位天尊当仁不让，道德天尊似略占上风。太乙天尊作为当今天帝，倒也有继续担任三界之首的道理，但此次并未参与伏魔之战，是否能够转而成为新的三界统领还存有变数。菩提心中最担心的也是那道德天尊，其乃是天地初始上神，又一手发起此次大战，这三界统领之位的话语权当数他大，而自己还真无几分把握，但也决心尽力争取。灵霄阁中此刻一阵静默，只见仙香缭绕，未闻言语一声。

第八章　玉帝登基成九鼎　诸神之职各分封

见众神均未表一言，菩提又对自己反复斟酌了一二，自觉分量在几位天尊面前远远不及，甚至那紫微、南极、勾陈、后土等在座的几位神祇也在自己之上，不如主动谦让，却又心有不甘，正犹豫间，闻听道德天尊发话："菩提曾得灵宝天尊亲传道法，的确法力精深，又在伏魔决战中起到了关键作用，但伏魔之战获胜并非菩提一人之力，除众仙之外我也曾出手相助。菩提善斗，法力高强不假，但其长于杀伐，却并不擅长统御和治理天下，是乱世之雄，而非治世之能。三界统领之位则是重在治世，故此须从能感知天地众生者中甄选。人族现已成为地界主导生灵，是将来天地之间最重要的一族，修可成仙，亡则为鬼，皆从人出，因此，唯有能感知人族性情者方可知其玄机而治。而那菩提本非人族，不能感知人族之心性，更不知鬼类，怎能担得此任？因而并非上佳之选！"

菩提一听，先是一愣，未曾想那道德天尊会有此一说辞，几乎是处处说到自己的无解之处，当下心中无奈，放下念头，不再准备力争。其他几位听了道德天尊这番话，似乎有理，又似乎还值得商榷，总之道德天尊的心意众神已是明了。太乙天尊始终沉默不语，静听众神之议。

灵宝天尊见道德天尊似有谋求担当三界统领之意，但听他之言却又像是并非如此，于是便问道："如此说来，在座的包括太乙天尊在内皆不能担当此位，那么道德天尊是否愿不辞辛劳，担当治理三界之重任？"其他几位上神此刻心中也是有着同样的疑问。道德天尊听罢微微一笑道："我推举一人来掌管三界，此人来自地界，本姓张。"此言一出，大为出乎诸神所料，这到底是何等人物？从未听说，居然能被道德天尊看中。更令众神感到意外的是，那道德天尊竟然既不亲自来争三界之首，也不推举在座的任何一位，非是菩提，亦非是太乙天尊，而是说出这样一位不知来路之人。

道德天尊知众神因何疑惑，继续道："我早已吩咐太白金星去往下界寻找那可担当三界统领之合适人选。遍寻地界各处，终于找到此名张姓族长，其累世修行，现虽在凡间，但前世原也是曾历经千劫，依旧真形不灭，今转世昆仑山下投胎了好人家。金星暗中仔细查访，见虽是历经此番大战，其部落人数依然众多，居众群族之首。那部落被其治理得是防御严密，布置整齐，族人是分工明确，劳作有效，行事有规有矩，长幼、尊卑有序，兵者勇，劳者勤，女者贤，老者安，幼者健，各安其生，不做无用之事求功劳民，无有牵强之理徒生不平，可谓是井井有条，其他任何部落无可比拟。又从其亲从那里探听得其为人有仁能忍，平衡有术，赏罚分明，众人皆服，虽论法力，并无多少可言，但若论治理之道，无人可比。此人仁厚持重，公正坚韧，以和为上，且果敢善断，尤为擅长治理，是乃天意所在。"

菩提听罢道德天尊所言，亦甚为惊异，没想到其推举的居然是如此一位凡人，随即已悟到天尊心思：天尊这般安排，是可以毫不担心三界之主不听从他的教诲。诸神心中也都明白，暂未表态。菩提却十分不甘于在一凡人之下，此时开口道："这三界之主论资历、道行当属诸位天尊，况还有太乙天尊为当今之天帝，怎轮得到一个凡人担当？"一番话说到在座几位天神心里：难不成今后要在一名凡人之下听命？

道德天尊早有准备应对各种将会发生的异议，听菩提所述，正是关键，其依旧从容道："太乙天尊的确有天帝的经历，但只是在天地尚且无序、毫无体统的情况下担当天帝一位，只管天上之事，与将来三界统领的要求有所不符，况且太乙天尊并未参与此次大战。"众神一听，也都明了，参与伏魔之战与否只在其次。此时众神都把目光集中在了太乙天尊身上，想听听他的想法。身为现今天帝的太乙天尊神情倒是很坦然，见众人把目光投向自己，一直沉默倾听的他开口说道："道德天尊所言三界之首，乃是遵循大道之理，大势所趋。我见众生之生死已多，多有苦难，孤魂遍野，无有解脱，亦无管束，故我愿去救助天下众生和孤苦亡魂。"众神一听太乙天尊此言，一番潜在的争端化解，方才心中有所舒缓，都钦佩太乙的慈悲之心。

道德天尊此番提议，让那菩提失去原本打算的地界之主一位，亦不能担当新的统领。灵宝天尊没有发话，正想着是否有必要拆解。众神依旧各怀心腹事，最终能否如同道德天尊所言让张姓凡人担当三界统领尚无定数，那紫微、南极、勾陈、后土诸神心中对此也不同程度地还有所期待。正在诸神沉默之时，道德天尊命一旁的仙童让门外待命之人来见，仙童领命，出灵霄阁，见果有一人身着仙衣在门外等候，便让其进来。来人进到阁中，上前三两步对众神施礼道："门外已有天兵列阵等候，请诸位上神观阅。"众神有些诧异，道德天尊说道："我已安排将来镇守天庭的天兵在门外列队整齐，只等诸位一同前往观看。"诸天尊、天神和菩提见道德天尊早有安排，便也起身跟随其出灵霄阁观看究竟。

出得门来，只见有数万天兵在云霄之中已经摆好了阵势，前排一千金甲神兵，明晃晃盔甲闪亮，冷森森兵器放光，个个是上山擒得猛虎，下海降得蛟龙；又有风雨雷电之神，虎豹豺狼之兵分列两旁，共有五万之多。见道德天尊出现，为首的将领一齐向道德天尊施礼，继而金甲神兵向道德天尊致敬，威武雄壮，接着是全部天兵天将喝号，声势震撼。道德天尊见状满意点头，又让向诸位天神行礼，诸天兵天将又一齐向诸神行礼参见，响彻云天。

诸神颇感惊讶，有所不解，一齐用疑问的目光看着道德天尊，道德天尊介绍道："此乃降魔之战中挑选的兵将、仙神以及收服的妖兵，将来可作为天庭之天兵天将，暂由我亲自统领，特借此时机请诸位观阅。"众神闻听道德天尊此言方才明了，原来其早有打算。观毕，诸神复又返回灵霄阁。

众神坐定，元始天尊此时问道德天尊："你对建立三界之体统是否有具体安排？"道德天尊对元始天尊和众神道："除了新的三界之主外，各路仙神，各个职务皆已备有人选，水归水德，火归火德，金有金德，木有木德，土有土德，五行星君具体执掌五行事宜。文有太白，武有天将。并且，我准备设立道门，尊元始天尊为玉清第一神尊，灵宝天尊为上清，而我居太清。将来掌管天庭各个职责的仙神须是出于道门之中，欲担当职务，要先入我门。太乙天尊可辅佐新帝治理天下，保留帝号。紫微北极、南极长生、上宫勾陈、后土地祇等四位各有所长的先天神祇亦辅佐将来的三界首领，是可实现完善的天地治理。"

元始天尊又问："新主作何称号？"道德天尊道："新的三界之主可称'玉皇上帝'，菩提上仙可待玉皇上帝上位后安排要职。"元始天尊听罢点头。在场众神见那道德天尊早已安排详细，此时无有更多异议。灵宝天尊保有尊位，不再力图争夺，只还有些不平，主要是为菩提感到惋惜。

众神就此将三界统领之事议定，由道德天尊所推举的那张姓之人来做新设立的天帝之位，就此散去。菩提闻听要一个原本的凡人来安排自己，心中并不愿意，只是当着众神之面不好直接反驳，跟随灵宝天尊返回宫中暂且歇息。

这真是：命里若有终归有，命里若无终是无。冥冥之中无需争，终极尊贵天注定。普世凡人因得到天尊扶植，将成为执掌天地之主宰。

道德天尊以"道"为名，立道为教，创立道门，以三清：玉清元始天尊、上清灵宝天尊、太清道德天尊为最高神尊，天上仙臣、仙将皆需要先加入道门，尊三清为师，听三清教诲，方可在新设立的天庭任职。

那道德天尊所选之张姓族长在其安排下入了道门，得仙丹而成仙体，上到天宫，为即将设立的天庭做准备。初获尊位，其一切都听从道德天尊安排，凡遇大事皆向天尊请教，对天尊是言听计从。又按照天尊的规划提议依据事先拟定好的名单建立了天宫的编制，上有玉帝，中间有文武群臣，下有各种值守。日月星辰，风雨雷电，四海之长，各路神仙，各司其职，各自归位，都是四处选拔出的合适人选，这早已有所安排，无有障碍。又挑选一先天至阴之气所化之女为"王母"，做女仙之首，辅佐玉帝。请原中天北极紫微，南极长生，勾陈上宫，后土神祇先天四神协助玉皇打理要务。

道德天尊于东海之滨寻得的有道者东华，当初将其点化，现又传其修仙典籍用以传将世人，在凡间专为点化修道之人，天尊亲口封其为"东华帝君"。后世间凡欲修道成仙者，须先拜东华，由其举荐方可上得天宫拜见三清上尊。地界人族，愿意归从道门修行的，均可加入，习学道法，甄选其中修行有道者参与天庭诸事。这样一来，那些本欲修行的人族，一见是有了归属，便纷纷来投，加入道门。

新的天庭成立首要的一件事是准备登基大典，因此大兴建筑，安排能工巧匠，在这九重天上建立了太阳宫、五明宫、斗牛宫等在内的三十三座金碧的天宫，又建起了灵霄殿、朝会殿、天王殿等七十二重辉煌的宝殿。其中那新的议事大殿灵霄宝殿最为高大宽广，雄伟非常，是琉璃造就，宝玉妆成，金柱翠屏，金钟铜鼎，盘金龙，飞彩凤，霞光万道，瑞彩千条，紫雾缭绕，麒麟列立，华丽庄严。正中央玉阶之上，是镶异宝、嵌龙凤的玉帝、王母宝座，绽放着金光。四处有琉璃灯盏，宝瓶繁花装点。玉阶下，金丝红毯，供众文臣武将两旁伫立。宝殿之间玲珑雕画，紫木回廊相连，两旁仙花奇草相伴。

人员安排齐整，天宫建造完毕，玉帝择吉日在灵霄殿行了登基大礼，天地凡有职位者尽皆到齐，天上、地下、海外诸仙，十洲三岛仙翁，诸世地仙皆来朝贺。三清先列尊首席上座。太白金星主持大礼，向众仙神正式宣告"昊天金阙玉皇大天尊玄穹高上帝"登基。新晋玉帝身着龙锦华服、头戴王冠，王母霓帔珠彩、凤衣霞冠在旁，在众仙之前步步前行，来在灵霄殿正当中落王座，接受群臣和天地诸仙神的礼拜。

接下来，先是封太乙天尊为东极青华大帝，辅佐玉帝，掌管亡魂，体察天下苦难；再封中天紫微北极大帝，执掌天地经纬、日月星辰、四时气候；封南极长生大帝，执掌人间天寿祸福；封勾陈上宫天皇大帝，掌管南北极和天、地、人三才，人间兵革；封承天效法后土皇地大帝，统御大地山川万物，执掌阴阳生育。四帝共同辅佐玉皇上帝治理三界，一齐上前向玉皇行礼。而后诸位获封大臣按职位序列加封、跪拜。

天兵天将由道德天尊直接统领，待有合适帅才再交由其执掌。在道德天尊的精心遴选安排下，玉帝颁布圣旨分封诸神，设立三百六十五位正神职。有五斗主神，以及六司、七元、八极、九曜、太阴、太阳、三十六天罡、七十二地煞星，各司其位。太白金星领文臣，又有仙辅张天师。真个是文臣肃穆，武将英武，分列两旁，气派非凡，十分的威风。

雷部主神雷公施雷、电母掌电，还有风婆催风、云童布云，而具体操办布雨之事交予了龙王。封：东海敖广，西海敖闰，南海敖钦，北海敖顺为四海龙王。火部主神归了火德星君，执掌火器，原火神祝融只管火之神，而不管火之形；水部主神归了水德星君，执掌水器，原水神共工只管水之神，而不管水之形。又按照天上二十八星宿依东方青龙，南方朱雀，西方白虎，北方玄武分五行、日月各七位之职，现多是些成精的猛兽、归顺的妖怪，尚待完全。因地界刚刚安定，为防范妖魔再起，安排：增长天王，广目天王，多闻天王，持国天王，四位天王正神分别镇守大地四方。此外还有四值功曹、十二元辰，地界之上广招山神、土地、部落城隍，协助天庭治理。

玉帝颁布了由道德天尊主导制定的详细的天地运行规则和天庭运转的礼数，各级仙班的行为、职责皆有界定，日月升落，何时生风，何时降雨，甚至那降雨的点数亦有详细规定。至此，天地秩序终于得以井然。接下来大摆筵席，玉帝、王母与众仙同饮同贺。菩提虽受到邀请，却未出现在列。

自此每日各路仙班于灵霄宝殿上朝，参拜玉帝、王母，一切终归于一统。玉帝、王母则依照道德天尊的安排治理事务。道德天尊大愿已成，因其千万载辅佐上天大帝，因而从此称"太上老君"，以超脱三界之外之道教教主身份在三十三重天炼丹、修行。

第九章　三界治世终有成　四海之内皆平定

　　魔界瓦解，天庭开辟，玉帝登基，事务繁多，经过许多时日，再加上太上老君和太白金星的倾力打理，总算是有了头绪，逐渐按部就班。这一日，玉帝正在寝宫中思索要事，见王母前来，随同的仙女手托银盘，上有仙果数枚，王母拿过一个交给玉帝，原来是一颗水灵粉嫩的仙桃。王母对玉帝道："这是我从上青天弥罗宫里的那几株仙桃树新采摘的仙桃，我见你整日忙于天庭事务，无闲暇时间，便自去摘了几个，你我二人共同品尝。"玉帝见那桃粉绽浑圆，紫纹莹润，不禁惊奇，原本紧蹙的眉头也略有舒展。这果名为蟠桃，数千年方能成熟，因而极为难得，玉帝之前也只有耳闻，却还不曾品尝过，今日得见，亦觉新鲜，遂暂时抛却烦恼之事，和王母二人分食仙果。那蟠桃真是与众不同，入口清甜，甘美之极，令玉帝神清气爽，食毕唇齿留香。桃核也是非同凡响，浅黄晶莹，散发着异香。

　　玉帝看着那桃核感叹道："果真是好仙桃，只可惜我繁务缠身，不能常去弥罗宫享此美味。"王母知玉帝刚刚登基不久，打理天地之事皆需费心劳神，便问："不知又因何事思虑，耗费精神，可否说来一听，看我能不能为玉帝分忧？"玉帝与王母平日接触甚多，知其也是智慧通达，便对她道："你可知众生最关注的是何事？"王母想了想，回道："当然是生死。"玉帝道："正是，无论凡人还是仙神，无不最关注生死。而现在凡人之生死或因天寿，或因非命；仙神生死则在于修得的仙寿、天降的灾劫而定。"王母问道："一向如此，又有何疑义？"玉帝道："正因为是一向如此，当下的治理才有缺失。天庭掌管天地，但此最为要紧之事却没有为天庭所掌控。"王母便问道："的确如你所言，那你有何主张？"玉帝道："世间三界，却还缺少一界未设立有司掌管，我现正意欲设立阴司地府掌管冥界和众生生死。"王母问道："设立阴司地府是如何掌控生死？"玉帝道："天庭来订立众生寿数法则，交由阴司执行。"王母闻听便已领会，连连称是道："此果真是良策，如此一来众生生死便由天庭掌握，怎能不敬畏天庭之威！"玉帝见王母对此也是认可，心中欣悦。

王母又问详细："那仙者寿数又如何订定？"玉帝道："成仙者，若入仙籍，则寿数便依其修行造化。"王母闻听玉帝此言略加思索道："陛下此法甚妙，天庭掌握仙籍，便能掌控神仙。依我之见，立了天威之后，还可再彰显一下天恩。"玉帝听王母话中似有深意，忙问："哦？如何再彰显天恩？"王母答道："成仙者为延寿长生必须得是苦苦修行，如若赏赐他们可长生之物，让那些有仙禄的上仙免除许多修行之苦，则他们必感恩德，甘愿为陛下和天庭尽心效力。"玉帝一听，不禁欣喜，口中称妙，继而又问道："不过，不知哪样宝物才有长生之效？"王母笑道："眼前这仙桃便是。这蟠桃仙果本是灵根长成，吃了便可延寿长生，不必耗费气力苦心修行，故乃是用于奖赏的上佳之选。"玉帝闻听连声称赞道："好，好！要论可长生之物，还真就非这仙桃莫属！"但转念又一想，似有疑虑，于是对王母道："蟠桃虽好，只是不知数量是否足够，天庭有俸禄的仙臣众多，恐怕那弥罗宫里结的仙桃不够分食。"王母点头道："说得也是，仙桃几千年方能成熟，毕竟难得，数量十分稀少，天宫地方广大，可将此桃核种下，开辟桃园，待结果成熟之时，与众仙分享，你看如何？"玉帝道："此是个上好的主意！就由你来办理，可要好生种养，待到成熟之后，便以此赏赐众仙。"王母点头欣然应允。

玉帝与王母商议之后，又反复仔细斟酌，深思熟虑已毕，便去兜率宫参见太上老君，将自己欲将众生生死掌控于天庭之事告知老君。老君闻听颇感兴趣，问玉帝详细，玉帝对老君道："天地历经无数劫，众生

第九章　三界治世终有成　四海之内皆平定

61

已多生死，设立天庭初始之时那些亡故之魂交由太乙天尊掌管和教化，如今数量已是众多，太乙天尊一人难以应对。亡灵没有定所，轮回亦没有规矩，生死全凭天数。既然天地万物皆由天庭掌控，则众生生死大事更应由天庭订立。故设立阴司为专管生死轮回之所，将所有魂魄聚集幽冥，由冥王来判定奖惩和生死，即便是那仙神也是要如此，这样众生才完归天庭管控。"老君闻听点头，又问玉帝："订立众生寿数，你准备如何具体达成？"玉帝道："我将设立生死簿籍，由阴司依据天庭立下的规则订立各生灵阳寿，派专职掌管，一旦寿数已尽，便将其魂魄摄入地府，交由冥王处置。再设仙籍名录，入仙箓者由仙籍生死簿掌管寿数，入天庭仙籍者还可免除天灾，其生死依据修行和天劫造化，且天庭及三界上仙可得到蟠桃延寿，如此一来，众生必是尊道敬神，以天庭为尊、仙籍为贵。"

老君听罢玉帝关于如何由天庭管束和赏赐众生生死之策，道："果真是上等良策，可令天庭管服众生，约束仙神！"但又有疑问："如果有反抗不从者，你该如何？"玉帝早有准备，答道："如遇不从者，便上报天庭，派有司处置。"老君听完玉帝前后所说的这一切，大加赞赏，又让玉帝据此写一份详细的文书，自己要在弥罗宫和诸位天尊讲道时给众天尊看看。玉帝领老君法旨前去准备。

不几日，太上老君在弥罗宫与众天尊聚首时，将玉帝文书交予众天尊阅看，众天尊一见，也都点头称赞。玉帝得天尊认可，未有耽搁，即刻安排设立阴司地府，幽冥之界，又寻找冥王人选。未久建好地府宫殿。太乙天尊已陆续将天下游魂聚于泰山脚下，在地府建好之后，便将魂灵引至阴司。设立了：吊筋狱、幽枉狱、火坑狱、酆都狱、拔舌狱、剥皮狱、磨捱狱、碓捣狱、车崩狱、寒冰狱、脱壳狱、抽肠狱、油锅狱、黑暗狱、刀山狱、血池狱、秤杆狱、阿鼻狱一十八层地狱，刀山油锅、拔舌炮烙、斧劈刀锯、剥皮抽肠，惩罚伤天害理、昧己不公、花言巧语、损人利己、欺压良善等有罪鬼魅。陆续加封了十殿阎王，订定生死，判定善恶，发放轮回。由判官判定，无常拿魂，牛头马面护佑，按部就班。至此人间生死轮回便由冥王尊玉帝旨意掌管，仙籍生死簿则交由南北斗二星，人仙鬼莫敢不从，之前玉帝的构想悉数达成。

太乙天尊在传授玉帝帝王之法、辅佐玉帝初步安定帝位之后便不再服侍玉帝左右，仍领帝尊称号，居东天门东极妙岩宫，坐骑便是当年俘获的九头雄狮狮驼王。太乙天尊骑乘九头狮子往来人间、地府，循声救助天下众生、孤魂苦难，人称"太乙救苦天尊"。

王母也叫来一班人等，从那弥罗宫中的蟠桃选果取核，在九重天宫寻一片空地小心地种下，好好地建了一片园子，起名"蟠桃园"，又安排力士按时浇水、修枝。天宫新立不久，也以为是上天之地，只派驻了土地看护，无专人守园。那蟠桃落地生根，有了专人打理，王母曾三次去那弥罗宫取桃引种，先后种有三千六百株之多。园内最里面有一千二百株，是王母最早选那大颗上等紫纹缃核仙桃种下，九千年一熟，人吃了与天地齐寿，日月同庚；中间有一千二百株，层花甘实，六千年一熟，人吃了霞举飞升，长生不老；外面一千二百株，花微果小，三千年一熟，人吃了成仙得道，体健身轻。蟠桃树仙壤孕育，仙露滋养，逐步生长得枝繁叶茂，蟠桃园满园果香芬芳，胭脂锦簇，粉莹托翠，花果累累，只待成熟之日，便好奉与众仙。

一日，玉帝早朝，张天师上殿奏禀："镇守北方的多闻天王有要事求见。"玉帝闻听宣多闻天王上殿。那天王来灵霄殿上参见了玉帝，奏道："启奏陛下，我奉陛下之命守护大地北方，近来有之前逃往北方的妖魔反抗天庭定下的生死之序，联手当地的邪怪兴风作浪。那些个魔头联合了巨虬、毒龙、猛狮、野兽，霸占了北方，诛杀了前去行命的无常。我出手征讨，一番较量之后，却难敌巨虬恶，毒龙猛，终未能平定。一时间妖邪势不可挡，更意图南下，故此前来请求派兵增援！"玉帝闻听略显有些吃惊，自打天庭订立了生死簿籍并由专人负责执行以来，天下生灵寿数皆归属于天庭掌管，此前尚未有过差池，如今果然出

第九章　三界治世终有成　四海之内皆平定

现了反抗者，虽并未出乎所料，但那妖邪竟如此的凶猛，却有些超出玉帝之前的预计。玉帝问道："众仙卿哪个愿领兵前去讨伐？"殿上一时未有回应。此时张天师出班奏道："启奏陛下，我闻下界有净乐国王与善胜皇后之子真武，修炼功成，武极天下，声名鹊起，可令此人前去降妖除魔。"玉帝闻听，遂命张天师前去招此人上天，天师领命下界行事。

次日，天师领真武上天庭见过玉帝。玉帝见其披发青衣，相貌英武，颇有武艺，遂请老君传其仙丹、大道，真武因而道行大增。不日，玉帝命其前往地界北方剿除妖邪。真武感玉帝之恩，领命前往北方险地，大展神威，出手擒了毒龙，降了巨虬，捉了猛狮，威震北方，返回天庭缴旨。玉帝见真武果然勇武异常，大喜，对太上老君道："真武立下大功，我有意加封其天庭元帅之职，统领天兵天将，不知道祖意下如何？"老君道："此事我要与另两位天尊商议再做决定。"玉帝见老君未做表态，便也只好同意。

未久，天庭闻报地界东北残余妖魔又积聚力量，想要再起风浪。玉帝在灵霄殿上得知，便再度提及正式册封真武为元帅，统领天兵天将，前去征讨妖魔。此时老君道："元始天尊已同意加封其为'荡魔天尊'，非有元始天尊符召不能调遣。"玉帝见状只得先请得元始天尊符召，命其率领部属前去收降东北方黑妖。真武领令，此番再度出征已是非同凡响，披发赤足，身着黄金甲胄，更加神勇异常，率领龟、蛇及五雷神将，连同降服的猛龙、巨兽，声威震天，前往地界东北，与妖魔一番争斗，势如破竹，很快便将邪魔除尽。

荡魔天尊平定了作乱的妖魔，丰功伟绩自天庭建立以来无人能及，玉帝依太上老君之意加封其帝号"真武大帝"。海岳清宁之后，获静享武当山神岳仙境殊荣，手下龟蛇二将、五百灵官跟随左右，人称"九天荡魔祖师"。玉帝在真武被封帝称尊之后，派人遍寻天下，再另行征召领军帅才。

天地逐步安生，复又许多年数，天地人神历经无数演化，天无所变，地有所化，人类繁衍生息，逐渐增多，且依旧乱而无纲，生活原始，需要教化治理。太上老君先后点化了燧人氏教授人类生火之法，有巢氏教人类建筑居所，人类得以安居、熟食。又安排伏羲、女娲相继下界治世，伏羲乃是天之元神所化，是为天皇，与之对应，大地元神所化女娲是为地皇，曾创造人类，并传授人类婚配繁育之法。

伏羲与老君学得阴阳八卦，下得界来，受人类尊崇，先教授人类识字、计数、八卦之法，祭拜天神；又传授人类狩猎捕鸟、结网捕鱼之术，人类得以饱腹。后伏羲又传授圈养野兽之法，从此人类得以足食，不再为饥饿困扰。女娲治世之时，又进一步发展了婚配之法，将人类区分以种族、姓氏，人类不再近亲通婚，得以进化，且有了嫁娶之规矩。

人族中又有得道者神农，见大地植物生长，领悟种养之法，且遍尝百草，修炼出医治之术，传与人类，从此人族定居，不再为吃住烦扰。玉帝逐步安排将人族交予其自身治理，神农有半神之体，位尊人皇。人类也渐渐开始多有习学修炼之法者，增长天地之灵气，得道成仙。女娲则退隐深山。后人称这一阶段为：三皇治世。此三皇为神祇，后又有五帝定伦，五帝则为凡人中的圣者。人族首领神农，早年英明神武，晚年逐渐昏聩，没有精神治世。因不再受魔族入侵，人族诸部落之间开始互相侵犯、争斗。

历经世代繁衍，人族数量已多，而性情也分，有冷僻好争斗者，有能感知他人冷暖者，有独自自省者，有祭天拜神者，也有恣意妄为者。人类本性好以群分，逐步迁徙集中。为便于分治管辖，同时也为避免地界上的人族如当初魔族那般群体聚集联合起来生乱，遂将地界划分为四大部洲，分别是：东胜神洲、西牛贺洲、南赡部洲和北俱芦洲。玉帝安排四大天王分别掌管地界四大部洲，其中，东方持国天王，慈悲为怀，保护国土，以乐聚众生，负责守护东胜神洲；南方增长天王，能令众生增长善根，负责守护南赡部洲；西方广目天王，天眼随时观察世界，护佑民众，为群龙领袖，负责守护西牛贺洲；北方多闻天王，多闻多识，以福德闻名，护持财富，负责守护北俱芦洲。

第九章　三界治世终有成　四海之内皆平定

那南赡部洲黄帝的部族善战，与神农后裔炎帝部族征战获胜，遂炎黄合二为一，安民四方。后有蚩尤作乱，黄帝与蚩尤大战于涿鹿之野，最终黄帝获胜，斩杀蚩尤，形成统一部落。

连同黄帝在内，共有五帝依据天帝之法治世安生。五帝乃是：黄帝，颛顼，帝喾，尧帝，舜帝。

黄帝名为轩辕，生于神农之末，后有黄帝之孙颛顼，善谋知物，带领众生祭祀安居，被尊为圣帝。其后是尧帝和舜帝，二帝所在时期，地上大水为害，二帝安排人治水，虽未平定，但也有功绩。最终由大禹求得老君定海神针，以疏导之法才彻底平息水患。

五帝期间，人类逐渐有了伦理纲常和严谨的尊卑秩序，逐步建立了完整的帝王将相传承体系，是为"五帝定伦"。其他部洲也各有圣帝出世，安定伦常。至此，地界之人敬天礼神，四海清平，三界有序一统。

第十章　王母蟠桃设盛会　嫦娥奔月去不回

经过玉帝和天上地下各路仙神用心打理，三界已不同以往，天下安定，四海太平，生机万象，老君也逐步将天庭治理要务悉数交由玉帝掌管，自己则专心炼丹、讲道和打理道门事务。玉帝认为时机已至，与王母在寝宫大殿商议安排之前订立的奖赏一事。

王母请问玉帝欲如何赏赐，玉帝道："此前你栽种的上等蟠桃业已成熟，可派仙女采摘再逐一发放到诸仙手中。"王母闻听则道："如此天恩大赏，岂能不大张旗鼓，以彰显天恩浩荡呢？"玉帝经王母这一提醒，顿觉有理，见王母似有见解，便问王母具体如何。王母早有打算，对玉帝详细道来："自登基以来，天庭诸事待兴，如今众仙费心打理得当，治理有功，始终不得清闲，亦是单调苦闷，何不借此时机齐聚众仙，大排筵宴，在盛会之上以蟠桃仙果赏赐众仙，共享欢乐？"玉帝一听道："甚妙！想来天庭建立至今，整日里忙于朝议，实是甚为枯燥，是可借此赏赐之机聚集仙班同乐。"王母见玉帝同意，便进一步和玉帝商议："如此盛会自当取个名头，定个上佳时机。""既然是为了赏赐众仙蟠桃仙果设立，就叫蟠桃会。"玉帝未多加思索，"只是这时机嘛……"玉帝有所迟疑，尚无主意。王母接道："好！就叫蟠桃会，这时机则可定在我的生辰之日，你看如何？"王母看着玉帝，神情带有期许。玉帝点头道："好！一举两得，就依王母之意。"王母见玉帝爽快同意，心中十分欢喜，即刻吩咐下去，尽早准备，设立蟠桃宴会。

次日玉帝上朝，在灵霄殿上正式宣告："众仙卿长久以来为天庭恪尽职守，竭心尽力，天下大治，颇有功德，现借王母生辰之机在瑶池设立蟠桃大会，聚宴嘉赏。"众仙闻听有此一盛会，且有赏赐，无不喜悦，盛赞玉皇大天尊和王母美意。在一旁上座的太上老君闻此决议之后开口道："在蟠桃会召开之前，仙将、仙官等须先在丹台聆听我宣讲大道，再参加盛会，以感知恩泽之源。"玉帝钦准，依照老君之意宣诏，定下蟠桃会一事。

距离王母生辰三月初三还有些时日，王母亲自安排，各路仙娥、力士早已忙碌起来，依照王母吩咐，在瑶池布置隆重盛景，摆放仙桌，采摘蟠桃、预备仙酒等诸多事物。到了三月三，蟠桃盛会开办，众仙将、仙官、仙吏、仙童先在朱陵丹台听罢老君讲道之后，纷纷来到瑶池仙阁。三清、四御由玉帝王母亲自迎入，天上有俸禄的尽皆受邀前来参会。众仙鱼贯而入，一进那瑶池，不禁惊奇，只见这宴会之地瑶池仙境祥光彻照，瑞霭缭绕，雕栏玉柱，奇花遍布，异宝装点，漫仙香，排盛景，仙桌仙椅布置整齐。有各路仙女着云履、仙衣，手捧仙果花篮、酒盘，来往穿梭，大坛的仙酒摆放四处，酒香扑鼻，真个是：此景只有天上有，万千造化在眼前。

众仙见此胜境，也不禁赞叹，陆续来到各自的座位落座，左右相互见礼，先是一番寒暄。大家发现每个座位上除了龙肝凤髓以及常见的仙果美酒外，都有一个精致的银盘，里面放着一只仙桃，众人猜测：这就是那只听说而未曾得见的仙果蟠桃，果然非同凡响。尚未接近，一股清醇甜香之气扑鼻而来，沁人心脾。

众仙到齐，未多久，玉帝和王母也在幢幡宝盖之下步入瑶池。大家见玉帝王母到来，一齐起身拜见，玉帝请大家一同落座。玉帝面带欣悦对众仙道："今天是王母的生辰，大家平日尽职尽力，甚是辛苦，特地请大家来聚宴，就请王母来说说。"王母对与会的众仙道："诸位难得一聚，因有蟠桃助兴，所以称作蟠桃会，以后每年逢我生辰之时都有一次盛会款待大家。"众仙齐齐高声道谢，为王母祝寿。王母心情喜悦，点头与众仙致意，举杯邀诸仙共饮。与会天庭诸仙遂开怀畅饮，品美酒、尝佳肴，互相敬让，觥筹交错。未久，王母见众仙多已满面红光便开口说道："大家面前这蟠桃是上青天弥罗宫园中仙种桃树所结，数千年一开花结果，闻了延年益寿，吃了长生不老。"在座的众仙除了屈指可数的几位上神其余皆未品尝过，甚至从未见过，现如今得此延寿仙果，无不称妙，感激玉帝王母恩赐。

第一次蟠桃宴会来者众多，但只是邀请天庭有俸禄的诸仙，因此上仙还可分得数个蟠桃，余众甚至随从也分到蟠桃品尝，无不称赞感谢。

初设如此美宴，诸仙满意，玉帝、王母欣慰，一番吃喝尽兴，宴会上有人提出：如此上等美宴却无有仙乐歌舞相伴，难免有些缺憾。王母一听有理，请问身旁玉帝，玉帝也深有同感，借三分酒兴道："天庭上下每日上朝议事，整肃严谨，均不苟言笑，仙神亦是灵体，久而久之也难免寂寞，百无聊赖，看人间祭祀歌舞，天庭如此盛会也该当有些欢乐，虽已安排了职责，但当下尚无此类专职人选。"王母闻听玉帝此言道："虽天庭现有的女仙大都不十分精通歌舞礼乐之技，但既然玉帝有意，这又有何难？遍寻天地之间有此一技之长者，招来便是。"玉帝点头，表示认可，道："王母乃女仙之主，此事由你来主导是再好不过。"王母尊玉帝之意，随即发话，命在众女仙中挑选歌舞礼乐之才，让那仙班如遇此类良才也皆来推荐，必有赏赐，并专设乐、筵之职负责筵席、礼乐之事。诸仙领命。

初次蟠桃盛会众仙尽兴，感念天恩，完毕之后散去，只留杯盘无数，太白金星命人安排收拾整理。

蟠桃大会余兴未了，美酒佳肴余香犹存，众仙在蟠桃筵席上领旨去寻找歌舞礼乐之才。这一日，玉帝、王母同在灵霄殿上议事，有人来报太阴星君述职求见。这太阴星君与那太阳星君分别掌管日月，太阴星君平日里在月宫执事，月宫是专门为天庭炼制仙药的地方，每隔一定时期星君便来天庭例行禀报近况。玉帝见是太阴述职，便宣其上殿。

太阴星君领旨上殿见玉帝行礼参拜，按惯例先述职完毕，往常到此便结束回宫，但今天却有所不同，太阴星君又向上奏道："今天有一位新来的女仙，特带来给陛下、娘娘一见。"玉帝、王母一听是星君新招揽之人，欲让其得见一下大天尊真面，本不情愿，玉帝对那星君道："既然是星君看好的人选，星君自行安排上报名姓即可，也不必每每来见。"那星君却又上奏："陛下，此人与众不同，因此还请恩准。"玉帝道："哦，既然如此，你先说来听听。"星君道："她原本是下界一女子，我本欲将其随我制药，因其美貌非凡，又擅长歌舞，才与圣上引荐。"玉帝和王母一听，正合近来征召之意，便叫那星君引此人上殿一见，星君遂叫那殿外等候的女子上殿参见二位天尊。

两旁的文武众仙听太阴星君一说，也不禁好奇，往殿门处望去，只听得环佩悦耳，见金丝闪耀，从殿外款款身形走上来一名女子。走近前再看这名女子，众仙不禁一齐惊诧，这名女子的容貌、身姿真正堪称是美不胜收，只见她：**眉似粉黛别样浓，面赛桃花分外红。额满葛圆两腮丰，微微一笑百媚生。樱唇未起如思语，莲步乍移起仙意。春梅绽雪别样容，秋菊凌风摇身形。纤腰楚楚柳枝动，花中独秀美芳踪。闭月羞花，出尘世而不染；沉鱼落雁，如空谷遇幽兰；清新脱俗，似清水出芙蓉。**真个是：九天仙女尽失色，古往今来只一人。

太阴星君领此女上殿以礼参见了玉帝王母，玉帝已然被此女的美貌惊愕得无语，若不是那星君提醒，早已不知身在朝中。星君向上奏道："这便是前些日从地界成仙飞入月宫之女，名为嫦娥，乃羿之妻，因机缘巧合吞服了仙药，继而飞升，又恰好入了我月宫。"一听星君这般介绍，玉帝和众仙方才从惊讶中醒过神来，纷纷议论真乃美女，赛过天仙，丹青难画。

这嫦娥究竟是何等来历，得从她还是地上的一名凡人说起。俗话说：人间常有美眷，何须羡慕神仙。做神仙虽然身居天宫，每日仙食美酒，看似无尽享乐，实则也难免空虚寂寞。天宫订立的规矩，不许位列仙班者成婚配，而人间在这一点上比那上天更加自在，美好姻缘的传说是不绝于世。就有这样一对不是神仙胜似神仙的眷侣：羿和嫦娥，羿颇勇武，嫦娥美貌。羿遍访名山，求得长生不老的仙药，被嫦娥独自服食，飞天而去，一路身不由己，不知不觉奔向了月宫。

这月宫是由太阴星君掌管，星君平日里修行，炼制仙药，静修仙体。嫦娥飞至月宫，早有宫女发现，报告给了星君。星君听说有一女子飞升来到月宫，心下惊奇，叫宫女把那人召唤来要亲自看看究竟。嫦娥由宫女引至太阴星君的殿上，见过星君。星君一见，这嫦娥真是生得貌美无双，世上罕有，即便是天宫仙女也没有一个及得上她，随即想起王母蟠桃会上之命，便问其歌舞是否擅长？嫦娥在人间也曾学得歌舞之技，甚为精通，见星君有问，便如实相告。星君闻听大喜，便命手下先给嫦娥安排一个处所居住，择日待向玉帝述职时与玉帝提及此事，并告诉嫦娥，下次有机会要带她去见玉帝。

嫦娥听了却不自然，对星君说："我本是寻常人家女子，不想着见什么玉帝天尊，我向来素衣素面，玉帝见我一定不能待见。"星君一听嫦娥所言，倒得了提醒，马上想起要给嫦娥打扮一番才好去见玉帝、王母。于是找宫女去专门给嫦娥量身定制了一套行头，亲自挑选了上好的珠宝首饰，让嫦娥穿戴了。再看这嫦娥，更是风采异常，星君十分欢喜。而嫦娥却思念夫君，终日忧郁沉思，闷闷不乐。

这一日，又到了太阴星君上玉帝那里述职的日子，星君叫上嫦娥，打扮整齐，一同奔了灵霄宝殿。到了灵霄殿，太阴星君见过玉帝，这才把嫦娥引见了。玉帝一见嫦娥，心中大喜，难抑心旌摇动，若不是当着群臣，龙书桌案遮挡，几乎移步上前。王母一旁看在眼里，却不动声色，看玉帝怎样安置。只听玉帝道："既然有此等难得之才，又正好天庭也需要些礼乐歌舞安排，就让她位列此行。"玉帝刚刚说到这里，王母发话："我看不可！"玉帝一听不解，忙问为何。王母道："既然她在人间原有夫君，拆散他夫妻岂不是毁此美满姻缘，我看还是送她回归下界更为合适。"

玉帝意欲挽留嫦娥，听王母这一说，心中焦急，但知王母必有其意，又不好当着众仙臣的面反对，一时沉吟，不知如何化解。太阴星君

第十章　王母蟠桃设盛会　嫦娥奔月去不回

见此情形马上禀奏道："陛下，依臣之见，那嫦娥已成仙体，本该位列仙班，再度返回凡间不妥，可令其随我制作仙药，待有机会，再让他夫君上天团聚，岂不两全其美？"此话正合玉帝心意，先且留住嫦娥再作打算，忙道："准奏！就依星君所言。"

嫦娥听了，心中奇怪："我原本不会炼制什么丹药，为何要我随星君炼药？"正欲对玉帝说明，太阴星君却已领旨，拉着嫦娥一起向上谢恩，二人出灵霄宝殿准备返回月宫。出了灵霄殿，嫦娥才敢开口，问星君道："星君，我本不会炼制那什么丹药，为何你禀奏玉帝，让我和你炼丹制药？"太阴星君道："这个你放心，只管听我安排。"嫦娥虽然内心有无数疑惑，但自己在天宫也无别处可去，只得听从太阴星君的吩咐，不再询问。

玉帝王母散朝回宫，玉帝便问那王母："你要建立歌舞礼乐，为何今天有此人才却要推托？"王母看了一眼玉帝道："我是担心有些上仙不能把持，有此如花美眷，岂能不被诱惑生乱？"玉帝一脸正色道："天上戒律森严，怎会生乱！天神皆是谨守天规清心戒律之士，仙乐歌舞只是装点胜景，为美宴增色而已。"王母道："那也好，如那嫦娥果真是这块材料，就让她平日制药，待有那盛会，可让其领衔歌舞。"玉帝一听，合乎情理，便是同意，就依王母之意。

太阴星君携嫦娥回到月宫，因得了玉帝的意旨，便化了一只金蟾变成精致的宫殿，安排嫦娥住了，又派了宫女服侍。这宫殿分为广寒、天籁二宫；长生、不老二殿；有百花、望乡二馆；凌云、会仙二亭；白鹤、朱雀二台。另有园林置于其中，内有一坛，名曰：月坛，月坛可通四海仙山，另有桂花仙树，花草仙木无数，美轮美奂。

嫦娥听从星君的安排，没有再异议，只是这制药之事，嫦娥总是惦念，毕竟当日听玉帝吩咐下来，如果办理不当，如何向玉帝交差？星君知嫦娥心事，告诉嫦娥："玉帝安排你制仙药，你不必亲自动手，我这里有一只玉兔，精于制药之法，平时总随我身边捣药，我叫她来陪你，一来替你制药，二来闲时解闷，你自可放心，每日习练歌舞便可。"

嫦娥虽然不解，但总算放下了一件心事，把那玉兔领了来，见那玉兔一身雪白长毛，机灵可爱，十分惹人爱怜，无事便抱在怀中，与之诉说些心事。玉兔平日陪伴嫦娥，闲来捣制仙药，一时倒也自在逍遥。嫦娥便常与太阴星君派来的仙女一起练习歌舞技艺，只待将来安排。

第十章　王母蟠桃设盛会　嫦娥奔月去不回

第十一章　菩提归隐山林中　如来得道师燃灯

　　菩提当日从争选天帝的议事聚会上出来，一路边走边想未来做何打算，回到灵宝天尊宫中自己的住处，回想此前好一番苦心居然最终是这样一个结果，不禁感慨良多。灵宝天尊安抚菩提："你既已受到邀请，将来也可于天庭担当要职。"但以菩提的心性，有如此法力，立下此大功，让他居于一个凡人之下，听命跟从，实难情愿，故对天尊所言未置可否。

　　菩提想："今那道德天尊的此番安排，于理有所不妥，想自己得了灵宝天尊之法，降魔大战独领众生战胜妖魔一方，方有现今神灵的安宁，我执掌天庭也应在情理之中，道德天尊却借故安排了个远不及自己的凡人。或许真是自己杀伐过重，乃是天意，该得报应。"菩提的内心波澜起伏，一时无法平静。而道德天尊受命元始天尊本尊于此界护道，道德天尊的法力和旨意皆难以违抗，其他二清最终亦未反对，更不能与他直接相争。过了些时日，菩提心境有所平定，又想："天地之大，道路自有千万条，若论造化修行，从此继续只顾修道，将来传道于天下，也能得个弟子满门的因果。抑或可转世投胎于此界，待转世之后便得人身，可有机会执掌此界统领。不过转世修行并非简单之事，转世后将成为凡人之体，须要重新修炼，能否再度得道，不得而知，若无人点化，甚至都不知道前生自我，真不知如何是好。"菩提心中感叹："一切皆是有因果。"再过些时日，菩提逐渐静下心来，想到："四方各界众生尚有诸多苦难，做一番功果普度众生也能达成心中宏愿，何苦如此纠缠于原本不可能的地位呢!"

玉帝登基之日，天宫热闹非凡，菩提备感落寂，虽受邀观礼，但并未前往，与灵宝天尊辞别，准备到人世间行走。灵宝天尊有意挽留菩提，但又无合适的理由，便也不强求，只是叮嘱莫失其志，好自为之。菩提谢过，辞别天尊来在了地界。

世间天地广阔，形态万千。高山之巅，碧空清朗，雄鹰翱翔；大河滔滔，奔流向前，一去不返；夕阳晚照，朝阳旭日，黑暗与光明交替，永不停息；空中飞鸟，崖间松柏，皆有自身一番天地。菩提逐渐拂去心中蒙尘，不禁胸怀开阔。春去秋来、风霜雨雪，菩提孤单单只身一人，足迹行遍四大部洲，交高人、会贤友，看遍世间百态，通晓三教九流，不觉过去许多年月。

一日，菩提行走在西牛贺洲间，来到了那揭罗曷国，此国方圆有百里，周围地势险峻，与世相隔。见此处城邦兴盛，菩提欲多作些停留，于是便到那国都城中行走。城中市集繁华，两旁居家鳞次栉比，民风淳朴，轻财好义。正行走间，在僻静之处望见一座殿堂，殿堂外并无豪华装点，只是一个稍大的普通院落，略加修造，门前有一匾额，上面写着："佛道燃灯，亘古清明"，里面隐约有人在讲法。菩提乃是喜好修行问道者，逢道听说，遇法求教，见此间有人讲法，便停下观瞧。此时一个修行模样的老者正欲前往那院里，菩提上前施礼问道："请问，这是什么所在？什么人在里面讲法？"老者看了看菩提道："你是外来的吧？这里是一个得道的圣人在此讲法，名叫燃灯，据说他是上古出生，后自己悟道修行成的神圣，因出生时正值夜晚，他一出生，身边的一切便光明如灯照，于是父母就为他起名'燃灯'。出生后第二天一早，便有凤凰落在他家门前的树上鸣叫，人们皆以为奇。长大后聪慧异于常人，心地宽厚善良，四处访学，不断修行，参透了生死，除去了世间欲望和烦恼，称为'佛'。又各处讲道，传播佛之道法。如今这圣人为弘扬这门道法在此处建立了一个佛法讲堂，每日教化众生，有意者皆可聆听。"

菩提闻听，原来也是修行而且是得道之人，不可错过，于是谢过老

第十一章　菩提归隐山林中　如来得道师燃灯

者，进门观瞧。那门洞开，并没有什么人把守，只见院内有两棵大树，枝叶不多，却均高逾十丈，上面分别停着一只孔雀和一只大鹏。那孔雀碧羽彩翎，坚喙如锥，大鹏金翅利爪，双睛如炬，皆身形巨大，周身生辉，甚是不凡。菩提随那老者进到门里，只见门内又有一个别样的洞天，门虽不大，里面却十分宽广，内有一座敞开的殿堂，下面有几百人在听讲，中间高台上坐着一位老者，慈眉善目，在为许多善信说法，正是燃灯。

菩提在最后面站住，准备听燃灯所讲是何道法。原来，今天燃灯讲的正是前生今世，善恶因果，除却欲望，不生争念，是为大彻大悟。菩提听得燃灯讲道，想起自己的经历，颇有感触，又顿时增长了觉悟。

正听处，只见一童子自打门外手持一稀罕五茎莲花进到门中。此童子打扮虽然朴素，但气正貌端，菩提一见，顿觉十分的不凡，又睁慧眼仔细观瞧，不禁惊异，知此人乃有治世之尊相，来世定当大有作为，便仔细观其意欲何为。只见那童子来到燃灯面前，双手向上将那五茎莲花恭敬地献给了燃灯，燃灯见状十分欣喜，对那童子道："释迦牟尼，你来了。"那童子似并未当即领悟燃灯圣者所言，只是看了看圣者，便行礼退下离去。

菩提此刻被燃灯开悟，不再为一己私欲困扰，又见了此有治世之相的童子，不禁心生点化那童子之意。菩提心想："我本欲争那三界之帝，但结果却是一场空梦，自己是再无可能，又不愿居于其下供职，本欲彻底归隐，但可惜苦苦修行的大道和法力从此再无从施展，今见世间有一如此治世之尊灵，何不将自己的修行传于他，以助其成为治世至尊，即让我之修行有所依托成就，我又不必参与世事之争，岂不两全？"想到此处，菩提转身悄然离开了燃灯之处，打定主意，要留在西牛贺洲，待那童子转世，寻机将其点化。

菩提在西牛贺洲四下里找寻，未久，发现一处理想之地，乃是一僻静的深山，山峰高大秀丽，清净幽远，多有悬崖峭壁，遍布奇花异草，绿树青石。置身其中，仿佛回到了自己从前熟悉的地方，心中回归宁静，是个归隐修心的好去处，遂以"灵台通天，方寸能安"之意为此山命名"灵台方寸山"，在此山中开辟一处仙居洞府，取名"斜月三星洞"，便在此安养修心，同时静等那日在燃灯处所见童子转世之机。

话说西牛贺洲释迦族国都迦毗罗卫国，是妙德居法之处，国王净饭王勇武善战，被选为部落联合首领。王后摩耶夫人，美丽端庄，仁慈贤德，与国王恩爱有加，现已怀胎十月。依释迦族风俗，王后摩耶夫人在侍卫护送下返回娘家待产，一路上有护驾亲兵以及各个服侍人员左右。

这一天是四月初八，天出明日，碧蓝如洗，间缀祥云，清风如影，群鸟盘旋，正是一片吉祥景象。怀孕的王后和一队人员正行至一处苍翠清净之林时，忽见那林中百花争相盛开，异香袭袭，王后遂令众人驻足停歇，众人围护，卫士看守四周。就在此时，迦毗罗卫国迎来了一位新生的小王子。一时间，大地呈现吉祥之兆，帝释、梵天化身示现、守护，天女散花，天乐庄严，刚出生的小王子被美妙甘露沐浴浑身。初生的王子被精心护送至国王处，国王见了大喜，为其取名为"乔达摩·悉达多"。迦毗罗卫国因迎来了王位的继承人，举国大庆。

这迦毗罗卫国王子乔达摩·悉达多在精心呵护下逐步成长，十六岁前，王子过着奢华而舒适的生活，兼习兵法武艺，善骑射击剑。适逢国内混乱不堪，四处群雄并起，强敌入侵，内外患频繁。至十九岁上时，国家逐渐平定，王子乔达摩·悉达多经见了战争中的无数生死、离散，无尽迷惘。他开始思考这一切究竟是因为什么？为了什么？是为生存？生存可以有多种方式，为何以消灭他人的生命为最终追求的结果？是为部族？自己的部族和普天下的部族有何不同，难道去屠杀别的部族仅仅是因为自己生在释迦族？是为荣誉？来自内心的这些被称作荣誉的东西是最脆弱和随时消逝的虚无。是为欲望？如果人为满足自身的欲望必须以牺牲他人为代价，那么这和魔鬼又有什么分别？

乔达摩·悉达多看着用生命的血腥换来的安定国土，看到了人间各种因战乱贫病而生出的痛苦，而且无论是谁，无论贫富，都无法摆脱生老病死的最终命运和无尽欲望的纠缠，不禁感慨万分。乔达摩·悉达多此时坚信，世上应该存在一种永恒的事物，不会因贫困和富裕而动摇，也不会因为任何瞬间的痛苦或者死亡而消失。这，应该是一种信念。这种信念到底是什么，乔达摩·悉达多心中只是有个隐约的影子，却没有明确的答案。于是他决定解甲出行，游走四方，去寻找那心中的信念。

王子将想法告诉了父亲，国王一听，大为吃惊，以为自己的孩子受到了邪魔的蛊惑，变得神志不清。国王极力反对王子放弃他的国家和人民，放弃王位继承人的身份，去寻找什么所谓的信念。国王对王子说："我的儿啊，你如今尽享荣华富贵，何苦去找寻那原本不一定存在的信念？"王子答道："父王，再多的富贵也无法解脱人们的苦难，如我一人尊享，每天只需睡一张床，吃三餐饭足矣，我实在是不明白生存的意义。"国王心疼自己的儿子，继续劝导王子不要离开。面对身为国王的父亲的期望，年纪还轻的王子没有勇气舍下这一切，答应放弃那些在他父王眼里奇怪的念头，安心做他的王子。

就这样又过了十年，乔达摩·悉达多虽然没有再次拿起兵器征杀战场，但是他的目光却越来越关注到：任何时期，任何地方，在任何人身上都无法去除的各种苦难。这些苦难来自种种原因，有为生存，有因贪婪，有是邪欲，有来自嫉妒，有源于误解，还有憎恨。眼见得人们在世间苦苦挣扎，乔达摩·悉达多如同自己在经历这一切，内心积聚着苦恼。终于，乔达摩·悉达多决定放弃太子身份和王宫的安逸生活离家寻道。父亲这次再度苦劝无果。这时的他，内心中已不再是那个王子，他只是乔达摩·悉达多，心中的信念占据了一切。于是，在一个宁静的夜晚，他只身悄悄出城，渡过尼连禅河，抵达对岸，义无反顾地向远方而去。

迷惘不是一两天可以解脱，经过了六载的艰苦寻找和修行，乔达摩·悉达多见到了人世间更多的生死、困苦，但仍无法找到解脱之道，内心愈发迷惘。

又六年，乔达摩·悉达多行至伽耶城东的尼连禅河对岸，望着那流淌的河水，心中念想着多年没能谋面的父王，内心跟随着脚步作一停歇之后，渡过尼连禅河来到伽耶城处。

菩提此时已发现了他，知道他就是当日在那燃灯处献五茎莲花的童子转世，见其已是至此，便化作一棵菩提树，立于其身前。乔达摩·悉达多见眼前出现一株高大的菩提树，树干挺拔，碧叶遮天，心中似有感应，径直来到树下安坐，静静地参悟人世间苦乐之根源。那菩提化作的大树为他遮挡住了日晒风雨，并将自己的先天灵气灌输其身心。

乔达摩·悉达多在菩提树下心无旁骛，冥思苦想，誓"不得道，不起座"。当他在沉思中时，忽觉周身凡尘尽退，遍体通透，灵光现顶，心清如镜，感受入大通明境界，世俗烦恼皆被抛开，顿时不断开悟。就在其苦思之时，有邪魔前来蛊惑侵扰，但对其丝毫不能撼动。

经过了七七四十九日之后，乔达摩·悉达多在菩提树下终于大彻大悟，参透：生如过客，死亦如归。领悟解脱生死、苦难之道，得道觉悟。

菩提见他顿悟，还了原身。乔达摩·悉达多见眼前显现一人，仙风异骨，气度非凡，惊讶不已，问道："难道是你引我顿悟的吗？"菩提道："正是。"乔达摩·悉达多连忙给菩提行了个大礼道："多谢点化！"菩提道："你我因是有缘，如今你的觉悟，也是你的造化。"乔达摩·悉达多道："还请仙者指点修行之道。"菩提道："我现要将法力传与你，助你有一番成就。"乔达摩·悉达多忙施礼道："我何德何能，敢受仙者如此厚爱？"菩提道："我本欲有治世作为，但最终无果，因见你不凡，将来乃是此界治世之尊，我方才决定将我毕生之法力传与你，你还需持续修炼，方能善加运用，助你成就治世之功。"

乔达摩·悉达多听菩提如此一说，忙再行大礼致谢。菩提遂施展法术，将自己所修大部分功力传与那乔达摩·悉达多。传毕功力，菩提又对他说："我知此洲有一得道高人，名为燃灯，人称为'佛'，其所传之法，名为'佛法'，我观你与那佛法最是有缘，你可去寻找燃灯，师从于他，将来可得成大道。"乔达摩·悉达多连连又谢。菩提隐身而去，

第十一章　菩提归隐山林中　如来得道师燃灯

回到灵台方寸山，潜心修心，授徒讲法，传其衣钵。

乔达摩·悉达多在菩提树下彻悟之后，心脱凡尘，又获真仙大法，之后并没有去寻找别离多年的父王，而是按照菩提的指引四处修行访道，一路救助苦难众生，更加洞悉了人生痛苦的本源，除却了生老病死的根本，使贪、嗔、痴等烦恼不再起于心头，得大觉悟，被称为"释迦牟尼"，意为：释迦族的圣人。

释迦牟尼为了修行和点化众生脱离苦难，四处游走，此时天下异道众多，人间充满浮躁、诡诈和怯懦，点化众生的道路艰苦而漫长，但释迦牟尼坚守心中的信念不辍。

这一日，释迦牟尼行至那揭罗曷国的城中，见那城中的景象，似曾相识，不觉便走向了菩提曾经提到过的燃灯之处。这里燃灯正在传道讲法，依然是众生云集，好像什么都没有改变。释迦牟尼进门，静静地在众人身后聆听，这一切，在他心中似乎早已曾经发生。

释迦牟尼在众人后面听燃灯一番讲法已毕，众人散去，燃灯尚未离开，便借此时机上前深施一礼。燃灯一见释迦牟尼，知其前世今生，十分地喜悦，道："释迦牟尼，你来了。"释迦牟尼心中好像曾经经历过这一番场景，那燃灯居然知晓他的名号，于是便对燃灯道："我修行访法，欲救众生脱苦，希望能在此长期学法，还请收留。"燃灯道："佛渡有缘之人，你今日能够到此，就是与佛法灵性相通。"释迦牟尼感谢，自此归于燃灯佛师门下。

第十二章　雷音建成佛法盛　孔雀争锋抱不平

　　光阴荏苒，释迦牟尼在燃灯门下习学佛义，由于其前世今生的神灵悟性，未久已是修佛的众人里公认的最集佛法之大成者。同时修佛的子弟日渐增多，愈发兴盛，每次讲法时，人数上千，有时甚至可达数千。正式弟子不算，那在家修行的善信就有三五千之多。

　　一日，释迦牟尼见听法的人越聚越多，甚至已经拥挤到了门外，于是在讲法完毕时对佛师燃灯说："师尊，我看那听法之人越来越多，我们何不另寻一个大的去处，建立一个更大的法堂，以弘扬佛法呢？"燃灯听完道："得我佛法者是为有缘方可，不能强求。"释迦牟尼听燃灯这样说，也未表示异议，不过心里并不是太认可佛师的说法，总想着有朝一日扩建殿堂以扩大弘扬佛法之事。

　　释迦牟尼有过游历世间的经历，见识广博，想的是："如今自己已经深得佛法旨意，如将其传给更多世人，度化更多的众生，是更好、更大的造化。只是那燃灯佛师年岁已高，恐怕是不愿更动，不如自己先找到一个好去处，再让佛师知晓。"打定主意，于是第二天，释迦牟尼独自来到燃灯面前辞别，释迦牟尼道："佛师，我来此听您讲佛法已多时，原本我游走修行、感化众生，现我想继续出外传扬佛法，度化更多的众生。"燃灯未加多言，点头同意。于是释迦牟尼辞别燃灯，四处寻找更广阔的讲法天地去了。

　　传道修行，在常人看来是一件极苦之事，但在释迦牟尼眼里，却有着十分的乐趣，因此也并不觉得辛苦乏味，甚至从未想过此问题，只一路跨越艰险前行。这一天，释迦牟尼来到一处山地，远看那山，高耸入云，顶摩霄汉，近看，奇花异草、古柏苍松林立，怪石参差嶙峋，禽兽安闲悠然，飞鸟白鹤立在枝头鸣叫跳跃，真是世间罕有。那山脚下，所经过的地方，见家家和善，户户有礼。释迦牟尼想："这真是个修法的灵地。"

原来此处正是那燃灯座前护法大鹏的窝巢所在，名为"灵鹫山"。此山山势浩大，能容下大鹏百丈原身。释迦牟尼一见此山，心中便是十分喜欢，于是决定在此落脚，开始每日在那灵鹫山顶修炼，汲日月精华，悟天地道法。修炼之时，释迦牟尼不忘传法，很快，慕名前来的信众越来越多，众徒捐献的礼佛之物也逐渐增多。

光阴似箭，日月如梭，释迦牟尼在灵山修行传法不觉已近一年，眼见信徒逐渐增多，那些敬献来的宝物也越来越多，释迦牟尼认为时机成熟，便请工匠着手修建一座佛寺，作了长久在此传扬佛法的打算。佛寺的选址就在灵鹫峰顶之上，释迦牟尼此时历经修行，又曾有菩提相助，已具大法力，便将那峰顶的巨巢抛至后山山脚之下，为新的佛寺腾出空间。

历时多日，佛寺建成，坐落山巅，气势庄严，只是装饰略显简朴，却也是错落有致，仙圣之气凝聚。刚一建成，便吸引彩凤、青鸾来寺上空飞舞盘旋，四周鹤鸣猿啼，真是个远离尘世讲法传道的不凡之地。

释迦牟尼见那法寺完工不禁十分欣喜，建成之日，与众佛徒一起前来观看，众人赞叹，有佛徒提醒，该为宝寺起个名字，释迦牟尼正在思考此事，忽听得寺中钟声隆隆如响雷一般，心想："名字有了。"对众人说道："就叫'雷音寺'吧。"佛众闻听，尽皆称好。

雷音法寺建成，释迦牟尼住进寺中，招来这些年跟随学法的徒众，在寺内讲法。有了如此的讲法处所，果然与之前大不一般，徒众迅速与日增加，释迦牟尼坐大殿当中开坛讲法的时候，千人攒动，一片弘扬佛法的大胜景。

一切业已安顿，释迦牟尼想到如今此处各项事宜安定，该去接燃灯佛师来了，让他老人驻上座，也让那里的徒众到这里一并听法。于是释迦牟尼安排好雷音寺里的诸事，到燃灯的驻处去了。

释迦牟尼回到燃灯处，又见到了久别的师尊。燃灯见其归来十分高兴，叫人马上将其住所重新整理，自己则与释迦牟尼一同叙旧。释迦牟尼对燃灯道："我这次一路弘扬佛法，如今已经在灵鹫山雷音寺安顿，从者甚众，故此次回来是为了接师尊去雷音寺传讲佛法。"燃灯一听道："你大力弘扬佛法，乃是大善举，好意我已知晓，只是我在此已然多时，不想再更动。正好你回来了，就不要走了。"

释迦牟尼知道燃灯的想法，稍加劝说了一番，见不能动，也就罢了，但并没有马上离开佛师之地，他打算将在此的信徒请至灵鹫山处。于是释迦牟尼便每日与众人说解那灵鹫山雷音寺的好处，未久众信徒便都知晓了，逐渐已经有些人开始前往灵鹫山，慢慢又变得越来越多，释迦牟尼继续在燃灯处逐步宣讲，促使这些门徒去往灵鹫山。每当有燃灯处徒众到达灵鹫山，释迦牟尼便专门派接引使者在山前迎接，自己也时常往来于两地安排事宜。到达灵鹫山的佛徒又四处传扬在灵鹫山聆听佛法的好处，慢慢的灵鹫山雷音寺便已是远近皆知。这样一来，在燃灯处听法之人是越来越少，逐渐的每次讲法时人数变化明显，燃灯知道这其中的缘由，并不在意，依旧自己讲法，不做任何干涉。

此时却有一神明看在眼里，心中不平，究竟是谁？原来正是那燃灯护法大鹏。这大鹏擅长飞腾，振翅便能九万里，和孔雀一样，是当年燃灯出生时降临在燃灯门前的凤凰所生，凤凰生孔雀和大鹏后留下二者追随燃灯，做护法多年，大鹏善飞，孔雀善斗，各有非凡法力。大鹏见释迦牟尼再度返回后不久鼓动众门徒去往灵鹫山，那里正是自己的巢窝所在，而此处则越来越冷清，心里生出不满，为那燃灯佛师甚为不平，便趁人不注意，悄悄飞回灵鹫山。在那山顶空中，大鹏向下一望，不禁气冲脑顶，原来，自己那筑在灵鹫山顶的巢窝，早已被推至山底，散乱在山脚下，不堪入目，大鹏带着冲天怒火振翅急速而回。

回到燃灯处所，大鹏马上去找孔雀，对孔雀道："难怪如今此处日

第十二章　雷音建成佛法盛　孔雀争锋抱不平

渐门庭冷清，都是那释迦牟尼所为，他占了我那灵鹫峰，把我的巢窝推倒，在山顶建了一个寺院，将这里的人全部招引过去，而致使此处冷落，完全没把你我放在眼里，这口气，一定要出！"孔雀生性最恶，听大鹏这样一说，顿时大怒道："那释迦牟尼占你窝巢，实在是过分！而且还将众人从这里带走，长此以往，这里恐怕要变成荒舍，你我作为佛之护法岂能容忍这种情况继续下去！"大鹏连声道："说得是！你我现在就去那灵鹫山，联手把释迦牟尼赶走！"孔雀道："一起斗败释迦牟尼，他那寺院就没有存在的理由，到时候我们是占了那寺还是继续在此地修行自随我便。"大鹏听了，自是高兴，于是和孔雀即刻前往灵鹫山去寻释迦牟尼。

孔雀和大鹏振翅高飞，顷刻间便抵达灵鹫山，二人在山峰顶上飞舞盘旋观望，此时正值寒冬，灵鹫峰白雪覆盖，风起飞雪如烟，那释迦牟尼正在山顶修炼，已修成了丈六金身。孔雀见到释迦牟尼，挥舞双翅在空中厉声道："释迦牟尼，你为何欺师！"大鹏也高声叫道："释迦牟尼，你竟敢毁我巢窝！"声音尖利刺耳，穿透冷风，令人不寒而栗。释迦牟尼见孔雀和大鹏前来责问，并未惊慌，望空回道："我如何欺师？又如何毁你巢窝！"孔雀道："你私自将佛师门徒引导至此，让佛师门前冷落，不是欺师是什么？还推倒大鹏安身的巢窝，你可知你的孽障吗？"释迦牟尼在风雪中高声道："我在此修建寺庙，原是为接佛师至此，弘扬佛法，无奈佛师暂且不愿离开，我才与众人讲解此地的好处，先引众人至此。而那巢窝，我本不知是何归属，来时见其空空，便移至山底，也不知是大鹏护法所造。"

孔雀道："释迦牟尼，你诸多借口，想是欲将取代佛师之位，自立门户，佛门乃是佛师苦心开辟，岂能容你一个外来之人随意取代尊位！"于是再不听那释迦牟尼分辩，自空中直冲下来，张开利嘴，向其扑去。释迦牟尼见孔雀杀气十足，欲取其性命，只得迎战。大鹏也挥舞翅膀，伸出利爪前来助阵。只见：一个未来佛门大神尊，两个现世佛师神护法；一个大彻悟者缘菩提，一个万里飞腾金翅鹏；一个要创立天地当尊位，一个欲维护法义护尊卑。三仙神混战一处，你追我赶，上下翻飞，孔雀和大鹏挥舞翅膀，探出尖嘴利爪，对着释迦牟尼发起轮番攻击，搅动那狂风凛冽，卷起漫天白雪飞舞，遮天蔽日。释迦牟尼左突右挡，与二护法你来我往，一时难分高下。

那孔雀得传凤凰仙体，法力高强，凶悍异常，释迦牟尼尚没有修炼得能抵挡孔雀和大鹏的联手攻击，孔雀见用打斗之术难以速速取胜，便运动法力，张开嘴猛吸一口，整个灵鹫山天地之气便尽数吸入孔雀腹中，释迦牟尼也被吸入到孔雀腹内。释迦牟尼被吞，孔雀、大鹏正在得意，却未料被吸入孔雀腹内的释迦牟尼有钻腹求生之法，入孔雀之腹后运动法力，从孔雀背部剖开一个口子，穿了出来。孔雀身体被破开巨隙，疼痛难忍，受了重伤倒地不起，不能再战。

释迦牟尼催动法力，正欲将孔雀就此打杀，在此危急时刻，燃灯领众佛与得力门徒急匆匆赶到，远远就望见孔雀、大鹏与释迦牟尼殊死厮杀，释迦牟尼被孔雀吸入腹中又破体而出，正欲打杀孔雀，燃灯急忙赶上前拦住释迦牟尼道："善哉，善哉，切莫杀生！"原来那燃灯祖师正休息间，忽有人来报，说那大鹏和孔雀护法不知何故，突然怒气冲冲飞奔而去，好像是前往灵鹫山方向。大鹏与孔雀曾多次在燃灯面前提及对释迦牟尼行为的不满，燃灯知道此次要出现一场大的争斗，释迦牟尼以及大鹏和孔雀都是具有大法力者，如若发生争执，后果必然难料，很有可能出现死伤。即是同门中人，自己身为佛师，自然不能袖手旁观，于是急忙率众佛和得力门徒赶往灵鹫山。

释迦牟尼见佛师出手拦阻，急忙撤回手，立在当地，对燃灯行礼。大鹏见燃灯佛师率众前来，也停下打斗落在佛师身旁，怒目而视。燃灯问道："释迦牟尼，你因为何事而欲伤其性命？"释迦牟尼道："佛师前来，正好了却此劫，是那孔雀先将我吞入腹内，欲取我性命，置我于死地，我欲杀之，实乃迫不得已！"

燃灯佛师见此情形，心中焦急，知道孔雀和释迦牟尼都还是处在怒争生死的情境，而此一劫乃是由他而起，一个是他的得意弟子，另一个是他的经年护法，佛门慈悲为怀，都不能让他们受到伤害，但是用一般理由当是无法化解两位深具大法力者的争斗。燃灯不愧为具大智慧者，情急之中生智，对释迦牟尼道："你可知今世之缘，甚于前世来生，善是善缘，孽是孽缘。你今从孔雀之身而出，既如同由孔雀所生，今若你杀孔雀，如杀你母，是万万不可！"

释迦牟尼听佛师这样言说，一时间竟无可反驳，再加上众佛在一旁附和，释迦牟尼无奈，只得收手合十。而佛师的佛母一说即出，不能违背，释迦牟尼虽心中极为不愿，但还是将那孔雀饶过。大鹏见释迦牟尼收手，孔雀重伤，便也不再准备继续争斗下去。燃灯佛师见此番恩怨已了，忙请一旁的药师佛帮孔雀医治背部伤口，许久方才调养恢复。

第十三章　受让佛尊得传承　玉帝颁旨加册封

　　灵鹫山上，燃灯佛师见一场殊死争斗已平，而释迦牟尼之势已经盛起，知是天意使然，便与众佛和佛徒道："今日之争，也是因我而起，现如今，我的佛法已经尽数传给了释迦牟尼，其精于佛义又有无上法力，从今往后，你等皆应好生追随他，将我佛法发扬光大。"众徒跟随燃灯多年，今听佛师如此一说，大多不舍，但谨遵燃灯佛师之命。

　　燃灯又解下袈裟披于释迦牟尼身上，作为传承的信物，让原本跟随他的一干弟子，见袈裟即如同见佛本尊。释迦牟尼恭敬地领受，就此称"释迦牟尼如来"，众人见释迦牟尼跃升凤凰之后，又加佛尊之位，俱向释迦牟尼行礼道贺。

　　释迦牟尼遂立"佛"为教，创立佛教，释迦牟尼如来被尊为佛祖，众习佛子弟至此皆名正言顺归于雷音寺佛门之中。

　　如来传承了佛尊之位，在雷音寺专门打造宝阁，将佛师好生安顿。燃灯逐渐不再参与传法与实际诸事，被今世佛祖如来尊封"前世古佛"。又封孔雀为"佛母孔雀大明王菩萨"，封大鹏为护法，也重新安顿，至此才彻底了结了一场大怨。灵鹫山也更名"灵山"。那大鹏被占了巢窝，原本属于自己的灵鹫山变成了如来的灵山，心中仍存有不平，得了个护法虚名，却没有供奉，而大鹏又吃食甚猛，本来经常要有龙来食用，归了如来佛门，因有戒律，又不得明里吃荤腥，心里怨气滋生，故总是想寻机远离灵山，自立而去。

　　佛门兴盛，新主上位，四方慕名，此时有大德大愿者地藏来投，佛祖如来闻其尊师敬孝，见其修行高深，当即封为菩萨。又有南海观世音，文殊、普贤分别于世间布道、行善，都心怀普度众生之念，得知如来在灵山传承了佛法尊位，便各自前来投奔。如来见了三位有道尊者，十分高兴，也将三位分别封为菩萨，至此佛门便有四大菩萨，分别是：大愿念者地藏菩萨、大慈悲者观音菩萨、大智慧者文殊菩萨、大践行者普贤菩萨，共为佛前护法，辅佐佛尊。

如来终于位居佛门至尊，没有忘却菩提，在密林峰壑之中的灵台方寸山，如来寻得了三星洞，见果如仙境一般，至洞门处，里面走出一名童子直接将其引入。进入洞内，里面层层深阁琼楼，珠宫贝阙，静室深幽，瑶台上菩提端坐，瑶台下有数十仙童侍立。见如来到来，菩提请如来同坐瑶台上座。如来先简单讲述了自己的一番经历，得知如来已成佛尊，菩提表示了祝贺。接着如来对菩提道："我欲请尊者入我佛门，不知尊者是否愿意？"菩提道："我现在山林洞中传徒授法，乃是个自在逍遥之身，不愿再涉及世事。"见菩提无意出山，如来知是无法强求，便对菩提道："尊者既然不愿来在灵山，也莫远去，有时机我常来请问。"菩提点头，又对如来道："你已受传我法力，领尊佛门，天下四大部洲，无限江山，广大众生，你应尽可垂范。"如来称好。送走如来，菩提继续径自修心传道。

燃灯获尊上古佛之称，自此清闲，灵山上都是燃灯的后辈晚生，遂逐步不理灵山诸事。

佛门已然是人数众多，虽自成一体，但天地各界皆归天庭掌管，佛祖居尊上位是佛门的大事，如来遂遣使者前往天庭禀告玉帝。

此时因地界大兴，世间各类生灵繁盛，原本为镇守四大部洲安排的四大天王虽是法力高强，但已难胜任当下治世所需，玉帝要甄选文武功德兼备的能者加强地界治理，巩固天庭威严。为此玉帝将南北西东四大部洲之外又划出一处中央之地，以填补四方交界处之虚，是为五方，并为此五方之地遴选治理之人。

这一日，玉帝在灵霄殿上正与众仙臣商议地界五方新的治世神圣之选，经众仙推荐，现已有东华帝君、十洲三岛诸仙翁、黄角大仙候选在列。但玉帝仍未觉如意，一来可选之人数量颇少，二来除了东华帝君以外其余皆不具足够分量，而当下符合玉帝期望之人皆已安排要职，不便更动，故此玉帝为人选之事颇费心神。正在此时，有佛门使者奉佛祖如来法旨觐见玉皇天尊。玉帝对西方新出神圣早有耳闻，见使者报上如来领尊佛门之事，看罢呈上的表奏文书，对众仙卿道："久闻西方有圣人自佛门而出，你们可知详细？"此时太白金星出班奏告："启禀陛下，据臣所知，西方圣人居首者如来，号称治世之尊，驾下还有四位圣贤，道行高深，其中那观世音有大慈悲之胸怀、度化众生之行、降妖伏魔之力，据说与真武帝不相上下，本已可成佛，现为菩萨之首。"玉帝闻听金星所言，欲知详情，遂派太白金星前去探问，看其是否有意受天庭册封，为天庭效力。金星领旨，即刻出南天门前往灵山雷音寺。

太白金星驾祥云至灵山，见雷音宝刹殿阁高耸，门前有四大金刚肃立，气势威严。通报名姓说明来意之后，稍顷被引进山门。两旁僧众排列整齐，直至大雄宝殿，金星上得宝殿见了佛祖如来。那佛祖端坐宝莲台上，佛光笼罩，宝相庄严，观音、地藏、文殊、普贤四位菩萨列立左右，两旁罗汉、圣僧人数众多，气派非凡。金星讲明来意："玉皇天尊得知佛祖上位，今欲加封正册，令佛门有道者位列仙籍，为天庭效力，故特地派我前来问尊者之意。"

如来听罢金星所言，不禁喜悦，点头道："感念玉皇天尊圣恩，此乃我佛门之幸，愿为大天尊分忧，只我有一样请求，还劳烦太白尊者上报玉帝得知。"太白金星请问如来详细。如来道："我佛门最能体味众生之苦，有普度众生之念，讲究阴阳轮回，故有大愿，望玉帝能许我佛门在四大部洲阴阳两界广传佛法，以佛法度化众生，解脱众生苦难。"太白金星听完如来这一番话道："佛祖所言我都已记下，我会将原话回禀玉帝得知，你暂且等候我的消息。"如来点头，命罗汉送太白金星出宝刹山门，回天宫禀奏玉帝。

第十三章　受让佛尊得传承　玉帝颁旨加册封

玉帝此时正在通明殿内身着便服凝神观看名册，王母在一旁陪伴，见金星返回来见，玉帝命李长庚上前答话。李长庚细述所见所闻，说那佛门如何颇具气势，又将在如来处得到的答复原封不动和玉帝陈述一遍，完毕之后等待玉帝旨意。玉帝听完，盯着眼前尚未完全的五方治世者名单，半晌沉吟不语，抬头见金星在旁等候，便对其道："你先且回去，我还需考虑一二。"金星领旨而回。

　　王母见金星已远去，对玉帝道："我看你对此事犹豫，不知是有何顾虑？"玉帝听王母问，便道："我有意加封如来，向天地昭示其归属，并成就五方治世之需。而据金星所言，那如来手下能者众多，如将其列入，则相较其他几方过强。并且如来若提出条件，欲令佛门涉足整个四大部洲及阴阳两界，是否应允，是有顾虑。"王母便问："究竟有何难处？"玉帝道："地界本是道门遍布，且老君身为道祖，若其涉足，老君怎能放任？"王母听玉帝此言，想了想道："我也闻听那佛门如来手下能者众多，他若愿受册封，你便又多些可用之人，而不必全数依赖道门。佛门如今之势尚微，天下四洲，其不过有灵山方寸之地，即便是答应他的要求，如你所言，地界满是道门，他人要想成势，也还需长久时日，结果尚未可知，故而不过是虚名，不必过于担心。且此是你初次以三界之主的身份亲自册封高位，是昭示你主政的大好时机，若将来佛门广大，也知是你恩准。"

　　玉帝经王母这一提醒，有所领悟道："王母所言在理。"即便是如此，玉帝仍旧不准备当下就正式许那佛门传法于整个地界四洲。思考良久之后，将名册中如来领众菩萨、圣僧、罗汉列入了西方，将那南海观音单独划出，列入南方，又将东方圣帝东华帝君列为东方之选，其余十洲三岛仙翁列入北方，中央则为黄角大仙，此番安排相较之前是大为增强，只是对于北方，玉帝感觉仍旧稍显弱势，而东华帝君虽然是男仙之首，地位崇高，但从法力上来看，与西方和南方相比稍显不及，此份名单，尚有缺憾。

　　玉帝看着眼前这份新拟出的五方治世者的名单，心中反复思量：

"此番佛门之人的加入令西方、南方人选的实力大为加强，达到了满意的程度，但因佛门力量又强于了其他几方，却又失去了平衡。除中央之地以外，其余两方力量若能均等方才完满。要实现此一设想，尚缺一重量之选加入其列。"玉帝脑海中闪过各路上仙，首先想到的便是那真武大帝。真武帝君又号"荡魔天尊"，地位尊崇，法力高强，因此前未有佛门的加入，故并没有考虑将其纳入此一行列。而如今若是有了佛门，使得此份名单上诸方的力量大为加强，可媲美真武之能，此时将真武列入已然合适。那真武非同一般仙神，其已封帝号，且为道门天尊，论及地位仅次于四御。若要将其列入，需是得先与之商议，要其同意方可。

次日朝议，玉帝提出将佛门纳入五方治世之选，众仙中有人提出："只知那佛门人数众多，未见其展现功德，不知究竟是否果真有治世之能？"玉帝道："已派太白金星前去探看，那佛门确有气势。"玉帝也未曾亲眼得见佛门施展，但此番为立五方治世，佛门目前是最佳之选，故此也并不对其他作过多考量，就此决定。众仙见玉帝其意已决，便不再疑议。

散朝之后，众仙臣离去，玉帝命人前往北天门请来真武。未久，真武帝君一袭黑衣，气宇轩昂，领旨上殿，参见玉帝。玉帝请真武落座，真武谢过，玉帝对其言道："我现欲划分地界为五方，选人分别监守，今诸方皆有落定，唯有北方尚无合适之选。真武曾威震北方，故今日请真武前来，商议此事，不知你可否愿意担当此任？"真武闻玉帝此言，站起躬身行礼道："玉皇大天尊曾与我有知遇之恩，天尊有命，真武自当谨尊行事，但我遇有元始天尊之命须得遵照执行，恐不能分身。"玉帝闻听仰天沉吟稍许，转回头对真武道："你平日依旧可静享武当，待有要事时方才出面。"真武闻听道："如此全都仰仗玉皇天尊大智仁慈，真武愿意为大天尊分忧。"玉帝心中大喜，道："这样甚好！"真武接着问道："不知其他几方都是哪路人选？"玉帝便将现有的几方人选告知真武，真武听罢点头道："果真皆是不凡，但不知大天尊准备将五方治世者位列哪般等级？"因之前人选未定，故此五方治世者品级尚未确定，现如今又有仅次于四御的真武加入，其他几方亦是有东华帝君、佛门至圣一级人物，玉帝略加思考之后，对真武道："我决定定为新的'五老'等级，仅次于四御，而高于五斗、六司、七极、八元、九耀、十都。"真武点头，此事就此议定。因真武的加入，玉帝将那东华帝君和十洲三岛之仙合并为东方之列，真武则负责安定北方，平日里依旧在五百灵官的守护下安享武当山太和宫。

一切规划妥当，次日，玉帝派太白金星去通知如来具体详细安排。金星领旨即刻出发，前往灵山。至灵山雷音寺，金星告知如来玉帝之意，只是未提及佛门传法之事。如来闻听，当下也是满意。见玉帝将观音同列五老，如来遂举荐有大愿者地藏菩萨度化幽冥众生。金星返回天庭将如来之意奏禀了玉帝，玉帝审度后，恩准了如来的答复，定下册封一事。

这一日，玉帝升殿，老君在上，王母在旁，玉帝于众仙面前宣告："今地界有大觉悟者颇具治世之能，我将授其有道者为五老品级，居五方人选之西方和南方之位。封地藏王幽冥教主，直属天庭，度化阴间之鬼魂。即日起准备事宜，由太白金星总理此事。"文武众仙一听，齐赞玉皇天恩大德。

太上老君听罢玉帝一番安排，此时开口："我当年对那西牛贺洲众生也曾多有教化，后有觉悟者自称为佛，如今聚集灵山，以如来为首，从属者众多，既然要加封其品级，故而须派遣上仙驻守灵山要处，以便于天庭掌握其人员举动，知晓其变化。"玉帝仔细聆听了老君这一席话，见其中未有拦阻之意，先除去大半忧虑，道："道祖乃开天辟地之祖，天地之间上仙觉者当是为道祖教化，就依道祖所言，不知可有上佳人选？"老君道："我门下弟子金顶大仙可担当此任，可在那灵山脚下必经之路上造道观供派遣的上仙驻居，佛门不得随意逾越。"玉帝闻听老君此言，已知其意，道："就依道祖所言，命其记录佛门圣者更动。"遂着文曲星书写册封如来圣旨，又拟定委任诏书，加封金顶大仙正职，择日派太白金星会同金顶大仙前往西牛贺洲灵山雷音寺。

玉帝要正式册封如来，有先遣使节提前告知灵山。如来闻之心中大喜，未有耽搁，早做准备，吩咐依大礼盛典来迎接玉帝使者。

天庭发下封赏，重新修建雷音法寺。此次有天庭鼎力支持，派来工匠、力士一并听用。好个浩大的工程，耗时多日，新雷音宝寺建成，以待册封大典正式启用。那重新修造的雷音寺上有金瓦叠顶，下有明砖铺地。一座高楼，数层高阁，冲天百尺，耸云凌空；低头观日，伸手摘星；窗棂豁阔，屏风宽厚；四周仙花连片，青松临雨，仙芝向阳，彩鸾、白鹤整日盘绕。大雄圣殿宏伟庄严，殿上绽金光，殿外放瑞彩，通体绕红霞，远观如同珍宝楼阁。真是：尘缘尽隔去，万劫无动移。

佛门遍发请柬，邀请地上、海外诸仙一齐前来同证天赐洪恩。灵山一干徒众，知是佛门自建立以来的最大盛事，一齐收拾准备，紧锣密鼓，力求无有差池。地上、海外诸仙，闻听如来将受玉帝册封，邀请共证盛典，纷纷前来祝贺，黎山老母、地仙之祖、海岳神仙尽皆应邀前往。

不多久，册封大典已至，灵山上下悬灯结彩，净水洒遍，一尘不染，僧众位列两旁从雷音寺一直到灵山脚下，如来带领众菩萨、圣僧、罗汉出雷音寺迎接天庭使者，却见使者非是一人，而是两位，除了太白金星之外另有一道门打扮的上仙在旁，不禁面呈喜色，心中疑惑。

太白金星和金顶大仙驾祥云金光到了雷音寺前，被如来率众迎进寺内大殿。金星于大殿之上当众宣读了玉帝圣旨："今西方圣者出，存度化众生之心，有治世之德能，故册封如来以佛门至尊之位领众菩萨、圣僧、罗汉位列西方五老仙籍，治理西方；观音尊者，于天下行普度众生之举，位列南方五老仙籍，治理南方；封地藏王幽冥教主，教化阴司众生，度化亡魂。已赐天恩封赏，重修雷音法寺，并于灵山口，造玉真观，由金顶大仙驻守。"

如来听玉帝这样安排，方才明了为何派两位使者前来，心中有喜有忧，喜的是：天庭册封了自己和佛门；忧的是，玉帝未全部明示其意，对佛门传扬佛法于四洲众生一事只字未提，却安排了道门监管人员，看来要真正实现能够于四海弘扬佛义尚非易事。天庭是三界主宰，既然听封受命，则有命须从。如来恭敬领接玉帝旨意，正式受了天庭册封，率众佛、菩萨、圣僧、罗汉一齐谢玉帝天恩。

仪式完毕，如来设素宴款待太白金星、金顶大仙与前来一同祝贺的诸仙。盛宴已毕，如来亲自率众佛送金星和众仙出山门。太白金星离开前再度交代：数日后玉帝将设五方五老金殿加封大典，之后天庭将召开蟠桃盛会，届时如来要领其门下受册封者参与大典、盛会。如来谢玉帝圣恩，允诺定当前往。金星返回天宫。

一同见证佛门受封的众仙离去，那前来观礼的地仙之祖与世同君也正欲回归来处，却有如来弟子迦叶上前来对大仙道："仙祖请留步，佛祖想要与仙祖单独一叙。"那仙祖闻听心中疑惑，不知有何事发生。

第十四章　计收镇元得金蝉　天庭盛会邀众仙

佛门册封仪式结束，诸仙离去，如来派迦叶单独挽留地仙之祖，仙祖见佛祖挽留，不明就里，不知找他欲谈何事，但见如来此等安排，一定是有重要之事，便等诸仙尽皆离去后至如来处相见。

见地仙祖应邀留步前来，如来十分欣喜，快步上前相迎，延至雷音寺后面大殿，二人分别落座，如来命人奉上好茶，仙祖谢过，如来道："此次邀请仙祖观礼，还要多谢仙祖赏光。"地仙祖道："恭喜佛祖上位仙籍，我等皆存于地界，岂能不来道贺？"如来道："仙祖在仙山平日都做何修行？"那仙祖见问，便道："只做些静心打坐修炼而已。"如来道："仙祖过谦，早有耳闻仙祖法力广大，却始终独自修行，岂不可惜？"地仙之祖听如来如此一说，必有深意，反问道："哦，有何可惜之处？"如来道："我欲掌四大部洲，范围广大，正用人之时，何不入我佛门，共谋大业？"

地仙祖见如来有如此志向，此番又直接明示，邀其加入佛门，方解其初意。可他一贯秉持独行天地，不愿加入任何一方，受其约束，眼前这如来乃一教之主，刚加尊位，又有天庭册封，气势正盛，在此情形之下，如违逆其意，后果恐对其不利。那地仙祖表面沉吟，内心翻腾，仔细紧想应对之辞。如来看出其有为难之色，也不追迫，只是取茶自饮，等待其答复。少顷，仙祖开口道："多谢佛祖美意，我区区一个小仙，难当佛门重任，何况我还身负看守要事，不便脱身前来。"如来一听，不禁"哦"了一声，紧接着问道："不知何人能差遣仙祖看守之事，竟不得脱身？"见如来发问，地仙祖便把受老君托付守护神石之事说与了如来。如来闻听居然还有此等事，略加思索道："我受玉帝旨意将管辖西方，今欲以大法力上仙驻守边界，仙祖与其沦为替人看护顽石，不如替我佛门看守西方边界门户，请仙祖出马担当要职，是我心中上佳之选，亦可成为众仙表率。"

那仙祖闻听如来这般说，他心中清楚这不是一个好办的差事，弄得不好会得罪五老之某一方，况且地界道门遍布，甚至也因此可能与三清道门发生摩擦争执，更是有失自己地仙之祖的身份，实在难以接纳。但直接推托又有不妥，心中焦虑，溢于言表，思前想后，对如来道："佛祖好意，我心领了，只是一来我本无高强本领，二来，我那人参树尚在东胜神洲花果山处，我依此神树才得以长生，无奈不得脱身啊！"如来听他这样答复，知其深有顾虑，那与世同君为天地同生，只尊天地，不想依附于任何一方，一直独自孤行，未有结宗立派，若想劝其皈依，此事不易，但其很快已有良策，随即起身对地仙之祖道："仙祖有此神树，带我前去看看如何？"那地仙祖不知如来意欲为何，也不好推辞，只得答应。如来见其同意，遂拉着他来在殿堂之外。到了门外，地仙祖和如来一同驾祥云前往花果山而去。

如来有快速飞腾之术，扯住那仙祖，不久便来到东胜神洲花果山上方。地仙祖见那如来有如此高超的飞腾之法，不禁惊讶。来在那山上方，早见山顶一方神石矗立，山中挺拔而立的正是那棵高大的人参神树，上结仙果，迎风晃动，熠熠通透，晶亮生辉。如来也不多言，只一挥手，见那百丈高的神树，拔地而起，那树上鸟虫惊厥，四下飞散，其间更有一只金蝉飞出，如来见其有仙体，未加多想，顺手抄入怀中。

此举早惊坏了一旁的地仙之祖，见此情形，十分惊恐，不知如来何意，连声道："这……这……这是何为？"那如来佛祖也不答话，又一手携着那仙祖，一手托着神树，怀里揣着金蝉，腾云驾雾，直向西去。直惊得那花果山一旁观看的鸟兽猿猴皆奔逃躲闪在丛林、山洞中远远偷望，见到有仙神飞腾，慌忙往那佛祖所去方向连拜。

顷刻间如来携那地仙祖又来在西牛贺洲与南赡部洲边界不远一处大山，才将那神树轻轻放下，那神树又落地生根，依旧枝叶茂盛，与原来一般无二，如同什么也没发生过一样。整个过程如此之快，那地仙之祖来不及多做打算，便已完成，只留下一个呆愣的与世同君惊讶无语。如来见那地仙祖愣在那里，便道："仙祖所忧虑那神树之事，我已替仙祖解决，你看，可否就在此地安歇，亦可与你这神树长久守候，至于那所谓的神石，既然它有天意所依，就让它随天地造化去吧。"

　　此时那地仙之祖见如来有如此大法术，已无话可说，看来今天如有违背，自己连同那棵神树估计都难有善果，他心中暗想："如来有此等法力，与佛门合作也算可为，毕竟也是一个依托。"想至此处，地仙之祖道："佛祖有这般广大法力，我如何不为佛祖效力，只是我虽为佛门效力，但不欲加入佛门之列，还望佛尊体谅。"如来见其答应，心中大喜，道："如此甚好，既然仙祖同意与我佛门合作镇守此处，不如我与仙祖一法号'镇元'，乃显仙祖之威。"那仙祖本无法号，只是人称与世同君，今与佛门合作，得佛授一法号，虽觉不妥，但此情形，也唯有接纳。如来又道："还有劳大仙凡遇那道门有所动作时及时与我佛门通报，不胜感念。"已是"镇元"的地仙祖道："这是自然。"

　　如来安置完镇元，便回灵山，随即遣人助那镇元在神树所在之地建起一座仙居。镇元为那山依长生神果之树起名"万寿山"，又为那居所起名"五庄园"。山门外立一石碑，上刻："万寿山福地，五庄园洞天"，以示宗源。

　　自此，那万寿山处便有一庄园模样的处所，依山傍水，内生神树，终日仙气缭绕，镇元大仙在此定居修行。又将原本在花果山水帘洞中居住修行的门徒带至此处，继续传道授法。那些门徒忽见师尊不知去向，正在慌乱，又见其返回，命他们搬迁，也都带上日常家什，将那些不用的丢弃，跟随而来。

　　如来从万寿山回到雷音寺，将怀中那只金蝉取出，那金蝉经过此番惊吓，早已如同寒蝉了无声息，原来这金蝉极易受惊吓。如来观其颇有仙质，知是其天长日久吸吮那神树汁液从而得了灵气，是仙灵之体，又有缘分，天性善鼓噪，乃是一个传扬佛法的上佳之选，便将其点化为人形。

金蝉被佛祖点化，成了人身，立即下拜叩谢佛祖之恩，如来对其道："你就做我的第二个正式入门弟子，名为'金蝉子'。"金蝉子忙又跪拜致谢，从此每日跟随佛祖听经修行。

在册封了如来之后，又临近王母的生辰，众仙正在想怎么再到蟠桃宴会上一乐。自打有了蟠桃宴，可尝醇香的美酒，品美味的蟠桃，宴会上热闹非凡，听缥缈仙乐，赏霓裳歌舞，回味无穷，大家每每都盼着再召开蟠桃盛会，好享长生仙果。

盛会的日期将至，王母和玉帝便招太白金星安排商议蟠桃会的事宜。太白金星闻讯立即来到玉帝的寝宫大殿，玉帝让他就座，太白金星谢过，玉帝道："王母生辰将至，那蟠桃宴会需要你着手安排。"太白金星道："请陛下放心，我已早有安排，通知天上所有有俸禄的神仙和地上上仙。"玉帝道："此次非比往常，这一年一年，天上地下仙神愈发众多，又增加了不少神仙入列仙班，此次在盛宴之前，要设五方五老金殿加封大典，我给你一个新的清单，你去安排请他们参加蟠桃盛会，务必达成。"太白金星一听道："遵旨，就按圣上吩咐安排。"玉帝把早已准备好的一份名单交给了太白金星，太白金星收下，告别了玉帝王母，回自己的府邸去了。

太白金星回府把那份玉帝给的名单拿出来一看，只见那上面满满写的全是参会仙神的分类名姓，各宫各殿大小有官有禄者、天上地下上仙皆已列齐，受邀赴宴，尤其是，增加了佛门诸圣以及新加封者。李长庚不敢耽搁，马上开始着手筹备。先按照名单安排人分别拟定了请柬，派仙使发给各路上仙。又安排宴会的用品，名目繁多，自不必说，当是少不得那宴会的主角美食：蟠桃。

送请柬的仙使接到命令，浩浩荡荡分头前往三界宴请赴会上宾。那去请天界神仙的路近些，直接便去了，其余则各自直奔四方天门出发。此番受邀之上仙当中又有了那托塔李天王、天河统帅天蓬、侍奉銮舆的卷帘大将等仙神。

托塔天王名为李靖，有非凡统兵之能，因机缘得赐一座玲珑剔透舍利子如意黄金宝塔，塔上层层有佛像，金光随身，非凡迥异，早惊动了当地城隍、土地，于是上报给了玉皇天尊得知。玉帝接到禀报，问左右此金光护体者是为何人，张天师出班回禀："此人名为李靖，有领兵之才。"自打真武获封天尊之后，玉帝正因天兵已达十数万之多，却仍未有一名得力的领军帅才归于自己手下而烦恼，四处征召未果，见有此一人出世，忙派天师再去查访仔细。天师领命，下界详查，回来奏告大天尊得知："那李靖果然领兵有方，人皆称颂，乃是帅才，今更得黄金宝塔傍身，故而有金光非凡异象。"玉帝遂传旨，命人带上太上老君的九转金丹一粒召李靖上天听命。

李靖不敢违玉皇上圣天尊之旨，服了金丹，得了仙体，带三子哪吒上天复命。玉帝见李靖上得天庭，观其言行，果然一表人才，气度不凡，先将一万天兵交与其掌管训练，以观其效。李靖领命，每日操练天兵不懈，多日后，上奏玉帝，请玉帝亲自检阅。玉帝率众仙前往观看，在玉帝面前，李靖当众操演阵法，展现出了：一字长蛇之迅捷，二龙出水之凌厉，天地三才之稳固，四门兜底之震撼，五虎撺羊之威猛，六丁六甲之勇武，北斗七星之机巧，九宫八卦之玄幻，十面埋伏之无敌，十阵环环相扣，变化无穷，一同观瞧的众仙无不赞叹。虽其不及真武神勇，但在统帅三军的才能上更胜真武一筹。见到天兵天将在李靖的统领之下军纪严明，阵法整齐，训练有素，玉帝大喜，遂以宝塔为名加封其为托塔李天王，将十万天兵平日尽数交与其操练。又将云楼宫赐为天王府邸，其三子哪吒跟随其左右，另有巨灵神、鱼肚将、药叉将三员大将在其手下听令。因已有家室，玉帝许其依旧因循俗规。

天蓬元帅负责统领天庭八万天河水军。玉帝之前早已设立水军，在天河驻扎，一来因四海领域广大，担心四海龙王遇事难以控制局面；二来为防龙王手下兵将发生不测；三者因天兵数量已至十万之多，为便于掌控和调度，另设建制，也是十万天兵的后备军力，因而需安排随时待命的元帅一名，以应对四海、江河、湖泊等情况发生，人数也有数万之多。

那天蓬本是生性粗拙的一名凡间之人，好色贪闲，自小力大无比。太上老君命东华帝君找寻木母之身者时，发现了他，遂将其点化，传了其九转大还丹术。功满飞升，玉帝得老君授意，派天仙迎入天宫。先参拜了老君，老君见其心性耿直，是个愿听从安排的放心人物，遂告知玉帝，称此人乃木母，五行因水生木，故可令其掌管水军。玉帝见是老君亲点门生，遂设宴款待，众仙陪同。随后按老君授意，封为天蓬元帅，统领八万天河水军。

当初封天蓬元帅之时，太上老君将先前赠与玉帝的镇殿之宝：一具上宝沁金耙赐予天蓬。这宝沁金耙不是凡物，分为乾坤日月阴阳八卦，老君当初为炼此宝物曾煞费了苦心，特意支起宝炉，以神兵铁，请五方五帝聚五方真气，叫六丁六甲守护，炼了七七四十九日方得成型。那钉耙之齿呈飞龙利爪之形，颇为闪亮威武，今交于天蓬，令其如虎添翼，以示传承。之后又请灵宝天尊传授给他天罡三十六般变化，得了兵器和法力的天蓬从此威风八面，却依旧唯命是从，全合老君心意。虽是老君指派，倒也令玉帝放心满意。

卷帘大将原本是一凡人，打小生来就气壮神威，自幼修行，心无旁骛，一心向道，年少时便游行万里，四处闯荡，结交天下英雄，自己也因豪情义胆，被视为英雄豪杰。他行英豪之举，四处寻师访友，恰遇东华帝君，见其好道，便将其点化，做了天将。因其生得威武雄壮，故而被老君授意引荐给玉帝做个贴身护卫。玉帝见其形象英武，亲口加封为卷帘将军，专门侍奉玉帝王母銮舆。并昭告臣属，以卷帘将军为形神典范。

卷帘大将每日里腰悬虎头牌，手拿降妖杖，头戴金盔，身披金甲，随玉帝不离左右，十分威武。今有蟠桃盛宴，那玉帝保驾护佑之事自然少不了他。

有了这些新加入的仙神，此次蟠桃宴会更显非凡盛大。

第十五章　三界上仙得齐全　珍果花园失看管

今年众仙期盼的蟠桃盛会之前还有盛大的典礼，玉帝要在灵霄宝殿上设五方五老加封大典。及至盛典时刻，众仙臣、天将已在金碧辉煌的灵霄殿上排列整齐，肃穆庄严，玉帝宣诏："今世间大兴，人丁繁盛，为保地界安生，敬天礼神，故划分五方之地，以文德武功治世能者封五老之职，驻守监管，以图更为安定有序。现任命北极玄灵真武帝君为北方之五老；东方崇恩圣帝东华帝君领十洲三岛仙翁为东方之五老；西天佛老如来领菩萨、圣僧、罗汉为西方之五老；南极观音为南方之五老；黄极黄角大仙为中央之五老。原四大部洲的四大天王回天宫守护四方天门。"五老行礼谢恩，众仙臣、仙将齐赞玉皇大天尊圣明。

五老加封仪式已毕，随即在瑶池安排盛大蟠桃宴会，宴请天地上仙。接到邀请的众仙，有的独自飘洒前来，有的前呼后拥带来随从。如来新晋加封，也是首次受到邀请参会，知道这是天地众上仙齐聚的盛会，因是佛门上天受封及首次参与，众菩萨、罗汉、圣僧皆着上等法衣，带领各自的贴身随从、坐骑，浩浩荡荡有数十者众，气势非凡，令众仙刮目相看。

所有参会者陆续到了天宫瑶池，在礼官引领下依次序入场，玉帝、王母已是等待。先是那上八洞三清、四帝、太乙真仙。三清上神元始天尊、灵宝天尊、太上老君在万道祥光之中，身着乾坤八卦仙衣，足踏霞彩先行驾到，玉帝、王母见三清驾临，连忙起身出瑶池，将三位上神迎至上座，这才自己再度落座，看那其他仙神入瑶池而来。

接下来的是四御：紫微北极大帝、南极长生大帝、勾陈天皇大帝、后土皇地大帝，皆锦绣华服，尽显王者气度。又有东极青华大帝太乙天尊，九彩神光罩身，圣者风范。紧跟其后便是新晋的五老，五老人数众多，北方真武在首，黑衣黑发庄重威严；之后是东方崇恩圣帝东华帝君领蓬莱、方丈、瀛洲、玄洲、长洲、流洲、元洲、生洲、祖洲、炎洲、凤麟洲、聚窟洲的福、禄、寿等十洲三岛仙翁，显仙踪，呈法相，缥缈而至；再之后便是最为引人注目首次出席蟠桃盛会由佛老率领的西方诸圣。见那佛祖如来：座下莲花，背靠华彩，顶照佛光，身上着锦襕法衣，走金丝、穿银线、镶奇珍、缀异宝，绽放光辉，法相庄严，气势不凡，正是不入轮回的治世尊，不染凡尘的出世圣。如来身后是文殊、普贤二位菩萨，皆着锦绣法衣，呈祥瑞之相，各自骑着坐骑，乃分别是一只威猛的青狮和一头仙相十足的白象。众仙神看了，也不禁称奇：这二位菩萨的坐骑竟如此威风。又有圣僧数位、十八金身罗汉，端正紧随。两位菩萨下了坐骑，将坐骑交至仙丁手中，步入瑶池。又见锦衣绣带，珠翠璎珞，手持净瓶，骑乘满身金缕、威武凶悍的金毛犼翩翩而至的，正是那南方五老之大慈大悲南极观世音菩萨。中央黄极黄角大仙，黄巾肃穆，也瑶池入座。

接下来是威风凛凛的托塔天王李靖和三太子哪吒，随后则是天蓬、天佑元帅和增长天王、广目天王、多闻天王、持国天王四大天王。马灵耀、赵公明、温琼、关羽四大元帅戴金盔、批锦鍪，器宇轩昂。九天应元雷声普化天尊带领雷部众神，前有庞煜、刘吉、苟雷吉、毕宗远、邓化、辛汉臣、张元伯、陶元信等雷霆八将排列整齐，后随雷公、电母、风婆、云童、布雾郎君，也是英姿飒爽。张道陵、葛洪、许旌阳、邱弘济四大天师则身着仙衣，肃然仙雅。其后迎来中八洞、九垒，接着是下八洞幽冥教主地藏王菩萨，以及诸世地仙。

前来参会的神仙还有五斗、六司、七元、八极、日月九曜、十都、十二元辰、二十八星宿。五斗为：北、南、东、西、中五斗星君；六司乃：司命、司禄、延寿、益算、度厄、上生六司；七元为：天枢宫贪狼星君、天璇宫巨门星君、天玑宫禄存星君、天权宫文曲星君、玉衡宫廉贞星君、开阳宫武曲星君、摇光宫破军星君；八极是：苍门、开明、阳门、暑门、白门、闻阖、幽都、寒门；太阳、太阴星君执掌日月；九曜是：金、木、水、火、土、计都、罗睺、紫炁、月孛等九位星君；十都十殿阎君是：第一殿秦广王、第二殿楚江王、第三殿宋帝王、第四殿仵官王、第五殿阎罗王、第六殿卞城王、第七殿泰山王、第八殿都市王、第九殿平等王、第十殿转轮王。

子、丑、寅、卯、辰、巳、午、未、申、酉、戌、亥等十二元辰俱至，四方二十八星宿皆来，星宿每方又按金、木、水、火、土、日、月排列，分别是：

东方青龙：角木蛟、亢金龙、氐土貉、房日兔、心月狐、尾火虎、箕水豹；

南方朱雀：井木犴、鬼金羊、柳土獐、星日马、张月鹿、翼火蛇、轸水蚓；

西方白虎：奎木狼、娄金狗、胃土雉、昴日鸡、毕月乌、觜火猴、参水猿；

北方玄武：斗木獬、牛金牛、女土蝠、虚日鼠、危月燕、室火猪、壁水貐。

那些星宿有的是头顶长角，有的是尖嘴獠牙，一个个异首人身，有上古修炼的妖，也有新近成仙的兽，都各怀绝技。三十六天罡，七十二地煞，普天星相俱是威武雄壮。

东岳泰山、西岳华山、北岳恒山、南岳衡山、中岳嵩山五岳神；东、西、南、北：敖广、敖闰、敖钦、敖顺四海龙王；江、河、淮、济四渎龙神等等一干江河海岳神仙尽皆到齐。张元伯、刘元达、赵公明、钟士秀、史文业等春、夏、秋、冬、中五瘟神神态端庄，赤脚大仙、金顶大仙飘逸超然。

因此次参加瑶池盛会的仙神比以往增加了许多，故安排各类大小事务的力士便有上百。玉帝命掌管天河水军的天蓬元帅专门负责蟠桃会的

第十五章　三界上仙得齐全　珍果花园失看管

103

全局守卫，托塔天王李靖则负责镇守整个天宫事宜。天王、天帅和卷帘大将各自领命监管全局及贴身护卫玉帝王母，谨守职责，以保盛会平安。

天地诸仙悉数到场后，互相见礼、寒暄。玉帝、王母与前来赴会的仙神一一招呼，礼见，瑶池仙境一片祥和喜气。玉帝见众仙到齐，示意大家安静下来，对诸仙说道："今又值王母生辰之际召开蟠桃盛会，各界神仙又增添了许多，是大喜事。"接着玉帝介绍新位列仙班的一众仙神，这其中最引众人瞩目的当然是那西方诸圣。玉帝向诸仙介绍了西牛贺洲修行得道的圣者如来佛祖，普救下界众生之苦，现位列西方之五老。众仙见果是不凡，大家施礼，如来也起身还礼。介绍完如来之后，其余五老也分别与众仙见礼，一一介绍完毕，王母宣布盛宴开启。一时间，仙乐齐奏，仙娥共舞，天音悠扬，真个是喜乐非凡。领舞的仙女霓裳华彩，玉翠珠光，长袖起舞，步步生花，如彩云飞烟，一颦一笑摄人心魂，正是那貌美无双的月宫仙子嫦娥。

众仙齐举仙盅，给王母祝寿，向玉帝道贺，觥筹相碰，恭祝声不绝于耳，一番的热闹自不必说。新晋之诸仙神，自是要与众仙多叙。如来自打得道以来，苦历修行经营，今初次登上九重天，心中也不免对这天庭之雄伟浩瀚连连赞叹，却感慨少了菩提一人。

仙酒吃过了三巡，佳肴上齐了五味，仙乐奏响了几番，仙女舞转了几轮，众仙同乐，欢笑连连，接下来是宴会的主角登场，那主角是什么，当是以其冠名此盛会的仙果蟠桃。只见一群仙女在仙乐声中手托银盘陆续上前，那盘中盛放的正是奇异珍稀的蟠桃，个个是精挑细选，仙叶衬托，真是非同凡响。吃过的众仙，知其功效美味，早已企盼，待摆到面前，先是闻闻那仙桃的仙气就已是神怡。

不多时，仙桃已全部分发到各路神仙桌案上，大家一看，上几路仙神面前的蟠桃与之前没有变化，而职位稍低一些的神仙面前的蟠桃数量、大小和档次却明显比上次有亏减，那天宫外界的还好，天宫上一干仙班面前的仙桃，有的是六千年熟果变成了三千年熟果，有的是大小不及以往，有的甚至还略带青涩，那些个天宫仙神一个个互相看看，不知说什么好，心里却有计较。

　　王母看见了天宫众仙的反应，于是开口对众仙说道："此次的蟠桃盛宴因参加的人数比较前次更为众多，蟠桃的数量有限，此仙桃生长得缓慢，因此天宫的众仙礼让就少分了些，让每位都能尝尝，大家一起高兴。"众神仙听了，也都频频点头，称王母安排考虑得当，一番赞美，只是那天宫的众仙心里却仍有些不足的缺憾。缺憾归缺憾，并未影响整个蟠桃盛宴的欢喜盛景，又是喜庆的一整天，宴会完毕，各路仙神拜别了玉帝王母，又相互告辞，各自驾祥云乘金光去了。

　　蟠桃盛会结束，参与者较之以往愈发众多，蟠桃数量却显不足，当然只是在天宫众仙眼里有明显的缩减，于是在天庭众仙中引发了一番议论。天庭的文臣武将，星宿值曹，人数众多，平日里没事常一起闲聊。蟠桃会过去了多日，这话题还是没绕开蟠桃宴。

　　四大天王、二十八星宿平常休息时各自聚拢闲谈，这一日凑得近，于是一起聊到刚刚开的蟠桃宴的话题上来。几位天王有什么说什么，提及分给的蟠桃数量减少，心有不满，一是因为是天王，自觉地位应该较高，起码比那些星宿要高，但是此次也是遭遇蟠桃的亏减。增长天王道："几位兄弟，难不成这玉帝看你我是地界上到天宫来的，就有偏见吗？"广目天王道："哪里，你没看那地界来的神仙，本来还属你我领地，却也没见少了蟠桃，反倒是我们先上得天来的受了委屈。"持国天王道："是啊，真是郁闷不堪，玉帝拿你我做人情哩。"一旁的星宿听到了凑过来应声搭话："就是，我们星宿也就算了，天王的蟠桃少了，真是不应该。"一番议论，总是围绕这次宴会蟠桃的话题。

　　正七嘴八舌间，众仙将见那太白金星走了过来，就都停止议论，和金星打招呼。太白金星在远处见一群人聚在一起盔甲晃动，似乎正在那里讨论什么事情，下意识地过来看看究竟。一见是这些个天将，便问："大家在商议何事啊？"太白金星不想让自己的出现惊扰众天将，语气一如既往的平缓。众仙将见是金星，平常一起共事，各执文武，也不避讳，一个星宿就说："我们在谈论这蟠桃宴蟠桃数量太少之事，玉帝对待我等天宫上的未免小气！"其他星宿也跟着说："是啊！就连这天王也被减了份额。"太白金星一听，笑了笑说："哦，原来是这件事，那蟠桃本来就数量颇为有限，几千年方能开花结果，每年宴会宴请的仙神众多，今年尤甚，玉帝见大家都是天宫的神仙，能够体谅其他远来的众仙，就减了大家的份额，分配给一些新参会的了。"多闻天王听了说道："既然我等在天宫，离那蟠桃最近，蟠桃会上吃得又少，何不让我们平日去取几个尝尝，补偿大家。"金星闻听忙道："天王不可！玉帝王母规定，那蟠桃只有在蟠桃会上受到邀请方能品尝，也是玉帝特意安排的赏赐，不开蟠桃宴，平日里任你是何等上仙皆不能擅自采摘！"天王道："难道这蟠桃园还有人看守不成？"金星道："看守倒是没有，只有些洒水修枝的力士和土地，玉帝还没有让我安排专人看守，我想大家都是神仙，也无看守的必要。"众天王、星宿道："正是，正是。"

送走了太白金星，这一干众天将又凑在一处议论，有人说："那些洒水修枝的力士也不甚警觉，我等如何不能取得？"众仙将一听，心中明白，不再议论蟠桃宴上少吃了几个蟠桃之事，不久也都散去了。

一日，太白金星正在自己的府邸休息，门外有人来报，说是许真人求见，太白道："快请。"只见那许真人手里拎着个锦绣袋，进到金星门内，老远便和金星招呼。金星见许真人前来，忙把真人迎到内里，二人坐下，童子上茶，茶罢搁盏，金星道："今天真人倒是有空来我这里坐坐。"许真人道："我还像往常一样，管管闲事。"金星道："我整天忙些琐事，也是难得清闲。"许真人把手上的袋子放到桌子上，对金星道："长庚，我给你带来些好果子尝尝。"太白金星不知其中何物，便问道："不知是什么仙果？"许真人打开口袋，里面滚出几个蟠桃来。"金星一见，心里立刻把之前听说的众仙私摘蟠桃的事情联系起来，心想："看来果有此事，只是这许真人怎么也掺和进来，难道他也去了蟠桃园行事不成？"许真人见太白迟疑了一下，道："这也是人家给我的私摘之物。"
金星道："哦，不知是谁私摘这仙果？"许真人便把缘由同太白金星说
了，起因竟是和下界的一个凡人有关。

第十五章　三界上仙得齐全　珍果花园失看管

第十六章　凡人成仙惹事端　身困月宫生波澜

话说地界有一人唤作吴刚，乃是西河人士，生得也是身形伟岸，相貌堂堂，仪表不凡，以砍樵为生。这吴刚平日里最喜欢修道，除了砍柴谋生，修道是他唯一的爱好。人间向往修行之士也多，只是真正修成正果的却少。能修成正果的不必是高官，也不必是富贾，正果不是必与强悍亲近，也不必与懦弱熟识，只与那有缘有悟性的人结缘。没想到，真让他与仙道结成了缘，成就了飞仙之体。吴刚初得了飞升之法，一时间欢喜难禁，纵身腾跃，俯视高山，不知不觉越飞越高，竟闯入了天宫境地，从那天宫西门旁不远处经过，门内正是蟠桃园的所在。

仙境本无事，凡人来扰之。吴刚飘荡至天宫旁，远远见到一片仙云之中，宫殿辉煌，金光道道，心想："这里居然是天宫宝殿。"不禁好奇上近前观瞧。这一看不要紧，惹出了一场祸事。那西天门外不远处正有几个仙神在瓜分物品，便是那天天心里记挂，却不得在蟠桃会尽情享用蟠桃的一众仙将。三两个私下进了蟠桃园，躲过土地、力士，施展隔空取物的本领把蟠桃取了悄悄带走，出了西天门在僻静处准备分了，不想今天正被吴刚撞见。

吴刚不知缘由，只见三个兵将模样的行踪鬼祟，手里怀中有些粉嫩之物，正撞了个对脸，双方都愣住了。吴刚是初次见到天将，天将也是首次撞见如此场景，见是一陌生之人，一时间也慌乱不知所措。天将毕竟是天将，很快定了心神，仔细一看，原来是个普通凡人模样的男子，腰里还别着个砍柴刀，樵夫的打扮，一脸迷茫，看来是个乱闯的莽撞货色。一个天将遂压住惴惴不安的心情正色厉声问道："你是何人？为何敢闯到此间仙地！"吴刚见问也是心慌，道："我是修道的砍柴之人，独自游荡至此，不知各位是哪方神圣？"几个天将听他这么一说，互相交换了下眼色，一拥而上，瞬时间将吴刚拿下，绑了置于一旁无人处审问。吴刚见那天将凶恶，原也没有什么隐瞒之事，就把来路说了，自认无错，让天将尽早将他放了。

　　几个天将审完吴刚，见无特别异处，商议如何处置此人，有说放了他，让其回下界安分营生。年长的天将却谨慎，沉思些许，对其他天将说："我看，把此人放了不妥。"其他天将便问："为何不妥？"这天将说："此人虽是下界之人，但是已经修道成仙，可以天上地下任意行走，难保他哪天把你我今日私拿蟠桃之事透露出去，我等今日放了他，从此岂不招来了祸事？"其他天将一听，应声道："是啊，还是大哥考虑得周全，我等都疏忽了，莫不如将其处死？"年长的天将摇摇头道："不可，其还有更好的利用之处。"其他天将闻听好奇问道："如何利用？"年长天将说："这蟠桃之事迟早会被发现，估计已有人怀疑，一旦玉帝追究此事，查至你我头上，恐担罪责。我们将此人交付玉帝，定个偷桃之罪流放看管，他便不能得机会四处声张，这样玉帝查问起来，也有个交代。"其他天将闻听也都连声称是，又问道："不知有什么方法，能做到这一点，我们又如何给他定罪？"年长天将道："我等位不能及，不能影响玉帝决断，只有找太白金星方能完成此事。"其他天将虽不解其中奥妙，是明白三分，却有七分的糊涂，但都遵从此年长天将的意思。年长天将说："这事交给我了，你们到时听我的意思行事即可。"其他几位天将应了，把吴刚押入西天门内，至监禁处叫人看守，与外界隔离。那天将处置完吴刚，便自己带了一大袋蟠桃找了和金星往日熟络的许真人一番商议，这许真人方才来到金星处。

　　许真人按照天将所述把吴刚之事与金星讲述了一番："今日几名天将在蟠桃园附近见一下界得道的散仙，行为鬼祟慌乱，便将其擒获，从他手中搜出这些私摘的蟠桃，又交予我来向金星禀报。"金星听了，夸赞那天将机警，把私摘蟠桃的人及时拿了，接着又道："这蟠桃是稀罕之物，数千年才结一次果，平时是不允许私自采摘的，只有到那蟠桃盛会时才可取下，与诸仙同享。"许真人道："当是如此，那个私摘蟠桃的散仙，不知天上规矩，竟把此宝物随意摘取，是为偷盗之举。"金星听完，只点头称是。许真人道："此人莽撞，最好将其定上一个罪名处置了，才能不再发生此类私摘之事。"太白金星听了道："你明天叫天将把那人绑了见玉帝，我自会让玉帝发落他。"许真人谢过金星，稍坐片刻，便起身告辞，金星送出门外。

真人从金星宅邸里出来，便回来处去了，途中又遇到那天将，拦住问他："那太白金星如何对待此事？"许真人就把和金星讨论的事情过程说了，天将这才放心，二神分别去了。

次日，玉帝上朝议事，太白金星出班启奏："昨日天将捉住一人，此人是一下界修成道的樵夫，弄法术混入天宫，又手持砍刀私自进入蟠桃园，砍那仙枝，摘那仙果，虽属无知，但罪责滔天，后果严重。"玉帝道："哦？居然有这等事，那人在哪里，让我看看。"金星招手让天将押了吴刚来到殿上，玉帝见了，问道："你是何人，为何要盗砍那蟠桃神树？"吴刚原本是一凡人，到了那气势无比上仙聚集的灵霄宝殿之上，见那明如悬日金碧辉煌的圣殿，气势极尽恢宏，又有两旁天王天将个个高大威猛异常，凶神恶煞一般，自己似象足之蚁，此生从未见过这等场面，心中先是慌乱了十分，更不知何为蟠桃神树，结结巴巴道："我……我因修炼得以飞升，不觉间跑到此处，什么蟠桃树，我……我不知道。"

玉帝见此情景，便问那天将到底是怎么一回事。那天将便添油加醋地形容了一番，说那吴刚擅闯无人看守的蟠桃园，不但偷那蟠桃，还欲砍那蟠桃仙树。吴刚听了云里雾里，由于被捆绑跪了，加上惊吓，一时间失语，有话说不出口。

玉帝见天将和金星所述不差几分，便问金星："那你看此人按律应该如何处置？"金星正等玉帝询问，上前道："此人有破坏那蟠桃树之嫌，那树乃是王母亲手所栽，蟠桃乃是蟠桃盛宴每每必备的圣品，如果被砍伐破坏，一定是大罪责，不能轻易饶恕，开此不敬的先河，因此应重罚流放监管，以示警告。"王母一旁听了，开口道："金星说的是，一定不能轻饶了欲破坏蟠桃树之人。"玉帝听王母一番话，便对金星道："既然王母也开了口，你处置一下他吧。"金星道："此人原本是下界砍柴伐木的凡人，不安分守己，却来天宫惹祸，我看就罚他流放月宫，他既然喜欢砍树伐木，就让他去砍那月桂树，不得离开，伐倒为止，以儆效尤。"玉帝点头，看了看王母，王母也点头，便安排下去，将吴刚押至月宫，命其砍伐桂树，砍倒方休。吴刚不知其间奥妙，一听只是伐倒一棵桂树而已，以为不必费太多力气，不久便能完工回归，就不再挣扎，被天兵押解至月宫。

月宫清净，平日来往的人不多，这突然有生人到来，月宫里的仙女都前来观看，这其中也有那嫦娥。听见外面人声吵嚷，不知何事，便好奇出来一看。正好那吴刚被押解经过，嫦娥抬眼观望，见是一男子，相貌英俊，被人押解，看样子是犯了什么过错，才被天兵缉拿。嫦娥问那正在看热闹的仙娥，是怎么回事，那仙娥告诉嫦娥："听说是私闯蟠桃园，被玉帝流放至此。"嫦娥觉得惊奇，心中暗暗记下此人。

吴刚被解至月宫，没有丝毫自由，无奈执一柄利斧被押去伐那桂树。初一见那桂树，树干挺拔，高有百丈，枝叶繁茂，甚为不凡，现要将其砍倒，吴刚心中反倒觉得有些可惜，但归家心切，哪管那许多，即刻挥舞利斧向那桂树砍去。一斧下去，那桂树被砍开一个深深的缺口，吴刚拔出利斧，正欲再度施力，却发现那被砍开的树干，瞬间又愈合如初。吴刚大惊，忙又连砍数下，都是如此，再看那树干，完好无损，实是不能伐倒。想要停下，一旁看押的人却又不停催促，不能停歇，吴刚方知其苦。

吴刚每日在月宫伐桂，时间久了，那看管的人放松了管制，这月宫也无处藏匿，逃脱不得，便让吴刚自行砍树，吴刚心中是困苦无奈。

一日，那嫦娥仙子得了空闲，独自游玩月宫园林，因心中记着那被押解来的男子，不觉向月桂树走去，渐渐听见伐木之声，一人出现在视

第十六章　凡人成仙惹事端　身困月宫生波澜

线中，仔细一看，正是那天被押解的男子。此时，吴刚依旧还在挥汗如雨砍伐那株高大的桂树，虽早已知是徒劳，但又不能放弃，累了，歇息一阵，便再度尝试，那份绝望令其已是麻木。吴刚正挥舞着利斧，忽然间见一身形娇美的女子如彩云追月般翩翩出现在眼前。吴刚先是一愣，待仔细一看，不禁呆住，见眼前这名女子一袭白衣，花团锦簇，云鬓高挽，珠翠生辉，双目含春，面赛桃花，天仙之容。吴刚从未见过如此美貌之人，虽也曾修行，此时一见却禁不住心血潮涌，执斧的手悬在半空之中，忘记了落下。

嫦娥见吴刚正在砍伐那月桂树，不知为何，心中奇怪，便上前启朱唇相问："你是何人，为何在此砍伐那桂树？"吴刚听见嫦娥的燕语莺声，从呆愣中惊醒，方才放下手中的利斧，对她说了实情："仙子不知，我是下界修行的樵人，只因之前初次得道飞升，无法自控，在天宫乱闯，被玉帝责罚在此砍木。"嫦娥听了，很是惊奇，心想："原来居然和我一样，修仙飞升，四处飘荡，看来在这天宫上任意游荡也是罪过，那当初岂不是我也有罪错？只是这男子却为何因此受罚难以解脱。"嫦娥听他身世，心生同情怜悯，对他道："我也是在下界成仙飞天，不想到了此处，居于月宫，受那天庭约束，再不能回。"吴刚听嫦娥这样说，知她也并不喜欢留在这孤寂冷寒之地，二人便聊了许久，吴刚给嫦娥讲了许多地上的变化和新鲜之事。嫦娥自上天以来，听闻的都是些仙神例行公事，听吴刚这样绘声绘色地一番讲解，不禁更加怀念下界那原本自由自在的日子。如此一来二去，嫦娥对吴刚心生好感，而吴刚更是与嫦娥一朝相遇，便荡心萦梦，心生爱慕之情。嫦娥仙子平日里也是孤身一人，从此便时常来月桂树下和吴刚一起谈心说笑，吴刚得此佳人相伴，忘记了刑罚之苦，如沐满月春风。

时间一久，嫦娥与吴刚相会之事难免被人发现。一日，嫦娥出宫与那吴刚在月桂树下相会，早有人发觉异常，便跟随嫦娥而去。此不是旁人，正是那嫦娥随身的玉兔。玉兔与嫦娥相伴，也有监视嫦娥的使命，嫦娥与吴刚来往亲密，玉兔隐藏了自己的身形跟随，发现了二人的秘密。且不说嫦娥与吴刚密会未经许可，吴刚伐桂懈怠也是过错，应当上报，玉兔便决定回去报告与那太阴星君处置。

俗话说：螳螂捕蝉黄雀在后。玉兔跟踪嫦娥，没想到自己也被人发现尾随。此人又是谁？原来是常年服侍嫦娥左右的一名素娥仙子，平日与嫦娥十分要好，今天，看到嫦娥出宫，又见月兔鬼鬼祟祟在后跟随，怕嫦娥有闪失，便也悄悄跟踪玉兔而来。

素娥见玉兔发现了嫦娥的秘密，然后转身奔向太阴星君的住处，马上明白了玉兔的心思，忙绕至玉兔前面，拦住了玉兔的去路。玉兔见素娥突然出现，吃了一惊，继而问道："你为何拦住我的去路？"素娥仙子冷笑道："你又是为何来到此处，有什么急事要与星君说？"玉兔道："这事不归你管。"素娥道："我知道你要做什么，你是要向星君告发嫦娥与那吴刚相会之事。"玉兔道："是又怎样？"素娥道："人家是两情相悦，我劝你成人之美，莫管闲事。"玉兔冷笑一声道："你个服侍仙娥的侍女而已，知道些什么！趁早闪开，不要耽误正事！"素娥见玉兔不听劝告，便伸手拉扯，玉兔身负使命，哪里肯从，二人纠缠起来。玉兔心中有事不愿与那素娥多作耽搁，挣脱素娥，急忙奔走，直奔太阴星君处所而去，那素娥再追赶不上。

玉兔来到太阴星君之处，将嫦娥和吴刚幽会之事告诉了星君。太阴星君闻听，心中吃惊，那嫦娥专门是为玉帝和王母在盛大节日领衔歌舞，怎么能和一个凡人私自相会，且是一个戴罪之人。星君不敢怠慢，赏赐了玉兔，忙将此事报与玉帝得知。玉帝在殿上闻听太阴星君上报此事，心中大怒，命人对吴刚和嫦娥分别严加看管，莫要再见到两人相聚。太阴星君领命，带天将回月宫宣旨。

回到月宫，依照玉帝旨意，命天兵每日对吴刚严加看管，伐树不得停歇。嫦娥则被安排独自住进了广寒宫中，不能随意出宫行走。那广寒之宫，四下冷清，嫦娥从此孤琴寒影，独自歌舞，霓裳寂寞，清愁难解。

这才有：天上蟾宫结仇怨，仙娥思凡别广寒。玉兔偷开金锁关，假合真形诱金蝉。

第十六章　　凡人成仙惹事端　身困月宫生波澜

113

第十七章　佛门欲将大业成　石猴出世天地惊

　　如来受了玉帝的册封，又率众首次参加了蟠桃盛会，回到灵山，继续传道讲法，安排佛门诸事，大弟子迦叶开始着手集结佛经。佛教教义既有前世诸佛的口传，也有现世圣者的立说，燃灯、弥勒皆有贡献，整理需耗费大量精力。迦叶与二弟子金蝉子以及众罗汉等一起载录整理经文。这迦叶与佛也有缘，是他父亲当年向菩提树求子而得，后入佛门，如来讲法时曾经拈花，迦叶乃微笑，是为禅宗第一尊者。

　　佛经当时尚且稀少凌乱，经颂传、抄录，集结整理后渐成典籍。此时的佛法讲究出家度己，自行禅修，与世无争，了无欲念，除却心中之苦，乃是佛门原始要义。

　　金蝉子自得了人身，在如来佛祖座下成为其第二个门徒，每日听佛祖讲经说法，又把那新整理的佛经拿来刻苦攻读，专心致志，每每都到半夜三更，毫不过问窗外旁事。

　　在这西方西牛贺洲如来佛祖灵山圣地，众菩萨、圣僧、罗汉每日听如来讲道，信众是愈发增多，有的是彻底脱世出家修行，有的是舍弃原有家业出家，也有修行而不出家者。有家有业的还可对佛门有些供奉，而大部分信众则依靠佛门所化供养为生。虽人员显得有些庞杂，但是在佛祖和众菩萨倾心治理下，却也井然有序，只是支出用度上渐感压力，又有其他教类争夺信徒，因此佛门并非完全安生无忧。

　　这一日，如来与众人讲法完毕，心中有未能开解之事，便前往菩提处欲与其探讨。当年曾开悟如来的菩提虽受到如来邀请，但未入佛门，自化作菩提树点化了如来传其法力后，菩提就一直在西牛贺洲的灵台方寸山斜月三星洞中居住修行，收徒讲法，修心养性。虽未谋位，但与如来的交往未断，如来曾几次去菩提处与其交流道法。

　　如来到了三星洞前，早有童子出门将其迎入。菩提见如来到来，像往常一样，请如来同坐瑶台仙座，命童子上茶。如来落座，见那菩提白发苍逸，显不染凡尘仙气，全然是个自在模样，那是历经岁月劫数后的经历和从容的佐证，如来也好生羡慕。菩提祝贺如来荣登五老，如来谢过，对菩提道："看来，还是尊者有大智慧，能不被世事缠绕，安闲自在。"菩提笑道："古往今来皆羡仙，成仙之后羡人间，蜉蝣沧海可及你者能有几人，不知有多少人却在仰慕你的尊位呢。"如来道："我之位乃是众人精神所汇聚，亦不能解脱出众生之托付。"菩提道："既是众望所托，近来你的佛法也愈发精深，待佛门道义成了体系，你便可将佛义广传天下，解救更多苍生之苦。"

　　如来和菩提一样秉传承之心，又天性胸怀广大，心中已有宏图之志，希望自己的道义能广为传播于天地之间，即便未来无数劫数之中不能真身元神永驻，承载其精神的道法也将永恒，这是有大道修行者的共同思想。现在，佛门徒众越来越多，如来更有弘扬佛法于更广阔的世间疆域，永世不息之意，今经菩提这么一说，此想法愈发强烈。如来道："我正有此意，但也正为此所困。我曾试图让那玉帝同意我将佛法遍传天下，但尚无结果，且有道门遍布世间，那道祖当年曾听得元始天尊和太上大道君大道之法，现在无论如何也是难以逾越。"

　　说及了往事，菩提不禁想起当初与魔族大战的经历，他的目光望着远方，陷入久远的回忆之中。往事如梦，却依稀在眼前，回想当年，令人内心不禁泛起波澜，纵横沙场，笑傲驰骋，却难了心愿，世间变幻，抛开了恩怨，宏图之念依旧存于心间。菩提当年受开天之神太上大道君亲传道法，论法力道行当时已近三清，在降魔大战中出手获胜，可以想象这一切若无菩提，则结局将完全不同，但最终却一步之遥，无缘三界至尊之位，十分遗憾，这也始终是他的一个心结。现如今，如来被菩提点化，得传其大部分的法力，悟真成佛，比菩提更有提升，又这许多年的信徒充盈，虽是领天宫之职，实则自立于西天，地界无人能平视。

如来见菩提目光中有往昔的回忆，不禁感慨道："尊者当初在降魔之战中，一人之力，获得全胜，可谓功高盖世。后只因一位未得，一愿未了，方才有缘来此修行，点化开悟于我，多亏尊者成全。"菩提收拢了目光，道："不必客气，你本也是治世之尊，在此界修得此果，乃是造化。你受传我的法力，又修行了多年，如今道行已可与那三清平齐，可谓法力无边，又领尊佛门，受天命治理一方，从众甚广。而实际上你仅仅是掌管了区区一个西方之地。但若论你的修为，当应是争取让佛门在地界四大部洲广受尊崇。"

如来听菩提所言，明了其意。而菩提经历过几世几劫，如来的心里所想他更是无有不知，因此一番针对性的话语早说到如来心中。如来只是仔细聆听菩提言说，点头未语。菩提接着道："若要感召地界众生，你可将集结的佛经典籍设法传至四大部洲各处，众生便可依据佛经尊崇佛义，传诵研习，弘扬佛法，使得信众广大，佛门兴盛。"

如来听到这里，先是喜道："尊者果真是智慧通达，此正合我在思考的大善之策！"接着又忧虑道："但传经之事非同一般，想是十分艰难。那四大部洲，道门遍布，势力广大，即便这灵山所在之西牛贺洲，道门力量也是甚强，佛门较之明显式微，难以匹敌。而三清又怎肯轻易认同我佛门在其范围之内传经布典？我居西方灵山，虽获封五老，但我看玉帝其实并未想或者未敢真正公然许可佛法传于四洲。"

菩提听罢如来一番陈述，点头道："此乃实情。不仅如此，要想成功通过传经布典使佛门兴盛，还要具备两个条件。"如来闻听道："请闻其详。"菩提接着道："一是，所传之佛经典籍因是承载着佛门的道理、尊严，须要在所到之处受到极高的尊崇，否则对佛门大兴起到的作用微弱；二是，传经过程最好是有天庭玉帝的认可和支持，因为传经本身也是一次佛门弘扬的过程。二者相结合才能真正起到让佛门兴盛的作用，方有可能和道门一样成为一方重要的力量，受三界敬仰。"如来听罢是连连点头道："尊者果然是大彻悟者，尤其是得到玉帝同意这一点，只有这样传经才能名正言顺，毕竟玉帝是三界之主。传经授法非一日之功，还需等待时机精心安排方可达成。"菩提道："不错，要想让玉帝正式公开认可传送佛法之意，必须巧加安排，方能成事，但这并非无法做到。"

　　如来见菩提似有妙法深意，便问道："请问尊者可有妙计?"菩提道："欲让玉帝认可，首先要让佛门在天庭玉帝面前位尊言重才行!"如来点头道："不错。但这正是最难的地方。我佛门之人虽位尊五老，但未曾有施展的机遇，天庭和天下众生并未真正敬服。如今那天上地下基本安生，若没有大的变故，天宫一干上仙如今也已开始安定自顾享乐，如非紧要之需，没有理由打破现有格局，接受太大的变化，佛门传经之事，也难被天庭接受。如今我不过是在灵山一带传法未久，对其他部洲甚至此洲距灵山远处，实际并无多大影响力。我虽有法力，也尚未能在天庭面前展现。"

　　菩提听如来说到这里，笑笑道："这话说得有理，不过我倒是认为有一个你可施展的地方。"如来闻听忙道："请教尊者详细!"菩提品了口清茶，缓缓道来："现今世上表面看上去安定，实则并非如此，想我当初在伏魔之战中斗败了魔族，那魔族有的被除，有的被擒，有的则逃入深山之中，尤其是几个大小头领，除了那狮驼王之外，包括最大的魔王在内，有不少逃脱，四下分散于各洲各处。魔即是魔，一旦成魔，便本性难改，暂时的逃脱隐遁也是为隐患，将来还可能出来作恶，当年一些逃往北方的妖魔还曾兴风作浪，后被真武剿除。天庭当是知晓此事，只是现如今那些魔头暂时还没有出来明显作恶，又分布极广，且颇有法术。天庭成立不久，先是忙于诸类事务，后又逐步安于享乐，始终没有清剿这些隐患，而妖魔却还在不断滋生。玉帝召回四大天王，封你在内的众仙为五方五老，有意加强地界的治理，这便是你彰显功德的机遇。如果你令天庭意识到这些妖魔的存在和威胁，并且能将这些妖魔降伏，必威势大增，届时那天庭也必将刮目相看，你说这是不是施展的机会

第十七章　佛门欲将大业成　石猴出世天地惊

呢？此举可为将来的传经铺平道路。"

如来仔细聆听了菩提这番解说，心中豁然开朗，道："尊者所言极是，这还真是一项功业。"转而又道："只是如今那大小妖魔数量众多，分散在各处，不像当初汇聚在一起，又没有明显出头露面，兴风作恶，找寻起来却也十分费力，有些个魔王确也是颇具法力，如果我去逐个降伏，势必费时耗力，天庭也未必在意那单个妖魔被伏之功，况我灵山刚刚兴起，诸事繁多，实在无分身精力。"菩提点头道："不错，只有那些个妖魔成了气候，你再去剪除，方才能引起天庭十分的重视，真正立威。"如来也点头道："此言甚是，如同当初残余妖邪聚集北方，被真武一并剪除，真武声威大震。只是现如今让那些妖魔聚集，却是颇为不易。"菩提道："的确如此，但你可精心谋划，安排促成此事。"如来又请问究竟，菩提道："若有一敢于牵头作乱者，将群魔聚集，便有可能达成所愿。"如来听罢道："此话不假，但当今世上，妖魔虽多，据我所知却尚无敢于挑头者，何时何处能找到这样的一个，十分的不易。看来此事恐怕要搁置一时，从长计议。"

菩提微微点头，沉吟半晌道："与其等待，不如你促成此事。"如来闻听菩提话中似有主意，但也知必有难度，道："若是如此，其必须同时具备数个条件方可，一是有胆量，二是有本领，三是能为我所左右。但此类必是妖魔同类中的英豪，多不愿为他人所左右，是很难做到全满。"菩提亦知此法不易，遂加以点拨道："找寻现成的不易，或可从头做起，培养其成为应心之选。"如来闻听，表示认可，又补充道："即便是如此，凡人凡体亦不能达成所愿。"菩提点头，深知这世上具不凡之体而又未被感同教化者甚少。如来陷入沉思，菩提也不再言语。

未久，如来忽道："我倒是有一上佳之选，只是目前其尚未出世，亦不知可否。"菩提一听，不禁也好奇问道："哦，有如此理想之材？说来听听！"如来道："我当年安置那镇元之时，听他说起，太上老君曾欲将一块天生神石化作仙灵，但当初未得其法，只初具形态，后将其置于那东胜神洲花果山上，请镇元看护，汲取天地日月精华。此神石早已孕育有一仙胎。如若寻现成的合适之选不着，不妨尝试化此先天之灵成形，再专意培养，则意愿便可达成！并且其所在之地，正是各路精怪丛生之处。"

菩提一听此言，不禁也连声称妙，自觉之前也只是想到寻找现成堪用者，现若能从头加以培养，反倒可能更加遂心如意。更未曾想此世间居然还有那老君都无法解化之石，已孕育了仙胞，且所在之地真乃造化，便对如来道："即有此仙胎，且莫让他人得去，以免悔之晚矣。"如来也越发觉得此法可行，无有耽搁，即刻辞别了菩提，前往东胜神洲花果山神石所在之处。

因早知那花果山方向，如来施展瞬间飞腾之法，未久即到达花果山上方，低头望去，只见那海中的仙山，云雾缭绕，绿树荫蔽，山花烂漫，鸟兽隐现，麒麟腾跃，彩凤高鸣，胜似蓬莱，一高大的神石正在山顶熠熠放光。如来收了祥云，落到那仙山之上，见那神石，高三丈有余，上有九窍，在山顶静静矗立了不知多少年数，石中隐约有一仙胞孕育。如来知此便是太上老君当初炼制的神石，只是炼制许久也未成形，置于此地，自行汲取精华已久。如来又仔细观看，原来那五彩神石本自天生，当年曾被用于补天便是此类。当初天破，世间无有遮蔽的万物被毁大半，唯有地仙之祖所在花果山圣地，因被仙祖施法力保护，未受分毫伤损，那灵石也因仙祖的看护，至今未受妖魔侵扰，而镇元大仙现如今已被如来请至万寿山五庄园，今此神石正在眼前，真乃是造化。

如来看着神石，欣喜感叹，随后从怀中取出一颗圆陀陀光华四射的明珠。那明珠晶白通透，灵光闪耀，原来是一颗如来亲手炼制的摩尼宝珠。如来抬手将宝珠投入神石仙胞之中，开始念动咒语，催动真气，上取九天真金，下聚地府仙土，东引东海之水，西来灵圣之火，一番淬炼。当初老君初炼此石未能成形，而如今神石又历经千百劫数，不知汲取了多少天地真秀日月精华，且早有老君点化的雏形仙胞，因此，今得如来宝珠灵气，再度施法，迅即快速衍化，未及多时，那神石如霹雳般雷动，摇晃起来，紧接着，天崩地裂一声，只见一石卵破石而出，迎风

第十七章　佛门欲将大业成　石猴出世天地惊

119

化作一个石猴，冲天飞起，落下倒地拜了天地四方，两道金光从双目射向天穹，又回望一眼如来，随即便扭头向丛林里奔去。如来见那神石已经炼化成功，将身回转。

再说那灵猴从仙石中横空出世，惊天动地，花果山上众生灵因受惊吓四散奔逃，亦惊动了上天，玉帝和天庭众仙也皆感知，玉帝命千里眼、顺风耳一探究竟。二神即出南天门仔细观看探听，回来报与玉帝："臣奉旨观听金光之处，乃东胜神洲傲来国花果山有一仙石生出一只石猴。"玉帝闻听道："应乃是天地精华所生，不足为异。"

那石猴一出生便能行走跳跃，奔入山林，山中的猴群慢慢见其外观与它们无大分别，也吃食饮水，才敢近前，很快，石猴便与群猴混熟。一日，众猴沿着山涧寻至源流之处，发现一股瀑布飞泉，但见：潺湲织锦缎，高崖垂玉帘。雪浪声声漫，银河坠九天。

看到那瀑布群猴有的道："哪个有本事，钻进去不伤身体，我们即拜他为王。"众猴不敢更进一步，石猴则不惧，挺身而出高声道："我去！"说罢纵身一跃跳过水帘瀑布，进入洞中，见里面横着一座铁板桥，有石房、石床、石锅、石碗等家当一应俱全，似个人家住处，又有一石碣，碣上有一行大字，镌着"花果山福地，水帘洞洞天"。石猴看罢抽身跳出水外，将里面的情景同众猴说了，群猴欢喜，都跟随其跳过水帘进入洞中。众猴对石猴尽皆拜服，尊其为猴王，口称"千岁大王"。石猴遂称了美猴王，从此在花果山水帘洞与群猴快活自在。

做了首领的石猴终日玩乐，不觉间已过去三百余载，此时的花果山已是四处妖魔丛生，成气候的妖怪群落不下数十。

忙于佛门诸事的如来，一日，概算时机已到，命人化作黑白无常托梦与那石猴，假作阎王之命欲将其魂魄拖走，石猴从梦中惊醒，回想梦中情形，不禁落泪。众猴见猴王无端落泪，不解其故，上前询问，猴王说了心忧之事："是方才梦中被阎王差鬼魅欲将我拖走，我一惊醒来，方知是梦，只是将来早晚有一日年老气衰，此梦成真，故此哀伤。"众猴闻听不禁一同难过，感叹无常。此时一通背老猿上前对石猴道："大王且莫担忧，你可知这世上有修道长生之事？"猴王道："不知。"老猴道："你我皆有寿数，待到时日，即堕地府轮回，但世间有三类能躲过轮回，不生不灭，与天地同寿。"猴王自是想长生，忙问老猴："是哪三类？"那老猴告诉石猴："据此间山神说世上只有佛、仙与神圣能躲过轮回，若想长生须得修成仙体。曾见有神仙自此西去，故那西方会有神仙的所在，只不知路途有多遥远。"

石猴求仙长生心切，闻听老猴所言，满心欢喜，也不思虑那路途是否遥远辛苦，马上命众猴准备，明日动身出发，去学长生不老之术。花果山众猴忙采摘仙桃瓜果，准备美酒佳肴为猴王践行。次日一早，猴王登上竹筏，自东海向西而去，寻求长生之道。

安排了石猴向西来投，如来便来到斜月三星洞菩提修心之处。见了菩提，如来将点化石猴之经过告知了菩提，菩提道："那石猴乃神石天生，连那老君都不得炼化其要领，若加以修炼，定能成就非凡，我愿亲自教化并传授其法术。"如来见菩提愿意亲自授法，十分高兴，合十道谢。菩提道："不知那石猴如何前来我处？"如来道："这个好办，届时我设法引那石猴至尊者处修行。"菩提道："如此甚妙。"如来别去，回灵山忙于佛门诸事，菩提等那石猴的到来。

石猴自打东胜神洲花果山独自乘一竹筏出发，如来已是得知，便遣揭谛送他一路东南风直至南赡部洲，石猴在南赡部洲模学了人礼，却未寻得古洞仙山，也未访到神仙，不觉有八九年，又行至西洋大海边，再度漂洋过海来到西牛贺洲，揭谛一路暗中助风相送。

又过多时，经历了千辛万苦的石猴终于在引导之下，来到了菩提修行的灵台方寸山。石猴见那山崖溪千仞，翠峰缥缈，鸟鸣幽林，真是秀丽万般，不禁赞叹，爬上山顶，四下里观瞧。忽听有歌唱之声，即被歌声吸引，见是一樵子，心中欣喜，忙跳将下来，到了樵子近前。先是观看了一番，见其头戴箬笠，身穿布衣，足蹬草履，正在举斧劈柴，禁不

第十七章　佛门欲将大业成　石猴出世天地惊

住上前问道："我才至此处，听你说什么'相逢处，非仙即道，静坐讲《黄庭》'，你是神仙吗？"那樵子见了能言语的石猴，竟不惊慌，原来是如来早已算得了日子，化作樵夫立在石猴的前路歌吟，见石猴上前问询便对其道："我怎敢当'神仙'二字，这个词乃是一神仙教我的。"石猴闻听道："望你给我指点那神仙的住处，我去拜访。"樵子道："此山不远处有个斜月三星洞，那洞中有个神仙称菩提祖师，今还有徒弟跟随他修行。"给石猴指引了菩提的所在，同时也仔细分辨了石猴的灵性，如来很是满意。那石猴感念樵子指路，欲与之同去，如来借故脱身，返回菩提的洞中。

　　回到菩提处，如来对菩提道："那石猴天生灵体，颇有灵性，世上罕见，我已引他至此处，尊者准备传授给他何种本领？"菩提道："我欲教授他武艺、变化和逃生之术。"如来点头，转念又有话正欲启齿，菩提早知如来心思，道："你且莫担心，我教他的这些法术，早已有专门的应对化解之法，我亦会拆解与你，需要时，你自可降他。"如来听菩提这么说，与菩提相视一笑，不再多问，对菩提施礼，二人又少叙，石猴很快将至，如来起身告别菩提，回灵山而去。

第十八章　悟空得道任驰骋　结义七圣显威风

话说石猴按照樵夫的指引，寻迹山间，未久找到斜月三星洞，见那洞府周围奇花异草，烟霞蕴彩，鸟鸣深幽，上有凤凰、仙鹤盘绕飞翔，果然是个神仙的所在。洞门紧闭，回头看，见崖头立一三丈多高石碑，上有一行大字，乃是"灵台方寸山，斜月三星洞"。猴王欢喜，在洞门前徘徊观望一阵，未等他叫门，洞门打开，里面走出一个风姿英伟的仙童，绾着髻髻，宽袍大袖。那童子出门见了猴王问道："你是来访道的吗？"猴王跳下树，上前躬身道："是。"童子道："我家师父说外面有修行的来了，叫我出来开门接待，想必是你了？"猴王笑道："是我，是我。"童子道："你跟我进来。"

猴王整衣端肃，随童子入内。菩提早已等待，猴王见了，立刻倒身下拜，菩提问明了其来路，当下收其为徒，至此，石猴便拜在了菩提门下。菩提取门中广、大、智、慧、真、如、性、海、颖、悟、圆、觉之"悟"字辈分，为之起名"悟空"，因是猢狲，故得姓为孙。从此寒风雨雪洒扫度日，磨炼了七年。菩提见其的确可教，比照世间那些魔王法力的大小，将自己的七十二般变化心法、三昧真火之术传授给了悟空，告之修炼此法便可长生，又将那飞腾逃脱之术"筋斗云"授予他。悟空天性灵明，心无他念，勤学苦练，很快熟练领会。

一日，悟空问祖师："师父能知前后之事，可知我将来命运如何？"祖师见悟空问便道："命运非是空中之风，无法掌握，命运乃是树上之果，只要你肯努力，就能够自己摘取。"悟空闻听点头，接着又问："我修炼的法力在这天地之间可算得高吗?"菩提对其道:"世间有三界,皆以天庭为尊、上仙为荣,若论及本领,多不如你。但世上多有能者,你将来要结交天下英豪,取长补短,亦可长进。而凭你所学足以傲视群雄,将来该当自辟天地,扬名天下。"悟空闻听欣喜,又问:"那师父您为何不是天庭上仙?"菩提看了一眼悟空道:"除非位极尊位,否则不过都是些为人驱使的役从罢了。"悟空闻听指教,谨记在心,欢喜拜谢。

光阴似箭,日月穿梭,三年五载又一晃而过,菩提估算该传授的本领那悟空已经习学得成。这一日,菩提来在悟空跟前,此时孙悟空正在几位师兄弟面前卖弄所学,菩提叫住悟空,悟空不知师父有何事呼唤。菩提对悟空道:"该传授的本领已尽数传授完毕,你我师徒今日缘分已尽,悟空,你去吧。"悟空含泪道:"师父叫我往哪里去?"菩提道:"从哪里来,便到哪里去。你快回去,保你性命,断不可留在此间!"悟空没承想这是师徒二人别离之日,自是不舍,无奈见师父菩提其意已决,自觉也已得了本领和长生之术,方才拜别了菩提。临别之前,菩提告诉那悟空:"你此去,任凭所为,但绝不能提及是我的徒弟,否则将你剥皮挫骨,将神魂贬在九幽之处,万劫不得翻身!"悟空见师父把话说得如此决绝,虽是不解其意,但没奈何只得谨遵祖师之命,对祖师行了谢恩大礼,出得门去,三步一回头,依依难舍,终是远离。直至那灵台方寸山已隐约不见,方才纵起筋斗云,直奔花果山而去。殊不知,此一去,路漫漫,多少风浪在前,历经多少苦难,再度回还,已是奉法西天。

离开祖师之地,悟空心中记得这些年学得的本领和师父经常嘱咐的一些话,也要做个天地间首屈一指的英雄,出人头地。只是祖师所说绝口莫提其名姓,悟空难解其中之意,一路念想,未及一个时辰不觉已经回到了来时的花果山。此时的石猴已真个成了神猴,学得了一身本领,上天入地,腾云驾雾,有七十二般变化,一去十万八千里的筋斗云。

因猴王远去学道多年,那水帘洞无主,已是荒凉,又有妖魔侵扰。

众猴见大王学艺归来，无不欣喜，欢呼雀跃。别后欢聚，接着又诉说悲苦，原来，附近有一混世魔王常来搅闹，众猴因其死伤无数，苦不堪言。猴王闻听大怒，他现已有一身的本领，自是不能忍，遂前往那魔王所在之处将其打死，为群猴报了仇。群猴见大王本领如此高强，无不高兴非常，欣慰无比。

猴王又让众猴竖起旗帜，操练武艺，以守卫平安。又因没有兵器，在几个老猴的提议下，去二百里以东那傲来国，施展法力尽数夺了其兵器库中的刀、枪、剑、戟、斧、钺、毛、镰、鞭、耙、挝、简、弓、弩、叉、矛等诸般兵器，回来给猴兵使用。有了这些斧钺刀枪，众猴排演操练有了模样。遂清点猴族数目，共四万七千余众，一起排列在花果山间，在猴王带领下，手舞兵器，摇旗呐喊，声威震撼。那山中经年累月生有各类怪兽妖王：狼、虫、虎、豹、麖、麂、獐、鹿、狐、狸、獾、貉、狮、象、狻猊、猩猩、熊、野豕、山牛、羚羊、青兕、狡儿、神獒等，共计七十二洞，手下有诸多小妖，散居各处，今见猴王显威，声势浩大，前所未有，于是尽皆来投，无不拜服，进献兵甲、旗鼓无数，猴王将其全部编入队列，分工操演，把个花果山整治得固若金汤，有模有样。

石猴虽然习得了武艺法术，但毕竟还是个游手好闲的妖仙，平日里除了在花果山弄些瓜果梨桃，也耍些变化勾引人来吃。这一日，神猴自觉多日不操练武艺，便欲施展一二，但找遍花果山，却没有一样称手的兵器。此时有一老猴上前指点："这里曾有东海龙王出没，水帘洞下有去处直通那东海龙宫，当年曾见东海龙王，大王可去东海龙宫一探究竟，龙宫宝物甚多，说不定能得个称心的好兵器。"猴王闻听，不禁欣喜，于是便从那水帘洞桥下水中一个通道，去了东海龙宫。

那四海龙宫属东海最大，西海次之，东海龙宫内的兵器、宝贝也是最多。孙悟空到了龙宫之中，见了龙王，先是客套一番，随后便向其索要兵器。龙王不知其是何来路，见其气势不凡，不敢违逆其意，弄了些刀叉剑戟几番敷衍，始终不能令其满意。龙王便引猴王至一块光灿灿的神铁处，猴王见到那当年老君的镇海之宝，一个大禹治水时曾用来定江海浅深重一万三千五百斤的定海神珍铁——如意金箍棒，十分的称心如意，于是便连哄带抢，夺来做了兵器，还从其他三个前来帮衬的西海、南海、北海龙王那里赚了一套铠甲金冠作为披挂装束。龙王受其搅闹，暂且压住怒火，准备事后计较。

孙悟空从龙宫抢得如意金箍棒后，真可谓如虎添翼，却还记得祖师所言：世上能者甚多，与之结交可以精进。其有称雄天下之心，且在这花果山也是久待不住，于是便暂别了自己的那些猴子猴孙、妖魔部属，游四海，行千山，遍访英豪，广交贤友。凡是有能耐的，他都愿交往、切磋一二。孙悟空名声远走，四海千山找寻比自己强者时，让他结识了六个厉害的角色，也同其一般，尽是些魔王。其中，有那大力牛魔王，手使铁棍勇猛异常，也有七十二般变化，且颇有领兵之能，是天地首生之神牛，亦曾是魔界统领，年岁最老，武功、法力最高，被那孙悟空访到，见其与己相似，更略胜一筹，遂拜为大哥。又从其处得知：世间还有他几个厉害的兄弟也十分了得，分别是那人魔大战之后四散于地界的几位魔王，即：蛟魔王、鹏魔王、狮驼王、猕猴王、猢狲王，皆与其意气相投。当初为逃避天庭追捕，牛魔王、猢狲王、弥猴王在人魔之战后远走深山老林，蛟魔王逃入大海，鹏魔王飞腾远去后遁入高山。狮驼王则被擒，做了太乙天尊的坐骑，虽太乙天尊对其宽厚，但曾经自立为王的狮驼王总觉不自在，终逃脱至西牛贺洲一处山中，此山因其得名"狮驼岭"，倒也不犯众人。狮驼岭附近有一国度，见有九头神狮在狮驼岭出没，且不伤人，以为是吉祥神兽，国君建国时便以其命名为狮驼国。

悟空将那几个魔王一一寻得，连同自家共是七个，互相羡慕对方英雄，遂在花果山结拜为兄弟，依法力、年岁高低排序，牛魔王为首，是为七人中的大哥，孙悟空最幼，排在第七。几个魔王弟兄皆法力甚强，经过这许多年数，又有精进，且都是推崇自在无拘束者，本已四散至各大部洲深处，若非是悟空，再度聚齐着实不易。七个魔王自打结拜之后，便经常受孙悟空之邀，聚在花果山一起畅饮言欢，讲文习武，演讨排兵布阵，好不快活。孙悟空因与之切磋，又有精进。

几个魔王重聚东胜神洲花果山之后不久，便有独角鬼王暗中向如来禀报，如来得知派使者前往天庭告知玉帝。使者来到灵霄宝殿，向上行礼对玉帝禀奏道："我佛如来闻听一妖猴统领了东胜神洲傲来国花果山全部数万妖怪，且有几个大的魔王再度出现，已齐聚一处，我佛愿意在天庭需要时出手降伏那些妖魔。"玉帝一听，又惊又喜，惊的是，时隔多年，那些曾经祸乱地界的魔王重又出山，且和花果山诸多妖魔聚在一处，形成了气候，是为大患；喜的是有如来愿意出手降伏。玉帝道："早闻如来乃是具有大法力者，只是未曾亲眼得见，如今他愿意为天庭出力，自是件好事。地界众多妖魔再度聚集，天庭不能小视，众卿对此有何看法？"

现如今与之前大为不同，三界已建立起由玉帝统管的天庭，如果有所行动需视各方的情况而定。众仙臣议论纷纷，态度不一，主意不定。毕竟当前那妖魔数量规模共计五万之多，天庭有和如此众多妖魔面对经验者寥寥。玉帝于是问老君如何应对，老君见这些逃散的魔王重又聚集在了一起，且规模已是庞大，便问："那些妖魔是否有作乱行径？"玉帝道："暂且还未得报。"老君道："先且观察一二，看局势会如何发展。"玉帝道："就遵照道祖的意见行事，派人暗中观察那些魔王的动静，再做计较。"众仙臣领令，使者返回灵山回禀如来佛祖。

这一日，孙悟空因是天产石猴，虽修得仙体，但因未入仙籍，其在生死簿上所定的三百四十二岁寿数已至，幽冥阴司派两名勾魂鬼前往勾拿孙悟空魂魄。猴王此刻已是法力在身，岂能容忍他人索命，遂掣出如意棒眨眼间打死勾魂者，又因自恃修成了仙体，却被无端索命，一怒打上森罗殿，逼迫冥王勾去自身死籍，将有名姓的猴类也一并勾除，之后又一路棒打出幽冥，自此不伏其管束。十殿冥王恐其伤及自身，当时不敢拦阻，待其离去，急忙去往翠云宫与幽冥教主地藏王菩萨商议表奏玉帝。

从幽冥返回，猴王将此举告诉他那六个魔王兄弟，几个魔王均表祝贺，各路妖王得知也都前来道喜。花果山成为了地界最大的群妖聚集之地，声势浩大，天庭震动。

正当猴王因不再为生死烦忧而喜乐之时，却哪知祸事将临，已有人前往玉帝处请玉帝降伏于他。原来在孙悟空遍访天下时，就早有祸事酝酿，他从龙宫抢夺来的金箍棒是当年太上老君炼就的定海神珍铁，立于东海，不想被悟空拿了去，东海龙王不得安宁。悟空又去地府阎王处，勾了自己和花果山众猴的死籍，乱了生死之序。东海龙王敖广和冥司秦广王得了妖猴悟空危害已深的证据，于是齐齐上到天庭玉帝面前状告那孙悟空，请玉帝派人捉拿妖邪。

玉帝在灵霄宝殿上听龙王和阎王添油加醋一番哭诉，说那妖猴如何冒犯天威，受其欺虐亵渎，何其悲惨，不禁恼怒道："妖魔果然本性难移，天生好惹是生非，竟敢逞强作乱，哪路神将愿下界收服，以正天威？"

那些个天将、仙臣知早先有天尊除魔之事，一听这些魔王又聚集一处，不禁心惊，想那些魔王皆十分了得，现如今天上地下安定多时，出兵是否能胜，有所顾虑。正在此时，一旁太白金星出班禀奏："陛下，那下界的妖猴因也有九窍修成仙体，虽有本领，但不足为惧，奈何他手下聚集的妖邪众多，又结交了六个魔王兄弟，个个都是法力高强，当初降魔之时便难以应付，如今过去这许多年，法力不知又有多少增长，如果贸然出兵剿杀，一旦那七个魔头联合，妖猴手下众多妖兵反抗，必定大动干戈，胜负难料。不如降一道招安圣旨把他召上天宫，给他个小官管束住，也许将来还有更多用处，不必劳师动众。"玉帝一听，虽未知妖猴是否愿意上天为官，结果如何，却合其当下心意，若无需兵戈便可将那为首的妖魔安定，未尝不是件好事，于是便道："依卿所奏，文曲星官即刻修诏，太白金星前去招安那孙悟空上天为官，各路武将随时待命。"众仙卿领令。

金星领了旨意，驾祥云出南天门直至花果山水帘洞，让小猴前去通报。消除了死籍的孙悟空无有了后顾之忧，每日在水帘洞中纵情饮酒作乐，忽见人来报，说有天差带来圣旨请他，孙悟空闻之大喜，忙请进洞中。进得洞内金星对孙悟空道："我是西方太白金星，奉玉帝招安圣旨，下界请你上天，拜受仙箓。"孙悟空闻听天庭有意封其为官，自认为是荣耀，欣喜笑道："多感老星降临。小的们！安排筵宴款待！"金星道："圣旨在身，不敢久留，就请大王同往，待荣迁之后，再从容叙谈。"孙悟空道："承蒙光顾！"遂唤手下四健将："谨慎教儿孙演习，待我上天去探探路，好带你们上去共同居住。"四健将领令。猴王与金星纵起云头，来在了天庭之上。

入了南天门里，见那天庭雄伟壮观、金碧辉煌，猴王不禁赞叹。同金星到了灵霄宝殿，见过了玉帝。玉帝见其虽是懵懂愚顽，但有意上天为官，心中高兴，因见其乃是个猴相，便册封其为养天马的弼马温，列入仙籍。孙悟空不知爵位高低、仙籍贵重，高高兴兴领封。其余六个和孙悟空结拜的大王，见孙悟空去与那天庭为伍，便以为其自此与众人决绝，在其走后，六兄弟一商议，便各自散去，返回自己原来的领地去了。此事早有人禀报玉帝，玉帝见其他几个魔王并未生事，心中大喜，看来招孙悟空上天之举果是良策。

那神猴悟空不知养马是何等官衔品级，起初倒也尽力，仔细查看文簿，点明马数，饮喂滋养，把那些个骅骝、骐骥、騄骊、骦騱、駃騠、騊駼、骁袅、騘珑、挟翼、翻羽、银騄、铜爵、赤兔、紫燕、超光、逾辉、绝地、追风、奔霄、越影、浮云、腾雾等天马养得是膘肥体壮，匹匹精良。后来毕竟得知养马是个未入流的小官，认为被十分地看轻，一怒之下，挥舞着金箍棒打出南天门，回到了花果山，准备继续自立为王。

众猴摆酒给回来的猴王接风，独角鬼王前来，叫众猴通禀，要见猴王。众猴见有人来投，马上报与猴王，猴王将其召进洞中。鬼王跑入洞中见猴王倒身下拜说明来意："久闻大王招贤，无由得见，今见大王得意荣归，特献赭黄袍一件，恳请收纳，愿效犬马之劳。"猴王见那象征王位的赭黄袍大喜，随即收下，封鬼王为总督先锋。鬼王谢恩，又故意问那猴王："大王在天庭担任何职?"猴王见属下这般问，立刻羞恼道："玉帝轻贤，封我个什么'弼马温'!"那鬼王趁机上告道："大王有如此神通，何苦去为人养马，完全可以做个'齐天大圣'。"那猴王闻听此言，正说到他的心里，十分欢喜，连声说好，立刻同意就做个"齐天大圣"，吩咐四健将扯了"齐天大圣"的旌旗，叫自己的猴子猴孙及那七十二洞妖王都改口只称齐天大圣。众妖齐贺，猴王这下顿感心满意足。

孙悟空这一番行为，玉帝早已得知，不禁恼怒，尤闻其扯起"齐天大圣"的旗号，有藐视天庭之意，担心他会聚集魔王反上天庭，结果甚为不妙，深感此次需以威势镇压方能彰显天庭威严，以除后患。又想不过是一妖猴，能有多少本领，遂欲遣天兵捉拿妖怪。天王李靖此刻第一个站出来请缨。玉帝见李靖有意前去降服妖邪，心中大喜，正是检验良机，遂加封托塔天王李靖为降魔大元帅、哪吒三太子为三坛海会大神，带领众将前去征讨。

李靖领命，率领天兵天将前去降妖，以为只是捉拿一名弼马温妖猴，定当手到擒来，众仙也是如此估计，故只点齐天兵一万，并巨灵神、鱼肚、药叉等心腹战将三员前去征伐。到了花果山安了营寨，再仔细观瞧，竟见那孙悟空也像模像样摆开阵势，堪比他的天庭之军。

李天王即命先锋巨灵神前去挑战，猴王头戴紫金冠，身贯黄金甲，足蹬步云鞋，手执如意金箍棒，领众出门迎战，双方话不投机很快交上手。单打独斗猴王不凡，未几个回合使铁棒一棒将巨灵神宣花板斧的斧柄打断，巨灵神败阵而回。李天王见其如此快速被那妖猴打败，不禁恼怒，欲将其处斩，一旁闪出哪吒太子为之求情道："父王息怒，且恕巨灵之罪，待孩儿出师与他斗上一遭，便知其高低深浅。"天王应允，哪吒甲胄整齐前往水帘洞口叫住孙悟空，二人相互通报名姓后几番言语不和随即开战。哪吒变为三头六臂，手持各样兵器：斩妖剑、砍妖刀、缚妖索、降妖杵、绣球儿、风火轮，去打那孙悟空，那大圣也变作三头六臂持三条金箍棒迎住哪吒发狠力拼。两边摇旗呐喊助威助阵。孙悟空见数十回合不分胜负，遂拔下一根毫毛变作本相，真身一纵来在哪吒身后，挥棒打去，哪吒躲闪不及被打中左臂，败阵而回。

此一番得胜，大大助长了猴王的声威，口口声声定要玉帝封他做"齐天大圣"不可，否则就要打上灵霄宝殿。

见派出的巨灵神和哪吒相继失利，李靖大惊，方知那妖猴变化多端神勇异常，手下数万兵将都是训练有素，自己这点兵力料占不得半分便宜，看来之前天庭和自己是低估了孙悟空的实力。那天王暗地里寻思："若要继续强攻，取胜属理所应当，若有不测，反受其累。"如此情形，李靖无奈，只得先回天庭禀明玉帝去了。

孙悟空自立了个齐天大圣，要与天齐，开始还只是名头，未显威势，此次斗败天兵天将，齐天大圣彰显神威，七十二洞妖王赶来贺喜。他六个兄弟见其不再与那天庭为伍，也都前来花果山祝贺。齐天大圣见众兄弟去而复返，也是十分的高兴，摆酒与众兄弟痛饮，又对六弟兄道："小弟既称齐天大圣，你们亦可称大圣。"六兄弟见猴王的大圣名头威风，也是高兴，也分别都自立为大圣，那牛魔王内心总还是意欲平天，便称作个"平天大圣"，蛟魔王则为"覆海大圣"，鹏魔王立"混天大圣"，狮驼王不与天地争，称"移山大圣"，猕猴王为"通风大圣"，猢狲王为"驱神大圣"。七大圣各个英豪，法力高强，聚在一处，声名远扬，天地间一时威风无两。

第十八章　悟空得道任驰骋　结义七圣显威风

第十九章　玉帝加封齐天圣　不满空名闹天宫

　　玉帝在灵霄殿上见李天王及天将败阵而归，恳请增兵，不禁惊讶，未曾料想这妖猴居然如此了得，不知哪里修炼来的高强本领，让那天将尽皆败退。哪吒三太子向上启奏："那妖猴口口声声要封其做'齐天大圣'，如果不然就要打上灵霄宝殿。"继而又有在下界巡视的巡查灵官来报："启禀陛下，那花果山妖猴几个结拜的兄弟，当初的几个大的魔王也都立了大圣称号，且其中还有诸如'平天大圣'之类，似有平天庭之意。"玉帝闻听大为恼怒，这还了得！当即下令："增加兵将再度出师，势必将那妖猴剿灭！"

　　众天将正要领令出征，去讨伐那妖猴，就在此时，太白金星再度出班："启奏陛下，那妖猴神通广大，此次派天王前去捉拿，未能占得优势，现更加不同，那几个实难对付的魔王结拜兄弟与之一起同称了大圣，如若此番再度出兵，妖猴的几个弟兄恐要联手，虽天将众多，想必一时不能轻易收服，且又劳师动众。不如就封那孙悟空一个齐天大圣的虚职，不予俸禄，将其安抚住，也好对那几个魔头各个击破，将来再作打算。"玉帝一听金星的主意，虽是有理，但未知究竟可行与否，故而疑虑，遂问道："我正担心那妖猴联合众妖魔一齐与天庭作对，妖猴自封齐天大圣，我此番若要从了他，他那几个结拜的妖魔兄弟也都要封大圣，我难道也要逐个加封？"两旁的众仙听了玉帝的话也都纷纷点头，天王李靖对太白金星如此纵容下界一只妖猴十分的不屑，上前奏道："陛下，那妖猴再怎么厉害，多派些天兵天将出马自是能够拿下！"金星明白那天王武将意气，于是对玉帝道："陛下的担忧十分有理，且听臣解说此举妙处。"玉帝道："好，卿说来听听。"金星道："据我所知那妖猴的几个兄弟，虽与其结拜，但不过酒肉交情，这妖猴乃是牵头举事者，我们只需安排那妖猴一人上天，妖猴喜好为官，一旦被安抚，其他几个什么大圣自然瓦解，作鸟兽散去，陛下则不必担忧群妖合力与天庭作对。"李天王在旁道："那妖魔怎会一定如此听你的，若是生乱，却又如何？"玉帝只听他两所说各有道理，一时难以抉择。太白金星见玉帝犹豫，便道："不如这样，能降的便设法降伏，留下那些再做计较，如果他们就此散去，则是甚好，否则再出兵不迟。"玉帝一听有理，道："此乃上策，不知可将哪个先行降伏，以削弱其联合之势？"

此时，老君在旁开口道："我看可以先行将'狮驼王'捉拿，那狮驼王虽然法力不低，但心性似乎最不好争斗，我当初曾有一篇咒语给太乙天尊，用于专门降伏此物。"玉帝闻听大喜，忙按太上老君所述，派人至东极妙岩宫请太乙天尊收回狮驼王。太乙天尊知那狮驼王也曾是称王的豪杰，平日里许他自在，不想其下界与妖魔结交往来，今见玉帝有命，遂领旨前往狮驼岭，用咒语将狮驼王降伏，带回东极妙岩宫中，派狮奴严加看管。因恐其再度为患，从此时有责骂，狮驼王苦闷，总是寻机逃离。

捉拿了狮驼王，玉帝又拟一道招安旨意，命那太白金星前往下界招妖猴孙悟空上天做"齐天大圣"。

金星再度来在了花果山水帘洞，闻听金星前来，孙悟空喜道："来得好！来得好！那太白金星今番又来，定有好意。"遂叫众头目大张旗鼓摆队迎接。众妖兵将士手持刀兵，威风凛凛，杀气腾腾，摆开阵势迎接金星。

孙大圣引群猴，顶冠贯甲，罩赭黄袍，足踏云履，急出洞门，躬身施礼，高叫道："老星请进，恕我失迎之罪。"金星见其客套，径入洞内，面南立着道："今告大圣，前者不知大圣神通，因大圣嫌恶官小，躲离御马监，要做'齐天大圣'，众武将不服，老汉力为大圣冒罪奏闻，免兴刀兵，请大王授箓，玉帝准奏，因此来请。"孙悟空见玉帝愿封他做"齐天大圣"，满心欢喜对金星道："前番辛劳，今又蒙爱，多谢！多谢！"也未与弟兄商议，即刻随金星上天去见玉帝。

在灵霄宝殿上，玉帝当众封了孙悟空"齐天大圣"，又专门造一府邸：齐天大圣府，府内设安静、宁神二司，皆有仙吏左右扶持，供其居住安心。

孙悟空自得了齐天大圣之职，不知俸禄高低，官位虚实，心中满意。也没什么事要他来管，只是清闲，每日四处游荡结交上下，闲叙耍乐，切磋武艺，好不自在，渐渐地与那四天王、五方将、十二元辰、五方五老、九曜星君、二十八宿、普天星相、河汉群神都以弟兄相称。有仙神见他的随身兵器如意金箍棒竟是老君的宝物，心中不免惊奇，又不好直问，只道是他和老君有些瓜葛。

大圣在天庭行走自在，却不好随意下界，天上一日，地上一年，久不和下界结交的故友往来，也就渐渐地淡忘了。其他五个大圣见移山大圣狮驼王被擒，齐天大圣独自上天谋官享乐，留下无趣，自封的大圣本也是一时兴起，也都各自散去。此事被花果山山神上报，玉帝得知。

玉帝派人始终密切监视孙悟空在天庭之所作所为，以防有异。一日早朝，许真人出班启奏："那齐天大圣四处结交，与众仙神呼朋唤友，尤其是一干神将与他交往甚密，以兄弟相称，故恐其闲中生事，可安排他一件事管。"玉帝闻听心中寻思："那妖猴竟也晓得上下串联，自己最担心之事果然发生，如不马上加以制止，必将生乱。今正有许真人提议，乃是时机。"即刻宣诏："命齐天大圣前去看管蟠桃园，有功则赏，有过则罚，也可免除闲生事端。"因前次发生了吴刚私毁蟠桃树一事，那王母对着玉帝把此事念叨了多次，叫玉帝想个办法加以预防，众仙已是知晓，尚未安排合适人选，直至那孙悟空来到天宫。众文臣一齐点头称是，想那蟠桃园曾经丢失过蟠桃，如果不安排一个人看管，自然是不妥。而平日里与齐天大圣结交甚密的一干武将则互相之间看了看，不发一言。

大圣听宣上殿，欢喜领旨谢恩。

那大圣自打看管了蟠桃园，从蟠桃园土地处得知了蟠桃的好处，心中甚为喜悦。其本也最好食桃，禁不住那蟠桃诱惑，隔些日便设法支开土地、力士和紧随的仙吏，摘几个来解解馋。

蟠桃园的路数，众仙自比那刚来的大圣熟悉，尽管有其看管，也不能制造些许障碍。趁齐天大圣看管蟠桃园，那蟠桃较之前少得更快了。久而久之，齐天大圣也发现了蟠桃数量颇有异样，也未声张，不再勘查点数。而那蟠桃园的土地却不敢隐瞒，将此事报与玉帝得知，玉帝知晓后命那土地继续观察守候。

平日里天宫忙忙碌碌，齐天大圣那里却无甚事，不知不觉又到了筹备蟠桃会的时候。王母对开蟠桃宴最是上心，早早安排相关事宜，又派仙女去那蟠桃园摘取蟠桃。本以为取蟠桃乃是最简单之事，没料想如今却已大有不同。王母派去摘仙桃的红衣、素衣、青衣、皂衣、紫衣、黄衣、绿衣等七衣仙女到了蟠桃园，正遇着土地，土地道："今不比往年，玉帝差齐天大圣在此守园，须报大圣得知，才敢开园。"仙女问道："大圣何在？"土地道："大圣在园内困睡。"仙女不敢耽搁，即与土地同去寻那大圣。却遍寻不见，便就先去摘桃，左看右看，哪里有生得好的蟠桃，但只见皆是些青皮未熟的挂在枝头，不禁惊诧。可取用的蟠桃没见着，倒见了一个猢狲模样的上前来质问，正是那看管蟠桃园的齐天大圣。仙女慌忙跪倒告知："我等乃王母娘娘差来为蟠桃会摘取仙桃的。"孙大圣便问："王母设宴，请的是谁？"

众仙女见他连蟠桃盛会的规矩也不知晓，便对他说："蟠桃会请的是上八洞三清、四帝、太乙天仙等众，中八洞玉皇、九垒、海岳神仙，下八洞幽冥教主、注世地仙，西天佛老、菩萨、罗汉，南方南极观音，东方崇恩圣帝，十洲三岛仙翁，北方北极玄灵，中央黄极黄角大仙等五方五老。还有五斗星君，各宫各殿大小尊神。"

第十九章　玉帝加封齐天圣　不满空名闹天宫

孙大圣又问："蟠桃会可曾请我？"仙女说："不曾听得。"原来，这蟠桃盛宴按照惯例只请正式有仙禄的上仙，而并没有将所谓的什么大圣计入邀请之列。孙悟空原本以为有了齐天大圣头衔便自然能享尽天上荣耀，当得知连天宫守门的天将都能参加蟠桃宴而他却不能时，心中羞愤异常。于是便使神通，定住了那几个仙女，瞒过众仙，变化了身形来到瑶池。见那瑶池里面天香缭绕，瑞霭缤纷，丹霞缥缈，千花玉盆，描金桌椅，摆放着龙肝凤髓、熊掌猩唇、异果佳肴等各色珍馐美味。大圣耐不住，遂用瞌睡虫将仙官、力士睡倒，把那仙酒佳肴偷偷独自尽情享用了一番。半醉半醒之中，却也担心，便欲回府。

齐天大圣因吃足仙酒，醉意阑珊中错走了方向，却到了老君的兜率宫中。此时老君正在朱陵丹台和燃灯古佛与众仙讲道，众仙将、仙官全都侍立在左右。老君讲解"道无为而治"，燃灯言说"佛无欲不苦"，一时间，苍生开解，尽皆憧憬。

那大圣见老君不在宫中，四处又无人，遂趁机偷了老君放在丹房里的五葫芦金丹，一股脑吃尽了。金丹入腹，通体清澈，大圣至此酒醒，想起这一番所为，真乃是一场大祸，却是后怕，担心玉帝拿他问罪，遂隐身逃回花果山。众妖见大圣归来，跪倒喜迎，一番问候，摆酒接风。大圣意犹未尽，返回头又卷了不少蟠桃宴上的美酒佳肴回花果山与众妖共饮齐乐。

众仙很快发现了大圣作乱，报与王母、玉帝得知。王母见孙悟空吃尽了蟠桃，搅闹了蟠桃宴会，早已是怒火冲天，玉帝也恼恨异常，天将再不能忍，众仙臣也都不再多说，天兵前去绞杀无可避免。因有上一次征讨的经历，又已从花果山山神、土地的奏报得知那孙悟空手下妖魔的详情，玉帝此番派那天王李靖连同哪吒率领四大天王、二十八星宿、九曜星官、十二元辰、五方揭谛、四值功曹、四海龙神、普天星相在内的全部十万天兵天将，悉数前往妖猴孙悟空的藏身之地兴师问罪，力求一战剿灭全部妖邪，八万天河水军则随时待命守卫天宫。

西天如来此前闻听孙悟空已汇聚大量妖魔，心中满意，又听说其上天为官，不禁失望，再得知他反下天庭，复生期盼，即刻安排，又闻其再度上天，正准备再做打算，却又得知其大闹天庭，搅闹了蟠桃盛会，不禁期待。便趁玉帝差李靖率领全部天兵前去降服那孙悟空时，派金吒暗中前往其父托塔李天王处，密传旨意。与此前不同，如来此次没有和观音一同前往天庭，而是让观音菩萨先行赴那蟠桃宴会，自己则在灵山静观事态发展。临行前如来交代观音："你前去察看那天庭怎样对战石猴，观其究竟如何。若天庭不能将其擒拿，你便要出手彰显我佛门法力之威，但莫伤其性命。"观音领佛祖法旨，带上随身护法木吒一同前往天宫。

且说托塔天王李靖坐镇中军，诸天王天将前呼后拥，先锋、督军上下左右一层层排布，章法齐整。众天兵天将平日里在李天王手下训练有素，如今天王一声号令，无不遵从，誓要捉拿妖猴连同其全部妖魔部属。十万天兵天将盔明甲亮个个威风，披坚执锐一齐出动，只见风云骤起，旌旗招展，呐喊声震天，杀气腾腾，浩浩荡荡遮天蔽日，气势汹汹地突然降临花果山。扎了营，布下了天罗地网，把花果山围得是水泄不通。众鬼怪妖魔从未见过此等阵势，无不心惊。

托塔天王在中军帐内正欲派兵，忽见金吒径入帐内现身，李靖有些吃惊，忙问："儿啊，你不在佛前做前部护法，今日为何来此处？"金吒上前附耳对天王道："佛祖对那石猴悟空自有处置，请父王与之见阵时莫要伤其性命。"天王闻听略一思索，领会点头，叫金吒返回佛祖处通禀自己已然知晓，让佛祖放心。即刻吩咐下去，叫四大天王和三太子哪吒："此次出战，凡猴属莫要捉拿伤害，另有安排。"四个天王与那哪吒和齐天大圣前番也有些交情，见元帅有此命令，也都二话不说领命下去。金吒返回灵山回禀佛祖，佛祖满意。

李天王安排已毕，随即派九曜星先行出击打头阵，天兵天将人多势众，上前将洞门打破，杀了进去。孙大圣正与七十二洞妖王并四健将分饮仙酒，忽闻报门外有九个凶神前来挑战，先是不理道："今朝有酒今朝醉，莫管门前是与非！"接着又有小妖跳进来报："那九个凶神已把门打破，杀进来了！"大圣怒道："这些放肆的毛神，太过无礼！本来不与他计较，如何上门来欺我？"即命独角鬼王领七十二洞妖王出阵，自己则率四健将随后。

那鬼王领妖兵出门迎敌，被九曜星一齐掩杀，抵住在铁板桥头。洞外天昏地暗，黄风滚滚，十万天兵天将前来兴师问罪。孙悟空见状丝毫不惧，即掣开铁棒，晃一晃，腕来粗细，打了出去。九曜星悉数不敌，败阵而走。李靖对此早有准备，继而将四大天王连同二十八星宿一同遣出，孙大圣调出独角鬼王、七十二洞妖王与四个健将，于洞门外列阵厮杀。只见四处刀光剑影，旌旗飞舞，山崩石裂，飞土扬沙，直打得是鬼神惊惧，天昏地暗。天兵呐喊声响，擂鼓震天。那些鬼王、妖王兵甲齐整，平日里也操练不辍，且又熟悉地形，奋力抵挡拼杀，也不惜命。怎奈天王、星宿个个武力高强，出手不凡，整斗了一天，独角鬼王与七十二洞妖怪尽被众天神捉去，只逃走了四健将与群猴。

孙大圣孤身一条棒抵挡住了四大天王与李靖、哪吒，见天色将晚，已方落了下风，心中不免焦虑，便把毫毛变作了千百个大圣，打退了太子、天王。李靖和四个天王及哪吒三太子见除了猴精其他尽已是捉拿，便一齐收兵退却，安营扎寨，论功行赏，谨慎布置守卫，以待来日再战。

孙悟空得胜，收了毫毛，急转身回洞，见铁板桥头四个健将领众叩迎，告知道："七十二洞妖王与独角鬼王尽被众神捉了，唯有猴族逃生。"猴王见除了猴兵之外，其余平日训练有素的虎豹狼虫及七十二洞妖王和独角鬼王尽皆被擒，心中既惊异又疑惑，大敌当前，顾不得那许多，便道："胜负乃兵家常事，我同类者未伤一个，何须烦恼？且紧紧防守，饱餐一顿，安心睡觉，养足精神。天明看我使大神通，捉拿那些天将，给他们报仇！"四将与众猴谢过猴王，回去饮食安睡。

其他那几个大圣与花果山久不往来，又见天庭此次偌大架势，虽各自有本领，却都知晓与其对抗的后果，不愿与那天庭为敌，各自远远躲避，只有那孤胆豪情的齐天大圣手持如意金箍棒领全体众妖迎战天兵。

话说太上老君在朱陵丹台和燃灯古佛与众仙讲道已毕，返回兜率宫等待蟠桃宴会开启，却闻天地之间热闹非凡，听说玉帝悉数派遣了天兵天将捉拿邪怪，又闻得竟是拿一个石猴不住，也十分好奇，便到灵霄殿上一看究竟。

　　此时身负如来使命的观音先到那蟠桃宴上察看，见那宴会还未开启，便已是一片狼藉，于是会同众仙一起去见玉帝。至通明殿前，四大天师、赤脚大仙等早已迎着菩萨，天师邱弘济前去通禀，玉帝宣入。菩萨引众人同入，与玉帝礼毕，又与老君、王母相见，各自落座，问："蟠桃盛会如何？"玉帝正因十万天兵与妖猴妖兵征战始终胜负未分而烦恼，便将妖猴悟空的一番所作所为对菩萨讲述了一遍。观音见是时机，即命身边惠岸行者："你快到花果山，打探军情，相助一功，战况如何务必如实回话。"

　　木吒领菩萨之命前往花果山与孙悟空叫战，一经交手，数十回合，木吒力不能敌，败阵而走，返回营中。李天王见观音菩萨差去的木吒对阵妖猴也是失利，便差大力鬼王与木吒同至灵霄宝殿向玉帝求援。玉帝闻听笑道："这个猴精，能有多大手段，就敢敌过十万天兵！"在旁的观音菩萨听木吒一番详细讲述，心中对悟空的实力已明。观音早知玉帝一直缺少一员身边心腹大将，遂借此时机向玉帝道："陛下放宽心，贫僧举荐陛下令甥显圣二郎真君助力，可擒此猴。"

　　那杨二郎为其母思凡下界与杨姓男子所生，后为玉帝所困，曾斧劈桃山救母，与玉帝有隙，故此一直是只听调而不听宣，自在下界纳受香火，其帐前麾下有康、张、姚、李、郭、直等梅山六兄弟，合称梅山七圣，又有一千二百草头神听命。按观音对二郎真君实力的了解，那真君论武力法术在天庭一众战将当中算得上顶级高强，又与那悟空无半点交情，推荐他来与孙悟空一决胜负，必是能毫无保留使出全力，能看得出石猴究竟有多少本领。若真君亦不能敌，则可亲自出手降伏孙悟空，从而在天庭众人面前一展佛门之大法力神威，再合适不过。

<h3 style="text-align:center">第十九章　玉帝加封齐天圣　不满空名闹天宫</h3>

玉帝见观音菩萨对天庭武力如此了若指掌，亲自推荐二郎真君，面呈喜悦，心中惊异，即刻应允，差大力鬼王去灌江口调二郎真君并其一众弟兄前来与那孙悟空一战。真君见玉帝有旨调遣，并允诺成功之后高升重赏，是回归天庭任职的良机，问明何人举荐后，遂领旨率梅山六兄弟及众草头神兵欣然前往。

到达阵前，四大天王与李天王同出辕门迎接。真君对李天王道："请天王莫要插手，只使照妖镜观阵，我来与他斗个输赢！"李靖应允，真君领六兄弟去水帘洞叫那猢狲来战。

孙悟空早已杀红双眼，任你何人前来是尽皆不惧，此刻闻听又有人叫阵，便整束黄金甲、足蹬步云履，戴好紫金冠，掣金箍棒出洞观瞧。众猴高举"齐天大圣"的旗帜，列蟠龙阵势迎敌。

出得洞来，见眼前叫阵之人仪表清秀，相貌堂堂，头戴三山飞凤帽，身穿鹅黄氅，金靴玉带团花八宝，腰挎弹弓，手执三尖两刃枪，模样英武，身后跟着六人。猴王看罢心中也不禁赞叹，将金箍棒掣起高声叫道："你是何方小将，敢大胆到此挑战？"二郎真君喝道："你个胆大妄为不知天高地厚的泼猴，有眼无珠，不认得我吗！吾乃玉帝外甥，敕封昭惠灵王二郎。今蒙上命到此擒你这造反天宫的弼马温猢狲，你还不知死活！"

见是二郎真君，猴王也曾有耳闻，便道："曾闻得玉帝妹子思凡下界与人生有一子，我与你无甚冤仇，你回去唤四大天王出来。"真君闻言大怒，即使兵器杀来，二人战在了一处。那小圣三尖刀寒光闪烁，大圣金箍棒上下翻飞，二人拼尽全力，使尽本领，你来我往，互不相让，兵器相击尖利刺耳，两旁将士同时摇旗呐喊，声威震天。好一番势均力敌的争斗，数百回合未分胜负。那真君摇身一变，变得身高万丈，这大圣也使神通，变得与二郎身躯一样，二人再战一处，众生惊悚。那边康、张、姚、李四太尉，郭申、直健二将军见二人打得难解难分，趁机传号令，放草头神，杀向水帘洞，将那些猴妖打得丢盔弃甲，四散奔逃。之前未被天王众神伤损半点的群猴，此番受伤和被捉者数千。

那大圣见本营中妖猴溃散，不觉心慌，收了法象，掣棒抽身就走。真君见他败走，大步赶上。大圣返回洞前，正撞着梅山六兄弟，一齐挡住道："泼猴！哪里走！"大圣慌了手脚急变化脱身，却被那二郎真君亦施展变化紧紧跟随。大圣见状将身一纵，来在灌江口，变作二郎模样径入庙里，鬼判见了，慌忙相迎。未久二郎真君赶至，猴王随即现了原身，二人复又一路打至花果山。真君兄弟一齐将大圣团团围在当中，继续苦战。

第十九章　玉帝加封齐天圣　不满空名闹天宫

第二十章　老君施能终未平　佛祖安天立威名

　　玉帝见二郎真君去了半晌还未回还，放心不下，于是请太上老君和观音以及王母、众仙一同前往南天门阵前观看。

　　老君来到南天门，见有人正和二郎真君缠斗，遂向与二郎神争斗者仔细看去。这一番细看，老君顿觉惊奇，且又眼熟，暗想："此被称为齐天大圣的猢狲怎么如此的熟悉而又颇感特别，平日里也曾见得几回，只是未加留意，莫非是……"老君心里一阵疑惑，便掐指计算起来。观音已将这一切看在眼里，一旁时刻观察局势的变化。

　　老君计算完毕，心里明了，当下是亦惊亦喜。喜的是：那当年经自己手中未成的五彩通灵神石今日居然已化身成形，还得了灵气和高人的指点，十分了得；惊的是：这石猴居然如此大胆，敢独自和天庭作对，好不容易修炼成的仙体岂不是要毁于一旦，且其路数竟似曾相识，令其不禁想起一人。本来没有闹到此地步，还可将其收了，如今这情形是已完全无法收拾。真要是小圣二郎一班人马把他收了来，将其灭杀，甚为可惜。且玉帝必将升赏那二郎，羽翼更丰。老君不动声色，只继续观瞧，伺机行事。而那观音，此一来是受如来之法旨，明为天宫观战助阵，实则却是为彰显佛门法力而来，时刻注意着每个人的动向。

　　老君、观音各自盘算不说，那二郎真君和几个兄弟与孙悟空打斗得愈发激烈，一时难分胜负。此时观音开口对身旁的老君道："我见那二郎真君许久也没能占得上风，若是我出手则不必这等费事，定将其擒拿。"老君一听，心下想："这观音法力甚强，她若出手，那石猴一定不妙，今其想要借机施展，欲将降服石猴之功纳于囊中，且看她要如何摆布。"老君表面不动声色，问道："不知你如何降服那猢狲？"观音道："如我那玉净瓶打将出去，只一下即可令那猢狲毙命，抑或将其打倒，助真君将其擒获。"老君心想："我知你这菩萨净瓶的威力，自是不能让你出手占先，令众人不知我道门厉害，更不能让你夺其性命。"于是便道："你那玉净瓶乃是个易碎之物，若与他那铁棒相碰，难免损毁，不如我的神器得力，你莫动手，待我助他。"观音见道祖出手拦阻，不好与其相争，又十分想了解那道祖有何高强的法宝，便问道："你有何神器？"老君道："我这里有个金刚琢，乃是我精心炼化所得，水火不侵，能套诸物，早晚带在身边防身，待我使此物将那猴儿制服。"观音闻听，心中暗道："他这宝物如此厉害，将来却要提防着些。"

老君说罢，从左胳膊上取下那白亮亮的金刚琢，向悟空一丢，正打中天灵盖。猴王正苦战七圣没有防备，立脚不稳，跌了一跤，爬起来就要跑，被二郎的细犬赶上，照腿肚子上咬一口，扯倒在地，急翻身爬不起来，被梅山七圣一拥而上死死按住，绳捆索绑，又使钩刀穿了琵琶骨，不能变化。

老君小施身手便将那神通广大的大圣降了，在一旁的众仙甚是佩服。观音见老君已然出手，便是作罢，同玉帝、老君连同王母等众仙返回灵霄殿中。

四大天王和李天王见二郎真君捉了大圣，都来贺喜，真君见老君得了降服妖猴的首要之功，无奈，口称全归玉帝洪福和众神之威。又吩咐几个兄弟清剿花果山，六兄弟领命，遂放火烧山。花果山顷刻间一片焦土，可叹原本姹紫嫣红、林木繁盛的花果山，如今皆付与泥炭。众猴更是凄惨，被烧杀大半。可怜世上灵动物，化作山间无主骨。未久，地界曾经最具规模的妖魔之地已是千疮百孔，目不忍睹。

齐天大圣被擒，押至灵霄殿上，王母因其搅闹了自己的蟠桃宴，告诉玉帝，必将其诛杀。玉帝因其反抗天庭，也真是愤恨气恼，未加多问，直接叫天将将那悟空绑去斩妖台斩了，回头重赏了二郎真君，真君携弟兄返回灌江口。

　　大力鬼王将妖猴押在斩妖台捆绑好，随即刀砍斧剁、雷打火烧，齐天大圣却岿然不动。天兵从未遇到过此等情形，一时不知如何是好。玉帝得知，便问众人如何发落。老君听玉帝有问，心想："这石猴乃是那神石所化，毕竟有自己的心血凝聚，还得了奇宝灵气，又吃了蟠桃，服了我的仙丹，用自身三昧火煅造，刀枪不侵，只是未能通体圆融，我何不将其放入我八卦炉中煅炼？那渗了仙丹的石猴经八卦炉火煅炼，要是炼成丹丸，亦可比我原来的仙丹更加的灵验，若是不成，便也是其天意造化，且看看此间有无愿意出面将其解救者。"于是老君上前启奏玉帝："我有办法对付那妖猴。"玉帝见是老君，忙问道："不知道祖有何方法应对？"老君道："这妖猴乃是神石所化，我把他放到我的八卦炉内，用我那炉火炼了即可化为灰烬，还能炼出我的仙丹。"玉帝一听老君有办法处置，便叫天将把孙悟空紧紧绑了，交付老君。

　　老君牵着被绑紧的石猴直至兜率宫中，亲手解去石猴的绑缚，又除去了他穿琵琶骨之器，那大圣见束缚已除，当即意欲挣脱，但只是心有念想，身形却难动分毫，不觉惊诧，被老君用手轻轻一推，推入八卦炉中。老君命看炉的道人、童子扇起六丁神火，锻炼石猴。那石猴在炉中抽出金箍棒乱捣，怎奈那炉壁坚固无比，左冲右突，始终无法逃出，只得将铁棒收好，四处躲藏，最终钻在了八卦炉内进风的"巽宫"处躲避。

　　老君用炉烧炼那石猴不提，玉帝见妖猴已被投入老君的炉中，料想不日便可将其烧成灰烬、炼成仙丹，心中高兴，遂安排筵席，请有功者观音、老君共庆，王母和众天仙作陪。

　　酒席宴上，众仙畅谈收服妖猴之事，菩萨和老君一同坐在上座。观音对玉帝道："那妖猴在地界聚集妖魔，我佛本欲亲自将这些妖魔悉数擒拿，只因诸事繁忙，未及出手，令这妖猴给天庭带来如此烦扰，幸得玉帝洪福齐天，将那妖猴擒住。"玉帝闻听，佛门似对降伏那些妖魔很有把握，看来佛门是有法力高强者，只未得机会见其施展。观音又转而对老君道："道祖用那丹炉烧炼石猴，却不知能否奈何那石猴，莫叫他逃脱，如果当时我那玉净瓶出手，一定即刻将那妖猴打杀，早已绝后患。"老君闻听观音这样一说，不禁有些愠怒，道："菩萨这话难不成是说我那炉不如你的净瓶？"观音道："我那宝瓶是也比你的丹炉要强上些许。"老君气恼道："不如你我这就打一赌赛，你若赢了，我将亲手炼制一样宝物给你，你若输了，宝瓶归我如何？"

玉帝见二位起了争执，忙打圆场道："二位皆乃是上仙，都法力高强，那妖猴哪是二位的对手，何必一较高下。"嘴上这样说，玉帝心里却也在想："如若二人真打个赌赛，究竟谁会胜出？"观音道："既然道祖开尊口，那便要如何赌法？"玉帝见观音应答，便不再劝阻，只是一旁观看究竟。老君道："把你那瓶中柳枝放在我丹炉里，如果炼化无事，算你那瓶子厉害。"观音道："就依此法。"

老君遂拔了观音瓶中的柳枝，叫人拿去丢入炼丹炉内，那柳枝瞬间焦了，又将烧焦的柳枝取回给老君，老君还给了观音，笑吟吟问道："这下如何？"玉帝和观音一见，老君之炉果真厉害。观音见自己的看家法宝柳枝已是如此模样，却未动声色，只是微微点头，拿着焦枯的柳枝放入玉净瓶中，待酒席散去，第二天，派木吒托宝瓶给老君去看来。老君见那柳枝已经还原生绿，毫发无损，只得按观音之意打制了一个紫金铃，叫人交予观音，观音收了，挂在自己的坐骑金毛吼项上。

此一番较量，玉帝看在眼里，心想："那佛门法术果真厉害，仅仅一个如来座下的观音菩萨便如此高深，看上去，老君也有未及之处，不知那深藏不露、从未彰显法力的如来佛祖是否是实力更加了得？"随后玉帝又命人加紧打探那石猴出世后究竟是何经历，从何处习得的本领。

话说那石猴躲在老君炉内进风处，直炼了七七四十九日，因之前吃了蟠桃、仙丹，老君炉内之火非但不能将其炼化，反倒是将其炼就金刚之躯，成了金子心肝、银子肺腑、铜头铁背，只是被烟呛得眼红，成了个"火眼金睛"。

第二十章　老君施能终未平　佛祖安天立威名

时日已到，老君叫看炉的道士去看炼得怎样。看炉的道士领命去开了炼丹炉，石猴一见光亮，即刻"嘭"的一声冲将出来，因被熬困多日，此刻的大圣暴怒如虎，伸展筋骨，一脚蹬倒八卦炉，又把一班看炉的打翻在地。老君见其未被炼化，此刻是要发泄怒火，便上前抓一把，大圣心里一紧，不顾奋力一推，却没遇到半分阻力，老君竟然被其推倒。那大圣见状心中困惑，但此刻正气撞顶梁，怒火中烧，哪管他许多，转身就走，又见身后老君并未使法宝追赶擒拿，便从耳中取出如意金箍棒，施展武艺，一路疯狂，打乱了天宫。

　　太上老君眼见那石猴从炼丹炉中逃脱，知是天意该那石猴不死，其乃世间难得的灵物，与之有缘，又有些本领，在炉中一番锻炼，更具非凡之体，那些天将定更难捉拿，且此次又在天庭之上，玉帝眼前，当是更具威慑，故准备待玉帝手下束手无策之关键时刻再出手将那石猴捉住，玉帝和众仙便感知其要处。想至此，老君伸手摸了摸随身的金刚琢和芭蕉扇，不再继续追那石猴，回头处置丹炉之事。

　　再说那孙悟空一路没了顾忌，性情暴起，把心中的憋闷尽情释放了出来，如同狂龙恶虎，抡起如意金箍棒是见仙打仙，见物打物，其经过的地方殿倒柱碎，一片崩塌狼藉。九曜星被他的疯狂模样唬住，闭门不敢出。四大天王见老君在场却未加阻拦，且既无玉帝旨意又不当值，便和几名元帅皆远远躲避，让他直打向灵霄殿去了。

　　到了灵霄宝殿前的通明殿，玉帝还未及得报，那悟空便打了进来，正在值殿的佑圣真君佐使王灵官急忙上前挥金鞭迎住力拼，二人你来我往斗在一处，鞭棒相交，绽出万点金星，铿锵声震耳，胜败不分。佑圣真君见状又调三十六员雷将前来助阵，众天兵天将把孙悟空重重包围，刀枪剑戟、鞭锤斧钺寒光闪烁，步步紧逼，那悟空浑然不惧，即摇身变作三头六臂，使三条棒，上下翻飞，越战越勇，数十员天将斗他一人却感吃力。真武此刻则在天宫北门守候，老君也只待旁观。

　　天王李靖正装束整齐只等玉帝传旨率部下捉拿被围困的妖猴，二十八宿也各执兵器，身披铠甲一旁整装待命。玉帝见老君未把妖猴殄灭，亦未再度出手降服，而此番非比之前，前番的争斗都发生在下界，远离自己的天宫宝殿，现如今那疯魔妖猴与灵霄殿仅一殿之隔，近在咫尺，玉帝此刻心中甚是不安，却仍未失主见，自有打算，便传下旨意，并不去调众天王、天将，而是命游奕灵官和翊圣真君前去西天请佛老如来速来救驾，降服妖邪。

如来此时已从返回灵山的观音处得知石猴的真实情况，闻其现已逃脱，心想："这石猴居然能在天庭如此众多上仙之中得以脱身，是个上好的人选，若能降伏来听从我的吩咐，当可大用。"正在打算，来了玉帝传旨之人，此不出所料，如来心中大喜，于是安排好诸事，命众菩萨各安禅位，只带上阿傩、迦叶作为随从前往天宫炼魔救驾。

此时，天宫诸兵将与孙悟空轮战正酣，如来奉旨赶到，礼见了玉帝和一干众天宫仙神。玉帝指着正和天兵打斗酣畅的神猴问道："这妖猴是何来路，怎么如此的厉害？"如来答道："这神猴乃是五彩神石得了天地精华所化，又不知哪里学了些本领便不知天高地厚，居然来此搅闹天宫，待我将他降了。"玉帝听如来知其来历有把握降服那妖猴，放下一半心来，只等那如来佛祖施展法力降妖。

如来先请诸位天将退了，坐莲花驾祥云与那悟空面对，报了名号，质问道："玉皇上帝苦历过一千七百五十劫方享此无极大道，你个初世为人的畜生为何却妄自尊大！趁早皈依，否则恐遭毒手，丢了性命！"孙悟空见一个佛教中人模样的，上来便一番盘问，还将其贬损，当是愤慨难服，也不在意，道："我有无上本领，强者为尊，皇帝轮流做，明年到我家！玉帝虽年久，如今该当他让位！"如来并不与其打斗，却问："你有何本领，敢占天宫？"悟空傲立云头高声道："我有七十二般变化，可以一个筋斗十万八千里。"如来知是菩提所授，早有化解之法，便道："我与你打赌比试，若你能一筋斗翻出我的掌心，算你赢，便请玉帝去西方居住，把天宫让与你，否则你还去下界为妖。"悟空闻听心中思量："这和尚果然不自知，他那掌心才有多大，我抬腿便已是千里之外，莫非他有特殊法术？但依他所说，即便输与他也是无妨，大不了还回花果山为妖快活。"想至此处，忙问道："你可做得主?"佛祖连声道："做得！做得!"那大圣闻言便放下心依照如来所说，跳至如来手心之中驾云飞走。如来见状，使了个化解之法，那悟空便如何使力也飞不出其掌心。

孙悟空回头见自己使筋斗云却未翻出如来掌心，不禁大惊，不信真有此事，又要再比，却被如来佛祖翻手把猴王推出西天门外，将五指化作金、木、水、火、土五行山，轻轻地压住了。众雷神与阿傩、迦叶，一个个合掌称道："善哉！善哉!"

此时的玉帝王母在天蓬元帅和卷帘大将的护佑下，看到那妖猴被佛祖压在了山下，天宫顿时安宁下来，终于舒了一口气。太白金星忙安排人整顿天宫宝殿，重新安定秩序。天兵天将各归其位，力士、宫女收拾残局，把那打烂的栏杆、破损的立柱、狼藉的灯盏收拾了。天宫自打建立以来，还从未有过如此大的劫数，如今总算是已经平定。

如来降服了孙悟空，转身正欲返回灵山，玉帝命天蓬、天佑二位元帅快快前去挽留，又亲自上前请如来佛祖留步，玉帝在鸾舆宝盖簇拥下直至佛前谢道："多蒙施展大法力安定天宫，降服了搅闹天宫多时的妖怪，天宫理应摆盛宴致谢。"如来回首瞻仰，合掌谢道："承大天尊宣命，还仰仗天尊与众神洪福。"

玉帝传旨，命四大天师、九天仙女大开金阙宝宫洞阳玉馆，请如来高坐七宝灵台，着云部众神请三清、四御、五老、六司、七元、八极、九曜、十都，左辅、右弼、星官、真君、天王、天将皆来此赴会，安排筵宴，同谢佛恩。不多时，天宫各路仙神皆依次前来，如来有阿傩、迦叶陪伴，各路天仙也俱到齐。宝宫内是布置整齐，锦绣琼华，祥光瑞霭，仙乐玄音。玉帝见人已到齐，便开口道："今如来佛祖，法力无边，出手降服妖猴，立下奇功，我等在此宴请，以表感谢。"如来行礼。众仙道："天宫宴会，都有个名头，今日就请如来佛祖立名。"如来道："我看，就叫'安天大会'吧!"玉帝听如来起名安天大会，连声道："好个'安天大会'，就叫这个名字，甚好!"其他众仙也连声称好，心底下却想："这佛门如来，首次捉拿一个妖猴，便言称安我天庭，名头可真不低，虽是有些实力，但也未免过誉。"尤其是那些个天将，面露不屑神情。如来将这一切看在眼里，也不加理会。

王母亲去摘取了最好的蟠桃领一众娇美仙娥来敬如来，只是那好桃已无，只有几个半红半绿的，仅在如来面前摆放。如来忙起身谢过。接着王母又安排仙子、美姬歌舞献艺，一时间宝宫之中曼妙身姿显绰约，霓裳飞舞似蜂蝶，仙韵缥缈，灵音涤荡，众仙喜悦，连声赞叹。

各路仙神见如来施展法力，威震天庭，连玉帝和王母也恭敬十分，于是便有特意上来当面礼敬如来者。南极寿星先行来在如来面前，献上紫芝瑶草、碧藕金丹，都是稀罕宝物。又有赤脚大仙上前来献上交梨火枣，以表敬意，如来皆一一欣然领受。前来观礼的三清看在眼里，未动声色。

玉帝见那妖猴虽是被如来降服，但并未即刻被殄灭，心中却又有不安，而且看似如来未有将其灭杀之意，于是暗中吩咐左右，时刻观察那被压山下的妖猴动静，但凡有一点异样即刻来报。左右领命，紧盯那山下的妖猴，不敢怠慢。

众人饮酒作乐，未多时，有巡视灵官来报："启禀陛下，那妖猴被压五行山下，正欲奋力挣脱，请陛下定夺。"玉帝惊讶道："哦，恐那妖猴日后再逃脱生事，快快派些天兵前去灭杀。"玉帝一边与天将交代一边暗自观察如来的反应。如来见玉帝要前去灭那孙悟空，心中暗想："石猴有些本领，日后还有他用，但恐果真打杀，我须设法不能让人接近才是。"于是便道："且无妨，待我取一个帖子，贴在那五行山上，那猴便再不能逃脱。"随即如来从袖中取出一帖，上有金字咒语"唵嘛呢叭咪吽"，叫阿傩将那帖子于压石猴的五行山顶牢牢地贴了，石猴便再不能撬动山体半分。

玉帝见如来已经如是处置，心中明白了几分，也不再多说什么，于是继续把酒问盏，歌舞欢乐。

安天大会一番热闹自不必说，完毕之后，如来和各路仙神辞别玉帝王母，纷纷散去，各归其位。玉帝王母亲自送如来佛祖至南天门外。如来辞别玉帝和众仙离开天宫，又安排了土地、揭谛在五行山好生喂养神猴，等待他灾愆满日。

回到灵山，三千诸佛、四大菩萨、五百罗汉、八大金刚皆已在灵山仙境迎接佛祖荣光显华而归。如来浑身绽放七彩光辉，与众言说了佛门的此番荣耀，在天庭众仙神面前的无上光彩，众佛徒无不盛赞佛祖威名远扬，法力无边。

第二十一章　悟空天命难天蓬　玉帝亲掌天河兵

安天大会之后，玉帝王母送别如来和各路仙神，一同返回寝宫，二人没有马上歇息，在殿堂谈论这些天发生的诸多事情。王母颇有些话要讲，未及坐下便开口说道："今天，那西天如来可是出尽了风头，一时间这天庭各路仙神皆无出其右，而且还有那在会上当面献礼的，公开站向如来一边。"玉帝闻听王母这样说，回道："是啊，这如来降伏了妖猴，自是一时风光无限。"王母却道："让西天如此这般，还不是那天兵天将无能！"

玉帝见王母说起天兵天将的不是，也颇有同感，道："那些天兵天将，也确实是没尽全力，虽然妖猴有些神通，但还不至无敌，那许多天兵天将围住妖猴却未能降服，也颇有些奇怪。如果不是我去召了如来，不知后果如何。不过倒也让那些天兵天将和各路仙神看看我尚有其他力量可以倚仗，以免其滋长独尊自傲之心。"王母道："话虽有理，但恐怕这些年在天庭安逸，那些个天兵天将是有懈怠之心，之前妖猴在天上做齐天大圣时与其多有来往，说不定结了情谊，且其内部也是相互勾结，遇事一齐推诿，不然这十万天兵还对付不了一个妖猴，我看是奇了！"玉帝道："你说的也不无可能，那些天兵现不由我直接指挥调遣，再加上他们日久也都走得近了，不愿争先也在情理。"王母道："你得想个法子应对，不然，今天来个妖猴就如此难以应付，明天再来个什么妖孽，照旧如此，如何是好？难道你又去请那如来？如来若是不来，或者甚至与你作对，你便如之奈何？"

玉帝听王母这么一说，心里不禁也有些忐忑，嘴上却道："哪有许多妖孽，这妖猴也是少见的胆大妄为角色，那如来作为天庭册封的五方五老，也不敢乱来。"王母道："哪里有这些妖孽？我来问你，这妖猴从何而来，你可知晓？"玉帝道："只知是天地一顽石而生，不知怎修炼得如此厉害，能斗十万天兵。"王母道："正是啊！你知道哪些顽石不会再生出一帮妖孽，反上天庭，将你我赶了出去！"玉帝道："你多虑了，不是还有那太上老君在吗，他不能不管，出手定能降伏。"王母一听玉帝此言追问道："老君法力无边不假，可他只是一人，如果一个两个妖魔还可应付，若是百十个一同前来，又如何是好？靠你那不出力的天将更无打算。而且此次那老君只打翻了妖猴，未将其灭杀，还让其逃出八卦炉，大乱了天宫，也是怪异。"

　　"这个确有些蹊跷，那老君的金刚琢是何等厉害，前次轻易制服了妖猴，又有不少其他法宝，而在那妖猴逃出八卦炉之后却未曾出手，任凭那妖猴直逼灵霄殿。"玉帝听王母这么一说，也触及心中疑惑。王母接着道："不单单如此，那如来将妖猴压在山下，却不索其性命，亦是蹊跷。你若有意仰仗和扶持佛门，却也要小心谨慎。"

　　"那你是如何看待？"玉帝听王母这样一说，很想听听王母的意见。王母道："与其寻那外界力量做给他人来看，不如你亲自来调遣兵将，遇事方能确保不失！"玉帝道："我亲自调遣？那李靖担任天王多时，手下有不少贴身强将，他又能领十万天兵，天兵天将如今只听从他的具体调遣，若强行收回他的兵权，难免生出异变。此次虽然出兵不利，但也不至免去其职务，况其通常尚且能够听从我的指令。"王母道："不必除去其兵权职务，当初你任命李靖为天王，是为了能让十万天兵归听命于你的统帅来掌管，但从此次征战的过程和结果来看，今后他也不可完全倚仗重用。想那李靖当初可是如来救了他的性命，他虽也算是忠于你，但最感念的却是如来。尤其是那李靖的长子，在如来手下侍奉如来，名为做前部护法，实则如同人质，次子也在观音手下为徒。此等人执掌天庭重兵，关键时刻难保立场生异！"

那王母所说实情玉帝并非不知，只是这一番提醒致使玉帝沉默不语，联想到如来对待那妖猴的处置态度以及李靖领重兵未降服妖猴之事，也感觉有着某种关联。其实玉帝心里也早有这些顾虑，只是还无暇顾及，也是因还没有周全的应对之法，沉吟了半晌道："当时因迫切需要一名统帅之才，才将李靖召上天庭，封为了天王，拜了元帅，但现在看来，这样做是有被动后果。"王母接着道："你可曾想过，如有危难，能否有真正尽心之人可供调遣？"玉帝想了想道："那小儿杨二郎倒是愿为天庭尽心效力。"王母听玉帝提及昭惠灵显王，接口道："你那外甥杨二郎，也还算得是愿为你这个舅舅统领的天庭尽力，但因早年其母之事与你颇有过节，不愿在殿前为官听命，不能应急随心调遣，下次若有迫切危难，他能否及时助力尚未可知。"玉帝听罢王母所言，点头同意道："的确，二郎因其母思凡之事，一直不听朕宣，只在灌江口与梅山兄弟等候调遣，此番观音推举，我也本欲借降服妖猴之机升赏二郎，因功未能全，未能如愿，只能重赏，无法高升。且那二郎的众多党羽本领也高，只听从二郎之令，本非是我天庭之将，难以真正约束，也是有所顾虑。"

　　虽是如此，玉帝依旧面色沉稳，继而又对王母道："只管放心，那掌管八万水军的天蓬元帅为人耿直，忠心耿耿，也听从我的调遣，可与李靖统领的天兵相互制衡。"王母听提到天河水军，似乎受了提示，随即道："正是啊，我看不如你亲自掌管那八万天河水军，是更加得力！"玉帝闻言道："由我亲自掌管天河水军的确是可做到随时应心调配一方军力，亦可避免过度仰仗李靖和十万天兵。但是那掌管天河水军的天蓬一向听命，本领高强，也恪尽职守，并无过错，没有合适的理由削其职、取其位，况且他是老君授意加封的，哪能轻易废除？如果强行而为，后果难料！"

　　王母道："正因他是老君指派，关键时刻非但可能不听命于你，老君反倒会利用水军阻挠你的意愿，你便更要想个办法叫他让出此位，由你直接掌管八万天河兵将，战时你亲自指挥，若是那李靖不力，你也好有个主动回旋的余地。"玉帝点头道："这正是我意，此次如来助我安天降妖，多了一方仰仗力量，此时收回天河水军兵权倒是时机。"说完想了想，又摇头道："不过此事非同小可，一时却也没有周全妥当的办法。"王母道："我倒是有个法子。"玉帝闻听眼中一亮，道："哦，那快说来听听。"王母道："我看那闹事的妖猴虽被如来压在山下，却未致死，你可差天蓬前去灭杀。那妖猴就连太上老君都不能将他烧死，更别提区区一个天蓬。他若不能将那妖猴杀死，你可定他一个办事不力的罪名，将其处置。想是连一个不能动弹的妖猴都不能解决，怎能担得元帅之职？这个理由必能服众。"

玉帝听完王母所言问道："那要是他将妖猴打杀又该如何？"王母道："若是他能将妖猴处死，了你我心头一个隐患，岂不也好？其他再做打算。"玉帝点头道："此法甚妙，如来借此妖猴展现了威风，虽是我之所愿，但我不想让这样的事再度发生，哪怕是可能。我明日即刻照此法办理。"玉帝王母随后回宫歇息，只等第二天上朝。

次日早朝，玉帝宣天蓬元帅上殿。没多久，正在天河操练水军的天蓬元帅来到灵霄宝殿，依君臣之礼见过玉帝。玉帝对天蓬道："前有妖猴搅乱天庭，现被如来制服于五行山下，因其未死，恐其将来逃脱再度生乱，乃我心头大患，今命你去将那妖猴彻底打杀，以绝天庭心腹之忧。"

天蓬一听，稍微一愣，没想到玉帝突然交给他这样一项使命，心中犹豫，嘴上说道："陛下有旨，当是领命，只不知我这宝沁钉耙能否打杀那妖猴，想那妖猴当初雷打斧劈都不能伤他半点，我等也都看见了。"玉帝听他问，转向在旁的太上老君道："请问道祖，天蓬元帅的钉耙可否处置那妖猴？"老君一听玉帝这样问，心想："那钉耙乃是我和五方五帝等诸神费力打造，原本打杀石猴没有什么问题，但那石猴吃了我许多金丹，又在八卦炉内煅炼，现如今这宝沁金耙能否杀死石猴倒也未知，但我怎能说我那亲手炼就的宝物无能？"想至此处，老君对玉帝道："天蓬元帅的宝沁金耙是我亲手打造，任你铜头铁脑一身钢，也禁不住耙他几下。"玉帝一听，转问天蓬："爱卿可听清道祖所言？"天蓬向玉帝拱手道："这样一说，臣就放心了，我这就前去将那妖猴灭杀，为天庭排忧。"玉帝点头，天蓬领旨即刻出发。

擎着那神器九齿钉耙，天蓬元帅出了南天门一路飞奔下界，不多时便见到五行山正在下面。眼见那山高高耸立云间，真个是：巍峨能困大罗仙，神鬼难逃皆胆寒。天蓬看罢按落云头，寻找孙悟空的所在。不多久，天蓬寻到了被压在山下面的石猴，只见那孙悟空全身被压山下，只一个头露在外面，正在酣睡。那日如来佛祖将其压在五行山下，因其之前在老君炉中遇火克金，于是安排土地、揭谛轮流喂他铁丸，饮他铜汁，一来补其金气，二来免其饥渴，因此那孙悟空比之前翻出八卦炉闹天宫之时元气更足，只是不得伸展，每日吃了便睡，十足的寂寥无奈。

天蓬远处看着孙悟空心中在想："妖猴，非是我要取你性命，玉帝派我来送你上路，你到了阴司地府后，莫来寻我的晦气。"想至此处，天蓬抢耙上前就要取那石猴的性命。那钉耙乃是太上老君亲自炼就的神器，原为灵霄殿镇殿之宝，天蓬自认即便你是铜头铁脑，也禁不住多耙几下。谁知那天蓬举着钉耙离得尚远，忽地就被一道金光挡住，好似无形屏障，任你怎么使力，就是不能上前一步。天蓬心中惊诧，挥钉耙望那阻碍他的方向一通乱筑，那冷森森如寒冰的九齿钉耙望空落下，只见金光闪处，钉耙被其阻挡，四周鸟兽被金光惊散，无法近前半分，天蓬握钉耙的手却开始颤抖。

天蓬意外受到莫名拦阻，遂停手抬头观看，只见山顶一张法帖金光闪耀，正放出万道光芒，方才竟然是被这法帖所发出的金光阻挡不能靠近。再看那石猴，毫发无损，像一切都没有发生一样，自顾养神闭目。天蓬见此情景，也是惊了，心想："这金光竟然连我这老君打造的钉耙都不能破，如何是好？"但玉帝的旨意不能违背。遂又用力耙了数耙，依旧没奈何。天蓬累得气喘，正寻思间，周围一群土地、山神、揭谛等见有异样动静一齐聚了来，各施兵器，各显神通，上前合力迎住了天蓬。

第二十一章　悟空天命难天蓬　玉帝亲掌天河兵

天蓬见突然出现这许多人，退后数步，在距石猴十丈开外停住，擎着兵器，问那帮仙神："什么人？为何阻拦于我？"那些仙神道："我们奉如来法旨，在此看护孙悟空，非有如来法旨，不得擅自行动处置！"天蓬闻听这话，心中已是明了，见是如来佛祖的安排，未敢直接提玉帝的旨意，怕引出事端，便说道："没什么大事，我是无意间打此路过，见这里压着个人，看看新鲜罢了。"诸仙将信将疑，也不知其来此的目的，只是各自手持兵器相持，有那值日头领金头揭谛道："此处非上仙久留之地，上仙既是路过，就请悉自尊便。"天蓬道："正是，正是。"说罢便不再多言，驾云自去了。

天蓬无功而返，回天宫交旨，与其说是交旨，不如说是领罪。天蓬知道玉帝王母决意要处死那妖猴，今自己却连那妖猴的毫发都未损伤，心中忐忑不安，犹豫了些许，才鼓起勇气直奔南天门。

上南天门，进灵霄殿，见过玉帝，天蓬把在下面的情景回报一番。玉帝一听便是怒了，王母也表现出极度的不满，在一旁指责天蓬办事十分不力，怎能担当元帅之职。玉帝道："让你统帅水军，未见得出力，如今叫你去打杀一个不能动的妖猴，你都办不成功，你难道是和那妖猴勾结不成？"天蓬有口莫辩，连声喊冤，正欲详细讲述那众仙被如来安排阻挠之事，玉帝却先开口道："不要争辩，今日便免去你水军元帅之职，只做个看守大将，待将来有功再复原职，有过则重罚，罪加一等！"

天蓬自觉有冤，罪不至此，那十万天兵都拿不住的妖猴，如今还有如来暗中相护，以其一人之力，如何处置？而今却要借此免除其元帅之职，心中十分的不平，欲再分辩几句。还未曾张口，玉帝却挥手让值殿官将其元帅金冠取下，下去站立一旁听命。天蓬无奈只得退下。

玉帝随后当众宣布："因原水军之帅失职，现由我亲自掌管调遣天河八万水军。"众仙臣齐声高赞，在上首的老君见玉帝此举，未有表态。天王李靖神情却有些凝滞，似有所思。

王母又道："天蓬元帅办事不力，降职为看守大将，现命其来日蟠桃会时看守天宫，再计较功过。"玉帝一听问道："这蟠桃会不是已经被搅，哪里又有蟠桃会？"王母道："正是因那蟠桃会此次被妖猴搅闹，未能如期举行，所以一定要重新补办一个。"玉帝道："蟠桃都已被毁，还办什么蟠桃会？"王母道："不办怎行！蟠桃盛会年年举办，日后计算起来，今年陡生缺憾，一定要补办！最多少请几个神仙。"玉帝一听有理，应了王母。天蓬和众仙一齐谢恩。

宣布完毕，玉帝散朝，一干人按王母的吩咐，再去重新安排那蟠桃宴会。

第二十一章　悟空天命难天蓬　玉帝亲掌天河兵

第二十二章　王母重设蟠桃宴　天神酒醉性情乱

　　众仙按王母吩咐重新布置蟠桃宴会。在一番前所未有的混乱之后，补办的蟠桃会也仅仅是个形式，聊以弥补心中缺憾，增加些吉祥喜气，安抚众仙情绪。太白金星和玉帝、王母重又拟了个名单，此番只请天上神仙，西天佛祖因刚参加了安天大会，于是不再打搅，因此其一干佛门众弟子也未在邀请之列，其他原本邀请的众仙神只要不是天庭上仙也未受邀，只算个天庭自己的庆贺罢了。

　　这二次的宴会，与其说是"蟠桃宴"，不如说是"无桃宴"。原来那蟠桃早已无多，又安天大会宴请了佛祖，已经无法按照以前那样分配，只能挑几个长得还算过得去的青桃放在三清、四御、玉帝、王母的案首，也算是给宴会正名。老君见这宴会没了蟠桃，未免过于寒酸，毕竟天上的上仙都还参与，便去取了自己多年珍藏的轮回酒来，吩咐安排会上给众仙分享，也算是撑了台面，玉帝、王母十分感激老君的慷慨。

　　宴会不日已至，蟠桃稀少，可以说是几乎没有，只有那玉帝、王母和三清、四帝的面前各有一只半红不熟的大小蟠桃，算是不虚了此宴的名头。幸而来参会的诸仙臣、天将面前均有老君的轮回仙酒，才不至令场面尴尬。那老君的轮回酒可是非同一般，酒性浓烈，闻一闻便可长生，喝一口即得不老，故而平日里不轻易拿出，只今日这番情形需要，众仙神才有幸得尝如此美酒，掌酒仙官小心为参会的每位上仙斟满酒杯。

　　既是补办，只为弥补王母庆生之意，以免将来留有缺憾，一切的安排从简，既无蟠桃，亦无歌舞。筵席开场，那王母先同与会众仙言表心意，王母道："诸位卿家，近来辛苦非常，只因有妖魔作乱，幸得大家出力剿灭，天庭安定，诸位劳苦功高，今天借此补做蟠桃大会之机，邀诸位一聚，我与玉帝和诸位饮酒同乐，聊表谢意。"说罢，举酒邀诸仙同饮。

诸天仙、天将一齐举酒杯同声祝贺："陛下、娘娘洪福齐天，我等自当尽心竭力！"遂诸仙神皆共饮美酒，无不欢庆。

平日里，诸位天神也没有太多相聚一叙的机会，今天就此时机来往一番，相熟的多说几句，稍生分的也借机增加交流，因此你来我往，也有一片其乐融融景象。那文官喜静，互相近身轻声慢语，而武将却好热闹，也无太多说词客套，按照往年的宴会，一是来与诸仙相见一叙，二也是来看看歌舞，毕竟平日里看守天宫颇为枯燥无趣，只等这每年一度的宴会开心一回，以纾解心中躁烦之气。今天，与会的诸天将一看，不但参加宴会的人数较往年大为减少，而且原本的歌舞仙乐也尽数取消，不禁好生失望，颇感郁闷。

看护天宫天门的持国天王、增长天王、广目天王、多闻天王四大天王前来参会，坐在一起，马赵温关四大元帅也在附近作陪，那原本的天蓬元帅戴罪受命在蟠桃会时做个看护天门的守将，不得擅离。身为武将的四大天王见续办蟠桃会，事先盼着能来此盛会热闹一番，未曾想王母玉帝仅仅是安排众仙简单一聚，以免每年都举办的蟠桃宴空失，因此并无热闹歌舞，更不见天仙美女，不禁有些失望。那增长天王最好热闹，平日里即便看守天门时遇到四处游荡的齐天大圣也要与之打赌解闷。今日之宴会在那增长天王眼里无往年半点生气，四下里文官倒是谈笑生风，只不与武将攀谈，而武将也只知饮酒，三杯过后，也无更多话说。

增长天王几杯轮回美酒下肚，不禁要说说感受，便对其他几位天王开口道："诸位兄弟……"其他几位天王凑上前问道："何事？"增长天王道："今日的蟠桃宴比那往年差之许多，实在冷清啊！"几位天王也应声道："正是，正是，我们也有同感，没有往年那般热闹。"增长天王接着道："没有蟠桃也就罢了，可是歌舞仙娥也无半个，难道都被妖猴吓走？岂不无趣！"持国天王说道："兄弟说得有理，没有了蟠桃也没有歌舞，好不扫兴。"广目天王也应道："说得是。"多闻天王道："要不然我们奏告玉帝，请玉帝安排歌舞来陪？"增长天王见几位兄弟也都有同感，却摇头道："我看玉帝和王母未必同意，既然事先未做安排，看来是本不想如此。"广目天王道："那只能作罢。"增长天王又道："要是我们去把那歌舞仙女些来，叫到一旁楼阁，只为我等表演，才是乐事一桩？"其他几位天王一听，纷纷点头大笑，只那持国天王摇头道："天宫歌舞仙娥虽非天官，但是没有玉帝王母旨意，我们岂可随意叫来作陪？"广目天王、增长天王和多闻天王一听也都点头，几人又都端起酒杯继续闷头斟饮，更无话说。

广目天王话也不多，喝了会子闷酒愈发觉得无趣，便把杯中酒一饮而尽，抄起酒壶，自行离席，晃动着身形出了瑶池，也无个方向，便奔日常值守的南天门而去。今日把守南天门的是那戴罪的天蓬，正凝神伫立间，忽见广目天王摇晃着身形走来，心想："这天王不是参加蟠桃会去了，怎会至此？"

广目天王来在南天门，见只有天蓬把守，便来到其近前，带着三分醉意对天蓬道："元帅辛苦，今日美宴缺席，来，敬你一杯老君的美酒。"说罢把酒壶递与那天蓬。天蓬一听道："多谢天王美意，只是今日受命看守天门，不敢擅自饮酒。"广目天王笑了，口吐酒气含混道："何必如此呆板，对了，也难怪，你就是个呆子。现在妖猴已降，四海太平，没什么要提防的，玉帝安排你在此看守天门，不过例行公事，看与不看，又有何分别？来，你我共事多年，今有美酒，岂能不共同享用！"说罢，将酒壶举到天蓬面前。

天蓬听他说得有些理，但是毕竟公务在身，还要推辞，那天王不依不饶，天蓬无可拒绝，又是心中有些郁结未除，便接过酒壶。轮回酒非同凡响，凡人闻之即倒，仙神也禁不住几口便醉，天蓬三两口下肚，便有些醉意了。天王与天蓬二位于是就你一口，我一口，把一壶轮回美酒喝了个精光。广目天王本在宴会上已喝了个三五分醉，至此已有七八分酒意。天蓬虽未及那天王喝得多，但是空腹，又加上近日的烦闷，也有了七分醉意。二人遂在南天门里东一句西一句闲扯起来。

正互相诉说苦闷间，天蓬忽然提道："天王，你怎的独自离席闲荡，那宴会岂不热闹？"听天蓬这样一说，还在咕哝的广目天王又想起那冷清的宴席，于是道："别提什么宴会了，也无歌舞，也无仙娥，只一大群人凑在那里喝闷酒，着实无趣！"天蓬一听道："怎的，那蟠桃宴不如往年，连个歌舞也无，岂不是无趣得很？"广目天王应声道："兄弟说的是啊，真个是无趣！"天蓬道："不就是叫几个人来舞弄一番，向那玉帝提就是了。"广目天王道："我等又不敢自作主张。"天蓬笑道："你等身为天王，连叫几个歌舞女子却也不敢。"广目天王一听天蓬这般说，无奈道："非我等不敢，这天庭一切都要听从玉帝，玉帝没有此意，我等又如何敢提，就是你也不敢！"天蓬一听挺胸道："此等区区小事，若是我，哪须玉帝开口，只我随口一声，管叫那月宫仙子也得乖乖前来！"广目天王一听那天蓬逞能，不禁气恼，也来了精神，道："哦，果真如此？莫要拿大话唬人，那月宫仙子真能听从于你？"天蓬已忘却当下身份，挺胸高声道："这是自然！"那天王便道："既然如此，你若是把那月宫嫦娥仙子叫来，与我兄弟一展歌舞，我们就服你本事。"天蓬尚有几分清醒，道："去也去得，只是公务在身。"广目天王道："这个无妨，我替你在此值守，你快去快回，无人知晓。"

天蓬一听，当下也未多想，说了声"好"，便借着酒劲，转身驾风直奔月宫而去。留下那广目天王在南天门代他值守。

此时的广寒仙宫通彻光明，正是那嫦娥仙子的所在。醉酒天蓬晃动着身形从南天门片刻到了月宫。此时经风一吹，天蓬酒劲上冲，摇摇晃晃径直进到宫中，口中叫着："月宫仙子在哪里？"四下寻找仙子踪迹。

那嫦娥仙子，正在里间歇息，忽听外面有动静，出来一看，见那天蓬东张西望，不知何故，毕竟曾是天上元帅，即便如今地位也远在其上，嫦娥便未加多想，上前来施礼。天蓬见嫦娥款款从里面走出来，抬眼一望，只见那仙子美目流盼，身姿绰约，难掩万种风情。嫦娥本是绝

第二十二章　王母重设蟠桃宴　天神酒醉性情乱

美天仙，神仙见上其一面也无不为之动容，此时的天蓬已过半醉，见到如此美貌天仙心神立刻摇动，一股欲念难以抑制，忘却来此为何，不禁上前扯住，欲将嫦娥仙子搂抱怀中，就要一起陪歇。那嫦娥仙子见此情形大惊，叫道："元帅何故如此！"奋力挣扎，来回扯拽，终于挣脱，直奔内室躲藏，将二门紧闭，再不敢出。

天蓬见那仙子不从，心中愤懑，又因刚被免除职务，只当那仙子势利，又增加了几分愤慨，便在门前高声叫嚷："好你个嫦娥，我天蓬想也曾是天庭元帅，就算不是玉帝叫你，我叫你陪也该当陪得！今天你倒是假装起模样，我倒要你来专门陪我，看那玉帝又敢怎样！"

也是醉酒撒泼，也是烦闷积郁，那天蓬吼声如雷，早惊动了前来的纠察灵官。原来，天蓬刚刚离开南天门，偏有被玉帝派去专管被贬天蓬的纠察灵官巡视至南天门处，发现那原本该值守天门的天蓬不知所踪，只有广目天王在那里摇晃身形坐着困顿，一旁酒壶倾倒。纠察灵官紧步上前问道："天王，可曾见到天蓬？"那广目天王一见是纠察灵官，也未曾想这灵官这么快就巡查至此，对灵官道："呃……他，他去月宫里了，我在此替他暂守天门。"

纠察灵官一听，知道天蓬擅离职守，不敢耽搁，也不与那酒醉的天王纠缠，急忙转身直奔瑶池前去禀明玉帝得知，告知玉帝那奉命看守南天门的天蓬已擅自离开，前往月宫去了。玉帝一听，勃然大怒："让那天蓬戴罪立功，他居然敢擅离职守，这还了得！"即刻命四位天王带领天兵前去捉拿。还在宴会上的三个天王领命忙起身随纠察灵官先去寻那广目天王。

三个天王跟随灵官前往南天门，半路上正遇到匆匆赶回的广目天王，四大天王聚齐，急忙点齐天兵，又命二十八星宿在斗牛宫前待命，守护好天宫宝殿，便即刻前往月宫。到了月宫，直奔广寒，天兵把那广寒宫围得个水泄不通。天蓬还在里面搅闹不休，见天兵突然降临围困，心中大吃一惊，却不露怯意，与天王照面。

四大天王盔甲整齐，各自手持兵器，对那天蓬齐声叫道："天蓬！

你戴罪之身，却来此搅闹生事，还不赶快束手就擒，我等带你去见玉帝问罪伏法！"那天蓬虽是酒醉，但心中却是明白，知此次是罪上加罪，若被捉住，定难逃重责，甚至于死罪，仗着几分酒劲，掣出九齿钉耙对几个天王高声嚷道："你们几个听着，给我让开一条道路，放你们一马，若是不从，叫你们尝尝我钉耙的厉害！"天蓬想喝退天兵。

几个天王见状，因身负玉帝之命，加上人多势众，哪肯放过天蓬，广目天王第一个挥动金鞭上前与天蓬见阵。天蓬见广目天王此番争先，心中恼怒，也不多言，舞动钉耙与其战在一处。只见金鞭闪处，寒光森森，摄人魂魄，观者胆寒；钉耙到处，冷风骤起，虎虎生风，闻者心惊。天蓬因几分酒意，少了顾忌，反倒比平日更加勇武，广目天王渐渐不敌，被天蓬的钉耙紧逼，一时只顾躲闪。其他几个天王见状，一齐挥舞兵器上前迎住。天蓬搏命，五个人十只手臂混战在一起，打得难解难分。又十数个回合，天蓬虽勇，毕竟难敌四大天王联手围攻，渐感不支。天蓬心中焦虑，急欲脱身，遂使出个法象，眨眼间变作百丈身形，腰及广寒宫顶，足踏月宫大地。众天兵仰视方能见其面目，四天王在其下似草蟒蝇虫。天蓬此刻是巨齿獠牙，显露狰狞面目，一声怒吼，险将那些月宫宫殿震塌。天兵天将见此状无不惊骇，不觉纷纷后退，以防其巨足将自己踏成齑粉。

四天王突遇此情形，一时被震慑，天蓬借机纵身驾云逃出重围，欲脱身而去。几个天王很快定了心神，也各自伸展腰身，使出法象，化作和天蓬一般大小，在其身后急急追赶，很快又将其四面围住。天蓬只得继续与四人面对。此时多闻天王向其他几个天王使个眼色，其余几位天王会意，持国天王让出自己朝向灵霄殿的方位，与众天王一起挥动兵器将天蓬向斗牛宫方向逼迫。天蓬只顾应敌，不知是计，且战且退，不知不觉已是来在了斗牛宫前。

那守在斗牛宫的二十八星宿，正剑拔弩张凝神观望，见化作法身相的天蓬和几位天王一路兵器相交，震天作响，朝斗牛宫逼近，忙各使兵器做好迎战准备。天蓬一边抵挡几位天王，一边斜眼向四周观望，见二十八宿正临阵以待，知是那天王将自己逼至此处，意图以人多取胜。急恼交加，将钉耙猛然横着抢一个圆，把几个天王逼退，自己将头一摇，变作一个野猪模样，血盆巨口，牙如钢锉，鬃如铁针，伸出长嘴，猛地一嘴拱向了斗牛宫。那斗牛宫被其一拱，柱断顶塌，砖石乱飞，顷刻之间崩倒。守在一旁的星宿一时躲闪不及，被碎石击中，四散惊逃。

那天蓬用嘴拱倒了斗牛宫，也不停歇，又摇头晃脑，如同疯魔一般，继续一通乱拱，见前方正是灵霄宝殿，殿前碧叶红盖、晶莹闪耀的，乃是王母种的九叶灵芝草。天蓬见那平日被王母当作宝贝不让触碰的仙草，正在怒火当中，索性一口将那仙草吞入腹中。

此时此刻，四大天王重又聚集了二十八宿，领着天兵和星宿摆好阵势，重重包围过来。天兵天将越聚越多，天蓬拱倒斗牛宫，吞了仙草，正坐起身喘息，见四面八方无数天兵天将似铁桶般将自己包围，知是此番不妙，再欲逃脱，已无出路，只得束手就擒，被四大天王拿住绑了。

天蓬被捉，酒性未消，挣扎不止，高声叫道："为何捉我？为何捉我！"天王也不与他口舌计较，只将其捆紧了去见玉帝发落。

被捆着的天蓬来到玉帝面前，跪倒瑶池玉阶，这下彻底酒醒，心生恐惧，原本负罪，又添新过，不知又有何重罚等待。玉帝见捉了天蓬，吩咐先且关押，待蟠桃宴会尽兴结束之后，再做处置。

那与会诸仙只见酒席宴上纠察灵官上前与那玉帝私语，接着几大天王出瑶池，继而捆绑押来了天蓬，马上又押解出去，不知何故，纷纷交头接耳，小声议论。王母见此情形对玉帝道："我看众仙心绪有乱，何不叫人演奏些歌舞仙乐，让众人安神作乐？"王母这一句提醒了玉帝，加上广寒宫中之乱，让玉帝想起了原本不曾要安排的仙娥歌舞，眼下诸仙正在美宴兴头上，遇此一变，恐令诸仙多生疑虑，搅了兴致，且又陡升不安，作些歌舞安抚一下甚好。于是，玉帝叫再添满美酒，呈上歌舞仙乐，与诸仙同乐。王母便令天仙女官快去安排。

在月宫的嫦娥仙子，因此一番祸乱，躲在广寒宫中，闭门不出，忽又见使者奉王母懿旨来召，才知道又要赴蟠桃宴会，不敢耽搁，便领旨随使者奔天宫而去。

　　仙女瑶池到齐，仙乐齐奏，歌舞升平，天仙齐乐，众仙继续又放开肚肠，尽情享乐痛饮，与玉帝王母同欢。此时此刻最开心者莫过玉帝，虽然历经许多劫数，但是自打登基以来，受到如此大的危难也是头一遭，如今彻底解决，并且还捎带收回八万水军兵权，今日那天蓬被捉，其再难回转。因此放开欢快，大大疏解胸中郁结闷气。

　　再也没有了威胁，大乱之后最是安定的时刻，甚至比那平日还要安定百倍。玉帝暂且抛却了一切忧虑烦恼，把老君的轮回酒放开畅饮。轮回酒，酒性浓，任你天神能几盅？玉皇天尊直喝得天旋地转，上下难分。每日被日常事务烦扰，近日里担惊受怕，又有王母在身边时时谨劝，虽是贵为众神之首，玉帝自打当上这个皇上，其实没有真正快乐过，这次他可要好好放纵一下。见玉帝开怀，与会者也都放松了心弦，尽情享乐，众仙皆醉。

　　玉帝畅饮正欢，抬眼观瞧那舞蹈的众仙女，不见了嫦娥在内，便问身边仙娥："嫦娥去了哪里？"仙娥告之："嫦娥歌舞劳累，在旁边的阁楼休息。"玉帝便醉眼朦胧，趁着王母去与诸仙敬酒，众人不觉，一步三摇地奔嫦娥休息的地方去了。那负责近身守卫的卷帘大将，见玉帝悄然离席，虽然自己也喝得有些站立不稳，但以为其有要事，不顾几分酒醉，晃荡着身躯跟去一探仔细。

　　嫦娥一番歌舞已是疲惫，正独自在雕花楼阁中静坐整理妆容，忽见玉帝醉眼朦胧推门而入，不禁一惊，连忙起身，不知玉帝为何事而来。玉帝在意嫦娥已久，当初嫦娥成仙上天，便故意安排嫦娥随时听候调遣，只是平日里没有机会接近，今日大庆，众人也醉了，好容易得个机会，玉帝要尽述相思之苦，宣泄惦念之情。

　　玉帝见嫦娥款款婀娜身形迎上前来行礼，上前便欲搂抱嫦娥，嫦娥没有准备，见醉醺醺的玉帝此举，吓得大惊失色，却又不敢呼喊，下意识急忙挣扎。玉帝已醉，身手无力，让那嫦娥挣脱了，夺门而出，正被前来探问的卷帘大将撞见，这才又引出一场意外之灾。

　　第二十二章　王母重设蟠桃宴　天神酒醉性情乱

第二十三章　天蓬卷帘皆被贬　灵山上仙欲发难

　　卷帘大将跟随玉帝前来，正在阁外探听动静，忽见嫦娥衣衫凌乱奔了出来，不知发生了何事。嫦娥慌乱中一头撞进卷帘怀里，急忙忙摆脱，扭头疾奔而去。后面玉帝摇晃着身躯跟随而出，正看到这一幕，玉帝和卷帘对视，二人一齐愣住。玉帝涨红着脸瞪了卷帘一眼，转身而去。

　　卷帘见此情景，心想："坏事了，自己不该来此！"于是急忙转身便走，不想慌忙中碰倒了身旁的玻璃盏，哗啦的一声，摔得粉碎。一些天丁听见乒乓碎烂的声音，跑近前来看，只见那玉帝和嫦娥远去的身影，一旁是惊呆的卷帘大将和一地的碎玉。天丁见状，个个吓得是魂飞魄散，手足无措。卷帘回过神来，忙对那些天丁道："没事，你们都去吧。"然后踉跄回到宴会上。天丁忙收拾了碎片，各自回宴，纷纷议论。

　　卷帘回到瑶池蟠桃宴上，众仙正找卷帘吃酒，见他回来，便上去问："卷帘将军去了何处？来，喝酒。"卷帘见众人饮得正欢，于是继续与众畅饮，一醉方休。席间，有人道："刚才玉帝不曾见了。"还有人道："好像有人看见玉帝从嫦娥待的地方出来。"又有人道："卷帘把个嫦娥抱住，怀中有如此美人，岂不快活？"旁边听到的众人大笑。卷帘听了，架着多喝了几杯酒，回应道："哪里是我快活，乃是玉帝快活也。"众仙有的会心一笑，有的只当一乐，互相交头接耳传说。

　　王母与众仙敬酒完毕，回本座不见了玉帝，许久也不见回，便叫身边的仙娥问玉帝去了哪里。王母的身边仙娥连忙四处打探，问那看守的护卫到底发生了什么，护卫便将刚才所见诉说了一遍，仙娥回去又悄悄在王母耳边禀报了。王母一听，怒从心中起，欲要发作，但又碍于正在蟠桃会上，不便于如此。未久，王母冷静下来，差人命那嫦娥赶紧回广寒宫，嫦娥领命，不敢耽搁，即刻返回月宫去了。

蟠桃宴上众仙一日尽欢，宴罢散去休息。第二日晚些上朝，还得处理公务。

次日，玉帝很晚才醒，那王母早已在外边等候，见玉帝醒了，王母进来，把玉帝劈头盖脸地数落一通，不为别的，只为那昨天和嫦娥之事。玉帝自知理亏，任由那王母数落了一阵。王母数落完了玉帝，又说："今天上朝，你要把两件要事处理掉。"玉帝问："是哪两件事？"王母道："这第一件事，自是处理天蓬。"玉帝点头称是，又问："那第二件要事是什么？"王母道："就是那卷帘将你和嫦娥的事传了出去，好多大臣已经在议论，卷帘大将不能再留在身边。"

玉帝又问："那天蓬戴罪擅离职守，被抓起来问罪，有充足理由，只是这卷帘该如何处置？"王母瞥了玉帝一眼，道："卷帘不是打碎了玻璃盏吗，就以此立罪名。"玉帝道："行倒是行，只是，区区一个玻璃盏，天庭也有许多，难定重罪，依照天条戒律，充其量也就短暂罚下天庭，若没有其他过错，按理很快便可复职，可怎么是好？"王母经玉帝提醒，道："这也是个问题，打碎玻璃盏的确不是重罪，但卷帘虽无其他明显过错，却平日每每总是紧紧跟随，万一他有意探听，并且传与他人，岂不泄露天机？"玉帝经王母一说，低头沉思，似有所悟，道："你说得在理，待我派人暗中时时惩罚，令其再不能回归天庭。"王母道："就依此法。"于是二人分头准备上朝。

玉帝升坐灵霄宝殿，王母在玉帝旁边落座。众仙已在两旁列好，有的还在交头接耳，又窃窃暗笑，玉帝为那蟠桃宴上和嫦娥的事心虚，草草简单安排了常规朝议，便马上开始处理天蓬和卷帘之事。玉帝说道："前日蟠桃宴会，那戴罪的天蓬又醉酒擅离职守调戏嫦娥仙子搅乱天宫，乃是罪上加罪，按律当斩。来人！"天蓬一听，高喊冤枉，请玉帝恕罪。

此时太白金星出班上奏："陛下且慢！天蓬之前失责，理应感谢玉帝不杀之恩，他今又酒后失礼，但也是因一时糊涂，念其一向恪尽职守，恳请饶恕他的死罪。"众仙此时也一并向玉帝求情。

玉帝见太白金星领众仙多番请求宽恕天蓬，最终决定，宣布道："死罪可免，活罪难逃，朕要亲自重责两千锤，既然你喜做猪形，还拱倒天宫，就罚你下界去投胎为豕。上天有宽容之意，你择机还要前去诛杀妖猴孙悟空，如若成功，尚可立功赎罪！"天蓬见饶恕死罪，不再分辩，被拖至刑场，玉帝亲自取金锤重责天蓬。天蓬双睛充血死死瞪着眼前那平日慈善如今狰狞的面孔，内心如同烈火灼烧。

受了玉帝亲施锤刑两千，天蓬虽未及性命，但元气大伤，还复感谢天恩，擦了擦嘴角喷出的鲜血，跟跟跄跄携着钉钯被天兵押解到了南天门，推入凡间，夺舍投了猪胎。又不敢忘记玉帝给予的使命，距羁押那猴王不远处安了身，以便于寻找时机立功。

玉帝贬了天蓬，又道："还有昨日那卷帘大将，在蟠桃宴上，将玻璃盏打碎，醉酒失职，理应惩处。"吩咐将其官甲卸去，推向杀场处斩。此时那赤脚大仙越班奏上道："陛下，卷帘打碎玉盏，确有罪错，但罪不至死，请陛下开恩。"众仙臣也跟随附议，为那卷帘求得一生。玉帝早有打算，故作盛怒，又作难却众人之情，传旨："责打八百，贬其下界。"天将领旨，将卷帘大将推出灵霄宝殿行刑。

卷帘大将受刑后被投向了西牛贺洲和南赡部洲交界之地流沙河，玉帝安排流沙河河神、地仙随时看管，令其不能逃离，又暗中差遣天将每七日用飞剑穿其胸肋百余下。卷帘因受此酷刑苦难，未多久，变得与妖魔一般，红发獠牙、皮肉黑青，筋骨突起，性情暴躁。饥时便去捉那来往的人口来食。流沙河横亘八百里，弱水三千，鹅毛不飘，如今又有了个卷帘成魔作恶，致使欲西去东来者凡至此地九死一生，少有侥幸通过。

虽已似妖魔，卷帘却每每想念当初在天庭做大将时的威武雄风，心中无尽悲伤失落，总想着有朝一日还能重获仙籍，再列仙班。

话说如来佛祖自安天大会上返回灵山，讲了降伏妖猴的过程以及被玉帝设宴款待尊享首席的盛况，说了自己如何受到天庭玉帝的待见、天上诸仙的礼敬。众弟子欣喜，盛赞佛法无边。接下来又闻听那天庭筹备二次蟠桃宴，西天众神心气高企，皆以为这次能借佛祖此番荣耀，去那宴会上也光鲜一番。谁料想，直至那宴会结束，却不见有人前来邀请，不禁引发了一番议论。

这一日，文殊、普贤二位聚首谈论此事，文殊对普贤道："前日如来佛祖去往天庭安天，近日天庭又补办蟠桃宴会，你我乃佛祖驾下左右首席，本应有一番荣光，可如今却根本没有邀请你我，天庭此举实有不妥。"普贤一向遵从文殊意见，而且此事他也自觉伤了颜面，因此对文殊的说法十分赞同，普贤道："正是如此，罗汉、金刚不受邀请也就罢了，你我却是在蟠桃会上本有一席。但那蟠桃宴毕竟是天庭玉帝王母举办，我等跟随如来佛祖，按序也是要听从天庭的调遣，又能如何？"文殊道："我等的确不能将天庭如何，可就这么罢了，太显你我在那天庭面前毫无轻重，也是对佛门不尊。"普贤便问道："难道要去天庭与玉帝争辩？"文殊道："玉帝若得知是为此事而来，必不能见，即便有机会陈述，也无非是几句言语安抚，却担心将其触怒。"普贤道："的确如此，难道我们真就只能就此罢了？"文殊道："要让天庭感知你我不满之意，倒也不难，天宫近些日被一个石猴搅闹得天翻地覆，十万天兵天将都不能降服，请了佛祖才能平定。"普贤闻听问道："难不成我们要前往天庭走上一遭？"文殊摇摇头道："那石猴是多少年才出一个胆大妄为的，如今被困于五行山下，我等身为上神，虽是在灵山，可也不能效仿那妖猴直接与天庭作对。不过，可安排人前往，这样方能令天庭既知你我之意还可随时收放进退。"普贤微笑道：你我门徒众多，可精心挑选几个。文殊道："普通的门徒当是不可，我那坐骑青狮乃是一个勇猛威武的角色，张口能吞天地，可当十万天兵，又常年随我驾下，听我使唤，可派其前往。"普贤点头道："我那坐骑白象也可一同前往助阵，以免青狮力单，不足以震慑，不过，我担心十万天兵果真发难，他二者恐也难以应对。"文殊道："你可知当前统领十万天兵的主帅是谁？"普贤道："是那天王李靖。"文殊道："那你可知他与佛祖的干系？"普贤点头道："明了了，我这就去作出安排。"二人商定，就此别过。

　　青狮、白象很快各自得了菩萨的旨意，要他们一起前往天庭行事，白象找青狮商议此事。二人来在一个僻静之处，白象对青狮道："大哥，菩萨命我二人去那天庭行走一番，你看凭你我的力量能否得逞并且全身而退？"青狮道："我也正为此担忧，你我虽也有些本领，能唬住他们一时，但想对付那天庭十几万的天兵，万一那些天将怒了收不住手，就凭你我两个，恐真的是有去无回啊！"白象本领不如青狮，听青狮这么一说，心里也有些惧怕，对青狮道："据菩萨说那天兵的统领是佛祖的心腹李靖李天王。"青狮道："嗯，即便是如此，也难保届时不会生变，万一李靖奉上命让天兵全力出击，或者非是李靖出面，则风险莫测啊。"白象道："那只有见机行事，一旦形势不妙速速脱身离去了。"青狮道："不错，也只得如此，不过还有一样事令人担心。"白象一听不安道："何事？"青狮道："我们此番前往天庭发难，如果这只是菩萨的意愿而非佛祖本意，若佛祖得知，单拿你我二人顶罪该如何是好？"白象闻听眉头紧锁道："的确菩萨未曾提及是佛祖降下的旨意，而菩萨的意旨也是不可违背，佛祖怪罪下来又不能说是菩萨差遣。"青狮目光黯淡道："正是啊，这次可真是一个棘手的差事，弄不好，你我要遭灾逢难！"

　　白象沉默不语来回一直踱步，许久，忽停下对青狮道："莫不如我们去找个帮手来。"青狮一听，问道："能找谁来？这本是个秘密的使命，不能请调护法，要是找个一般的货色，岂不是白白拖累你我？"白象道："大哥，有一个上佳的人选。"青狮一听忙问道："哦，是谁？贤弟快说来听听！"白象道："你说这西天极乐属谁为大？"青狮道："当然是佛祖。"白象道："没错，可还有一人，如论辈分还在佛祖之上，就是那佛母孔雀之弟，大鹏尊者。"青狮道："那又如何？"白象道："如果我们拉上大鹏一同前往，万一将来佛祖怪罪下来，也有个人共同担当，他毕竟是佛祖的舅舅，是最为得力。"青狮紧皱眉头稍加思索微微点头道："话是如此，可那大鹏喜欢独来独往，四处游荡，连佛祖之面都很少见。"白象道："大哥岂不知那孔雀虽是被封为佛母，却只因当初佛祖出于一时无奈，而大鹏没有占得半分好处，其可展翅一飞九万里，论打斗之功、飞翔之术，就是佛祖也不能与之相比，平日里却没有伸展的机会，只那些个罗汉对其有些敬意。大鹏喜好各界行走结交朋友，但来往的也都只是些九曜星、四海龙一类的小仙。而我与之也略有相交，知道他的功力和大致脾气秉性。若我们能说服他来相助，此次天庭之行必能圆满。"青狮听罢点头道："办法倒是不错，只是那大鹏平日罕有出手助人，你我现在突然去寻他，不知能否如愿！"白象道："大哥，你我因跟随二位菩萨，也有供奉，而即便是有供奉的诸圣也要忙于扩大供奉的来源，而那大鹏却是没有供养，在佛祖西方极乐界内，自是大受约束。现在你我拉他一齐去往天庭行事，如果他肯出手相助，那我们两个也可以在菩萨面前替他讨个功劳，届时他也可得个好的安置，这样他就会答应帮助我们。"青狮道："嗯，是个好办法，那还烦劳贤弟去说服大鹏。"白象道："兄长放心，我这就前去。"说罢，白象辞别了青狮，去找大鹏。

第二十三章　天蓬卷帘皆被贬　灵山上仙欲发难

第二十四章　青狮白象闹天庭　佛门再度逞威能

　　这一日，大鹏正在住处歇息，忽听门外有人叩问，不免诧异，出门来看，见是普贤的随从白象，遂将其迎入。

　　白象先是客套一二，随后便把来意说了，大鹏听罢，沉思了一下，对白象道："我本与天庭没有瓜葛，虽不惧天庭那帮闲人，却也不想与天庭结怨，无论怎样，去与那十万天兵对敌，岂是儿戏，更何况还有八万天河水军。"白象见状道："那统领十万天兵的李靖乃是佛祖心腹，而那八万天河兵的统领也已被贬下界。"大鹏闻听，装作不知，故意问道："天庭的李靖怎是那如来的心腹？"白象道："那李靖当初因恼怒其三子哪吒惹出祸事而与其生出仇恨，哪吒自刎还父母精血，佛祖将其重生点化，变成莲花化身。那重生的哪吒又欲报复李靖，是李靖求告于佛祖，佛祖赠予那李靖一座黄金宝塔，方才镇住哪吒，解释了冤仇。因佛祖对李靖有活命之恩，故此是佛祖的心腹。"大鹏听罢点了点头道："没想到那天庭的李天王和如来果真是有这样一段渊源。"白象接着道："就凭我主文殊、普贤之尊，如果大鹏尊者出手，成功之后，将来还不得个好的安置报答？"大鹏闻听又沉思了稍许，暗想："倒是要看看这二人如何去搅闹天庭。"随后对白象道："好吧，不过，话说在前头，我此番前去，不能明里出手，只能暗中相助。"白象道："多谢尊者，就这么说定。"

　　白象辞别了大鹏去青狮那里把这个消息告诉他，青狮一听那大鹏同意，自是欣喜，即刻与白象定下具体时日，准备前往天宫。

且说天庭请出如来佛祖降服了妖猴孙悟空，刚刚安定，又再次举办了蟠桃宴，结果又闹出天蓬和玉帝之事，颇又乱了一阵，再次稍稍安定，却不曾料想因一份蟠桃宴会的名单，而致使劫数未满。

　　这一日，玉帝正与众仙臣在灵霄殿上议事，忽然看守南天门的传令官急匆匆上殿来报："启奏陛下，大事不好！南天门外又有人前来搅闹，而且看似来者不善！"玉帝与众仙当下吃惊非小，急忙问道："谁这么大胆，又在天庭门外闹事，难道是那妖猴翻出五行山，又杀回来了？还是哪个魔王又斗胆来寻仇生事？是个什么样的，快快讲来！"玉帝这些日子被搅得是不得安宁，惊魂未定，刚刚舒缓心情，突然听说又有人闹事，倍加紧张，那军心尚未安定，不知这次又是何种变故，故此甚为焦灼。

　　门官禀报："是一只青面狮子在门外吼闹，四大天王正一齐把那青狮迎了。"玉帝和众仙一听，又是个来生事的妖邪，天庭今年终日不得安宁，看来是该遭劫难。众仙一边惊恐，一边又疑惑："这狮子是何来路，又是什么缘故至此？天庭也号称十数万天兵天将，谁又有这么大胆，除了那不怕死的妖猴，区区一只小小的狮子，也胆敢前来搅闹？"玉帝也疑惑问道："一只狮子，何故如此惊慌？"门官向上回禀："启奏陛下，那狮子非同一般，巨大无比，天王都难以抵挡。"玉帝和众仙闻听此言后大惊，天王李靖不能旁观，马上请旨前去降服，玉帝应允，派天王尽数带了十万天兵，务必快速平定此事，自己则即刻安排八万天河水军随时听令。天庭这些日子实是被闹得怕了，一有风吹草动，便兴师动众，生怕又有闪失，那天庭哪里还得安宁？

　　李靖领命，率哪吒和十万天兵欲陈兵南天门外，与那闯来的恶煞对个照面。还没到南天门，远远便望见前面天宫门外一只凶猛巨兽，高大无比，足有千丈身形，青面獠牙，鬃毛乍起，眼放金光，摇头摆尾，吼叫不息，直震得那南天门摇晃欲倒。旁边还有一只千丈高的黄牙白象，也是挥鼻扬齿，频频嘶吼，扯人心肺。原本守门的天兵天将早已逃窜，只有四大天王在阵前与之对峙，不敢上前。

第二十四章　青狮白象闹天庭　佛门再度逞威能

天王命十万天兵在南天门外排开阵势。天兵声势浩大，连天战鼓，不停敲响助阵，人头如毯，密密麻麻，无边无沿，但是一见此二猛兽如此高大无比的法象，那天王和天兵天将心中不禁也颇为胆寒，但圣命已领，只得硬着头皮来到南天门外，与之相对。

那青狮见李靖出来，停止怒吼，开口冲着李靖高声叫道："李靖，你等可知罪错！"李靖见那恶狮知道他的名姓，而且居然上来就问罪，心里既是奇怪又十分恼怒，壮了壮胆子，上前高声问道："你是哪方来路，为何前来搅闹？上来就问我等罪错，也太大胆！就不怕我十万天兵取了你的性命？"青狮大笑道："李靖，你不认得我，我却认得你！我乃是文殊菩萨驾下青狮，往日那蟠桃盛宴皆请我主，我也随其赴宴，今此次蟠桃宴却为何未请得我去，今天来，要与天庭讨个说法！"

李靖一听，原是为此事而来，不用问，那白象一定是普贤的坐骑，定了定神，高声对青狮说道："此次宴会因无有蟠桃，前次安天大会上又宴请过了佛祖如来，故此未曾邀请你主与你前来，这是玉帝的安排，你我都得听从。"青狮闻听怒道："玉帝的安排？为何除我等之外，皆有安排？难道是在天庭眼里，我等低人一头？"李靖冷笑道："此番只请天上的神仙，而你不过一个区区的坐骑，原本便也未在邀请之列，只因你主受邀，才顺带随同，今即便是未能请你，也是常理，你何故前来搅闹生事？还不退去！不然，我要天兵天将一同出手，你也难免或死或伤！"青狮一听李靖有羞辱贬低之意，当下大怒，张开大口，惊天一声怒吼，响彻云霄。原来这青狮有一怒吼绝技，平时不轻易使出，今日一旦使出，声震天地，惊骇鬼神，万物撼动。南天门柱瓦震颤，那天兵从未闻过如此惊天动地的吼叫，个个皆肝胆俱裂，纷纷丢下手中兵器、锣鼓旌旗四散奔逃，早已不知南天门是何方向，互相推搡，乱作一团，瞬间失了阵脚。

大鹏在后面远处见青狮使力，便展开双翅用力扇动，刹那间，狂风骤起。那青狮怒吼本已是非凡，今又有大鹏暗中振翅相助，声借风势，更是威力无比。白象也频频吼叫助阵。在前面的天兵天将被这怒吼和狂风震得耳胀欲聋，头脑发麻，风吹站脚不稳，东倒西歪，尽皆惧怕，一起向后逃退。那后面的天兵还在往前赶，只听得一声巨吼，不知发生了何事，前面的便往后跑，后面的来不及走脱，于是一起撞倒，一时间，陷入了极度的混乱当中。李靖见青狮只此一吼，便威力惊天，即刻摇旗收兵，退回南天门内。众兵将丢盔弃甲，又是一阵拥挤混乱，把个南天门几乎撞塌。青狮见天兵退回，闭紧南天门不出，并不上前，只是连番怒吼，大鹏、白象也兴风助力。李靖叫四大天王领天兵把那南天门紧紧守护，自己去灵霄殿上回奏玉帝。

玉帝见天王李靖赶回，又听到外面一阵大乱，料无有好事。李靖禀明了情况，说是两位菩萨的坐骑前来兴师搅闹，像是得了菩萨的差遣。玉帝问那天王："你看能否令狮象二兽尽快退去？"天王道："陛下，依臣所见，那狮象是为蟠桃宴而来，名为因自己未受邀请，实则因其主之故，只需闭门不出，到时自然有人会将其收回。"玉帝一听，将信将疑，略加沉吟后吩咐道："叫天兵天将将南天门紧闭，其他几个天门也派兵严加防守，只让那狮象在外面叫闹，看它怎样。"天王领令，下去安排。

狮象闹了半日仍旧不歇，玉帝便命使者前往灵山去告知如来佛祖。使者奉旨，即刻从北天门而出，前往灵山。见了佛祖如来，诉说青狮白象搅闹天门之事，请佛祖出面相助。如来闻听，唤来文殊、普贤二位菩萨。文殊、普贤来到如来座前，告知佛祖，自己的坐骑因不满今年没有吃到蟠桃，私自去了天庭闹事。如来称二人管教自己的坐骑不严，叫他们即刻前往天宫将此事安定。

文殊、普贤领如来法旨，随使者前往天庭，在南天门外见了青狮、白象。青狮、白象见两位菩萨前来，立即收了法相，菩萨将他们捆绑在南天门外，与使者前往灵霄殿面见玉帝。

玉帝闻天师奏启，说两位菩萨前来，已将那二兽降服，即宣上殿。文殊、普贤入得殿内，玉帝起身相迎，吩咐看座，菩萨行礼谢过坐定，王母早命人选了最好的蟠桃给二位呈上。玉帝道："多谢二位圣贤今日擒拿了那二兽，若不是二位，我天庭又要得不得安宁。"两位菩萨一番客

第二十四章　青狮白象闹天庭　佛门再度逞威能

175

套，对玉帝连称定要严惩那狮象，以对天庭做个交代。吃完蟠桃，二位菩萨与玉帝辞别，回灵山复命，玉帝也不挽留。

佛门再度安定了天庭之乱，就连菩萨的坐骑也在天庭逞足了威风，一时间，佛门在天庭威势大盛，光耀彰显。天上诸仙神和玉帝经过此次危乱，切身领教了佛门不仅仅是佛祖如来一人法力高强，而是高手林立，当下对整个佛门是刮目相看。

文殊、普贤携青狮白象返回灵山，因那狮象领命不失，途中将他们夸奖了一番。青狮告知有大鹏相助，菩萨点头，继而文殊又对狮象道："你二者就此不便再在圣地久留，暂且去凡界安顿，待有机会再召你们返回。"青狮白象领命，辞别了菩萨。两位菩萨回佛祖面前交旨不提。

青狮和白象一边行走一边商量着去哪里安顿，白象没有主意，问青狮："大哥，你准备去往何处？"青狮道："我准备下界占山为王，自在逍遥，兄弟你呢？"白象道："我本没有什么打算。"青狮问："兄弟，那菩萨可曾交代此次如何安置于你？"白象道："没有。"青狮道："菩萨既没有安置于你，便是叫你自己任意行事，随你安排，和我一样占山为王，岂不自在？"白象道："似乎也是这个道理，大哥说得对，你我自去安排，不过在菩萨座下这许久，如今没有了约束，反倒不太习惯，不如先到四处逍遥快活一番，不去管其他。"二人大笑。青狮又道："只是此次劳烦了那大鹏，如此我二人一去，不知那大鹏是否能得菩萨的优待？"白象道："说得也是，我差点把这件事情给忘了，不如这样，我们叫上那大鹏和我们一起出灵山，找寻乐处。"青狮道："这自是好。"于是二人一起去寻那大鹏。

话说大鹏在天门助力，见菩萨拿了青狮、白象，便收了双翅返回灵山自己的住处。青狮和那白象是奉菩萨之命前往，现如今他二人还不知是否有不测，也不做多想。正歇息间，见二人说说笑笑而至，心中便已是明了了。

青狮和白象见过大鹏致谢，大鹏故意问道："你二人不是被菩萨绑了，怎么又来此轻松自在？"青狮道："菩萨叫我二人先避避风头，我二人想和尊者一同前往凡间作乐，不知尊者是否愿意共同前往？"大鹏虽然在灵山苦闷，但自认毕竟身为佛母之弟，要论辈分，如来还得管他叫声舅舅，暂且无意离开灵山，况且大鹏认为灵山之外大部分都是些荒山野岭、俗人凡兽，无上好的落脚之地，因此便准备回绝青狮之邀，但不禁想问问他们欲打算去往何处，于是大鹏问道："你二人意欲前往哪里安身？"青狮道："我打算先去四处自在逍遥一番，再到那山林之中占山为王。"白象道："我与青狮同往。"大鹏听罢二人所说对此并无兴致，便道："世间自有逍遥自在之处比这灵山美妙，那就祝二位福乐无边，我还是继续留在此地，不想远去。"青狮和白象见大鹏不愿一同前往，也不强求，于是辞别了大鹏，离开了灵山。

离开了约束禁忌之地，青狮和白象漫无目的地四处遨游，今日在山岭之间游荡，明日于大河之畔徜徉，赏晨光、观烟霞，在林中与百兽戏耍，享受了从未有过的无比逍遥快活。

第二十四章　青狮白象闹天庭　佛门再度逞威能

第二十五章　取经大业得初定　盂兰盆会聚仙圣

　　佛门安天平乱之后，一日，如来安排完了诸事，便去菩提那里，要与菩提商议下一步该如何谋划，以图大业。

　　到了灵台方寸山斜月三星洞，菩提已在那里摆茶等候，见如来真身到来，微笑道："你今天来，所为何事啊？"如来把安天大会，以及之后二度天庭平乱的事简单诉说了一遍。菩提道："如今你在那天庭之上收降了石猴，佛门两度出手，想必这回在那玉帝和天地众仙神面前已是举足轻重，有了无比的威势，天上地下皆能感知。"如来道："安天确实立威，光耀无比。虽说此一来，我在天庭施展了法力，众仙真正刮目相看，但这只是第一步，距离最终的目标还相去甚远，地界众生尚未普遍仰尊我教。老祖乃是大智慧化身，我特来和老祖商议下一步的打算。"菩提点头道："我还是先给你讲讲这四大部洲的情形吧。"如来道："愿闻其详。"

　　接着，菩提便将那四大部洲一一解说，菩提道："四大部洲在女娲造人之时，本是一地，空寂荒凉，只有禽兽草木，女娲造人，后婚配繁衍，日渐繁盛，经过许多时光，中央大地分为四大部洲。自人族诞生以来，原本类同，而后有了不同的性情，这几种不同性情的人也慢慢迁徙，分别聚集于四洲。现在的四洲皆已是人类遍布，而这四大部洲现又各有不同，那西牛贺洲，其形如满月，位于须弥山西方，多牛羊金玉，原为四大天王之善察四方的广目天王守卫；东胜神洲则是土地广大肥沃，原为慈悲为怀的持国天王守护；北俱芦洲的人肤色甚浅，起初被疑为异类，只得北上，其人少悲伤，多争抢，只有纯物欲的享受，缺乏对道法的尊崇，因此当初曾派了福德守财的多闻天王守护；南赡部洲之人则不同，最显著的特征是有着无数的欲望，能造种种善恶业行，是以当初有令众生增善的增长天王看护，但此洲之人也具有思维之能、惭愧之心，所以能修行，当然最重要的，还是因为其具有意念、勇猛心，形之于外的则是有能为了他人的利益可牺牲自己，忍受各种苦难的意志力，展现出难行能行、难忍能忍、难受能受，愿供养心中之神的精神，故最可堪教化。若开拓佛门疆域，我看从那南赡部洲着手最为适宜。在佛法所传之处，可令其遵佛意、结善念，除去心中苦难。以此洲为开端，进而逐步将佛法传扬于天下四洲，则佛门大业可成。"

如来闻听菩提一番真言，不禁连连点头，大为赞许。菩提又接着说道："那南赡部洲之人虽可堪教化，但现在是敬道而未礼佛。如欲将佛法传布于此洲，让那众人广为信奉佛门宗义，必将经历一番扬佛抑道之举，方可成行，那道门正盛，佛门欲兴，并非轻而易举。"

如来听了菩提这一番话，方才开口言道："老祖果是真知灼见。我已为此准备，整理了佛经典籍，正欲通过佛经传扬佛法。"菩提一听点头道："此举甚善，但若要普度天下众生，则需众生皆有菩萨愿，既'发大弘愿，度一切众生'。"如来见菩提话中另有深意，便问道："不知如何让那普罗大众愿意行大愿，度一切众生？"菩提道："你曾经整理和目前宣讲的佛法皆只能称得上是小乘，若想天下众生普度，需传佛法大乘，方能如愿。"如来略加思索道："我已明了，之前佛门传扬的佛法，讲求静修度己；而如欲让佛法更加广为接纳，彰显我佛门的影响之力，则需要有入世度人之大法，方为争取更多人信奉我佛法之态势，此乃是大乘。"菩提点头，赞如来悟性，又继续道："立大乘经，发菩萨愿，以成佛门正果，方能让那世间众生皆来修行佛法，普度广众。"

如来闻至此处，起身双手合十道："多谢尊者，我即刻修大乘佛法，然后遣人送往那南赡部洲。"菩提道："此法也可，但非是最佳。"如来闻言道："我已在天庭安天立威，天庭也有我可仰仗的人手，这一切就是为能随心传法，如何不能将佛经直接送上那南赡部洲？老祖有更好的办法？"菩提道："予之不如其来求之。"如来闻听深感兴趣，问道："如何让其来求之？"菩提道："我曾经说过，要想成功通过传经令佛门兴盛，其第一个条件是所传之经必要受到尊崇。如轻易予之，则其未知佛法的诸多好处，必不珍惜，使承载佛门尊严的佛经典籍难以得到尊崇。而要想实现让众生尊崇修行，应该设法让其领会佛法之珍贵，而来求之。"如来听罢道："那自是好，老祖必定对此有高见，敢问其详。"菩提道："我近日常思考如何让那南赡部洲之人来求取佛旨真经。南赡部洲与西牛贺洲不同，现业已建立大统国度，有国君统御，号令天下，但因远离灵山，佛法尚未触及，众生多有苦难。若能设法说服那里的国君派其国人前来求取佛经，可成表率，且因是国君之意，必能令所传佛经典籍领受最大的尊崇，对佛法在其国内的弘扬是最为有利。"如来一听，不禁赞道："此是上等良策，大为可行！只不过，自东土至我西天，邪怪妖魔众多，若是常人前来，未至西天，已遭不测。"菩提道："不错，但此实乃是一良机，实际上，不单单是妖魔自立，为害一方，这灵山所在西牛贺洲也有许多道门势力，且那道祖是开天之神三清之一，天庭诸仙也大都是其门徒信众。这些都是佛法传扬的阻力，这些阻碍不除，佛法难以真正弘扬。"如来微微颔首仔细聆听。菩提接着道："此困并非不可解，正好趁此传经之机，安排具大法力者护送取经之人来西天，一路扫平障碍，一举两得。"

如来闻听至此，难掩喜悦，赞道："老祖不愧是大彻悟者，一语道破玄机，也正是我意，就依此计。这护送取经的人选我已经有了。"菩提知道如来所为何指，先行道破："就是那孙悟空。"如来点头道："正是，我已将那石猴降伏，安置在五行山下，将来可劝其护送取经之人来我西天灵山，如其不愿，再另寻他人。"菩提又提醒道："甚好，但就像之前所说的还有第二个条件，必须得争取玉帝天庭的鼎力支持，此次取经才能成功，否则道门将无所顾忌全力阻挠，势必导致困难倍增。"如来道："这个是自然，此意在佛门扬威的传经之举，必将是天上地下尽皆知晓，玉帝认可，方能顺利达成。"菩提点头道："前来取经之人也必须是一心坚定向佛别无旁念者。为此你可先行安排佛门高僧去往那东土国度中逐步传扬佛法，待有一定根基，便可在那南赡部洲信徒中找寻一理想之人，来求取真经，达成所愿。同时对于此一事关佛门、道门、天庭乃至三界的大事，你也需小心探问天庭和众人的意见。"如来道："当是如此。"

菩提又说道："不日将是孟秋望日，道门有中元节，乃是一个邀友共贺之节。现你刚刚安天，天地间威名远扬，正如日中天，何不也借此时机邀请众佛徒、友仙共聚庆贺？一来佛门同乐，二来聚仙会友，让众仙共仰佛尊，不让那道门独领中元之盛。更重要的是，你可借此时机，广泛征求各方意见，看看他们中间何人愿意与佛门相近，又对此有何看法？也好对将来作一判断打算。"如来道："老祖高见，如此甚好，这样一来，我佛门好也有一场自家的盛会，以免佛门众生为只有那天上的盛会劳费心神。"菩提又道："取经之举必定是困难重重，是对取经之人的考验，也是对你的一次考验，相信你一定能有妙策应对，最终功成。"如来点头称谢，闲话少叙，与菩提欣然作别。

离开菩提处回到灵山雷音寺，如来对诸佛、菩萨宣讲："孟秋望日将至，道门有中元节庆，如今正值我佛门威名远扬之际，要广邀佛众和友仙齐来相聚，共瞻我佛门广大气概，弘扬我佛门之大法。"众人齐声高诵佛号盛赞。如来遂安排阿傩、迦叶二位尊者具体筹划此事。二尊者领佛旨昭告灵山佛徒和世间修佛的圣者以及礼敬佛门的诸仙同来参加此次盛会。灵山佛众听到此信，皆是欢喜，那四海诸仙，凡是与佛门友善者闻之也皆愿前来。

不及多日，盛会开启，佛门自家邀请了那三千诸佛、各位菩萨、五百罗汉、八大金刚；又有四海仙山的神仙：地皇人母、地仙之祖、东华帝君、紫阳真人、福禄寿三星、地上友仙、海外诸仙，还有修佛圣者等皆来参会，盛况不逊那天上的蟠桃宴会。那些重要之仙：前来祝贺的道门先圣东华帝君、福禄寿三星，如来按上仙之礼亲自出门迎接。寿星在安天大会上便已与佛祖相近，此番听说如来办此盛会，更是引其他几位前来同祝，此后更常来常往，多见佛祖真如之相。

会上高朋仙友满座，喜庆非常，佛徒和众仙无不盛赞如来安天之壮举、法力无边之广大、佛门现今之兴盛，纷纷敬献宝物，如来一一受纳，叫阿傩寻一宝盆尽数装入其内。见那宝盆宝物充盈，呈现五彩神光，如来又叫人采仙花异果点缀，便依据此宝盆为此盛会命名：盂兰盆会，并定下每年孟秋望日都举办一次，成为一年一度的佛门盛会。

佛祖的二徒弟金蝉子也前来参会，如来将其与诸神众仙相见结识，众仙恭喜如来得此高徒，佛法必将弘扬光大，如来谢过众人吉语。在众人的称道声中，金蝉子独自捧茶来到地仙之祖镇元大仙的座前，深施一礼，镇元大仙忙起身还礼。那镇元大仙往年也曾参加中元庆贺，今年佛门安天，气势正盛，又有此初立之节日，便接受了佛门之邀前来祝贺。金蝉子对镇元大仙道："仙祖可记得当年我尚未得道化身之前，曾在仙祖庭中的仙树停留，仰仗仙祖的仙树汁液滋养多年，今借此佛门盛会，以清茶拜谢，请！"说罢双手将茶恭敬递上。镇元大仙想起当年自己那人参树上果然曾落有一只金蝉鼓噪，没承想今日已化身得道，成了佛祖门下的二弟子，感叹前世今生之因缘际会，赶紧接过金蝉子的敬茶，揭盖一品，又冲金蝉子点头道："佛祖高徒能在我庭前停留，乃是我的幸事啊！"众仙皆称道恭贺，又互相敬茶，多有交流，食饮欢畅。

如来等众人言欢三道，开口道："诸位神圣上仙，今我佛门已然人丁大兴，盛名远扬，现我教义乃主清净自修，不干世俗诸事，也只得佛门子弟供奉。佛门子弟原本清苦，但佛心向善，愿意相互帮持，乃我佛门之基石。我佛门教义触及人之根本，本应传扬于全天下之人，依佛义治世，皆来瞻仰，我佛门之人亦可入世，以治世之心普度天下众生。"

如来说完这一番话，停下来，观看众人的反应。众人听了，有连连点头称是，也有不解其意或不尽赞同者。此时，一人有不明之处，上前行礼请问佛祖："我佛门讲究自愿出家静修，若其有佛性悟性，自会向佛，若无佛性，如何强迫？况且，那世俗人心多藏污纳垢，我佛门之徒以清修之性，既已决心出世修行，却又入世治世，是有何必要？"众人见是一身着素袍的老者，精神矍铄，气度不凡，不是别个，正是那毗蓝婆菩萨。这菩萨与其他菩萨有所不同，乃是鸡身修炼化形，更比常人性善，早年修行得道，后入了佛门，平日在那紫云山千花洞中修行。其有一子，乃是位列天庭二十八星宿之一的昴日星官。昴日星孝敬其母，毗蓝婆丰衣足食，平日自己种麦收禾，莳花弄草，清心静修，安详自在，今日来赴佛会。毗蓝婆现听说如来欲广开佛门，教众佛徒入世，心中不解，亦不认同。毗蓝婆乃是自在直白之人，便上前相问。众人不少也有疑问如毗蓝婆菩萨者，听她这样一说，是纷纷附和。

此时，前来参会的上仙之中有一人笑道："毗蓝婆菩萨有所不知佛祖大义，如来佛祖乃是欲让人主动传扬佛道，敬仰佛法，此入世治世之举乃是广为践行的大德行大善举啊！"此言一出，当是见解非凡，深得如来要领，必不是凡人能想到言到，众人不禁循声望去，见此仙：眉目慈祥，面显尊雍，身着锦绣，点衬山河，正是那黎山老母。众人不禁纷纷点头，当是此人方能领悟如来如此深意。原来这老母不是别人，乃是女娲所化。女娲身为地皇治世后便隐居深山，被尊为黎山老母。那老母平日里也不再参与世间诸事，只这今日佛门盛会，受如来之邀，特地前来。

如来见是黎山老母发话，行佛礼点头道："老母所言极是。"毗蓝婆菩萨见是黎山老母出面力赞佛祖之意，便也不再多说，退回本处，只心中自有打算。人们又将目光集中在佛祖身上。佛祖见众生心存迷惑，遂发菩提心、开善口，于众人面前解说了"摩诃般若波罗蜜多"。佛祖言道："世间有诸多烦恼困扰众生，乃是入世者必然要面对。一切外在的事物名相，皆是内心的虚妄分别，以慈悲愿舍之心，平等度一切众生才是真菩萨行，而逃离世事弃众生于不顾，则有违菩萨自度度他之初愿。若无对众生的慈悲济度，则一切修行意义则不能成就无上菩提正果。在观自在菩萨行深般若波罗蜜多时，照见五蕴皆自性空；当知'五蕴皆空'之时，心中即可得大自在，一切的烦恼与痛苦就可解脱，便能去解救众生脱离烦恼，度一切苦厄。舍利子，色不异空，空不异色；色即是空，空即是色……是诸法空相，不生不灭，不垢不净，不增不减……依般若波罗蜜多故，心无挂碍，无挂碍故，无有恐怖。远离颠倒梦想，究竟涅槃……故知般若波罗蜜多，是大神咒，是大明咒，是无上咒，是无等等咒，能除一切苦，真实不虚……。"

佛祖此一番讲解果是言简义丰、提纲挈领、博大精深，是能除却心中虚无恐惧，证清净大智慧而得大自在成就。闻者无不喜悦开悟，向佛祖如来行礼、赞叹。当下有人将佛祖真言整理眷录，自此便有《摩诃般若波罗蜜多心经》一卷传世，是修大乘、入世者必备之心诀要义。

如来向众人还礼，接着又道："佛义已成，还需有愿者逐步去感化众生，促成大善。"佛祖话音刚落，走出一人，向佛祖躬身合十，道："弟子今闻得《心经》，心中开解，愿为众生讲解佛义、弘扬佛法开辟道路。"众人见此人有金光护体，相貌不凡，有人认得，乃是那"乌巢禅师"。如来佛祖点头道："还非得是一有道行的高僧，方能跨高山险境，始作弘扬佛法之举，若来日有成，可得正果。"那乌巢禅师向上行礼道："弟子不求功果，只求佛义弘扬。"如来点头，那乌巢行礼退下。

与会众佛仙又言欢、畅谈。第一届佛门孟秋大会欢喜结束，各路仙神一一辞别佛祖如来，如来又亲自送上仙离去。

兰盆盛事已毕，如来满意，安排精修大乘经典，为传经着手准备。

第二十六章　金蝉转世承天命　大鹏掌管妖魔城

再说那被佛祖点化得了真身，做了如来驾下二弟子的金蝉子，因天生佛性，得了佛祖经卷真传，如获至宝，感念来之不易，白天聆听佛祖讲法，晚间依旧苦修不辍，对天地之事不闻不问，专心研习。佛经典籍浩繁，佛义度众生各类苦难，而人世间的苦难何其之多，真是有多少苦难困惑就有多少佛经教义。金蝉子深知佛祖赋予他的使命，他当前要做的就是尽早领悟教义，以便将其传扬于世，解除众生之苦。

金蝉子出世便开始静修，世间经历甚少，了解世事不多，对于那佛经中所述各种：布施、持戒、忍辱、精进、禅定、智慧，脱离苦海以达涅槃等等，都要苦苦思量。所谓《大般若》《妙法莲华》《华严》《大涅槃》，以及《大智度论》等经文深奥意远，都需反复细细读来才能领会其中之意。现如今佛祖如来修大乘佛法，作为佛祖的得意门生，当无可推托，着手加以准备。

这一日，金蝉子正独自在佛堂秉烛勘阅经文，不觉间有一妖精悄然而入，来到金蝉跟前。金蝉正读经间，忽然见一娇媚的女子出现在眼前，不禁吃惊。仔细打量，见她衣衫半透半掩，裸露着凝脂般肌肤，腰似杨柳，面如桃花，眼若繁星，显出天生的魅态，这要是寻常人已魂飞天外，若不是金蝉已有修行，早已把持不住。金蝉定了定心神，问道："你是何人，为何来在此处？"那妖精似早有准备而来，只管上前道："长老莫怕，我也是修行之人。"声音柔媚，勾人心魄。金蝉见状急忙躲避道："修行之人？怎么从没见过你这般模样的！"那妖精道："我修炼的是阴阳交合之法，你未曾听过？"那金蝉一向习修的都是佛祖传授的佛法，却从未听说过有什么阴阳交合之法，惊惧之中问道："什么是阴阳之法？不曾听过。"妖精道："这阴阳交合之法，与你那独自修行的佛法不同，是男女共同修炼，我见长老得道，因此欲前来和长老共修此法，同进高深大道行。"金蝉不知所谓的阴阳之法、男女之事，还是不得其解，但出于好奇，问道："到底是什么高深修行？"那妖精便一边除去衣衫，一边上前欲行阴阳。那金蝉哪里见到过此等情形，虽不十分明白，但也曾经读了佛门戒律，心中大惊，慌乱之中，丢下经文，夺路而逃。那妖精见金蝉逃走，怕前去追赶惊动灵山护法，好事难成，只得悻悻作罢，遂现出原身，乃是一只琵琶大小的蝎子，趁着夜色潜入了灵山后山。

金蝉逃离佛堂，一路奔至自己休息的禅房，心中惊慌，许久未定，回想刚才的一切，不知道该如何应对，是否要去报与佛祖知晓。若是报与佛祖，恐其责怪自己身行不检点，和那妖邪接触；若不与佛祖禀报，又恐那妖精日后纠缠不休。金蝉辗转反侧，一夜未眠。

次日，如来在法坛讲法，大弟子迦叶、二弟子金蝉在坛下聆听，左右有菩萨、罗汉、圣僧等众。如来今天讲了修大乘佛法的缘由，如同那天地精华，多少人的心血凝结而成，只为普度众生，解除苦难。如来讲得生动，众人听得聚精会神，只有那金蝉因一夜未睡，无比困倦，头昏脑涨，双目频频闭合，佛祖看在眼里，已知其缘由。此时，忽听一声寺钟鸣响，如同惊雷，正走神瞌睡的金蝉子受此一惊，不禁失声惊呼，众神佛未被钟声惊到，却被金蝉唬了一惊。原来，这金蝉子本是金蝉所化，天性胆小，易受惊扰，每每受惊便神形尽散，多时才能恢复。众圣与之相处久了，也都知晓，不以为怪。今天金蝉子原本正欲昏睡，这一声钟鸣使得其失了魂魄，久久不能缓过神来，更不提听佛祖讲经。如来见那金蝉子失神又受惊失态，心中早有了打算。

只见如来停下讲经，呼唤金蝉的名字，金蝉子因受惊过度，佛祖喊他一声，竟没反应过来，如来又喊了他第二声："金蝉子！"金蝉子这才揉揉惺忪的双眼应声道："弟子在。"如来面露愠色，似有对其不满，道："今日讲经，你为何失神？"金蝉子闻听佛祖责问，连忙答道："弟子刚才被钟声所扰，故此走神。"如来道："金蝉子，你来我门下已有多时，每日修行，理应认真听法，得以静心，不为外界所动，如今我见你刚才失神困倦，为一声钟响便走了形神，对佛法轻慢，不是大德行者所为，看来仅听我教导和阅读佛经不能让你脱去凡胎，还需历经世间磨砺，方能成大觉正果。"金蝉子忙下拜道："弟子愚钝，自打入佛门以来，每日只知研习经文，却未能修炼心神，而不能尽快觉悟，为传扬佛法效力，实在是有失佛祖所望。"如来点头道："嗯，我看你倒也心诚，只是心性不能自持，今日便令你下界修行，经历世事，日后若能修行得道，还归我沙门，成正果真身。"金蝉子见如来要他下界，心中不禁难过，但只知是自身过错，也不辩解，含泪对佛祖道："弟子谨遵师命，下界好生修行，以求早日得成正果，复归西天听佛祖教诲。"如来道："好吧，你去吧。"遂命观音菩萨亲自携金蝉子往那南赡部洲投胎转世而去，观音遵法旨行事。

众菩萨、罗汉、僧众见如来罚了金蝉子，各自心下惊异，不知佛祖何故如此重罚二弟子金蝉，那金蝉平日对佛祖佛法无比恭敬，今日虽有异常，乃是他天性本易受惊扰。金蝉子是修行佛法、研读经书最为勤勉的一个，每每日夜研习，挑灯苦读，不可谓不认真，原本有慧根的他，也可以说是最解佛法精要的佛门弟子，今佛祖欲修大乘佛法，正是用人之际，何故因此小节被罚下界？这一切来得如此的突然。如来看出众人的疑惑，并未多做解释，安排完毕，讲完经，便让众人散去了。

不表金蝉投世，话说青狮、白象下界，大鹏受二人之邀却没有一同前往，自己留在灵山，虽说是自在，却也烦恼。而此次佛门的兰盆盛事让大鹏更加苦闷，原来这盛会并未邀请大鹏参加，似乎那大鹏已被彻底遗忘一般。大鹏虽论起来是佛舅，实则有名无实，一无职务，二无供养，这大鹏又吃耗甚大，尤喜食龙，讲究排场，无奈灵山限制颇多，持斋贫苦，大鹏处处感到束缚，其实早有离去之意，只是尚无理想落脚之

第二十六章　金蝉转世承天命　大鹏掌管妖魔城

地。此次备受冷落，令大鹏感觉留在灵山已没有丝毫意义，想到当初青狮和白象二人都去人间逍遥快活，自己心中便也有了此一打算，于是下定决心也去世间走走看看。大鹏无有牵挂，连兵器也没拿，也没什么好兵器，整束了衣装，就准备出发。出得门来，也不知去往哪个方向，先离了那灵山再说，于是就奔东去。因要细看那去处究竟，故没有展翅高飞，只在低空驾云慢行。

大鹏一路向前，低头见那下界既有层峦叠嶂荒山野岭，也偶有人家，都是些荒野小村落，毫无兴致停留。正看间，忽听前面有人高声呼唤："大鹏尊者留步！"

大鹏闻得此言，抬头观瞧，只见来人驾着仙云，一身锦绣，鹤发童颜，仙风道骨，气度不凡。片刻间到了面前，大鹏认得，正是那玉帝驾下的太白金星李长庚。这金星从何而来？原来，当日青狮白象搅闹了天宫，玉帝派人彻查到底都有些什么人作乱，探听到一共三个身形，前有青狮白象，后隐约有一金翅大鹏在使风助力，便回去报与了玉帝得知。能和狮象一同兴风作浪的必非凡类，玉帝问众仙可知那大鹏的来历，却无人应答。玉帝于是问金星大鹏的来路，金星见问，出班对玉帝道："那青狮白象是如来驾下文殊、普贤的坐骑，而大鹏乃是被如来封为佛母孔雀大明王的弟弟，皆为凤凰所生，神通广大，法力高强，只是闲无安置。如今看来是被那文殊、普贤的手下鼓动，暗地里助他俩作乱。若无那大鹏，狮象或是不敢如此猖狂。"玉帝闻听点头道："哦，其果有来头，那大鹏可说是如来的舅舅了，怎么倒落得个闲人？"金星道："陛下有所不知，那被称为佛母的孔雀大明王当日曾为燃灯古佛鸣不平，吞下了如来，后如来剖其腹而出，欲杀之，被古佛制止，找了个所谓佛母的理由救下了孔雀，如来封其为母，也是碍于古佛颜面，勉强为之，因此他这个舅舅也来得是有名无实。"玉帝道："原来如此，不过此人法力既然如此强大，现今又和我天庭作对，不是祥事。"金星道："这大鹏如今和天庭作对，对天庭是有不利。"玉帝道："那又如何是好？天庭近来祸事不断，要是添了这么一个对头，不知哪天又不得安宁。"金星道："也不必担心，我看那大鹏和青狮白象不过是偶一为之，但不可轻视，可去笼络那大鹏。"玉帝闻听此言道："难道是要封那大鹏官职，让他来我天庭听调？"金星道："这有些难处，想那大鹏乃开天神鸟凤凰之子，又生性不喜约束，难有上天庭听候调遣之意。"玉帝问道："那该如何处置？"金星道："可给他些便利与安置，即便不能让他来听从调遣，也叫他不与天庭作对即可。"玉帝道："那倒是好，只是怎么予他些便利，给他些金银珠玉如何？"金星摇头道："那大鹏学法好武，这学法之人最好法器，好武之士尤好兵器，天庭掌天地万物，送他样兵器，他必然欢喜。"玉帝道："既然如此，只要能让天庭安稳，几样礼物完全可送与他。"金星又道："大鹏非一般之人，所送之物不能太过寻常，否则毫无功用。"玉帝道："待我差人去寻一个上好的兵器给他。"

玉帝宝物甚多，多藏于龙宫，命龙王保管，不能有半点差池。前次有孙悟空私自到东海龙宫夺了定海神针如意金箍棒而去，如今还剩些宝兵器，其中最为厉害也是分量最重的一个是那方天画戟，玉帝差人通知龙王敖广，说那戟有专门用处，敖广领旨，命人将其擦拭一新，等玉帝派人来取。

兵器安排好，玉帝要派人送与大鹏，派何人合适，玉帝想还是得太白金星走上一遭，即安排金星前往。金星受命，这才赶了去寻大鹏，正遇到离开灵山不久的大鹏，便上前叫住了他。

大鹏见是金星，以为玉帝得知了他前次助青狮白象闹天庭一事，派金星前来问罪，心中戒备，表情凝重。金星见他这副模样，知是大鹏对他此次来的目的生疑，便对大鹏笑着说道："不知大鹏尊者准备去往何处啊？"大鹏回道："我自己烦闷，去那世间走走散心，金星这是要去哪里？"金星道："玉帝知大鹏尊者在灵山苦闷，欲往世间行走，那尘世也是妖孽丛生，时有危险之处，特命我来送护身之物与大鹏尊者，助无边法力尊者更从容应对。"

大鹏听说玉帝要送他护身之物，不禁好奇，问道："是何物？"金星道："玉帝特意挑选上等的兵器赠与尊者，乃是一杆方天神戟，大鹏尊者可去东海龙宫取来以作防身之用，业已安排妥当。"大鹏见玉帝有礼送他，心中明白了几分：这是玉帝要他与天庭作和，才送此上等兵器给他。大鹏未有客气习性，三两语谢了金星。又对金星道："玉帝有如此好礼，真是要感谢他的美意，我自是会给天庭方便，此次我去往下界，也希望天庭给个便利。"金星忙道："这个是自然，只要尊者不与天庭为难，天庭自会给尊者想要的任何方便。"大鹏点头。

辞别了太白金星，大鹏先去往东海龙宫，东海龙王早已有玉帝旨意，不敢怠慢，将大鹏迎入龙宫，好生款待了一番，又取了方天画戟，交予那大鹏。大鹏拿在手中一试，这重七千二百斤的兵器光华耀眼，十分趁手，谢过龙王，随后便出东海朝狮驼国方向而去。

这狮驼国的所在，东为朱紫国，西有比丘国，方圆由东至西逾千里，距离都以东四百里远处，有一狮驼岭，方圆有八百里，深山老林，不少野兽成精。大鹏为何至此？原来他也曾四处游走结交英豪，在狮驼岭上见过那狮驼王，后来得知狮驼王被太乙天尊收回，此次便来到其之前所在之地狮驼岭，准备在那狮驼王曾经待过的洞中住下。不但因有现成的洞府，尤其这狮驼岭附近的狮驼城内有上万人家，国王同文武百官在此治理一方，百姓耕种、往来通商，日日不息。

大鹏打算好，于是手持方天画戟来在狮驼洞，将那占据洞府的一群虎豹狼精降服，在狮驼岭安置下来。又把原本那些曾在狮驼王麾下聚集的小妖们召至此处听其号令，那些个小妖见大鹏本领高强，也都不敢不服从于他。

在狮驼岭安顿好，大鹏白天在洞中休息，晚间则去那狮驼城中。狮驼城虽有数百里距离，大鹏却善飞行，转瞬即到。先入王宫，趁夜悄悄把那国王先吃了，自己变作国王模样，穿戴了国王的衣冠，白天在金銮殿上朝，听那文武百官当朝理政。夜晚也不休，把那殿上百官又一个一个吃了。每吃一个，便去狮驼岭寻一个妖怪变化作那人的模样把那人替了，百官多未能觉察。有觉出异样者，被大鹏发现便是拿下。如此一来，没过多久，不知不觉悄无声息间文武官员已经尽数是妖。为此，大鹏还在金銮殿上摆宴与众妖庆贺了一番。

殿上的文武百官吃尽，守城的那些兵将也未能逃脱，就在嘴边的肉当是不能放过，大鹏和这些变化作百官的妖怪又设陷阱、弄邪术把他们都逐一吃了，照旧召集了狮驼岭上的虎豹豺狼来替换。又安排那虎豹为都管总兵，豺狼为门丁令官，管事的为狐，传闻的是鹿，蛇蟒护城，山精巡更，城邦应有的职责一应俱全。这下，凡是官兵皆为妖怪，便也就不再需要每每费心苦苦装模样、弄变化。朝堂之上，妖魔鬼怪尽皆露出本相，大殿、城郭邪气满盈。妖怪多了，又不种养劳作，便把百姓逐渐也吃净。一时间满城惶恐，剩下的尽皆逃生。最后没得可吃，来投奔的妖怪却愈发多了，大鹏便叫那猪兔牛羊等怪也学着种地挑担，做起买卖营生。未许久，这狮驼国又像一个人间天朝模样，只是里面都是些野兽成的精，草木变的怪，吃尽往来之人，天上地下皆无拦阻。逐渐整个城池是妖气冲天，远远望去，黑气笼罩，大鹏却依旧坦然，今日去寻八洞神仙聚会，明日去找十殿阎君共饮，土地、城隍亦将其待若上宾。此事传到玉帝那里，玉帝差人到灵山与如来通报，见那大鹏只是安于城中，也未有其他更多行径，便任由其自在称王，吩咐城隍、土地不去干涉。

大鹏在狮驼城安顿称王，过了些时日，一切都已逐渐理顺，各个职责都有值守，有人服侍，有人经营，大鹏也得以清闲，每日吃喝快活，好不自在。此时大鹏想起自己当时一同闹天庭的青狮和白象，虽然说起来在佛门的辈分和地位那两个远不及他，但实际上，大鹏把他两个当作兄弟。如今的大鹏已是非同凡响，他要那青狮和白象来看看他现在的风光模样。也不知那二位现逍遥快活得怎样了？于是大鹏便将城中之事暂时交与左右打理，自己去找青狮和白象前来一聚。

那大鹏号称云程万里鹏，飞翔的本领高超，振翅便有九万里，又有天生犀利眼力，西牛贺洲往返两次也只需扇动几下翅膀而已。挑了个晴朗之日，大鹏出得宫中，振翅飞向碧空，高高翱翔。没多久，便见下方山崖旁停歇着两个熟悉的身影，大鹏睁大双睛仔细观瞧，果然是青狮和白象两个正在那里晒日，二人肚皮朝天，慵慵懒懒，好不自在。大鹏不觉好笑，想这两位如今过得无忧无虑，估计都闲出毛病来了，于是便收拢双翅落在两位的身旁。

那青狮和白象正在休息，双眼望天，半睁半闭，似睡非睡，忽见天上一道金光降临，及至近前变成一个巨大身形遮挡天日，飞身落下，不知何物，以为是前来挑事的，慌忙翻滚爬起来看，以防不测。等那身形落定，二人定睛一看，青狮不禁笑出声来："哈哈！原来是大鹏尊者，好久未见，你今天怎么得空找到我兄弟？"白象也应声附和。大鹏见二人见到他依然有故旧，心中也是高兴，收定了双翅，还原身形，道："我是特意来寻二位，请二位到我国中饮酒叙旧。"

"国中？"青狮和白象不解，白象问："哪个国中，你到哪个国安歇去了？"大鹏道："非是别处，乃是我自家的国中，狮驼国，我在那里称了王，所以请二位前去做客。"青狮、白象一听，十分高兴，没想到，多日不见，这大鹏竟成了国王，也刚好二人已经把四处游遍，正愁没处消遣，今大鹏来邀请，立即应承，与那大鹏一路说说笑笑，驾云来在了狮驼国。

到了那都城，见那城池甚是宽广，城郭有模有样，虽然内里都是些妖精，但秩序井然，与人间之城一般无二，青狮和白象不禁夸赞。大鹏见二位夸奖，自是得意。三人一起来在金銮大殿落座，大鹏吩咐左右摆开丰盛宴席，大殿就当作酒宴之地，虎狼将领陪同，三个人痛饮叙旧，畅快吃喝，不觉直至天明。

酒足饭饱，畅谈尽兴，青狮和白象见差不多了，便欲起身告辞。大鹏问："二位兄弟可有去处安顿？"青狮道："我二人还没想好在哪里落脚，准备快活完了，随便寻个山林，占山为王，等风头一过，择机回归菩萨之处。"大鹏道："那既然如此，二位还不如就在我狮驼国住下，一来有个固定安身之所，二来，你我随时可以一起饮酒作乐，如果愿意，二位还可帮我治理国家。"白象还未答言，青狮道："多谢大鹏尊者好意，我二人也不懂什么叫作治理国家，还是习惯在山林洞府中生活，那对我们来说才是神仙过的日子，在你这城中，反而不美。"白象也应声说是。大鹏一听，道："哦，既然如此，我还有一个好去处介绍给二位，就是离我这都城不远有一山岭，名为狮驼岭，方圆有八百里，也是我的地盘，正合二位之意，二位何不去那里安歇，又随时可以相聚共饮，不知二位意下如何?"

青狮和白象正要寻地安驻，见有如此好去处，理想之所就在眼前，便不客套，欣然接受，在大鹏的安排下住进了狮驼岭狮驼洞中。大鹏又让岭上的众多小妖与那二人左右听令，把那洞府重新整修一番，平日打猎的打猎，巡山的巡山，一如那狮驼城中一般，井然有序。有此一地安置，青狮和白象也就安生，每日自在洞中饮酒作乐，不几日又去与那大鹏相聚，三人好不快活。

第二十六章　金蝉转世承天命　大鹏掌管妖魔城

第二十七章　玉帝为求心安定　遣动魔王靠金星

　　天庭接连生乱，有妖魔未彻底铲除，令那玉帝难以释怀，每每日夜忧虑烦恼。玉帝总是想起自己还有一个大的隐患未平，萦绕心头，寝食难安。究竟是哪个大患能勾上玉帝心头？大鹏的妖魔之城倒不在其列，正是那闹天宫的神猴孙悟空。孙悟空虽被如来佛祖压在五行山下，身子不能动弹分毫，但是依然活分，一个头、一张嘴却总不闲着，今天骂了玉帝，明天又损了如来，凡是与他交过手的，无一能够幸免，都一一骂来。那看管他的山神和揭谛也不加理会，只叫他骂。骂得累了，歇一歇又骂。玉帝派人去看那石猴的情形，听到他骂，回禀玉帝，把玉帝气得胸闷脑痛。又有王母在一旁煽风点火，备说天庭上界十数万天兵拿一个不能动弹的妖猴毫无办法，岂不是笑柄。玉帝思前想后，决定还是得除掉此妖猴才能安心。可是那如来已有处置，又不能公然惊动于他，这可如何是好？玉帝伤透了脑筋，自己却想不出道来，于是叫来太白金星一同商议。

　　金星得玉帝召唤，到玉帝养心处，见了玉帝。玉帝问道："太白，你可知道我今天叫你来的缘故？"金星道："臣不知有何调遣。"玉帝问道："你还记得当初那闹事的妖猴吗？"金星见玉帝又提起搅闹天宫的孙悟空，忙道："记得，是臣纵容了他，结果让他得了性情，闹出如此的乱子。"玉帝道："也不是你的过错。那妖猴如今被佛祖压服，却留存了性命，我担心有朝一日他再度逃脱，出来闹事，纠集天下妖邪，这第一个便是要寻上天庭，又惹祸端。"见玉帝原来是为此烦恼，金星便问：

"圣上难道是想杀了那妖猴不成?"玉帝道:"正是。"金星道:"可是我们用尽手段,又为此还特意派了天蓬前去,最终也没有得手。"玉帝道:"我正是为此事找你来商议个对策。那妖猴一日不除,我是一日不得安宁啊!因此一定要除,这世上少一个妖孽,我就少一分烦恼,要再想办法!"

金星见玉帝如此重视,便道:"陛下,臣以为,那佛祖如来安排了人看管妖猴,如派天兵明里去取他性命,有所不妥,只能派得力人选去暗中除之为好。"玉帝道:"正是我意,只不知找何人去下手合适。此人一不能与天庭有关联,二还得是法力高强,若是一般人去,伤不得那妖猴分毫。你有什么好的人选吗?"金星略加思索道:"臣倒是有些个合适的人选。"玉帝闻听,眼中一亮,问道:"哦?是哪个可担当此任,是天将还是地仙?"金星道:"不是天上的将领,亦不是地上的神仙,乃是下界一些个魔头。"玉帝闻听,眉头一皱。金星接着道:"陛下,这些魔头还和那妖猴有过交往。"玉帝好奇,追问来由。金星道:"当初那妖猴在下界自封为齐天大圣,他还有六个兄弟,也都自封了什么大圣,但是后来妖猴与天庭为敌时,除了狮驼王被其主太乙天尊降伏外,其余几个魔头悉数逃走,大都不见踪影,其中有个平天大圣,乃是他七个弟兄的老大,原来名号大力牛魔王,本是开天以来的牛祖,当初曾率领魔族共同抵抗人仙联手,最终落败。虽是败走,但其法力在众多魔头当中最为高强,无人能及。那些妖魔连同妖猴皆拜他为首,因此也无所畏惧,据说还在企图占山为王,扩张领地。如果把他召来去取妖猴性命,想必是能成功。"

玉帝听了一喜,接着又生忧虑:"那牛魔王倒是符合这两样要求,但其乃是妖猴的结义大哥,今不生乱已属不易,如何能听我天庭调遣,去灭那妖猴?"金星道:"圣上有所不知,当初那妖猴搅闹了蟠桃盛会,反下天庭,与天庭对抗,据臣了解,只有妖猴还有那鬼王、猴精、虎豹兽类等一干妖怪,这牛魔王并未参与,可见其现今的处世态度。"玉帝道:"哦,原来如此,这是为何?"金星道:"那牛首为何未与天庭为敌,依臣来看，恐是惧怕圣上之威严。"玉帝笑笑道："这天庭立定以来，也就是不知哪里来的那个妖猴，得了神通，吃了虎胆，敢和天庭作对，这三界之中就是再有法力，也未有如此胆大妄为者。"金星道："正是圣上洪福，将其慑服。想那牛魔虽然法力强大，但也应自知不能敌过众多仙兵神将，况他并未像妖猴那般自不量力，欲与天齐，自然不会与天庭作对，只是他称霸一方之心尚存，如果我们说服他为天庭效力，为天庭除去一个隐患，还得了一员猛将，岂不是一举两得？牛魔王作为妖魔中最为强力的一个，其他那些妖魔若见连他都已投靠天庭，自是再不敢与天庭为敌。"

玉帝闻听金星此言，点头道："爱卿果然说得有理有据，如此说来，他倒是我天庭可召唤之才，只是不知现在何处，如何找寻，又怎样将其说服？"金星道："那牛魔王的行踪皆在我天庭所观察掌控的范围之内。当日他几个结拜弟兄在那妖猴被擒后皆四散而去，这牛魔王也是四处游荡。臣以为，可许他个官职，召他去除那妖猴，事成之后，他也得个安置，我天庭也多一员战将。"玉帝听完金星这番话，道："此计甚妙，甚妙！只请爱卿亲自走一趟，去说服那牛魔王办成此事。"金星施礼道："臣当亲自前往，去说服那牛魔王灭了妖猴，为圣上解忧。"玉帝高兴，口谕金星去寻那牛魔，并一再叮嘱定要办成。金星拜辞玉帝领旨去了。

且说那当初与孙悟空结为兄弟的七大圣之首大力牛魔王，在孙悟空自封了齐天大圣后，也跟随自称了平天大圣，后那孙悟空上天，之后又反下天庭与天庭争斗，其余几个大圣皆不愿与天庭明里作对，只是在齐天大圣得胜之后，前来与之一起吃酒庆贺。后移山大圣被收服，其余几个见那齐天大圣孙悟空再度上天受封，便就各自散去了。

牛魔王自离了东胜神洲花果山，四处游走，今日住了虎穴，明日居了狼窝，不觉间逛遍四大部洲，四处找寻合适的安身立脚之处。这一日，那牛魔王正在西牛贺洲丛林翠山中闲情游荡，因那西牛贺洲乃是多牛羊之所，因此得牛魔王这牛祖心意归属，便在此多日，倒也自在。

世上本无事，庸人自扰之，清净无宁日，福祸相依时。那牛王正自在闲游，忽然面前落下一位仙人，不是别人，正是受玉帝之托，来请牛魔王除掉妖猴的太白金星，真是：原请石猴正是他，今请牛王也是他。当时所为是感化，今日前来为打杀。

当日金星别过了玉帝，便去召千里眼、顺风耳即刻找寻那牛魔王的踪迹。千里眼、顺风耳可察天地之事，不多时，发现并报与金星，金星依照二人所示方位，驾云出南天门寻了来。太白金星在空中见牛魔王正在下面，赶至头里，落下祥云，这才拦住了牛魔王的去路。

牛魔王正前行，忽见面前自云中落下一人，仔细定睛一看，原来是太白金星，当年那金星去花果山招安孙悟空时，牛魔王也见得他几面，因此相识。牛魔王自打美猴王被擒，离了花果山，未与人再结交为伍，今突然见天庭来人，心中难免一惊，寻思道："难不成是天庭念我结交那反了天宫的石猴，派人来捉我？"转念又一想："不对，若要捉我，想我本领高强，不亚于那石猴，天庭应是知晓，至少也得派些个天兵天将来，今天只有太白金星这一文臣，必另有缘故。"

牛魔王正在思前想后，金星已到了他的近前，朝牛魔王行了个礼，道："牛祖近来可好？太白这厢有礼。"牛魔王见金星客套，也还了个礼道："原来是玉帝驾下李太白，老牛有礼了。"金星道："牛祖居然还认得我金星。"牛魔王道："你到过那花果山，自然认得，不知今日欲往何处，是得闲还是有公务在身？"金星道："今日乃是公务，正为牛祖而来。"牛魔王一听是为他而来，心里觉得奇了，左思右想，想不出个缘由，观其变化。

金星拉着牛魔王到了一个僻静的石台安坐。牛魔王知金星乃是文臣，又独自一人，故心中不惧，随他一同坐定。不等牛魔王开口，金星先发话道："牛祖倒是有闲情逸致，可知你负罪吗？"牛魔王听金星这样问，不禁一怔，继而摇头，道："我不与天庭为敌，所负何罪？"金星道："你虽不与天庭为敌，但那妖猴孙悟空却大闹了天宫，玉帝判了他死罪，你与他结义，岂不是也有罪错？况且你当初还曾率领众魔与上天对抗。"牛魔王闻听此言立刻道:"反天庭是那孙悟空的事,其现已被如来羁押在五行山下,我未曾参与,与我无干!"金星道:"未曾参与不假,只是难逃干系,加上你魔王的身份,难除玉帝心中疑虑。"那牛魔王道:"难逃干系又如何!难道天庭要治罪于我?我却不怕,十万天兵天将奈何不得那石猴,能奈我何!"金星笑了笑,道:"难道你真的不怕玉帝怪罪?"牛魔王沉默不答。金星继而又道:"天兵一时不能降服妖猴不假,可玉帝乃三界之首,果真降罪,任何人都难逃脱,那妖猴就是最好的例子。"牛魔王道:"那孙悟空要与天齐,我却没这个兴致,只图自在逍遥,不去劳神费力。前些日曾有人劝我入那佛门,也被我拒绝。"金星闻听心想:"今日来得对了,要是那西天把牛魔王召去,却又平添许多麻烦。"于是道:"你自得了逍遥自在,可玉帝却整日担心你仿效那妖猴,你虽未与天庭争斗,却也自封了什么平天大圣,这岂能让玉帝心安?按理玉帝早该派天兵将你除去!"牛魔王道:"玉帝心安与不安与我何干?我自称平天大圣,只是口中痛快。"沉吟了一下,又道:"玉帝该不会真的想对我下手吧?"金星笑道:"能否脱了干系,全凭你的表现。"牛魔王一听,这金星话里似有道路可走,便问:"如何表现?"金星道:"玉帝心忧那妖猴不死,来日恐其逃脱生事,现欲寻一个大法力者将其灭杀,你曾与那妖猴结交,若想脱了干系,可承接此圣命,一来可补过,对你所作所为既往不咎,二来还可立功封赏。"牛魔王一听可封赏,有了些兴致,但想到要去杀那曾经结义的兄弟,又有些犹豫。金星知道牛魔王有顾虑,便道:"此乃是玉帝的旨意,只要你尽力行事,功成之后,加封官爵,可位列仙班。"

金星提出的条件听起来很是优厚,牛魔王思索良久,想自己已与那石猴再无交往,早没了兄弟的名分和情谊,最终对金星道:"好!我愿前往。"金星见牛魔王答应,大喜夸赞:"是识时务者。"又怕他不知此事的难处,便对牛魔王道:"你此去受命行事,须劳烦些神力,当日那天蓬元帅也曾奉命前往灭杀妖猴,却无功而返,如今被贬下凡。此次你可先去与他问个来龙去脉,以提前做个准备。"牛魔王点头谢过。金星又反复交代千万要办成此事，随后与牛魔王别过，自回天庭禀奏玉帝此行结果。

　　得了金星传达的玉帝旨意，牛魔王开始琢磨着如何下手，既然金星交代可先去找曾经的天蓬元帅询问些前次的经历，便事不宜迟，早日去寻那天蓬。于是牛魔王带着兵器，整了装束，奔金星指点的天蓬现今的所在去了。

第二十八章　牛魔猪精欲建功　不抵佛法一场空

　　牛魔王按照金星的指点，来到了被贬下凡间的天蓬所在的福陵山，抬眼观瞧，见那山方圆数里，翠树清溪，鸟兽出没，也有生机，只是杳无人烟，倒是见了几堆白骨。几经辗转，找到一座洞府，洞门外有一座石碣，上书着"云栈洞"。洞门紧闭，有出入的人迹。牛魔王高声道："天蓬元帅可在，老牛求见！"

　　那天蓬正在里面埋头吃喝，没曾想竟然听到外面有声音呼唤其在天宫的名头，不禁心下惊奇："今个是谁？居然知道我早先天庭的名号，还知道我住在这里。"于是撇了手上的美食，整理衣衫，打开洞门，出洞来观瞧。到了洞门外，见有一个高大威武的牛精模样立在那里，手里拿着一条铁棍，身上穿的是厚皮铠甲，看样子是个能打斗的，却是在天宫未曾见过，也不知道他哪里打听得自己的名姓和住处，心中暗自寻思："难不成也是天上贬下来的，投到了牛胎里？"于是便开口问道："我就是，你是哪个，怎知道我之前的名号？"牛魔王见来者和他倒有几分类似，猪首人身，长嘴獠牙，脑后一缕黑鬃，是一个猪精的模样，想必就是那下凡投了猪胎的天蓬元帅了，于是便拱手行了个礼，道："我乃大力牛魔王是也，特来拜见天蓬元帅。"见其声音洪亮，却是有礼，那天蓬道："什么元帅，我老猪现在叫猪刚鬣，是自在之身，你来找我有什么事？"牛魔王又道："我本为妖，也是个自在之身，是那太白金星指点我说元帅原来在此地安养，故此前来拜访。"猪刚鬣一听是与自己有恩的金星所荐，便把牛魔王让进洞中一叙。

进到洞中，见里面别有一番洞天，高顶阔地，明灯石柱，石桌石凳，按照居家摆设，应有尽有，宽敞整齐，是个过日子的地方。摆上了瓜果，二人落座，猪刚鬣问那牛魔王："你在哪里为妖？又怎么和太白金星有些交往？"牛魔王道："我之前在那花果山和齐天大圣一起，当年也曾自封了平天大圣。"猪刚鬣一听此人颇有些来历，不免有些惊奇，道："哦，原来你是那猴精一伙，那猴子被如来佛祖压在五行山下，你倒是没被捉住。"牛魔王道："我哪里敢和天庭作对，虽是大哥，也只是凑凑热闹罢了，他闹天宫时，我们也就散了。"猪刚鬣道："散了好，散了好，免得天庭找你的晦气，我是被那该死的猴子害得不浅！"言语之中还带着愤懑。

牛魔王见其至今气愤难平，接着道："是啊，我本也想得个清净，没想天庭的事还没算完，那金星找到我，要我去杀那孙悟空。听说元帅曾有过此一番经历，金星又让我来请元帅指点指点。"猪刚鬣闻听牛魔王要去杀那石猴，联想此前之事，心中有些触动，道："哦，原来是太白金星要你来的，他倒是与我也有恩。我那不算是什么经历，我杀不了那猴精，这不，被贬下凡受过呢嘛！"牛魔王道："正是因为杀那孙悟空不易，我这次来特意想请元帅一同前往，联手出击才有胜算。"猪刚鬣一听，高声道："啊？找我去杀那猴子！"接着又似想起什么道："临下凡前，天庭倒是和我交代要再找机会结果了那猴精，可是这事没那么容易，即便是你我联手，也不一定有胜算。"

牛魔王听他这样说，心中有些惊讶，道："哦？元帅为何将此事说得如此艰难，你我联手难道还不能结果了一只被压在山下不能动弹的石猴？"猪刚鬣道："嗨，你不知道，那石猴的脑袋再硬，但恐怕也敌不过我这太上老君的九齿钉耙耙他几下，可那如来派了揭谛等人看守。我看名为看守，实则是保护，不让别人近那猴子的身啊！"牛魔王道："原来如此，难怪那金星对此事如此布置详细，多谢元帅提醒。但那不过是些个护法，你我一同前去，应该也有胜算。"猪刚鬣道："我看啊，还是算了，自己过快活日子，好端端的又惹什么是非。"牛魔王道："不行啊，那金星说，我若不去，则逃脱不掉和那石猴的干系，这趟我是非去不可了。"

　　猪刚鬣见那牛魔王一心要去，斜着眼心中盘算："若是那牛魔王的法力能除掉妖猴，我一旁助力，也算是对天庭交付的使命有个交代。"于是便道："也罢，看来我也是要受此一番辛苦劳累，临下凡前，那玉帝把我的家当兵器交给我，只叫我投胎，不除我法力，命我听从安排择机除了那妖猴。今金星叫你来找我，我若不随你去，恐惹恼了天庭，是非更大。"猪刚鬣嘴上应允，心里却想着只去将那钉耙挥舞几下，做做样子，如牛魔王能将那妖猴了结则好，若是不能，转身即走。牛魔王不知那猪刚鬣心中的打算，一听十分高兴，对其谢过，二人又叙谈些旧事，直到夜晚吃完晚饭。牛魔王起身告辞，临别时告诉猪刚鬣等他的消息，一起前往五行山，猪刚鬣也是答应。

　　离开福陵山，次日，牛魔王又奔往流沙河，听金星说，那是原本天上卷帘将军下凡的地方，如果能再和他联手，胜算更高。到了流沙河，见那河水宽广无边，周围空无一物，没有野兽飞鸟，水面如镜，不见一丝一羽漂浮其上，还有白骨散落在河边。牛魔王心道："想必是那卷帘将军也做了妖了。"一番呼唤寻找，那卷帘浮出水面，一头红发，青面獠牙，恶狠狠地看着牛魔王。牛魔王与其互通了名号，果是那曾经的天庭上仙卷帘大将，现如今已是活脱脱的一个恶怪，全无天上神仙的模样了。牛魔王说明来意，请他一起去剿灭石猴。那卷帘受经年酷刑，精神已然苦厄不堪，听罢未加回应，翻身遁入水中不再露面。牛魔王见他已是至此，也没强求，便回转了住处。

　　择日，牛魔王前去福陵山邀了天蓬，各自披了铠甲，执了兵器，一同奔五行山寻那石猴索命。二人驾云飞速而行，不多久到了五行山，远远只见那山分五峰，高耸入云，能压住神猴，果是不凡。二人绕至西边，见一石猴被压在山脚下，只有头露在外边，长了野草，夹杂了落叶，在闷睡之中，正是当年那雄风威武闹天宫如今身陷囹圄的齐天大圣。被压山下的孙悟空，背压重负，胸贴寒凉，动弹不得半分，只渴了、饿了有那土地、揭谛来喂些铜汁，铁丸，才不至饥渴。这许多年间，春绿秋黄、迎冬送夏，也无半个故人前来探问，唯有那凄风寒雨、冷雪烈日相伴。正是：旧时友部无踪去，今朝等来索命人。

牛魔王和猪刚鬣此番却是谨慎，远处观察许久，见那些看护的神祇给石猴饮食已毕，离去半晌，方才趁四下无人，一齐挥舞兵器冲将过去。至近前，牛魔王上前照孙悟空头顶便是一棍，那棍也是千斤分量，虽比不得九齿钉耙，但也是混钢打造，使在大力牛魔王手里，劈山山开，击石石裂。眼见这棍近了石猴的身，石猴还在昏睡当中浑然不知，堪堪得手，却只见金光一闪，那牛魔王早已被弹开数十丈远。猪刚鬣因前一次失手，此番未直接上前，手举钉耙做要使力状，一见牛魔王如此，急忙收了兵器，倒退几十步远。再看那石猴，依旧安睡无恙。

正在此时，只见四下里一群人蜂拥而出，立刻把二人围住了。原来是那五方揭谛和当地的土地，受佛祖之命在此看护悟空。今日喂食已毕，正在休息，却听见异常的响动，正是从石猴处传来，忙现身来看究竟，见两个人披坚执锐欲对孙悟空动武，于是便一齐上前将牛魔王和猪刚鬣二人围在当中。那牛王和猪精见有人出来拦阻，知是护法，也不搭话，挥舞各自兵器，向外冲杀。护法揭谛、土地，见二人模样古怪，被围当中，一言不发，举兵器直接便打，也是奇异，赶紧用兵器招架，于是二人和十几个护法战在一处。

要说这二人皆非是一般角色，一个是牛祖平天大圣大力牛魔王，当年花果山七大圣之首，一个是曾经掌管天庭八万天河水军的天蓬元帅下得凡间。论武力，天上地下能敌得过这二人的也是屈指可数，虽有诸多护法包围，但毫无惧色。这一通好杀，牛魔王抡铁棍虎虎生风，猪刚鬣舞钉耙上下翻飞，只打得狂风四起，石崩地裂，四周枝飞叶散，鸟兽惊逃。那揭谛和土地不能占先半分，被打得节节败退，嘘嘘气喘，轮番退阵。

正打间，只听那牛魔王对猪刚鬣道："我来拦住他们，你去施展兵器，将那石猴了结!"猪刚鬣应一声，抡起把，退去了近身的揭谛，快速转身奔向悟空，牛魔王此时架住还在进攻的几个护法。那天蓬来到孙悟空不远处，抡起钉把向前，却忽然又见金光一闪，那天蓬骨软筋麻，九齿钉把也脱手飞了出去。这下在场的众人皆惊，都停手观看，见那山顶上如来的法帖金光闪耀，令人不能观望靠近。那揭谛忙稽首参拜。猪刚鬣趁众人罢手之机赶忙跑去拾了钉把，不再向前。这时那些神祇又一拥而上，二人见已是不能成事，便互相使个眼色，齐齐驾云而上，冲出包围。

出得众神包围，牛魔王和猪刚鬣驾一阵风直去了百十里路远，回头见那护法也未前来追赶，于是二人收了身形，找了个僻静之处，落脚喘息。歇息了片刻，二人心神落定，牛魔王便问："元帅，刚才我见那一道金光阻挡，你看是什么来路?"猪刚鬣道："那道金光十分的厉害，我正欲使钉把前去打杀那猴子，却被生生地弹回，我手臂发麻，眼睛也睁不开。"牛魔王道："是啊，我想是兵器遇到了硬物拦阻，却是道金光。这金光好生厉害，也好生奇怪，十分的不一般。"猪刚鬣道："当然非是一般，否则我九齿钉把怎么就半点不能近前，这是那如来做的法，你不见那山上有一帖子正放金光，那金光所到之处，皆不能近前。"牛魔王闻听怪道："哦，当时我被晃得眼花，未曾看清那金光的出处，既然暗地里有上神相助，你何不早说?"猪刚鬣道："我原以为你的法力能破那金光呢。"牛魔王平静了一下道："也罢，看来此事并不是你我二人能办得到的，估计就连天庭也没想到如此的困难，这可如何是好?"猪刚鬣道："如何是好? 这还不简单，你我就此散了，就当什么也没发生过，你回你的山林自在，我回我的洞府快活，不就完了!"牛魔王略加盘算了一下，道："看来也只能如此，只是今后有无安生快活日子很难说。"猪刚鬣道："嗨，还能怎样? 我们对付不了那猴子和那帮看猴子的，天庭也对付不了，又无你我过错!"牛魔王道："天庭倒未必怪罪，顶多说个办事不力。只是既然西天派人守护看管，此事恐无法隐瞒，怕只怕西天见你我来此地生事端，与你我结怨。""西天?"猪刚鬣道："西天又怎样，那该死的猴子不也是西天的对头，是如来把他压在山下的!"牛魔王道："元帅，你没看今天那些护法的行为举止，实际上是在保护那石猴，还有那山上的帖子，也正是在保护他。"猪刚鬣道："这个我知道，但又能怎样?"牛魔王道："说明这是有目的的刻意而为，说不定你我是触犯了西天的禁忌。"猪刚鬣道："管他那许多，天庭来人，我只管告诉他，打不过。西天也不能把我怎样! 想当年你也是一个轰轰烈烈的英雄，怎么如今就变得如此瞻前顾后?"

牛魔王思前想后面无表情，口中念道："希望太平无事就好。"二人歇息稍许，便互相道别，各自去了。

第二十八章　牛魔猪精欲建功　不抵佛法一场空

第二十九章　牛王编外得册封　西天佛祖来拉拢

　　牛魔王和猪刚鬣各自打道回府，揭谛和土地与两个陌生的来人一番恶斗，见他们远走，也并不追赶。毕竟他们接到的指令只是看护好孙悟空，见石猴依旧安然无恙，因此不去管那来人从哪里来，往何处去。那些护法没有马上散去，回头聚齐歇息商议今天所发生之事，到底是谁前来作乱。要论长相无法即刻辨认，他们当中也并没有人熟悉牛魔王和化作猪精的天蓬，只揣测是那妖猴以前结下的仇敌，今欲索其性命。接着又谈论到这二人法术和兵器的路数，最先被认出的是那天蓬元帅，现在的猪刚鬣，有人认得他的九齿钉耙，那耙可是有些来历，乃是太上老君亲自打造，玉帝亲授，只此一只，随天蓬元帅多有亮相，能持有此宝物的恐非天蓬莫属。但今日此二人为何突然前来发难，依旧令众神不解，也不好妄下结论。大家你一言我一语一通议论完毕，也歇息得差不多了。此事非同小可，必须回禀如来佛祖得知，那为首的金头揭谛起身前往灵山去见佛祖。

　　到了灵山，进雷音寺见了佛祖，金头揭谛报告了五行山下所发生的一切。佛祖正在思考取经护佑人选，听完揭谛所言，问道："你们可知去那五行山下搅闹者是何人？"揭谛道："那二人面目陌生，但是其中一人手持九齿钉耙，是个猪精，而另一人身穿皮甲，手持一条混铁棍，力大棍沉，是个牛怪，也不知是何来路。"揭谛又对二人详尽描述了一番。如来闻听，心中早知那二人来历，点头道："嗯，是了，我算那二人必是有人差遣，而非凡仙凡妖。你且回去，有事再报。"揭谛领命，回转五行山去了。如来回头对观音说道："你且将今日之事记下，将来依此再有所安排。"观音谨记。

再说天庭那边早有千里眼、顺风耳把牛魔王、猪刚鬣他们在五行山下发生的详细过程禀报给了玉帝，玉帝一听二人失利，也在意料之中，看来此事并非一朝一夕就能解决，无奈只好暂且作罢，吩咐太白金星依此情形安排后续之事。又恐此一番动作，如来知其打算，对天庭有不合之意，遂派遣天将前往羁押石猴处一同看守，且告知如来是天庭为了好生看护妖猴，恐遭意外。如来见玉帝此举，已知玉帝心意，遂放下心来。

太白金星领玉帝旨意处理善后，又奔往牛魔王的住处。牛魔王此时正在一处洞中歇息，因担心自己去杀猴王的举动会给他惹来麻烦，正思前想后，忽听外面太白金星呼唤，便迎了出去。

牛魔王将太白金星接进洞中，二人落座，牛魔王知道金星为何事而来，便先把那天发生的事情经过如实述说了一遍。金星听罢道："你与天蓬赴命，不能奈何那妖猴，玉帝已知，并未怪罪，你们已经尽力。"牛魔王点头嗯了一声。金星又道："只是你此番并未立功，原本答应给你册封的事，如今不太好办。"牛魔王道："也未曾想要什么册封。"金星道："虽不便加以册封，但念你也有些苦劳，且已是尽力，玉帝特地给你个编外之职，算做个交代。"牛魔王道："没有半点功劳，也不要什么赏赐。"金星道："也不算是什么大的赏赐，只让你做那渭河万圣老龙王的副手，助他行云播雨，在册不在编，有些小小的俸禄，也算是玉帝的恩典吧。这是个清闲的职务，只消听那老龙王安排即可。你身怀绝技，更有统帅之能，在玉帝眼里更胜李靖，将来有机会，逐步可以封赏，甚至还有可能位列上等仙籍，为天庭效力。"牛魔王只说不求更多，金星接着道："你可随时前往老龙王那里，之后你自行安排，从此你也算是天庭的人了。"牛魔王谢过金星，些许，二人道别，太白金星回天庭玉帝那里交差去了。

第二十九章　牛王编外得册封　西天佛祖来拉拢

玉帝见金星收了大力牛魔王归顺天庭，少了一个可能与之作对的妖魔平天大圣，是此番周折算有一样收获，也是喜悦，赏赐了金星。

牛魔王对是否接纳天庭的安排游移了一番，最终打算不妨先去试探一二。次日一大早，牛魔王醒来，至附近河中洗净了全身，又对着那河水照了照，收起了顶上一对牛角，又用手在鼻子上揉了揉，收敛了些恶相，这方才前往渭河去寻那老龙。

到了渭河，只见白茫茫一片水面，牛魔王念动避水诀跃入水中，见有巡视的虾兵，赶上去拦住，问明了龙宫的所在，直奔而去。未久来到一处宫殿前，见门庭倒也高大气派，门前有蟹将守卫。牛魔王上前通报了名姓，蟹将入内禀报，未久出门叫请。牛魔王被引至大殿，殿上坐着一位老龙，须发苍苍，颇有威风，左右兵将列立，想是那万圣龙王。牛魔王上前恭敬施礼，老龙王已从天庭得报，亦早知牛魔王威名，今天庭安排其来投奔，自是欢迎，离座延请，以礼相待。二人简叙过往，老龙王吩咐设摆宴席，盛情款待。

老龙知道天庭给那牛魔王安排的乃是虚职，只是挂名，也不拿他当作下属，只当作朋友看待，随便安排些事情给他，亦不加约束。又送了他一只能上天入海的辟水金睛兽，充当坐骑，进出水路方便。牛魔王收了老龙赠与的坐骑，自是感激。他本是逍遥自在惯了，对于所授之职责，以为是些不紧要的事，也就随意做个交代，帮助龙王布雨、巡查，得做也做，时而多下几滴，时而少下几滴，也没个认真准数，倒也自在。只是多出和少下的雨数还要那当地的一干小神、小仙为之弥补，补得倒是不敢有半点差池，每每是大为劳神费力，便把个牛魔王恨到心里。

牛魔王很是清闲，只与老龙甚为交好，时常互相宴请往来。

这一日，牛魔王正于渭河边青山脚下自己的住处歇息，忽听见外面有人高声呼唤其名姓："大力牛魔王可在？"牛魔王有些吃惊，不知何人，出来观瞧。

出得门看，见是一僧人打扮，眉长垂丝，头顶隐约金光照见者立在门前，不像是凡僧。牛魔王高声问道："我就是，你是何人？"来人正是如来佛祖派来的使者阿傩，他为何出现在了牛魔王的府门之外？原来，牛魔王受了玉帝封册，并未大张旗鼓，西天尚未得知，只是西天那里因发生了有人前去向孙悟空发难之事尚未宁息。一日，如来佛祖在雷音寺主事，阿傩、迦叶，文殊、普贤，观音、罗汉列于两旁，如来将此事提出，想听听众人的意见。如来道："当日我将那石猴孙悟空困于五行山下，派揭谛和土地守护，今有人欲取其性命，且那二人有些本领，又与我西天不伍，逆我之意。"文殊道："想是玉帝担心那石猴重出作乱，不知是哪二人前来发难？"如来道："我知那其中一位乃是与孙悟空结拜的大力牛魔王，另一位是天庭贬下凡间的天蓬元帅。"文殊道："不知那牛魔王是何来历，有何等法力，我等或可将其降服。"如来道："那大力牛魔王乃是牛祖，开天辟地以来生出的第一只神牛，我西牛贺洲是多牛羊之地，那牛皆是其晚辈。牛魔王颇有神力，武艺高强，法术高深，精通变化，更知领兵，论本领在那闹天宫的孙悟空之上，乃是一个不可多得的悍将，如果能皈依佛门，做个护法，是再好不过。"文殊道："佛祖即有此意，何不派人前去说服牛魔王皈至我佛门之下，如有非意，再做打算。"如来道："正是我意，你们谁去走一趟，将我的意思传达？"此时普贤菩萨道："我愿前往说服那牛魔王皈依我佛。"如来正要发话，阿傩上前道："此事何劳菩萨出马，我去通知那牛魔王一声即可。"普贤看如来的打算，如来点头道："既然阿傩愿意前往，那就让他前去告知我意。"普贤和阿傩二人施礼领法旨，普贤为阿傩指点了牛魔王的去向，阿傩谢过菩萨，这才径直来到牛魔王的住处。

阿傩见出来的这位，模样高大威猛，声音洪亮，定是那牛魔王了，便道："我是西天灵山雷音寺如来佛祖派来的阿傩使者，欲与大力尊者有话要说。"牛魔王一听是佛门之人，心里奇怪，亦有些疑虑，但仍将阿傩引至府内落座一叙。

二人就座，阿傩也不拐弯抹角，直接将如来欲请牛魔王皈依佛门的意思说了，并告诉牛魔王，一旦其皈依佛门，定立即加封正果。牛魔王一听，许久不语，他深知如来法力，但自己已经答应了天庭的供职，虽是编外闲职，但也算是有所归属。而两边都不可得罪，天庭十几万天兵天将，掌管三界，西天佛门佛祖法力无边，驾下菩萨、金刚、罗汉、高僧无数，虽名义上是归属天庭管辖，实际上是独立为朝。若听了阿傩的话皈依西天佛门，则天庭必然动怒；若不皈依灵山，那佛祖特意派身边人前来，看来并非随意之举。这可如何是好，牛魔王有些犯难。

阿傩见牛魔王犹豫，虽知道他一定是会有些考虑，但并未料到牛魔王有如此深的顾虑，便又加以劝导："既然佛祖有意，大力尊者为何犹豫？想那西天佛祖除了天庭玉帝便是世上至尊，你若皈依佛门，是个再好不过的归宿。"这边阿傩一番劝说，那边牛魔王却还在心里左右权衡，半天并无结果，最奇怪的是：那西天圣人不少，不知如来拉他入门究竟为何？而他长期在地界为妖，如今刚得个清净，正想安生些年月，不愿再生周折。牛魔王思来想去，下定决心，便对阿傩说："多谢佛祖好意，我乃是一个小小的闲妖，不敢攀附西天高门，只想落得个自在清静，也不谋生害命。请尊者回复佛祖，恕我老牛不能前往灵山膜拜尊颜。"

阿傩一听牛魔王这么说，心中暗想："看来我此次要无功而返，真不知如何向佛祖交代，依托佛祖法力无边，我若不能说服他，回去佛祖岂不是怪罪我无能？"心里念想，阿傩嘴上不愿放弃，对牛魔王道："牛王，佛祖请你皈依，自然是看你与佛门有缘，你也清楚知道那佛祖的法力无边，你若违背佛祖意旨，恐怕对你也很不利，佛祖要做的事情，一定都能做到，今天你决意做个自在闲妖，若来日佛祖动用力量强加于你，你又如何是好？"牛魔王也自认是手段高强，因此从不与人屈服，听阿傩这样一说，反倒沉下脸来，瞪起牛眼，对阿傩道："若要去，我自去！若要不去，任何人能奈我何？我老牛要跟谁，早就跟得，何苦等到西天来劝我？此事我还得考虑！"阿傩一听话已至此，多说无益，只得起身与牛魔王告辞，回灵山向佛祖复命。

一路上，阿傩心里只顾着琢磨怎么把今天的事说与佛祖听，如何让佛祖不怪罪他一个办事不力。自己从菩萨那里争来的差使，原以为三言两语说动牛魔，然后回灵山请功，没想到这牛魔王如此游移还有些固执，估计连佛祖也不曾料到。

　　阿傩心中一路念想，回到灵山雷音寺，直接到大雄宝殿见了佛祖如来。如来正与众人讲经、议事，见阿傩上殿，目光闪烁，已料到结果，便不等阿傩开口，问道："阿傩，此去劝说那牛魔王皈依我佛门，可有难处？"阿傩一听佛祖问询，上前答道："那牛魔王对皈依我佛无有意愿，还说什么无人能奈他何，对我佛多有不敬之意，似有心与我佛门为敌。"阿傩断句取意，把牛魔王的意思说了个大概。听阿傩这样一说，两旁的菩萨、罗汉也有些诧异。

　　文殊开口道："这牛魔，如不归顺，有朝一日会对西天构成威胁，那只能以武力将其降伏了。"如来却未动声色，对文殊、阿傩和众菩萨、罗汉道："我佛门最讲缘分，今世缘，乃是前世所修，地藏、观音、文殊、普贤尊者，皆因今世有缘，才齐聚佛门一处。前世无缘，则今世要修缘，福缘是缘，孽缘也是缘。佛门与那牛祖，非是有缘，也非无缘。说无缘乃是缘分未至，说有缘乃是要历经磨难。今我佛门正欲大力弘扬佛法，引天下英雄集聚，普度天下世人。只待机缘一到，即可引众生皈依。"众菩萨、罗汉、僧众听了佛祖这番话，皆双手合十口诵佛号："南无阿弥陀佛。"如来让阿傩回去歇息，阿傩谢过退下。

　　牛魔王自打回绝了西天之邀，心中却不免一直忐忑，寻思那老龙见多识广，深思熟虑，或有方法可解自己的困境，于是牛魔王跨上璧水金睛兽赶奔万圣老龙的渭河龙宫而去。

第二十九章　牛王编外得册封　西天佛祖来拉拢

第三十章　左右两难问老龙　千里寻妻非为情

　　牛魔王到了渭水河万圣老龙的龙宫前，拴好避水兽，请蟹将向内通禀。老龙听是牛魔王来见，连忙叫请。

　　牛魔王见了老龙，行了礼，寒暄问候，二人就座。老龙先开口问道："牛祖多日未来我处，近日可得自在安好？"牛魔王叹了口气道："唉，哪里来的自在，正是烦闷呢，特来请老龙开解开解。""哦？"万圣老龙有些奇怪，问道："有何烦闷要老夫帮忙开解，难道是差事遇到了麻烦，还是手下人与你为难？"牛魔王道："老龙王有所不知，比起这些更让人烦恼百倍。"老龙闻听道："这倒是奇了，这世间难道还有让你如此烦恼之人？那可真的是堪比天庭神通广大啊！"牛魔王道："正如老龙所说，还就是几乎与天庭一般的西天灵山，那佛祖如来让我入他沙门，皈依佛教，也不知怎么看上我老牛了。"老龙一听皱了皱眉道："有这等事，这倒是福祸未知啊！"牛魔王道："正是啊，我现在为天庭在册人员，如果答应西天入他门中，岂不是得罪天庭，若不答应，就如老龙所言，那西天如来论本领比那玉皇和他的手下可是要神通广大，也是不好违背其意愿。"老龙道："言之在理，牛祖为此事烦恼，倒也不为过，这天地间谁人遇到此等两难之事，都不免烦恼。"牛魔王叹道："可不是吗，因此我才来拜见老龙，你见多识广，给我出出主意，看看有没有什么好的办法开解。"老龙问："你给西天明确的答复了没有？"牛魔王道："还没有，我说考虑一下，其实我本想拒绝，但又没敢直截了当正面相告。"老龙道："嗯，此举倒是明智，对于这件事还是不要与双方直接对抗为好，何况也无人能做到对抗其中的任何一家。"牛魔王道："道理是这般，只是若有人找上门来，也是不得不有所交代，我老牛愚钝，还请老龙帮忙出一主意，以求两全。"

老龙捋着龙须低头沉思了一会，忽抬头对牛魔王道："办法倒是有一个，不过恐怕要牛祖劳费些心神，但如若能够做到，对你也还是有好处。"牛魔王一听，双睛一亮，连忙起身给老龙行了个礼，高声道："哎呀万圣老尊者，要是有办法帮我老牛脱困，我自当没齿难忘！"老龙摆摆手，笑笑，示意牛魔王坐下，然后道："哪里，我要什么回报，如果真能成事，也是你的造化和修为。"牛魔王道："且莫谈什么造化，究竟如何，请告与我知。"老龙道："其实也简单，你知那佛门的规矩吗？"牛魔王道："大致知道一些。"老龙道："那佛门清规戒律森严，凡是皈依者皆不能娶妻生子，有违此规矩的，便不能入其门下，如果你去娶一房妻，生几个子，那佛门即便是想要你加入也不能坏了规矩，从而作罢。"原来，老龙王早有一龙婆为妻，有一龙女名万圣公主，故此自然便想到此计。

牛魔王一听，似醍醐灌顶，一拍座椅站起身，高声道："妙啊！我怎地就想不出如此的好主意，还是老龙大智过人，非凡人可比！"万圣老龙呵呵一乐，接着道："你安归天庭在册，却不在编，可以不受天庭规则约束，娶妻生子自是无妨，而且这样一来，那佛门便不再与你纠缠，岂不是好？"牛魔王连连拜谢，对老龙道："如此一来，我老牛还能定个心，成个家哩，说不定娶的是一房美妻！"老龙道："正是，你本领高强，但凡你能看得上，自然有人很愿意与你结亲，此法必然可行，还成就一桩美事。"牛魔王面露喜色道："事不宜迟，我这就去办，晚了，恐那西天又要来寻我，我得赶在西天下次再来人之前把这件事情办了才好。"老龙道："嗯，不错，不过这成亲之事也算是一件大事，你想好了要娶哪家人家的闺女了吗？"牛魔王一怔，道："啊，这倒是没想过，这些年来我老牛只知到处游荡，也未曾考虑过这件事情，还真不知该找哪家合适，有哪家的闺女肯嫁给我老牛，何况我对世间男女婚嫁之事知之

第三十章　左右两难问老龙　千里寻妻非为情

甚少。老龙有妻有女，这方面乃是高人，想请教老龙有何高见？"老龙道："高人谈不上，只是我先你半步罢了。"牛魔王道："在我眼里你就是我的启蒙之师，还劳烦在这件事上指点我一二，差不多即可，我也没那么多的讲究，只求速速达成。"老龙点头道："也谈不上指点，这要看个人的喜好和缘分，不过结亲的事倒也有些常理可循。"牛魔王道："愿闻其详。"老龙喝了口茶，停顿了一下，接着道："这结亲讲究的事情很多，最重要的几点莫过于门当户对，两情相悦，还讲究父母之命，这三点要是都能处理得好，自然会有好的结果。"牛魔王闻听道："多谢老龙指教，你见识广博，结交甚多，不知老龙是否有合适人选，为我老牛推荐一个。"老龙道："你虽在我这里谋职，但也曾称王称霸，若找女子婚配，普通人家是也配不上你，要有公主身份方才适合。"牛魔王道："不必非得是公主名门，我只为求一妻，赶快躲过此劫。哪里会有人家刚好有公主长成等在那里出嫁，又正好被我遇上？"

老龙见时机已到，便道："牛祖如不嫌弃，你看我的女儿如何？"牛魔王早知那老龙有一女名为万圣公主，生得是貌美如花，聪明伶俐，被龙王视为掌上明珠，一听此言，心中大喜过望，忙深施一礼道："多谢老龙！如能高攀，是我老牛天大的福分！"那老龙见牛魔王愿意，也是高兴，便道："好，既然如此，我就去和小女商议，你且等候消息。"牛魔王再三感谢，二人就此别过。

牛魔王回去期盼不提，再说那老龙将此事与自己的女儿万圣公主说了，没承想那公主却百般反对，说自己早已心有所属。龙女虽是容貌秀丽，性情却冷若冰霜，平日里不与寻常人等来往，且内心极有主张。老龙也不知女儿何时有了心上之人，狐疑之中不知是真是假，当作是那公主犹豫推脱的借口，遂加以劝说，但终是无果，又下不得狠心委屈女儿，只好作罢。

老龙遂又将牛魔王请至龙宫，对牛魔王满怀歉意道："小女年幼无知，虽我再三劝说，无奈其无有此意，就是不肯，还望多见谅！"牛魔王知是不能强求，虽是失望，但也只能作罢，谢过老龙一番好意。老龙因怀愧疚便又对那牛魔王道："据我所知，还有一个公主年龄正当婚嫁，尚未许配人家，论身份也与你配得上，只是远隔千里。"牛魔王闻听心中再度燃起希望，对老龙道："远也无妨。"老龙点点头道："我听人说西方有一个罗刹国，国王有一公主，人生得俊俏，又聪慧无比，能文善武，依我看，与你甚是相配，你或可前去提亲。"牛魔王闻听转忧为喜，道："哦，要是真有这样一人，倒也可前去一试。"老龙又提醒道："那罗刹国男子生的极为丑陋凶恶，食人为生，而女子则是温柔贤惠貌美如花，国王很是凶悍，你要小心行事。"牛魔王道："好，我自当谨记。"老龙道："我这里有些上好的衣履，你且换了，也有个提亲的模样。"老龙又给牛魔王交代些详细。牛魔王连连称谢，带上老龙赠予的行头，辞别老龙回去打算了。

回到家中，牛魔王主意拿定，择个好日子，上下收拾了一番，一大早径直奔罗刹国都城而去。罗刹国在渭河西北，距离有近万里之遥，牛魔王驾云按老龙指点的方向越过戈壁荒漠不消一日即到。低头见那都城，北靠高山，南临荒原，唯有此处绿洲环绕，城池方圆有数十里，四面城墙高筑，两层城郭，门楼高起，果真是个好去处。城内房屋街道错落有致，再细看，只见城中东边堆着尸骨如山，西边四处鲜花开遍，城内男子个个恶煞，女子是人人如花。城中一处辉煌壮丽的宫殿，圆顶高耸，想必是那国王的王宫所在。牛魔王遂收了云头，落在宫殿前。抬头见那宫殿，高墙明瓦，厚门粗柱，大门颇有些气势，当是只有帝王才得此象，门前有满面凶恶的卫士把守。牛魔王正欲上前，便被门将拦住，不由分说，兵器指将过来，喝令其速速离开，不然即刻捉拿问罪。见此情形，牛魔王也不与之发生龃龉，转身到城里别处寻了个歇脚的住处，待到天黑再做打算。

及至日落西山，华灯初上，牛魔王起身，驾云直奔王宫而去。来在了宫内，见那殿堂甚多，不知哪个是公主的住处，遂唤出王宫的土地，问了清楚，便直奔那公主的住处而去。到了一处二层雕花宫阁，那老龙所说的公主正是居于此宫，闭门掌灯，旁边有宫女作陪。牛魔王闪身穿门而入，来到公主跟前。公主正在宫女陪伴下试穿新缝制的华服，见有陌生人突然闯进来，大吃了一惊，宫女见状正欲呼喊，被牛魔王使个定身法定住，不能知也不能觉。

公主反倒是显得镇定，没有呼喊，紧盯着牛魔王，见其赤眉阔口，双目炯炯有神，用惊讶的声音问道："你是谁，为何闯入宫里！"牛魔王定睛观看，只见那公主果然生得有些不凡，正如老龙所说，天生俊俏，端庄秀丽，不施粉黛，肤色洁白，眉清目秀，身姿妩媚，着绣裙丝绦，隐约有些仙气，初见便有种似曾相识的感觉。牛魔王叫公主莫慌，介绍自己是在渭河龙王驾前听命。公主听其所言，似乎并非是闲散歹人，心中稍安。

待公主平静下来，牛魔王道："久闻姑娘美名，仰慕姑娘贤德，今日得见，姑娘的美貌果然令人赞叹，资质非凡。我特意前来，是想与姑娘结为夫妻。"这牛魔王急于脱出西天之困，也就顾不得些什么人情常理，第一次见面便把老龙临别前教他的一些溢美之词背诵了一遍，将来此的目的说了清楚。公主听罢则是大为诧异，毕竟此等事情闻所未闻，太过出奇，一时愣住，半晌才回过神来，问了一句："你远在那渭水河边，我与你又从未谋过面，怎知道我的所在？又是如何不远千里来到此地？"牛魔王道："公主，实不相瞒，我人称大力王，也算是有些本领见识，前日我请人测算姻缘，得知此处有一位公主，美貌聪慧，举世无双，与我今世有缘，因此，特前来与公主相会，并欲结为夫妻。"

公主听他所言，不知真伪，但见牛魔王威风凛凛，气概英朗，倒是有些好感。二人初次相见，因牛魔王的精心准备，竟然交谈如故，不知不觉已至深夜，公主道："时间不早了，你且先回去，我要歇息了，改日有机会再与你相见。"牛魔王起身道别，解了宫女的定身法，出门驾云而去，那公主见牛魔王果真能腾云驾雾，其所说看来是不虚。

牛魔王与公主的初次见面十分顺利，回去后休息准备，次日，又前往公主住处，这次去，没空着手，带了些老龙赠与的龙宫珍奇礼物，送给了公主。公主虽也在宫中见过些宝物，但牛魔王拿出的那些个明珠、宝石、珊瑚、翡翠却也稀罕，故而十分地惊喜。又谈论所见所闻，人间趣事，公主很是新奇。

如此一来二去，不多日，二人渐渐熟络，公主慢慢地开始喜欢上这位不速之人了，一日不见，倒有些想念。牛魔王见时机成熟，趁与公主再次相见的时机，又向她提出婚事。公主见牛魔王开口向她求婚，心中欢喜，但此等终身大事，须得和父母商议，便对牛魔王说："婚姻大事，还要父母同意，方能成就，哪天我向父母给你做个引见，看看他们是何态度。"牛魔王担心地问："若他们不同意该如何？"那公主道："我父母都十分疼爱我，凡是我想要的，只要能给的便尽量满足，你放心吧。"牛魔王闻听高兴，看来此事即将大功告成，点头同意，回去准备。

那罗刹国王十分疼爱这个女儿，凡是她想要的，只要能给的便尽量满足，但又不完全溺爱，找了专门的人教她武艺。最近国王得到禀报说公主这几天常常告假，不知何故。国王问可有生病迹象，回答说："无有。"国王也不在意，心想："女儿大了，有些事，只管让她自己做主。"

这一日，国王听说公主有事要和父母商议，便与王后一同来到后花园。到了那花园中，见四周满是繁藤碧叶葡萄架，白花嫩蕊安息香，远远的石榴树旁，公主正在张望，未久，近前来，先拜见了父王和母后。国王微笑道："我的好女儿，这几日不曾好好习练武艺，上哪里玩耍去了？"公主见父王问，答道："女儿没有去玩耍，一直在宫中呢。"国王道："哦，那这几日可有长进？"公主道："父王，我有事要与父王商量。"国王道："有事？难道又要我给你弄什么稀奇玩意？"公主道："这次我可是要个大的稀奇。"国王一听，有些诧异，问道："大的稀奇？说来听听，只要我这国中有的，父王定给你找来。"公主道："这次可不在我国，不过也不用父王费心去找。"国王笑笑问道："你又想出什么稀奇主意？"公主道："父王，我想要个夫君。"那国王听到这里收敛了笑容大为惊诧道："这倒真是稀奇，哪有女孩向长辈要夫君的？不过，你也是到了谈婚论嫁的年龄，过些日，我和你母后商议，为你在各国王子当中挑选个称心如意的。"公主道："我自己找了一个，正要介绍给父王

第三十章　左右两难问老龙　千里寻妻非为情

217

呢。"国王还从未听说女孩给自家找夫君的，虽说自己的这个女儿平日有些主张和豪爽气概，但今日也是惊得不浅，即道："我的好女儿，这等事哪有自作主张的，不知其是否是正经来历，不能随便草率决定！"公主道："父王，您多虑了，我找的这个人还真是不错，他一表人才，修炼有术，就是像你平日说的那样，是个有志气有本领的，你见了，一定会满意。"

作为一国之君，遇事思考周全，听公主一说，不免心中生疑，那国王问道："哦？果真有这样一个人，不知是哪家的公子？他的父母是什么人？你又如何与他结识？"公主听问，一时有些愣住，原来，这几日，公主与那牛魔王倒不曾深聊家事，牛魔王只说是自己在外修行、云游，未曾提及家事。国王此番一问，公主难以答对，只好回道："他父母倒是不曾了解，只知他是个有本领之人，颇有见识，乃是我前些日偶遇的。"国王一听此人是有些本领见识，但却来历不明，心中更加疑虑，对公主道："女儿啊，此人如果来路不明，不能与之随便交往，万一其有歹意，则后患无穷。"公主听了，还没等父亲往下说，抢道："父王，他确实难得一见，您和母后见了一定喜欢！"

国王执拗不过公主，心中也是好奇，更要辨识善恶真伪，于是便答应约在后天见见此人，王后也想看个究竟。公主高兴，辞别了父王和母后，回自己的宫中，只待来日让二者相见。

第三十一章　悲喜姻缘何其短　老君再遇芭蕉仙

牛魔王再度来见公主时，询问结果，公主道："我父王和母后想见见你。"牛魔王道："那是好。"公主道："你在我父王面前要多留意些。"牛魔王点头道："这个自然。"

三日后，牛魔王在公主的引领下去寝宫大殿见那国王，只见其生得是：眉如赤焰，眼似铜铃，阔口獠牙，高额凸腮，发如钢针，手赛铁爪，雄赳赳威风八面，活脱脱在世阎罗。一旁的王后却是雍容端庄，美丽慈祥，周身华贵。牛魔王见多识广，并不畏惧。

那罗刹国王见牛魔王果是英武，开口道："不愧是天下闻名的牛魔王，今日一见，果真非同凡响，不知怎地突然看上了我的女儿？前来有何打算？"牛魔王见对方了解自己的过往便也就直截了当说明来意："是有人向我推荐了公主，我见了果然不凡，因正要成一个家业，故特此前来求一门亲事。"那国王听罢道："你本领高强我早有耳闻，但也知你常年征杀，结怨甚多，多数时居无定所，我女儿若跟了你，难有好的结果，你若要金银财宝，尽管开口，只要我能做到，但要娶我的女儿，我劝你还是打消了这个念头！"

牛魔王此次专为公主而来，对那金银财宝并无兴致，见国王不同意他和公主的婚事，心里有些急躁，便道："你说的那是过去，如今我在天庭谋得一职，在渭水旁定居，公主跟了我，定当享乐快活！"罗刹国王一听牛魔王在天庭任职，眉头反倒一皱道："哦，那我们更不是一路了，想那天庭因我罗刹族食人为生，屡屡与我作对，多次派人前来搅扰，我怎能与天庭的人往来瓜葛！"牛魔王听他这样一说，不知怎样答对才好，一时语塞。此时一旁的王后开口道："我看这牛王是个相当不错的选择，他是个英雄豪杰，又看中了我们的女儿，女儿嫁了他这样的，也是当对，比国中的勇士强之百倍，你有了这样的女婿，与那天庭的关系也许还能有所改善，何乐而不为呢？"那国王闻听脸色一沉道："你懂什么！这牛魔王岂是善类，他今天做了罗刹国的女婿，明日我这王位说不定就不保，你也再做不得王后！"那国王显然是不愿接纳牛魔王，竟在众人的面前说破心中的忧虑。

牛魔王倒是完全没有夺他国度的打算，但见那国王这样一说，许是纯粹为了拒绝这门亲事的托词，便也不想多做解释。一旁王后也不再发话。一时气氛有些尴尬，公主见状颇为难过，开口道："父王，女儿我……"还未等她把话说完，那国王吩咐随从取来兵器，乃是一杆三股钢叉，擎在手中冲着牛魔王高声道："如果你能赢得了我，我就把女儿许配给你，如若不然，你可自便！"牛魔王闻听那国王要比试，心中倒有些欣喜，立刻应声道："好！那就不客气了！"说罢从怀中抽出混铁棍，指向那罗刹国王。一旁的王后和公主见状虽是惊讶，但也知道劝说对这二人无用，便闪在一旁，挽手观看，一个呼："夫君小心！"一个唤："莫下重手！"

牛魔王与那王拉开架势四目相对，跃出大殿外，随即各自呐喊一声，冲上前去，二人一条棍，一杆叉，战在了一处。只见那棍走处，虎虎生风，叉掠过，呼啸作响，兵器相撞，铿锵震耳。牛魔王久经沙场，棍路纯熟，变化多端，那国王也是叉法精湛，力大气猛，二人三十几个回合往来，渐渐地牛魔王占了上风。那国王一个没注意，牛魔王的铁棍已抵住了其胸口。国王圆瞪着双眼，斜视着牛魔王，手中的叉停在半空。牛魔王收了棍式，笑了笑道："失礼了。"那国王恢复了身形，把叉向地上一戳道："算你厉害，明日一早来见公主！"说罢转身进入大殿，回自己的宫中去了。

一旁观战的公主忙上前欣喜地拉着牛魔王的手对他道："明天你一

定要来!"说罢转身和王后一同跟随着那国王而去。牛魔王望着几人的背影,随即也返回了自己的住处,只待来日。

次日,牛魔王前往宫中去见公主,却被守门的卫士拦住,说:"国王有令,任何人不得见公主之面!"牛魔王闻听惊讶,方知昨日是那国王的缓兵之计,心下焦急,急纵起云头进入宫中寻找,却遍寻公主的身影不见,那国王也是踪迹全无。牛魔王忙唤出土地,问个仔细,土地告诉牛魔王:"那国王已将公主软禁藏匿。"随即给牛魔王指引了方向。牛魔王循着那方向找寻,果然见有一处不显眼的小门,门前有几名卫士守护。牛魔王二话不说,放倒了看守的卫士,撞开门闯了进去。公主果然在内,见牛魔王前来是又惊又喜,随即又面露忧虑之色对牛魔王道:"我父王仍旧不同意你我的婚事,并且还禁止我再与你相见。"牛魔王不愿耽搁,他想尽快办成此事,好以此拒绝佛门。于是牛魔王鼓动口舌,对公主海誓山盟道:"我一定会让你将来无忧无虑,不离不弃,我要带你远走高飞。"

毕竟同父母生活多年,开始时那公主犹豫,但禁不住牛魔王的多次反复劝说盟誓,公主终于心动,狠下心道:"好吧,我跟随你去!离开此地,你我比翼双飞,白头到老。"牛魔王闻听欣喜,忙拉着公主出门,腾云驾雾带她出了王宫,离开了罗刹国,奔渭水河自己的府邸而去。

牛魔王携着公主驾云飞奔,公主紧紧挽着牛魔王,两耳生风,一路忐忑,又喜又怕。行经大半日,二人便来到了牛魔王的住处。自打跟了万圣老龙做了编外之职,牛魔王自建的府邸经过不断地修饰也颇有些模样。公主随牛魔王落下云头,见眼前一所宅院,依山而建,府门高大宽阔,进入府内,庭院精致,木梁石柱,整整齐齐,虽比不得王宫大殿,但也有些气派,是个不错的居所。公主欣喜,心想:"夫君果真是个在天庭有职务的,这里虽然不大,但是生活是有着落。"也就放下心来。

牛魔王安置好公主,又领公主在府内四处观看,三进的宅院,有房屋数间,后有花园。公主看完愈发地满意,心里算是彻底安定了。公主心定,牛魔王的心也定了,找了个好内人,又能解决西天和天庭的困

第三十一章　悲喜姻缘何其短　老君再遇芭蕉仙

扰，心下盘算，真应了"好事成双"这句话，自觉美极。

那罗刹国王和王后忽见有人来报说公主不知去向，大惊失色，忙命人在王宫内四处寻找，却不见踪影，再寻那牛魔王，也是难觅踪迹。又举国张贴告示悬赏发现公主者，国内上下一番混乱，终究无果。国王和王后每日为此心烦意乱，寝食难安，自不必提。

稍作安顿，接下来便要安排正式成亲一事。牛魔王知那万圣老龙对此类事十分清楚，便去把那成亲的事问个端详。牛魔王来在老龙处，老龙见他一副喜气模样，不必开口，就知道他此去要办的事情看来已成。牛魔王简单说了如何寻得那公主前来的大致过程。老龙听完道："恭喜，恭喜！果然非同一般，此事竟能办得如此之快。"牛魔王道："还多亏老龙的指点，这次特意来则是请教关于筹办婚礼之事。"老龙道："此事你莫急，这等大喜事，我会把我那渭河的人都叫去，你只管听我安排。我这里有一副盔甲赠与你，算是喜礼。"说罢吩咐左右取来一副水磨亮银盔，锦绣黄金甲，一双粉底麂皮靴，交予牛魔王。牛魔王收了盔甲百般感谢，回去按照老龙的指点，拟下名单，写下请柬，又交给老龙派人一一送去。

一切安排妥当，渭河周遭的各路土地、河神、草仙跟班都知道了那牛魔王要娶亲。老龙亲自叮咛，还空出龙宫大殿专门为办理此事。各路仙班也愿图个热闹，大家都答应前来祝贺，牛魔王心里高兴，只等婚礼当日。

至娶亲良辰吉日，牛魔王穿上老龙送的新郎装扮，红袍皂靴，特意在镜子前照了又照，自己十分满意，随引礼人到龙宫大殿与那公主结拜天地。公主今天也在众女眷服侍下仔细一番梳妆打扮，红装美鬓，朱唇净面，乃是喜庆新娘的标准样貌，比平日更加俊俏十分，一旁众女眷夸奖赞叹，公主自是欣喜企盼。

良辰已至，在龙宫殿上，老龙一家和众人见证，牛魔王和公主欢欢喜喜拜了天地，随即大摆宴席。渭水之众，由上至下，不论职位高低，呼朋唤友，一并前来，不下数百，好不热闹。牛魔王敞开胃口与众痛饮，那平日无论与其交好与否的，都前来把酒互敬，连劝带灌，把个牛魔王喝得是东南西北不分，上下左右不明。公主本也有酒量，但禁不住这许多人的劝酒，酌情少饮，尚且清醒。新郎新娘与来宾一番尽情欢乐。

酒过三巡，牛魔王喝得已是昏天黑地，胡言乱语，老龙见他也差不多了，便差人送其回府，另派女眷送公主一同回去。回到府内，因高兴喝得酩酊大醉的牛魔王迷迷糊糊地在众人的服侍下，倒头便睡。公主也不胜酒力，宽衣而眠，在牛魔王身边很快睡去。

一夜无话，第二天一早，太阳已高，牛魔王还在酣睡。公主并未深醉，醒得较早，揉揉惺忪睡眼，昨夜的热闹喜庆场面还在脑海里萦绕，起身看夫君，正蒙头酣睡，知道是昨夜喝得太多，依然未能酒醒，便不去打扰，只是听鼾声有些奇怪。公主未多加在意，下榻洗漱，用了早点，坐在一旁歇息，等待牛魔王醒来。

不觉已至晌午时分，牛魔王终从睡梦中苏醒，睁眼翻身坐起。公主听动静是牛魔王已醒，便从座椅上起身来看，这一看不要紧，被眼前的景象惊呆，只见一长角宽鼻、血口赤眉活脱脱的牛头怪穿着新郎的衣装坐在床上，哪里是那俊朗的夫君。公主惊恐中止不住叫出声来，以为自己酒未曾醒，醉眼看花，强打精神凝神观瞧，虽似曾相识，却头上长出了一对长角。

牛魔王因醉酒过深，昏睡中还原了本相，今朝初次和公主同居一室，突然起身，迷糊之中，一个长角的牛头显露了出来，自己还浑然不觉。听公主叫喊，方才警醒，用手往头上一摸，赶紧一按，又一抹脸，又照平日变化好了，起身上前搀扶公主。公主此时心已慌乱，见那牛怪突然又变成往日的牛魔王模样上前来，一时不知如何是好，声音有些颤抖道："怎么，怎么刚才……"牛魔王对公主道："我本就是牛精，方才只是因昨日醉酒还原了模样。"

公主听了他讲述，依旧有些惊魂未定，将信将疑地看着眼前这个既熟悉又陌生之人，已然忘记了现还是燕尔新婚。

过了一阵，公主总算是稍微定了定心神。牛魔王也不多言，只在一旁看着公主，公主看着他，说道："我也不怪你，只是你再莫变作那怪模样。"牛魔王见公主不怪，也放下心来，去外面叫人照常安排了吃食，与公主一同用餐，公主吃不下半点，只是坐在对面，不看他一眼。直至掌灯，公主要自己单独一个人就寝，牛魔王无奈，叫公主住那主卧房，自去侧房独自睡了。

之后一连几日，也是如此，又再过许多日，公主依旧不改初衷。牛魔王也尝试与公主亲近，怎奈公主始终拒之不从。公主好不容易嫁得一夫君，本想过个称心如意的美满日子，才鼓起勇气私自离家，孤身来到此地，却发生此等事情。国是也回不去了，公主此时方才备感思念亲人，不知父王和母后是何等牵挂，苦闷如何解脱。

牛魔王寻思为了能躲过西天，娶妻生子，这妻算是娶了，可这子却如何生得？牛魔王无奈，四处游荡，常常夜不归宿，白天也多见不到其身影。本来还做做样子的差事，这下干脆也不去了，老龙因此也受了牵累，被人将其管束手下不严之事告上天庭。

这真是：良辰难遇美景，良宵终究梦醒，人常叹，真情遇冷，瀚海逆风。

那公主每日是忧心忡忡，焦虑重重，茶饭不香，只在家独自喝些闷酒，也不出门，在府内挨过时日，偶尔去那花园赏花观叶。这一日，公主孤身一人行至花园处。时值半夏，一阵暴风骤雨刚过，阴云离去，天空半乌半蓝。那原本的满园碧叶鲜蕊已是雨打花散，折枝残瓣缤纷落地。公主泪眼向花花不语，心中无尽感伤，思虑此前发生的事情，担忧未来的生计，只漫无目的地在园中游走。忽然间，天空闪现一道金光，祥云漫卷，从云端飞落一人，公主先是一惊，再仔细看，其乃是一道人模样的老者。公主一见此人非但不感到惧怕，反倒有些似曾相识，只是一时无法想起到底是谁。

这老者不是别人，正是那三十三重天上兜率宫里的太上老君。老君怎会有闲暇至此，还特意来在公主之处？原来，自那天宫被石猴搅闹，孙悟空踢倒八卦炉，炉子的碎砖落了几块到地界。八卦炉本是仙炉，因此落下的碎片到地界变成了一片火焰大山。老君因天宫被搅得大乱，自己的仙炉又被毁，罚了那看炉的道士下界看守着火的炉片，待平息了天宫的乱象，再亲自去往那炉片成山之处，料理此事。

老君安排好了天上诸事，择日动身离了三十三重天宫，飞身下界巡视，一路贴地而行，观看下界的情形，遍查诸国，寻找合适的传道之地，以增道门之势。一路先至那南赡部洲，见那最强大的国度信道扬道，心中满意。又由南赡部洲行至西牛贺洲，至车迟国，见此国虽是敬道，但已始有佛门踪迹，心中觉有不妥，却未作停留。又过一滔滔大河名为通天，再经过一座嵯峨高山，渐渐往那碎炉掉落之处而去。

行至渭河附近，忽见下面有一处府邸，隐约是个似仙非仙、似魔非魔的所在，有些气势，想必也是个修炼者之所，这倒不奇，只是见那宅院之中是有一人，令其有所触动。老君遂在云中定睛一看，见是一女子正在那府内花园散步，再仔细瞧，老君看了明白。身为开天之祖，老君知天上地下事之前因后果，天上地下人之前世今生。见这女子不是旁人，正是当年昆仑山东山下那棵天地同生的芭蕉树投胎所化，当年曾被老君摘了与天地同生的两片阴阳之叶，做成两把水火阴阳芭蕉宝扇，老君用于扇火炼丹、生风化雨。那芭蕉树只此两片汲天地日月精华仙叶，之后再无。又经历了许多时日，芭蕉树转世到了人间，成了罗刹国公主，还嫁了那牛祖牛魔王。

老君看出这公主的前世，心想："当初我取了她的两片仙叶，也算她有助于我，今已转世为人，我去看看，可有什么能帮助于她。"这方才收了祥云，落在了公主面前。公主见来一仙人，一身八卦仙衣，长相慈眉善目，竟还有几分眼熟，因知是神仙，故此并不惊慌，反倒好奇占了先，只是未曾料到竟是三清之道祖太上老君至此。老君先开口问道："你可认得我吗？"

第三十二章　道祖送子偿心愿　铁扇独据火焰山

　　太上老君在那芭蕉转世的公主面前显现真身，公主仔细打量来者，似曾相识，却又想不起来在哪里见过，见其上来便问她是否认得，心下却是奇怪，便如实答道："不曾认得，却是有些眼熟。"老君笑道："这就是了，你我曾经有过一面之缘，只是时日甚久，长过隔世，因此你不曾记得。"公主奇怪道："隔世？隔世如何相见？你又是何方神圣？"老君道："我乃是太上老君。"接着从袖中取出那两把用芭蕉树的芭蕉叶做成的水火阴阳芭蕉宝扇，对公主道："你还认得我手中的这两柄芭蕉扇吗？"

　　公主一听是道祖太上老君，早有耳闻，今日不想得见真身，不禁大为惊讶，忙给老君行礼。又见此两柄芭蕉扇，更为诧异。见那宝扇：绿油油的扇面，金灿灿的扇边，天地生的神物，日月养的精华。感觉如同见到自己的骨肉。公主自是奇怪，怎会有此等感受，便用疑惑的眼神看着太上老君道："好生奇怪，怎的看着隐约感觉像我的血肉？"老君道："这两柄宝扇乃是从你的前世——昆仑山下与天地同生的一株芭蕉树上取下的芭蕉叶制成，因此你见它们如同见自己血肉。"

　　公主已转世为凡人，自是不解，但知那太上老君不是一般的仙神，对她无必要瞒哄，想必是真的，只是自己已不记得前世的模样了，公主道："既是如此，那恭喜天尊，得此两柄宝扇。"老君点头道："也算是你我曾有些缘分，这制作芭蕉宝扇的仙叶只有两片，你前世失了这两片仙叶因而转世只能做个凡人。"公主道："凡人也无不好，凡人自有凡人的乐处，神仙亦有神仙的烦恼。"老君道："你能知此道理，也算是有悟性，但我见你当下正处于苦恼之中，难以解脱，是何缘由？"

公主便将自己遇见那牛魔王，后又离开父王、母后，再又和牛魔王成亲等等前后遭遇述说了一遍。老君听完点点头，道："这段因缘也是天地之合，该你和那牛祖有一段渊源。你若答应我一样事，我便为你解去忧愁，让你在人间做个快乐的神仙，也算我给你仙叶的回报。"公主道："天尊尽管吩咐，我现正有无尽烦恼，不得解脱，如能得天尊相助，真是大幸事，感激不尽。"

老君便对其做了一番交代，公主点头同意，老君接着道："你有何难处现在尽管说来。"公主道："我与那牛魔王成亲，无夫妻之实，请天尊赐我一子，如能得子，一来能成就我天伦，二来今生有个依靠，只是此愿恐有些难处。"老君笑道："这个不难。"说罢，取出随身带着的紫金葫芦，从里面倒出一粒葫芦籽，对公主道："我这里有一粒葫芦籽，这葫芦乃是天地之初昆仑山西边的一棵葫芦藤上所长，这葫芦仙藤与你前世芭蕉仙树乃是天地造就的一对仙木，因此与你结缘至此，你将这葫芦籽吞了，便可得子。"公主如获至宝，赶忙接过葫芦籽，小心翼翼揣入怀中，喜难自禁，开心已极，跪谢老君。

老君又从怀中取出一粒仙丹，对那公主道："这一粒金丹你服下便可驻颜长生。"公主忙接过仙丹，口中连声称谢，却又不起身，对老君道："道祖既然赐我长生，但我那尚未出生的孩儿料却不能，将来我见其生老病死，离我而去，岂不凄凉，因此还请道祖大发慈悲，再赐我一粒，与我那未出生的孩儿，让他也可长生不老，与我陪伴。"老君点头应允，便又取出一粒金丹交给公主，公主又连拜称谢，把那金丹小心收好。高兴之余，公主仍面有难色，老君明察秋毫，问其还有何其他要求。公主道："不敢劳烦。"老君道："无妨，自消说与我听，我取你两片仙叶，便允你两桩大愿，我身为道祖，皆可办到，当无虚言。"公主一听，解了心中的忧虑，道："还望道祖指点一安身立命之法。"老君道："这个也不难，我此番正要去往当年我那八卦炉碎落之处，此炉碎

227

片落在人间，成了一片火焰大山，周遭人等受此火焰灼烤，民不安生，我把芭蕉宝扇交给你，可灭此山之火，你可执此宝扇前去降雨熄火，那周遭人等自会感念供奉。"公主道："这是个好办法，只是用宝扇将那火焰大山之火熄灭之后，再无营生。"老君道："你可不必将那山火熄灭，那火要连扇七七四十九下方可彻底熄灭，你每次只是将其压制住便可，待当地之人得雨耕种，收割之后，那火焰重又复燃，你即再去熄火生雨与那众人方便，他们便给你供奉不断。"公主大喜道："如此甚好，我得此安身之法，可自去他处居住。"

老君又道："凭借那炉内之火亦能修炼成三昧真火，我再传你修炼三昧真火之术，只要依法习修，便可防身使用。"公主连声道谢。老君道："你既已准备离开此地，正好随我去那火焰山一看情形。"公主道："好，待我这就回去收拾，便与你同去。"牛魔王此刻外出未归，公主回屋简单收拾停当，未久，返回老君处，老君携了公主驾云前往火焰山。

不多时，二人便来到火焰山前，远远望去，炉砖化成的大山，通红一片火海从山上腾空而起，高有千丈，四周赤热荒凉，人烟尽绝。老君担心那公主受不了灼热，离远处收了祥云，落到地面，又念动咒语，把看守此地的土地召唤了来。当年因孙悟空从丹炉逃脱，丹炉被毁，火炉的碎片掉下地界，变成火焰高山，看炉者有过，难逃责罚，老君命那看炉的道士下界好好看守那山，同时要他在当地为道门收取供奉，将功折罪，不得有误，看炉的道士不敢违背，下界做了火焰山的土地。那道士已在此守候多年，今闻得老君召唤，忙赶了前来，下拜行礼，将情况报与老君："自打神炉碎片落至此处，终日大火，片雨不下，此地原有居民已尽皆逃无踪影。"老君点头，回过头对公主说道："此地已被那火焰大山灼烤多年，周遭人烟尽散，我且将这火焰山挪至有人烟居住之处，你也好受那人间供奉。"公主连忙道谢。老君念动咒语，那着火的大山平地腾空而起，向西南方向移去。公主见老君此等法力，不禁惊叹。片刻，那山移到一处周围有人烟的所在，着无人处轰然落下，那些个当地人家惊骇不已，不知何方突然飞来这么一座着火的大山，家家户户奔走呼号，惊恐万状。

老君取出芭蕉扇对公主道："现在你可执宝扇前去熄火救助，必得那些人的感念，我先传你些飞腾、避火的法术，你可借此法力前往那山前行事。"公主忙接过宝扇，又记了老君教授的口诀，老君用手轻轻一推，那公主便飞身而起前往那山前。山下众人正被炙烤得慌乱，见天上彩云飘过，飞来一位仙女，手执一柄闪着金光的碧绿宝扇，在空中高声道："你等莫怕，我特地前来为你等熄灭火焰。"说罢，只一扇，那大火即刻变小，再一扇，天降甘霖，天气马上凉爽舒宜，只是那山上火焰并未熄灭，仍依稀可见。

众人见有神仙及时相助，顷刻之间消除了火患，一齐跪倒，望天叩拜。公主见众人跪倒纳拜，便对众人道："今日火患已熄，但那山火未灭，不日还会复燃，你等可趁此机会种养，安歇，一旦那山火复燃，唤我名号，我便来此为你等解难。"众人闻听又拜，有人望空相问："不知仙人如何称呼？"公主一听，心想："倒也忘记告诉他们一个名号，我已离开父王国度，不能用我本名。"遂给自己起了个诨名，对众人道："你们就叫我铁扇仙吧。"众人忙又连连拜谢铁扇仙。铁扇公主便转回身奔老君处去了。

老君见公主返回，知道事已办成，又叫那看炉的道士继续做当地的土地。老君对那土地道："铁扇仙每年为此处解难，我命你听从他的调度。"道士听老君吩咐，马上应承。老君又道："今铁扇仙初到此地，你可先帮他安排一个住处。"土地领命。老君说罢又叮咛那铁扇公主："宝扇要小心使用，不可让他人得了去，以免生出是非。"公主应承，捻口诀将宝扇变小收好。老君遂转身腾空而去。

来在半空之中，老君回首看那火焰山落处，南北横亘八百里，烈焰恰似鬼门关，正拦在了通往西牛贺洲灵山东西向的必经之路上，老君满意地回自己的宫中去了。

那火焰山的土地按铁扇公主的期望给她在远离此地数百里外的西南方的翠云山安排了一处洞府，宽敞舒适。那山神、土地见是老君的手下安排，不敢怠慢，谨遵照办。铁扇公主得了住处，便依自己的身世来源将此洞起名为芭蕉洞。每年播种季节前往那火焰山熄火，当地人则按时虔诚供奉猪羊美酒、花果时鲜。

铁扇公主得了太上老君的仙葫芦籽，果然生下一子，因是老君所赐，故天生仙体。

牛魔王从外面会友回到府中，却不见了那公主，宅院内四下找寻不见，又去花园中寻找，亦无踪影。牛魔王心中疑惑，便念动咒语拘来土地问询。土地不敢隐瞒，告知牛王："那公主前往火焰山去了。"牛魔王闻听奇怪，继续问道："她去火焰山做些什么？那里十分遥远，难道她是独自一人步行前往的吗？"土地道："非也，是道祖携她一同驾云前去？"

"老君？"牛魔王不禁诧异，"老君怎会带她去那荒芜之地？"牛魔王大为不解，一把揪住土地，盯着他的双眼。那土地被吓得是连连求饶，牛魔王看他不像妄言，推开他，驾云也往火焰山方向而去。

未及半日，前面见一片高山，横亘数百里，满山的熊熊烈火，灼热难近，正立在通往西方的必由之路上，四周寸草不生。牛魔王远望那山，心中更加地奇怪，便念动咒语召唤土地。未久，只见一名老者，身披风氅，头戴月冠，手持着龙头杖，前来见过牛魔王。牛魔王见其这般模样，有些奇怪，问道："你是此间土地？"那老者道："回大力王，正是。因当年齐天大圣蹬倒了丹炉，落下了几块砖来，尚有余火，化为了火焰山，我本是看炉的道人，老君怪我失守，降下此间，做了火焰山土地。"牛魔王闻听点了点头，又问道："你可知罗刹公主在何处，我听说他来在了此地。"那土地道："知道，知道，那公主现名为铁扇仙，还是我奉老君之命给她安排的住处。"牛魔王道："哦，她现在哪里？"土地道："她现在距此地数百里远处的翠云山芭蕉洞中居住。""翠云山芭蕉洞？"牛魔王念了一遍，对那土地道："带我前去！"土地连忙答应道："好，大王随我来。"

牛魔王驾云与那土地奔西南方而去，未久，来在一座风光秀丽的山上。土地给牛魔王指引了芭蕉洞的方向便自回火焰山去了。牛魔王来在洞前，见洞口两扇门紧闭，洞外鸟语花香，苍松翠柏，茸萝垂挂，藤葛攀笼。牛魔王上前叫了一声："公主可在？"

未久，听里面有响动，门被打开，那公主果然现身。见是牛魔王寻来，略微显得有些吃惊，但很快镇定，对其道："你来了，正要找你，进洞来吧。"牛魔王见公主相让便跟随其来在洞中，见那洞内宽敞，家什俱全。公主邀其落座，取了些瓜果酒水端上。牛魔王一直用迷惑的眼神看着那公主，那公主却似过往的一切均未发生一样平静，先开口说道："我如今在此地落脚，你若念旧情，还可来看我。"语气十分的沉静。牛魔王只是点头，他心中有许多疑问，想开口，却又不知从何说起。

公主接着又到洞内取了一样东西出来给牛魔王看，牛魔王见是一柄碧绿的芭蕉扇，甚是不凡，不知公主取来何用。公主对其道："这是道祖的芭蕉宝扇。"牛魔王闻听大吃一惊，脊背顿感发麻，他久闻那太上老君芭蕉扇的厉害，不知如今怎的竟在那公主手上。牛魔王目不转睛地盯着那宝扇道："这难道真是老君的宝扇？"公主道："正是。""可它怎么会到了你的手里？"牛魔王不禁脱口问道。"是老君交给我的，说来这宝扇还与我颇有些渊源"，公主冷冷道。牛魔王张着嘴有些呆愣地看着公主，他实在无法想象为什么老君会把芭蕉扇这样的宝物交给那公主，他也动了一下夺过那宝扇的念头，又生怕那公主一扇将自己扇出九霄云外，尤其是那宝扇的主人，自己是绝不想招惹，故只看看那宝扇又看看公主，想搞清楚进一步的答案。

那公主对牛魔王的反应并不奇怪，对他道："老君将宝扇交与我，又命我转告你，让你听从他的指令行事，代为统御天下的妖魔。""这……"牛魔王闻听才如梦方醒，明白了一切的缘由，他在心中迅速地权衡了一下，马上满脸笑容地对公主道："我近来因诸事繁忙，怠慢了公主，还请多多见谅，毕竟你我还是恩爱夫妻。"公主见他这副模样，

第三十二章　道祖送子偿心愿　铁扇独据火焰山

有些心动，却又板着脸道："但愿你不是言不由衷。"牛魔王道："哪里，哪里！"公主道："不是就好。"牛魔王道："你可愿跟我回去？"那公主道："我已在此地有了营生。""哦？是何营生？"牛魔王忙问。公主道："我用芭蕉宝扇为那火焰山的百姓降雨，他们按时献上供奉。"牛魔王闻听点头，公主接着又道："我向道祖求得一子，念往日之情，待孩儿日后长大，便叫他唤你做父亲。"

牛魔王一听是老君给公主赠子，很想一见。公主便将那孩儿抱来与牛魔王看。那孩儿天生仙体，生得机灵可爱，牛魔王见了也是十分的喜爱。牛魔王看着孩儿对公主道："这孩儿今后注定不凡，我要亲自对其教导，传其法力。"公主见那牛魔王对待孩儿不外，对牛魔王道："自是可以。"

打那之后，牛魔王便常去翠云山芭蕉洞看望她母子二人，把那孩儿当自己的儿子看待。面对自己曾经钟情之人，铁扇公主逐渐感情又起，只是再不能与当初成亲之前相比。

牛魔王老龙那里的差事也不去了，寻得了一座山，纵横也有六百里，命名之为"钻头号山"，在那山涧的一个洞中安了身，招了些小妖，一方称霸。待那孩儿长至七岁时，铁扇公主给其服了老君的金丹，永葆七岁孩童模样，又将老君三昧真火之法教与他，并按照老君所说，让他在那火焰山中练习修行。因自小炼火而遍体通红，故起名为"红孩儿"。红孩儿天生仙体，牛魔王很是喜爱，也传授给他武艺，只不与其说自己当年为魔首的经历，那红孩儿问起当初时，只说自己有千年岁数，红孩儿便只当自己是牛魔王所生，也毫不怀疑。

红孩儿在火焰山修行，公主和牛魔王也常去探望，公主与子感情深厚，随着孩儿日渐成长，牛魔王去公主处的时日渐少。

光阴似箭，岁月如梭，不知不觉间，红孩儿在那火焰山已修炼了三百年，修成了高强法术，尤其擅长三昧真火，放出时威力无比，又有那牛魔王传授的武艺，故此十分了得。牛魔王则依旧四处游荡，结交天下妖魔及各路能士，虽是良莠不齐，远不及当年那六个结拜兄弟，倒也有类似如意真仙那样有些本领势力的，各据一方。

牛魔王将那钻头号山和一干小妖交给长大了的红孩儿，安排他在山中镇守，红孩儿以火为名，将那洞起名"火云洞"，自称"圣婴大王"。又拘来附近三十名山神，三十名土地，供自己使唤。那些山神土地原属天庭，本不愿从，但畏惧牛魔王之威，加上红孩儿本身法力高强，又打听得其与老君的渊源，因此不敢违抗，只得前来听命，每日烧火顶门被当作仆役使用，天庭得知了此事。

牛魔王成亲得子以及铁扇仙执老君宝扇把守通往灵山要道之事早有人报与如来，如来深思良久，暂且搁置收服牛王，另做打算。

世间凡事皆有因果，待后来猴王孙悟空奉佛向西，求取真经，一路荡妖除魔，遇到牛魔王这一家，起了无尽仇怨，皆是因这一段源起，这是后话。

第三十二章　道祖送子偿心愿　铁扇独据火焰山

第三十三章　三怪欲取不义财　煞费心机巧安排

自古清静本无多，心生贪欲化邪魔。刀枪剑戟能敌过，财色来袭如水火。

天庭刚得了安生，佛门已开始忙于筹划取经，均已是许久未顾及地界。地界妖孽丛生，有的是因放纵，有的是因无暇顾及，那灵山附近也是如此。灵山的不远处有一县，县名"旻天"，县前有一府，叫作"金平府"，在这府县东北有一山，山名"青龙"，山中有一处山洞名为"玄英"，洞中有三怪，乃是三个犀牛成精，居于此间已有数百年。这数百年来，结拜为兄弟的三怪一起尽心修行，都得了道，成了精。通常食素，偶尔也偷着出来捉几个过路的行人吃，因谨慎，也一直未被发现。只是这行径不得张扬，过得颇显紧张。

一日，三怪聚在一起饮酒吃喝，闲谈之中，那老三不禁生出感慨："二位哥哥，我等在此饱一顿饥一顿苟且偷生，何其拮据烦恼，想想看有什么办法，能过得再自在些就好了。"老大道："三弟，你我也是个修行的，自打一起修成了形，日子虽然清苦，但也算过得去，这样也挺好，你说再过得自在些，还能怎样？"老二听着那二位对话，自顾饮酒，没有应声。

老三听大哥这样说，便回道："大哥，你是不知，不说那天上的日子有多滋润，龙肝凤髓尽情享用，即便是人间，那般有些钱粮的大户人家也是财宝无数，山珍海味，吃喝享乐，过的是奢华无比的舒坦日子。你我虽比不得神仙，却连那凡人也不如！"老大听到这里，问道："那你的意思是怎样，难道是去城中抢那有钱人家不成？"老三答道："去抢也未尝不可，至于怎么做，我当然还是听大哥的，只要大哥愿意带我们兄弟过得滋润，叫我怎么干都可以。不过要提醒两位哥哥的是，我前些日欲捉个路人来解解馋，差点被那路过的佛门之人发现，若果真被察觉，前来寻事，你我恐都有麻烦。"

老大点点头，又见老二一直没有说话，便转身对老二道："二弟，你平日里主意最多，刚才老三说的，你怎么看？"老二见老大问，方才不紧不慢地放下酒杯开口道："就像三弟所说，我们虽是修行，但这日子过得是也有些清苦，若能肉足粮丰，才是称心如意，不虚修炼之功。不过，要论这方法嘛，偷抢则是下策。"老大一听老二话中有话，似乎有些想法，便接着问道："二弟，那不去抢，我们又不会种地磨米榨油，怎么能过得更滋润些呢？""是啊，大哥说的在理，我们别的也不会什么，如何如愿？"老三也有疑问。老二见他们两个问，便道："方法倒也有，只是不太容易做到。"老大和老三一听老二说有办法，忙一起盯着他问："哦，有什么办法？快说来听听！"老二道："离这里不远有座灵山，你们可知道？"老三说："知道啊，那里是佛门的所在，这有何干？"老二接着说："近来佛门兴盛，多有信徒，尤其是灵山周围的地方，包括这金平府地，是见佛就拜，心甘情愿奉上丰盛的祭品，以求保平安。如果我们也能像他们一样，亦能取得供奉。"老大一听，道："嗨，二弟，我当你出的什么好主意，这佛门兴盛与你我有何干系？我们是成了精的妖，那些百姓拜佛，又不会拜我们。"老三听老二这一说，也有些泄气，道："二哥，你莫说那别人家的美事，说说自家该如何！"

老二知道他们会有如此的反应，也并没有感到奇怪，只是等他两个说完，自己接着说道："别急，先听我说，神佛在众生眼中不过是个影像，你我皆修炼成精，都会变化，变个佛形又有何难？"老大和老三听到这里，猛然醒悟，都开怀一笑，老大笑道："哈哈，二弟，还是你聪明过人，这办法好，我怎么就没想到呢？变个佛形，这有何难，想我三人苦苦修炼，这点本事还是有的。"老三也在一旁连连点头。老二见二

第三十三章　三怪欲取不义财　煞费心机巧安排

人的表情欣喜，继续道："这样人们自然会供奉我们，你们说，不比那偷偷摸摸吃人或者去抢要强上许多？"老大和老三道："正是，正是。"二怪都觉得是个好主意。老三性子急，道："那我们明天就去那府中，变成神佛的模样，让他们送上祭品。"

老大却是个谨慎考虑周全的，忽然想起来什么，道："慢来！此事恐怕还没那么简单。你我假冒神佛，若是动静闹大，张扬出去，那金平府距离灵山不远，虽无佛家势力及此，但时常也有佛门之人路过，灵山有金刚、罗汉、法力高强的菩萨，若是得知了你我冒充神佛，岂不要来寻你我麻烦！"老大此番话对其他二怪有所警醒，也都知道那佛门有不少大法力护法神灵，把刚才的些许兴奋压了下去。老二略一思量，说道："大哥，三弟，这金平府在灵山以东不远，有一利也有一弊，我们或可以趋利避害。"其他两个妖精忙问道："如何趋利避害？"

老二对二怪说："离灵山近的好处是，此地人皆知佛信佛，我等若是以神佛模样出现，那百姓不知我等是冒充，易得那百姓膜拜，若是让那百姓纳供，实是简单，可说是佛门给我们提供了方便。"老三道："二哥你说得是，可正如大哥所言，这里离灵山太近会惹来麻烦，也不得施展。"老二道："三弟莫急，还要避害。"老三急问："二哥快讲，莫让我心焦。"老二道："说出来却也简单，我们只要拿出一部分供奉分与那灵山管事之人，自可躲过灾难，安然享乐。"老大略一沉吟，道："二弟说的是个好办法，但有一样，你我只会装扮，又不会诵经，若那百姓因你我做个神佛模样，只供些瓜果米面，且无甚荤腥，银钱也无多少，而让那百姓多交供奉财物，并非易事，尚且不够你我兄弟瓜分，又怎能有富余去结交那灵山的管事？"老三听老大这样一说，神情也有些黯淡。

老二此时心中早已有打算，没有直接回答，却反问那二怪道："你们可知这金平府有一样特别之物？"老三说："知道啊，乃是那酥合香油，香油四处皆有，并不稀奇，但此地所产的异香扑鼻，是属于最上等的货色。"老二道："三弟说的对，正是那酥合香油，但你可知这香油乃是佛家必需之物，吃食、灯烛都大有用度。如果我们利用这上等的香油或直接打点或换成银两供奉佛家管事的关键人物，他们则有可能与你我便利行事。不但如此，若运作得当，还能从他们那里换得金银供你我享用。"老大听罢道："话虽如此，但那香油极为昂贵，每斤便值数十两银子，供奉佛家又不能是一点两点，那府中百姓又怎肯轻易交出这许多香油？"老二听完老大这番话，早有准备，道："这也不难，只要我们给那百姓最想要的东西，他们自然会尽力满足我们的愿望。"老三忙问："哦，百姓最想要的是什么？"老二道："那百姓最渴望的就是五谷丰登、风调雨顺，最担心的就是天干地旱、风雨不调。因此我们可学那天庭、西天，给那金平府百姓兴云布雨，驱寒避暑，保他们平安，有了好的收成，那百姓自是不问来路，只见了神佛降恩，必将纳拜，这样我们便可叫他们按照我们的意愿多纳供奉，就是那香油，也会照我们的要求献上。你我好不容易冒此风险充一回神佛要那百姓笃信，怎能不借此时机竭力搜刮，让他们多多奉献，供你我享用？并且还能有别的用处，才不枉费你我兄弟一番辛苦。"

　　老三闻听是连连点头，深表赞同，老大听了，先是点头，接着又摇摇头道："二弟你说笑了，此地兴云布雨乃是天庭玉帝指派那西海龙王专门掌管，你我虽会些刮风的法术，但哪里能行得云雨？若是被龙王发现，上告玉帝，你我要生灾祸了！"老二道："此话不假，但如果得那龙王相助，便能达成我们所愿。"老三道："这可不易，那西海龙王虽说我们也曾拜见过，他认得你我，但并无太深的交情，要那龙王为我们降雨几无可能。"老二道："三弟说的确是实情，西海龙王听命于天庭玉帝，自然是不会听从你我，但是我们可从龙王那里打探到其降雨的消息，然后巧加利用，假作为百姓解忧，便能和他们一样，如此便可达成所愿。"老大对此十分地感兴趣，忙问道："具体如何利用法，说来听听。"老二道："如果我们答应从百姓的纳供中分一块给那龙王，只要他把那刮风降雨的日子提前告知你我便可。"老三道："二哥，我还是不甚明白，你且说得清楚些。"老二继续道："若是酷暑，待龙王刮风前，我等便做个神佛模样现身告诉那百姓将欲行风去暑；如有连日无雨干旱，待龙王布雨前，便现身说我们要给他们布雨；若是连日皆雨，待雨停前，你我也先现身，告知他们雨停，这样百姓自然以为是你我神力相助，必将感恩不尽，你我的目的也就可达成。"

老大、老三听了老二这一番解说，立刻连声称妙，夸赞那老二谋略过人，连这等高深的法子也想得出。老大提出："二弟，你口舌伶俐，这前去与那灵山管事和西海龙王交涉之事，还需你去走一趟，我与三弟尽力配合，以共成大事。"老二当下应承，叫其他二怪帮忙搜罗了些山中的宝物，第二天即动身前往西海龙宫。

那犀牛精身上长有一物可以避水，就是其鼻上的牛角，因此入水下海十分便利。到了西海，犀牛精老二分出一条水路径自直奔海底龙宫，到了龙宫门前，见有虾兵把守，先使了些财物请虾兵通禀龙王。未多久，虾兵从里面出来，告诉龙王有请。

进到里面，见西海龙王正独自在书房看书，老二上前先将宝物奉上。西海龙王见是犀牛精，很久以前也曾见过，只是此次突然前来，不知其有何事，便听那犀牛说来。那老二与龙王稍许客套叙旧之后便转入正题，对龙王道："我所在那金平府百姓得龙王及时行云布雨，年年风调雨顺，当地人也富庶安康，只是不知感恩龙王，奉行祭拜。"龙王闻听道："与那金平府百姓布雨乃是天庭玉帝差遣，本是我职责分内之事，不求祭拜。"犀牛精老二道："龙王大度得体，尽职尽责，乃是仙界楷模。只是那金平府百姓尽享了龙王的恩赐，却丝毫不加供奉，哪怕连给龙王您一座庙宇也不曾修建，岂不是对龙王该有亏欠？"龙王道："这也是天地造化安排，也无可强求。"老二接着道："我此次前来便想帮龙王您从那获益的金平府百姓处求得些应有的回报，以为您讨个公正。"龙王听了不禁好奇问道："哦，你还有如此打算，真是难为你一片苦心，不知如何得法？"

老二见那龙王对此事有了兴致，便将心里想好的方法说与了龙王听，老二道："方法也简单，只要您将每次行云布雨的时刻提前告知与我便可，其余我自会和我的兄弟安排，届时您应有的供奉自然滚滚而来。"龙王知道内有玄机，欲问个明白，但转念一想："我将布雨的时间告知与他，对我来说是轻而易举，谅他也不能如何，若如此便得些供奉，倒是一桩美事。"想到这里，龙王道："哦，这倒也简单，只是有一样，你可要注意。"老二一听此事有戏，便道："但听龙王指教。"龙王道："你得了布雨的时间，要善加行事，若一旦走漏或者有人追究万万不可说是我相告，也不要说认得于我。"老二见龙王此言算是答应了，忙道："这是自然，一切皆由我三兄弟安排担当，龙王只管放心。"龙王这才与犀牛精说了详细事宜，犀牛精记下，不便久坐，就此告辞，龙王派人送至龙宫门口。

第三十三章　三怪欲取不义财　煞费心机巧安排

第三十四章　假扮神佛哄信徒　天上地下无拦阻

　　犀牛精二怪从西海龙宫返回玄英洞府，两个兄弟正在等待，见其归来，忙问："此去西海境况如何？"老二道："我将所谋划之事与那西海龙王说了，龙王已是答应。"两个妖精大喜，连声夸赞老二办事有方。老大问："二弟，接下来，你准备做如何打算？"老二道："自是去那灵山找相关的人把剩下的事情安排妥当。"老大、老三也不多言，便都各自出力，又帮老二准备了些积攒的金银连同一些挑选的上好酥合香油一并叫老二带去灵山行事。

　　老二歇息一日，将准备的这些东西随身带好，马不停蹄直奔灵山。来到灵山，先问清了掌管整个灵山香油供奉的当家监院长老的住处，趁着夜色偷偷前去拜见。那长老不比菩萨，较易见到，禅房门前也无人值守看管，犀牛老二寻到住处，敲开门，里面出来的正是长老本人，借灯光仔细一看，见是个牛头妖精，吓得大惊失色，正欲呼喊，被二怪一把将嘴捂住，对其说有要事与其相商，不会伤害于他。长老害怕但不能挣扎，又见其能人言，便只是点头。二怪放开手，长老提心吊胆地将其让进里面说话。

　　二怪跟随长老悄悄到了禅房里面，见四下无人，先把金银取出奉上，那长老见有礼数，也不避讳，径直收了藏好，略显心安。接着老二又取出随身带来的上等酥合香油给那长老看。那长老平日里只在灵山附近收纳信徒供奉来的普通香油，今个一见这金平府的上等酥合香油，用鼻一闻，真未曾想到居然世上还有此等异香扑鼻的香油，很是惊异，便问："不知此香油是何出处？"老二道："此乃是金平府出产的上等酥合香油。"长老一听，道："这也是了，难怪我不知有如此上等的香油，那金平府百姓虽也敬佛，但只是佛门尚且无暇仔细顾及，也没有安排在那里受纳香油，我等自是不知晓了。可惜了这上好的香油，若是供奉诸佛，当是大善事。"

　　老二一听这长老话中有意，心中暗喜，口中道："长老不知，即便是佛门安排人在那府县纳供，甚至是出钱去买，也未必能够得到许多。"那长老有些不解，问："为何有如此一说？"犀牛精二怪道："只因这香油金贵稀少，价钱也颇高，要数十两银钱一斤，且多被大户攫取，悉数高价卖作他用，故怎能轻易献出？"那长老闻听目光有些暗淡，二怪又道："不过长老且放宽心，我兄弟可帮你解忧，不但能让长老你为佛祖献上上等的香油，还可令长老你独自多得。"长老闻听眼中一亮忙问道："哦，怎个解忧之法？"老二道："既然灵山原本未知有此种上好的香油，我三兄弟恰好又在那金平府旁居住，每年可帮长老您从那金平百姓处收取香油，供您和灵山众佛享用。"那长老闻听道："若果真如此，那便是一桩美事，需要我出力相助，尽管说来，凡是我能办到的，尽量安排。"老二大喜，道："确有一事要请长老相助。长老对灵山甚为熟知，我兄弟在金平府为佛门收香油，希望不要有人前来打搅，但凡有佛门要来巡查，还请长老事先告知，若需打点尽可开口。"长老闻听心中疑惑，也不知这犀牛精老二葫芦里卖的是什么药，心中三分明白，倒有七分糊涂，但转念一想："其实因金平府距离灵山颇近，佛祖认为无人敢在这近处作乱，也暂未在那里传扬佛法，西天本非为民众而立，或说无暇顾及，原本就没有派遣人员时常巡查那里，因此实现这个要求倒也简单，即便是有，也至多我费些心思打探。至于这打点之需，他们是无可省去。"想到此处，那长老便一口应承。老二见长老爽快答应，心中高兴，此事基本已成，也未久坐，少叙一番，就此告别，长老不作挽留。趁夜色还深，老二离开灵山，径直速回玄英洞去与那两个兄弟通报喜讯。

　　回到玄英洞中，那老大、老三早已在洞中焦急等候，听了老二的讲

第三十四章　假扮神佛哄信徒　天上地下无拦阻

241

述，知道大功已近告成，皆是高兴非常，对老二是齐声夸赞，三人遂连夜摆酒先庆祝了一番。席间犀牛精老三问起："二哥，这灵山和西海都已通气，你看我们什么时候行动？"老二说道："不急，需等待时机。"老大问："什么时机？"老二道："二位兄弟只管听我安排，自能成功。"然后便讲了自己的详细布置。另二怪听完老二的讲述，果然妥当，十分高兴，举杯共饮，只等安排好事。

此一年正值天庭给金平府行雨的间隔长了些，已经数月未曾降雨，天干地旱，百姓苦楚。老二见时机已到，遂前往那西海龙王问询下次布雨的安排，龙王告之："三日后午时布云，未时下雨。"老二谢过了龙王返回，只等那布雨之前一刻的到来。

三日后，及近午时，三怪各自使了变化，老大做个如来模样，老二做个文殊模样，老三做个普贤模样。三怪多年修行，变化得倒也有几分相像。三怪变化好，驾云头一起来到金平府上空，只见那金平府因多日无雨，府县官领一帮百姓在祭坛求雨。正跪拜间，忽然一阵狂风大作，众人大惊，向上望去，只见半空中隐约出现了三个神佛菩萨的身形。那老大化作如来在云中不动，老三依照老二的安排，在空中向那正祭拜的百姓喊道："金平府县百姓听了，我等是灵山神圣，今听得诚心祷告，特意前来现身解难。"

那下面的百姓早已看见，只见半空中金光闪现，白云缥缈，隐隐约约有三个神佛菩萨在空中停定。一见是神佛显灵，百姓均以为是因祭拜感化，哪管许多分辨，急忙连片跪倒叩拜。

老三继续喊道："只因你们祭拜心诚，特地于今日安排降雨以解干旱，只要你们今后好生供奉，即可风调雨顺，年年五谷丰登。"百姓见此情形，高兴激动无以复加，以前从未见过佛菩萨显过灵，今日一经祈祷，菩萨便得前来，又开口答应布雨，解救干旱之苦，当是尽量满足，口中连连称是。三怪说罢未作太久停留，从云中隐去，返回洞中。众百姓见了又虔诚叩拜相送，口念佛号。

未久未时已至，果然天降大雨，干旱全解，百姓一见菩萨果不失言，皆欢天喜地，都说是真神灵验，祭拜果然见了成效。

此番变化动作，看来的确顺利，三个妖精初步的计划便已完成，于是又等雨多和酷暑之际，三怪依旧照此法行事：老二提前从龙王处问了风雨日期时刻，然后三人又分别变化了神佛菩萨，事先前往告知那府县百姓。如此数次灵验，那百姓对菩萨是深信不疑，感激涕零，纷纷祭拜。又修建庙宇，日日送上供奉祭祀，只恐菩萨要得少了。

三怪见百姓祭拜诚意已足，知道时机成熟，索要香油的机会到了，便趁这一年正月十五元宵灯会，百姓聚集之时，又来到金平府上空。金平府每年举办元宵花灯盛会，是一年之中当地最热闹的一天，各类花灯鳞次展示，光彩异常，每每此时，府县男女老幼大都前来观赏。今日，百姓正热热闹闹观灯，忽见上方天空金光闪耀，一见又是菩萨显灵，毫不迟疑，忙纷纷下拜。

金光闪处正是三个变化的犀牛精，那居中的老大道："众人听着，我等保佑金平府风调雨顺，家家户户安定，为能长久平安，需你府众人敬献诚意。"下面有那胆大的便问："不知佛爷爷要我们如何敬献诚意？"老大继续道："若要保长久平安，金平府百姓需设立金灯，并且每年此时足额供献五百斤上等酥合香油方显诚意。"百姓只管跪拜应允，哪顾得上分辨真伪。三怪说罢卷一阵云雾，隐遁而去。百姓急忙连连又拜，不敢抬头。

金平百姓和府县官听佛爷开口索要香油，都莫敢不从，随后，商议由出产之地旻天县大户分摊供给，对于三怪提出的数量一分不少。那上等灯油本来便产量有限，每年凑得数百斤也非易事，故被分摊到的大户纷纷为之叫苦，但又不敢违背。

三怪得了香油和祭拜的供品自是不忘去灵山和西海龙宫打点运作一番，从此享得富足，灵山也得了之前未有的上等香油。只苦了那奉献香油的百姓，依旧蒙在鼓里。三怪又改了名号，叫属下分别称其为：避寒、避暑、避尘大王，自得其乐。

第三十四章　假扮神佛哄信徒　天上地下无拦阻

犀牛精自以为安排得周全，却未曾想，没有不透风之墙。未久，此事便传到文殊、普贤二位菩萨的耳中。听说有妖怪似在冒充他们和佛祖模样在附近的金平府受百姓纳供，二位菩萨很是吃惊，怎么有人如此大胆，竟然敢在灵山近处冒充佛祖和自己？遂派一名护法前去巡查，那护法回来却报说没有此事。二位菩萨心中更为奇怪，只是未将此事和最近供奉他们的灯油突然变成之前未有的上乘佳品一事联系起来，只道是那管采办灯油的长老最近用心了，未做多想。

文殊和普贤二位菩萨又到如来处请教此事，看佛祖是否得知其详。如来见二位菩萨一齐来见，便知二人所为何事。文殊道："启禀佛祖，近来金平府似有妖邪冒充你我，受那百姓供奉，不知佛祖可曾知晓？"如来点头道："此事我已知晓，想必是那巡查的护法懈怠了。"普贤道："不知是何方妖邪，敢在灵山附近冒充佛祖，真是胆大妄为，我等即刻多派几名护法前往捉拿。"如来道："你且慢来，捉那妖怪并非难事，但你等可知那处的百姓对此作何感想？"二位菩萨都摇摇头，看着如来，等如来说个明白。如来继续道："那金平府原本非我佛地，佛门也忙于诸事，而从未曾遣人前往那府地传法安民。今那三个妖怪不做他法，偏偏冒充我佛门之圣，是因百姓皆仰尊我佛门，以为是佛门的恩德，方才修造庙宇，祭拜供奉，故而他们感念的乃是我佛门，而并非是那三个妖怪。"文殊、普贤一听皆双手合十高诵佛号，赞佛祖大智通明。

普贤又问："难道就任由其继续冒充下去，让那百姓不明真相年年供奉那妖精？"如来道："我知你欲除此三怪之心，但你可知，除此三怪乃是如同灭除百姓心中的佛念一般无二。"普贤闻听佛祖此番话语道："我佛高见，弟子未曾考虑如此之深。"如来点点头，道："好了，此三怪之事，我自有安排，待取经之人路过，自得其解，你们且下去吧。"

文殊和普贤二位菩萨拜别了佛祖，出得门来，普贤心中尚有疑惑，便问文殊："你说佛祖到底是何意？既然已经知道那三个妖怪冒充佛祖和你我，却又不叫你我前去铲除，尤其是佛祖最后那句，说是待取经人路过，甚是难解。"文殊笑了笑，没有直接回答，反问普贤："你可关注佛祖对取经之事的安排?"那文殊师利人称"妙吉智慧"，当年还曾点化过普贤，普贤一直当文殊亦师亦友，有不明之事常向其请教。普贤有些不解，道："知道，佛祖要传经，现三界之内多有知晓，可是与此事又有何干?"文殊道："那前来取经之人又是谁?"普贤道："很有可能是佛祖的二弟子金蝉长老的转世。"文殊道："这就是了，那金蝉一路取经直至西天，定要大建功果，待其取经路过，一切皆可化解。"普贤闻听有几分领悟，微微点头，未继续追问，二人各自去了。

且不说灵山内部是如何安排，那三个犀牛精一开始冒充神佛收百姓供奉还有些惴惴不安，生怕此事败露，但时间久了，也并未见有人来干涉，便一发大胆起来，更变本加厉，每年索要千斤香油，府县百姓为保平安，只得竭力满足，供奉不辍，三怪愈发富足。

佛门采买了这上等的香油之后，便又添置与之相称的各类物品，继而器具摆设、桌案殿堂逐步一一更善，大为增加了开销用度。

第三十四章　假扮神佛哄信徒　天上地下无拦阻

第三十五章　白鼠苦心为修行　黄鼠结交巨蝎精

日月穿梭，四季轮替，无有变化，而天下妖邪却因久已未遭铲除，又开始四处遍布滋生。灵山旁有妖，灵山上亦有怪，妖精难得正路谋生，所作所为也不为常人接受，因此被当作祸害，即使是圣地也难免被各种邪怪侵扰。

灵山庄严辉煌的佛殿之上，宝幢幡、莲花台、香花宝烛，尽皆宝物，长明灯火，千烛万盏，日夜光明，照得那佛殿彻夜明亮，恍如白昼不辍，凡人是到不得此地。佛堂明灯原本是酥油制成，经一灯芯点燃，香气四溢，远飘八方，不经意间吸引了灵山上两只鼻嗅灵敏的鼠类的注意。这两只鼠类一只是金鼻白毛老鼠，一只是黄毛貂鼠，原本都是在灵山凿洞而居，平日里白天隐遁，夜晚出来四处游荡觅食。灵山建起宝殿，点起香烛和长明灯之后，那灯油、香烛香飘远处，两只鼠类都是天生喜欢吃酥油的兽类，远远就被吸引了来，趁夜，无人看管时，便潜入大殿，偷吃宝烛和灯油。

一开始两只鼠类见那灯火光明还有些怯意，但又禁不住宝烛、香油的诱惑，一两次尝试得手后，便常来偷吃。真所谓：灵山之上无凡物，佛祖驾前皆是仙。时间一久，那金鼻白鼠因吃了灯台上的香花宝烛，黄毛貂鼠饮了琉璃盏里的香油，竟都得了道，成了人身。只是本性驱使，晚上还是继续化作细小本相，依仗着盗洞之能，一个偷油，一个盗烛，好不惬意。逐渐那两只小鼠也混熟，黄毛貂鼠有时还帮白鼠偷些来吃，白鼠与其称兄道妹，形同一家。

白鼠与黄鼠修成了人形，仅仅是得了常人的外貌，还不得长生，然而有了人形就有了人欲，进而也有了长生的念头，但若想长生，须得依法修行，或经人点化，方可成功。神仙亦是如此，为能长生是每日打坐苦苦修炼，调和阴阳龙虎，聚集天地灵气。而这天生的鼠类，自是无长生之方，但难免对此有些想法，这一日，二人正在一僻静处聊些闲话。白鼠道："道兄，你我修行百年，自从食了那香花宝烛和灯油，得了人身，可这只是第一步，迟早还要寿终遭劫，要修成长生之体，还不得其法。偷宝烛、香油吃现也只能果腹，不是长久之计，又不得上佛堂圣殿学那众菩萨听讲道法。苦于你我好不容易修得的人形，还得毁于劫数，甚为可惜可叹，你见多识广，可知有无好的长生之道？"黄鼠年岁稍长，见白鼠问，便道："贤妹说得没错，但你我修成人形走的非光明之路，不可能入灵山雷音寺庙堂之上听得佛法，那才是得大道之路，故只能另想他法。"白鼠问道："道兄，若不必偷也不必听经学道，你还知道有什么别的修行之法吗？"黄鼠想了想道："据我所知，要想长生还有两个方法。"白鼠对于长生之道非常在意，一听有望，忙问："有哪两种方法，道兄快说来听听。"黄鼠道："一个方法是炼丹，用铅汞朱砂，婴儿姹女相配，炼出仙丹，服后可得长生。"白鼠一听疑惑问道："哦？道兄何不用此法炼丹长生？"黄鼠叹了一声道："唉，只是炼丹并非易事，那炼丹的方子很难弄到，有这方子的神仙亦不肯轻传。"白鼠一听，颇为失望，目光暗沉，道："即便是有法炼丹，如果是自己炼，不知何日才能炼成真丹，等炼成之时，你我不知魂归哪里去了，还不如偷那香烛灯油，那另一个方法呢？"黄鼠道："另一个方法相对较容易做到，却又比较难做到。"白鼠听了，笑道："道兄真会打哑谜，怎么个既难又不难？"黄鼠道："另一个快速得道长生的方法就是采阴补阳或采阳补阴。"白鼠忙问道："何为采阴补阳，采阳补阴？"黄鼠道："贤妹不知，就是采那交合之气，修行低的还会从修行高的人那里增补仙气，如果是遇到修行甚高的，甚至可以直接成仙长生。"白鼠听了，不禁兴起，道："哦，这倒是个好方法。"

第三十五章　白鼠苦心为修行　黄鼠结交巨蝎精

黄鼠却面色依旧，并无太多欣喜之意，看了一眼白鼠道："贤妹难道是想采用此法修行吗？我刚才说，此法既简单也难。"白鼠不禁问道："道兄说说，有何难处？"黄鼠道："你我处在灵山佛地，此处倒是有不少修行得道的，甚至还有许多成了上仙之体，只是那佛门认为此法淫邪，为了禁欲绝苦，也是为了不让好不容易得来的修行被他人得去，失漏了仙性，故有戒律杜绝此法。"

白鼠听完，低头稍加沉思，又抬头问那黄鼠道："道兄看我容貌身姿如何？"黄鼠看看白鼠，道："贤妹修成的模样标致，如按世人标准，可谓上等，尤其是面貌甚至有几分观音之美相。"白鼠道："正是啊，你看我此相，若想与人行那采阳补阴之道，能否得成？"黄鼠道："恐怕常人难以抵挡贤妹的吸引。"白鼠道："既然如此，我何不采用那第二种方法，得道成仙，长生不老？"黄鼠笑笑道："贤妹可知此法看似容易，实则凶险啊！"白鼠不解问道："如何凶险？"黄鼠道："佛门的戒律并非儿戏，如来座下有八大金刚护法，如遇到违背佛门戒律之事便要出来护道，你若在此灵山界内寻找修行之人采用此法，触犯佛门大忌，一旦被发现，只有死路一条，绝无宽容，届时恐性命难保。"

白鼠听了黄鼠此言也有些犹豫，但很快又说道："如不能修成长生之身，早晚也是个死，但如果一旦得成，又何必惧怕那来索命之人呢？"黄鼠深知白鼠的性情，见其意坚决，此时也不多说，只是劝道："贤妹如果真要采取此法可要多加小心，好自为之。"白鼠一阵沉默，接着又对黄鼠道："多谢道兄提醒，我意已决，不过还想请道兄出力协助。"黄鼠道："若能帮得上忙，我会尽力相助。"白鼠道："先谢过道兄，容我考虑一下，再与你商议。"黄鼠点头，随后二人分别回自己山中的住所，各自打算去了。

那白鼠回去之后，左右权衡，思前想后，终下决心。不多久，灵山脚下多了一处二层宝阁，雕梁画栋，内有书案屏风，乃是巧匠之功打造，门上有匾额，书写"凝香阁"三字。一楼又有庭院，名为"异香轩"，楼阁庭院装点芍药、牡丹，百花碧草，繁花似锦，每日艳香无比。

阁内有一对男女，日里却不常见，每至夜晚，女子在宝阁中招修行之徒吟诗作赋，齐享欢乐。那女子长相貌美出众，粉面银盘，樱桃小口，长发云髻，身材婀娜多姿，妖艳妩媚，身披一袭白纱衣，半露酥胸，眉宇间恰有一丝观音菩萨之相，有见过观音的修行之徒给她起了个绰号：半截观音。

灵山徒众入得佛门，本应是遵佛旨刻苦修行。佛法讲究的是出家苦行，无欲无求，方能修成正果，不堕轮回。可是那些原本的凡人，有遵佛法、循佛道，认真修行不辍的，也有定力不足、修行不专的。平日里也看不出什么分别，偏偏在天地间的欲望诱惑面前便显其本相。有欲望才衍生繁华，有欲望却也滋生事端。欲望如同寄生于内心的魔鬼，遇到诱惑便会释放出来。在这佛法弘扬的灵山圣地，是否也有诱发色淫邪魔的角色呢？似有却无，只因：非是邪魔，乃是心魔；非是物动，乃是心动。

灵山脚下突然出现的这个花香宝阁，内里的一男一女不是别人，正是那成精的金鼻白毛鼠和黄毛貂鼠。自打那日分别之后，白鼠下定决心，又经过数次商议，和黄鼠谋划了细节，在灵山造了此一上等楼阁，上下里外几间，招那寺内修行和过路之人入内休闲，既有风雅诗赋，也有奏乐歌舞。其实，是为白鼠修行才是真正目的。每到夜晚，白鼠就扮媚吸引众人前来，迷惑那意志不坚者行采阳补阴之术。

时间一久，"半截观音"的声名渐盛，不仅是普通僧众，连那金刚护法以及部分有道圣徒也常来常往，凝香阁人来人往是络绎不绝。黄毛貂鼠则负责通风护佑，以防有人作乱和清查。为保二人平安，黄鼠还在灵山四处走动，结交各方，竟也认得了些神佛及其身边的随从。

灵山之上，仙圣之境，仙气所至，灵物众多。这一日，黄鼠得闲来到灵山后山背阴之处，平日里不曾来过这里，黄鼠想另辟蹊径，一探新鲜。正行走间，忽听得前面声响，见那远处林中隐约有人在操练武艺，黄鼠也是好武者，不禁上前一看究竟。

走近一看，黄鼠大惊，原来是一只大如人身的巨蝎成精正在那里操练。见其一会挥舞一柄三股叉左突右刺，一会又伸展尾钩上劈下挑，生出千般变化。那叉真是：上下翻飞冷风生，四下鬼神天地惊。争天神武无人有，原本只是此间能。叉刺翻飞，风卷残叶，黄鼠看得入神，不禁失声叫好！那蝎子精正舞弄钢叉，听见有人叫嚷，立刻停下，四处观瞧，口中喝道："什么人，敢偷看我操练，快快现身饶你不死！"黄鼠精已被察觉，于是不再躲藏，走上前来和蝎精打个照面。蝎精见是一只成精的黄鼠，也没有其他人，便稍微放松警惕，问道："你是谁，为何来此偷窥我练功？"黄鼠见是同为妖类，便简单介绍了自己的来历，然后又问那蝎精："看来你也是得道成精的，为何一人在此操练？"蝎精答道："我好习武，喜欢独处，因此经常在此练功修行。"

黄鼠见蝎精生得妖媚，比起那白鼠别有一番风韵，不禁有了拉她入伙的想法，心想："如其和白鼠一起，定能吸引更多人前来。"于是黄鼠对蝎精说："独自修行想要得道，不知要待到何时，何不与我等一同修行，我有办法助你道行快速精进。"

"哦，是吗？"蝎子精听黄鼠所言，正说中其心坎之上，只是有些好奇和疑惑，不知那黄鼠究竟有什么良方，能令修行快速精进。黄鼠见蝎精心动，便将自己与白鼠用采阴阳之法修行的事告诉了蝎精，并且邀蝎精共同以此法修行。蝎精之前也曾听说过此修炼之术，只是没想到那黄鼠和白鼠居然胆敢在灵山行此法修炼，不禁好奇问道："此法虽好，只是这灵山之上护法金刚和神佛众多，你们是怎的不被发现驱赶？"那黄鼠见问，颇有些得意地答道："我自是知道灵山戒律森严，只是我上下结交打点有方，就连那修行得道之人也前来共修阴阳，因此相安无事，你自管放心前来。"蝎精一听，原来如此，便对黄鼠道："此法甚好，不过容我考虑一下。"黄鼠见蝎精并未反对，心中高兴，又告之香阁地点等详细，便就此别去，临行叮嘱那蝎精早日前来一同修炼。

蝎精送走黄鼠回洞中仔细盘算："自己苦苦修炼，久已修成人形，已是道行不浅，远强于那二鼠，虽无意和那二鼠与常人同修采阴阳之法，不过倒是可以通过那黄鼠结交些神佛菩萨，或与那得道高僧甚至神佛同修共进，或得以听取高坛佛经大法，走上乘修行之路，谋得更大道行，岂不美妙。"主意已定，蝎精打算先和那黄白两个鼠精合作，然后借机行事。

次日，蝎精前往二鼠所在之地，至灵山脚下，凝香阁前，抬眼望去，见那宝阁倒也精致，想那二人是用心做了打算。正观望间，黄鼠早已出来迎接，见了蝎精延至阁内，又给白鼠做了引见。白鼠见那蝎精，好一个风情美人，藕臂凝肤，身姿妖娆，颇有些神韵，只是目光透露些凶毒之色。既是黄鼠介绍前来，白鼠便当作是自己的朋友看待。蝎精见那白鼠貌美如花，也是欣赏，当即表示愿意加入他们共同修行。白鼠、黄鼠一听很是高兴，知那蝎精法力高强，又美貌过人，有此人加入又多了几分便利。

蝎精对二人说道："只因我阴毒气过重，怕伤了人，反倒令二位受到连累，先且只互相切磋武艺。"二鼠听蝎精这般说，也未作多想，便是答应。那黄鼠喜好武艺，本是要向那蝎精请教，白鼠亦有此意。

二鼠与那蝎精从此之后便经常一起习武切磋，共同精进。蝎精的一杆三股叉，乃是其两个钳足所化，使得是得心应手、出神入化。黄鼠跟随蝎精习练三股钢叉，白鼠使双剑，经过操练，也逐渐高深，精气更盛，胆气更足。

第三十五章　白鼠苦心为修行　黄鼠结交巨蝎精

第三十六章　蝎精欲听上乘经　只因受阻显毒性

　　黄鼠、白鼠和蝎精三怪在灵山脚下共处，不觉月余。此前那些到过凝香阁者因闻听又有一名风情佳丽到来，便更加频繁造访，夜晚门前是愈发地热闹。蝎精也帮着招呼往来之客，但其心不在此，慢慢地，她从那黄鼠处了解了灵山之上都有哪些具体的神佛、金刚和得道的罗汉、圣僧，有些黄鼠还择机介绍给了蝎精认识。

　　蝎精在黄鼠的引荐下结识了金刚护法。那大力金刚护法皆好武艺，听那黄鼠说有一蝎精武艺了得，并且美艳无双，不禁十分的好奇，黄鼠便趁机给金刚引见。一来二去，蝎精与那金刚熟悉，互相之间切磋武艺，初次交手，十数个回合，金刚竟然不得近其身，不禁赞叹："真是好本领，我也不及，这灵山上恐怕没有你的对手，不过……"金刚把正欲说出的话又咽了回去。蝎精对自己的钢叉武艺颇为自得，见金刚欲言又止，好像灵山之外有人武艺能敌得过她。习武者，好争胜，蝎精收了钢叉，问道："你为何不说下去，难道有人武艺更为高强，远胜于我？"那金刚见问，也不隐瞒，道："胜过你倒也未必见得，只是听那阿傩尊者说过，当年佛祖曾降伏过一个妖猴，也是十分了得，使一根铁棒，把那天庭搅了个天翻地覆。"蝎精一听，心中不禁称奇："想我有如此武力，也有法术、绝技，自认已近天地无敌，却也连闹天宫的想法也不曾有过，而那一个小小的猴子，却有这份胆量。"心里暗想着，口中不禁问道："那个敢闹天庭的现在哪里，怎生模样？我也想会他一会。"

　　金刚所说妖猴不是别人，就是那大闹天宫的齐天大圣孙悟空，金刚只从传说中得知他的长相，便告诉了蝎精，然后又道："那妖猴因大闹天庭，已被佛祖如来降伏，压在了五行山下，不得而出。"蝎精闻听"哦"了一声，只因少了一个可以切磋的对手，不免心中有憾。二人又继续使兵器你来我往，与其说是切磋，倒像是指点。

二鼠和那蝎精日渐熟络，逐渐无话不谈，闲聊之间不觉将一同偷宝烛香油的事也说给那蝎精听，那蝎精对宝烛香油不像二鼠那般有兴趣，其道行高深，与那凡人凡僧修采阴阳之法，倒失了道行，但是对于得大道的修行者充满兴致，知道只有采了这等人的元阳，才能将其自身增补提升。只是得道高深者自持力甚强却又不肯破戒，因此甚为纠结。

蝎精在黄鼠那里逐渐认识了许多有道神佛、圣僧，那些修行之圣言谈中兴起时也常讲佛法精妙，如何如何，蝎精从他们口中得知：如听得上乘佛法，依法修行，可得精进，能成仙成圣，可渡劫长生，不禁心生十分羡慕。久而久之，蝎精通过各种途径，竟也与几位高僧熟识，取得了他们的信任，于是请他们帮助开方便之门，得机会去听佛法。那些高僧见一蝎精身为妖类，却有如此打算，大多只当玩笑，但经不住蝎精的执着努力，终于有愿意帮助其实现愿望者。有那常能听如来讲真法的，知道入得殿堂的路数，与蝎精在凝香阁楼之中同乐欢畅时，蝎精见其尽兴乃是时机，便问道："上仙，我常听人说听得如来佛尊上乘佛法能得道修成长生，不知是真是假？"那上仙今日心情舒畅，不加隐瞒，对蝎精道："这个是自然，能听佛尊讲法，乃是大缘分，依法修行自可长生，甚至得道能成菩萨罗汉。"蝎精一听又问："哦，那想必上仙就是因为有缘得了此法，成为上仙的。"上仙说道："这是不假，只不过，若是想听得佛法，不是常人或者妖精所能，需是得修行有道者，还得要能够上得殿堂之上，才能得见佛尊真如之面，听佛讲法，成就真身正果。"蝎精对此早有耳闻，知道他所言不虚，便恳求道："那上仙可否介绍我也去听听那高深的佛法，也修个正果真身，实在不行能够长生即可，上仙以为如何？"那上仙一听，笑了，没想到一个妖精竟提出此等非分之念，不知她是一时兴起，还是久已存此妄想，只暂时还不想扫她的兴致，上仙答道："若想上得殿堂之上，听得上乘佛法，须已是有道之人，有一心向佛之意，且谨遵戒律者，否则万万不可。"蝎精一听他言辞婉拒，便施展销魂媚术，莺声燕语，百般缠磨，让那上仙竟然答应帮她一试，蝎精大喜。

上仙为蝎精出一主意，告诉她："凡俗之身不能上得殿堂，你若是想登堂入室，听讲上乘之法，需是得装扮一番，首先行为举止要像个修行之相，我再设法引你入内，便可如愿。"蝎精见那上仙答应并指点，十分高兴，道："一切愿听上仙计较。"上仙趁夜色离去。蝎精将上仙告诉她的举止装扮方法谨记，之后依法勤加练习，不久便熟练精通。

这一日，蝎精觉得自己按照那上仙所说的扮相已成，便去找那上仙。上仙一见那蝎精前来，生怕有人看见，但见其仪态整肃，一本正经，已是完全作个修行者模样，也是十分惊讶，感其为此所付出如此努力，即不食言，答应择机将其带入佛尊圣殿，一起听讲上乘之法，只是事先叮咛："你在后面悄然而坐，莫要张扬。"蝎精满口答应。

待到佛祖讲法之时，依那上仙所教，蝎精小心翼翼跟随在那上仙后面，一步一步，来在殿上。只见那佛尊讲法的大殿，气势恢宏，庄严肃穆，精心装点，金砖铺地，明灯高悬，佛光普照，好不气派。心想："果然是不凡之地，不是上仙，永世不得见此胜景。"于是蝎精便在后排悄悄静坐听莲台之上佛祖讲法。那佛尊如来为座下弟子开讲上乘之法，谈天说地，解事明理，修行之道，开悟之法，皆谆谆道来。蝎精原本自行修炼，已初具悟性，只是未受大道指引，不得正道要领，今亲耳聆听佛祖所讲大道之法，不觉时时开悟，心花怒放。因其处处小心谨慎，故此众人未能觉察有一生人。

这一日，乃是如来同众神佛轮讲佛法之时，那蝎精又得机会入得法堂之内。进得佛堂，见此番仙佛众多，熙熙攘攘，担心听辨不清，那蝎精久在最后，今日欲寻一个靠前离讲坛颇近的地方，见前有空位，便落座于此，没想竟是在佛祖如来的位置旁边。

今日诸佛轮番上坛讲法，如来先在讲坛开讲，只见天花乱坠，四方莲开，五彩金光绽放，诸佛听得全神贯注，没有注意到来了个陌生面孔。如来讲完，轮到其他神佛上坛讲经论道，如来到自己之位，见一旁有个陌生人，不知是何来路，竟紧邻他所在的地方，心中对此不速之客深感不悦："上乘之法哪容被人随便听得。"于是便质问那蝎精："你来自何处，怎得在此听法？"那蝎精见佛祖坐到跟前突然向其发问，心中不免异常紧张，低头搪塞道："我乃是一寻常人家女子，因愿修行，来听讲佛法。"如来闻听怪道："这圣地非凡人到得，上乘佛经亦非是你等凡人听得，即便听得也无以领会，你且去吧！"蝎精听如来这样说，心中不平，暗想："佛门说众生平等普度众生？我只要求听法，却都不能，何来平等，更何谈普度？"因有所想，故而一时未动。如来见其并未回应，便用手推了那蝎精一把，示意让她出去。蝎精因身处陌生之地，精神本就紧张，现突然被佛祖推了一把，立刻惊厥，本能地使出了自家绝学倒马毒刺，现出尾针猛朝那如来的手扎去，如来猝不及防，被其毒刺戳中，手上剧痛，不禁叫出声来。

如来这一叫不要紧，一旁正在听讲的众神佛、菩萨皆惊，见如来被扎受伤，一拥上前，欲将那蝎精拿下。蝎精见状，急忙喷出一道毒烟，呛人口鼻，迷人双眼，那众菩萨不敢近前，继而一跃而起，抽身向外便逃。如来忙挥手驱散毒烟，急命殿外金刚捉拿妖邪。二门四大金刚见一妖怪摇头摆尾夺门而出，如来殿上叫赶紧捉拿，即各使兵器一拥而上。蝎精武艺精湛，法力高强，见金刚上前，浑然不惧，使出钢叉架住四人的兵器，又不知她哪里伸出几只手臂，冷不防将几个金刚掀翻在地，自己则纵身向上脱身而走。守护雷音寺前门的四大金刚见状，立刻提兵器驾云在后紧紧追赶。

那蝎精正在奔逃，忽见前方有金刚拦住去路，正是五台山秘魔岩神通广大泼法金刚，那怪此刻不愿招惹金刚，急向左转，又见峨眉山清凉洞法力无量胜至金刚挡在面前，回头再看方才来处，须弥山摩耳崖毗卢沙门大力金刚正立在空中，身后则是昆仑山金霞岭不坏尊王永住金刚，四大金刚彩袍金甲，个个手持兵器，是凶神恶煞。

第三十六章　蝎精欲听上乘经　只因受阻显毒性

蝎怪身陷四面包围却也不惧，口中叫一声："来得好！"手举钢叉便向胜至金刚刺去，胜至金刚挥动手中降魔杵上前抵挡。其余几个金刚见二人过招，便将蝎精三面围住，为胜至金刚压住阵脚助威。只见那降魔杵左右挥舞，带动疾风，三股叉上下翻飞，寒光乱窜，二人你来我往，战在一处，叉杵相交之声铿锵刺耳。胜至金刚虽力大杵沉，却难抵蝎精叉如游龙戏凤，不几个回合，便手忙脚乱。另三大金刚见状，挥舞手中兵器一齐上前，欲将蝎精拿下。蝎精闻听耳后阴风忽起，知是其他几个金刚的兵器袭来，急忙闪身躲过，使出尾刺毒钩，扫向身后三个金刚。三个金刚不知是其独门绝技"倒马毒桩"，闪躲不及，分别被毒刺扫中，大呼疼痛。蝎精见有了空隙，纵身逃脱。几个金刚也不能追赶，回雷音寺赴命去了。

如来见那一干金刚护法竟未能得手，放跑了那精怪，不禁恼怒，遂下令追查，究竟是怎么让那妖邪混入佛殿圣地。没有多久，纠察护法便将这蝎精的来历报与佛祖如来，连同那白鼠和黄鼠之事也就此败露。如来得知三怪之事，气恼那三怪玷污灵山圣洁之地，遂命金刚同纠察护法彻查此事。

金刚领命在灵山四处仔细查看，很快找到灵山脚下凝香宝阁所在之地，发现了黄白二鼠，便去擒拿。那白鼠精见是佛门金刚来拿，自认不是对手，忙从阁内事先挖好的暗洞逃离。纠察护法分头守住灵山四方，以防逃脱。白鼠隐遁灵山深洞处躲藏，不敢露面。

黄鼠却自持法力，和那金刚斗在一处。金刚没想到区区一只黄鼠如此胆大，竟敢反抗。黄鼠与那蝎精习得了高强的武艺，也使三股钢叉，但毕竟及不上蝎精勇武，难敌数位金刚联手，几个回合下来，便力不能敌，落了下风，眼见就要被金刚打杀，却没想那黄鼠有一独门绝技，张口能吹三昧狂风，威力无比。黄鼠使了个叉花晃过金刚，用力往巽地吸了口气望空喷出，一阵黄风便从空中卷起，霎时间漫天风沙狂舞，呼啸飞旋，将那些金刚吹得是眼迷身晃，双目难睁，更难使力。狂风持续咆哮不止，金刚实是难忍，一齐败退。

佛祖得知走了白鼠，金刚又被黄鼠的黄风所败，不禁大惊，心想："灵山之上居然有此等厉害的妖怪，如任凭其作乱，岂不祸害至深！"即刻召灵吉菩萨去降那黄鼠。灵吉菩萨奉法旨前来拜见佛尊，如来交给其一枚"定风丹"，可应对世上诸类狂风。又担心灵吉菩萨武力不及那黄鼠，赠与其"飞龙宝杖"一柄去降那鼠怪。有了此两样宝物，灵吉菩萨迅即出雷音寺山门前去捉拿黄鼠精怪。

　　黄鼠窜入灵山密林躲避，未曾走远，欲待到天黑，再寻机逃出灵山。此时灵吉菩萨赶到，随即上前捉拿。黄鼠见无处躲避，也不与菩萨交手，先是喷出狂风，飞沙走石，吹倒一片山林树木。而那灵吉菩萨却持有定风珠，岿然不动。黄鼠一见大惊，忙欲逃窜，菩萨丢出飞龙宝杖，念动咒语，那宝杖瞬间化作一条八爪金龙，旋即将黄鼠擒获。灵吉擒了那黄鼠，回雷音寺交付如来佛祖处置。

　　至那佛祖处，佛祖恨其祸乱灵山圣地，本欲严加惩治，但究竟降其何罪，佛祖却有犯难。要说那黄鼠自身倒也没有什么大的罪错，但若深究，却难免引出尴尬之事，故只当众口头斥责其偷食琉璃盏内的清油之过，依律严加处罚。

　　如来不愿再在灵山看到此迷惑众徒作乱之鼠辈，佛门不以杀生为能，遂吩咐将其远远流放至西牛贺洲边远之地，为防止其返回灵山再度作乱，又叫灵吉菩萨镇押监管，一旦发现其再有罪错，便二罪并罚，严加惩处。灵吉领如来法旨，亲自将那黄鼠精放逐至西牛贺洲边远处一座荒岭，而自身也在小须弥山驻扎随时监察其行径，待其若再有不轨，便立即将其拿下，送佛祖定重罪。黄鼠谢过佛祖、菩萨留命，从此谨言慎行，不敢作乱，唯恐再度冒犯佛法，便要罪上加罪，佛祖再无可饶恕。

　　黄鼠被伏，蝎子精却逃脱，知那灵山不再是容身之处，便冲出纠察的围困逃出灵山，四处躲藏。金刚四处追查了一番，回禀佛祖说再未见其踪影。佛祖得知结果，命金刚暂且收手。

第三十六章　蝎精欲听上乘经　只因受阻显毒性

第三十七章　灵山之乱自难平　天庭相助派李靖

　　灵山上放逐了黄鼠，却逃走了蝎精，而那白鼠依旧藏于灵山深洞，因纠察护法把守住了灵山四方，故其未能逃脱。实际上，此前三人之事早有人不断报给如来，据其判断，自己手下恐怕已经与那些妖邪早有来往。白鼠为患，以淫邪之举扰乱灵山清修，损毁圣地清誉，必须清理。但那白鼠擅长藏匿，轻易难以捕捉，况且手下与那白鼠恐沆瀣一气，有私自纵容之嫌，如若大动干戈满山找寻，不但不见什么成效，反而会把这灵山闹得乌烟瘴气，怕引出更多的人和不想见的事，势必更加地麻烦，令这灵山清修圣地无有宁日。如来决定将这白鼠之事暂且明里搁置，暗中另寻他法，宣布不再追查此事，暗地派人去灵山之外请人前来帮助秘密处理。

　　为求务必迅速而不张扬地处理好此事，如来单独召见阿傩，命阿傩去找李靖父子前来相助。阿傩见如来说请李靖天王父子来灵山帮助平乱，不免疑虑，问道："佛祖，那李靖乃是天庭的天王，掌管天兵天将，听从玉帝调遣，如何能够愿意前来灵山秘密除妖？"如来见阿傩有问，知其担心怕请不来天王，自己怪罪于他，便与阿傩解说了缘由："那李天王当年生有一子，因其左手掌上有个'哪'字，右手掌上有个'吒'字，故名哪吒。此子三岁便捉住龙宫龙子抽筋，故而闯下大祸。那天王欲杀之免除后患，哪吒割肉还母，剔骨还父，灵魂到极乐世界求告。我正与众菩萨讲经，闻得幢幡宝盖有人叫救命，遂睁眼观瞧，见是哪吒之魂，便以碧藕为骨，荷叶为衣，念起死回生真言，哪吒得了性命，且变得神通广大，降了九十六洞妖魔。后来要杀那天王，报剔骨之仇。那天王无奈，求告于我，我以和为尚，赐予了他一座舍利子如意黄金宝塔，那塔上层层有佛，并唤哪吒以佛为父，这方才解释了冤仇。后李靖做了天庭的元帅，哪吒做了其麾下的先锋。若无我的舍利宝塔，恐那李靖早已命丧其子之手。"

阿傩闻听点头合十道："原来有如此一段渊源。"如来继续道："你且先去秘密告知玉帝，说我现欲请李靖相助，并仔细探看玉帝对此事的态度，若其依然感念我当年曾助他安天，他也有助我佛门之意，便会派遣李靖前来。若是玉帝不肯，你再私下和李靖说明此意，李靖自会设法前来相助。"阿傩听罢佛祖这一番话，才放心领法旨而去，临行如来再次交代："此事一定要秘密进行不能惊动任何其他人。"阿傩谨记。

如来使者阿傩前往天宫，将如来的请求告知玉帝。玉帝见此番如来的灵山被搅乱，特意前来求助，心里便明白灵山自有为难之处，马上单独找来托塔天王李靖，密传其一道口谕，命其前往灵山捉怪。李靖一听，是可借机报答佛祖之恩，便叫上三太子哪吒，轻装便服，没有惊动天庭其他人，与阿傩尊者悄然出得天庭，直奔灵山而去。

到了灵山，李靖父子二人没有先去拜见佛祖，由阿傩尊者寻一个隐秘处将二人安顿。阿傩独自回去答复如来，说那玉帝爽快同意，天王父子已经领玉帝密旨前来处理此事，如来闻听欣喜，放心忙于教义去了。

稍加休息之后，李天王和三太子便着手暗中察访。李靖按照阿傩的指点，白天按兵不动，以免惊动灵山众人，待到夜晚，那鼠类出动之时再作查找。天王有照妖宝镜，宝镜照处，妖邪无处遁形，借夜晚月光，四下巡视灵山。那白鼠尤为擅长藏匿，躲入了灵山隐秘深窟，因此天王父子一时遍寻不着，于是天王叫来灵山山神，问个一二。

山神见是天王有命，急忙赶来，行礼问道："不知天王深夜召唤小神有何贵干？"天王问他："此间有一白鼠成精，搅乱灵山宝地，我欲将其擒拿，怎奈她藏匿颇深，我用我那照妖宝镜也遍寻不见，你可知她的踪迹？"山神回道："禀天王，灵山山顶有雷音宝寺，山门面向前山，想必那后山适合藏匿，天王可至后山寻找。"又指点了大致一个方向。李靖闻听，遣走了山神，便与三太子持宝镜前往后山，由山腰至山脚逐一查找。很快，在山坡找到一处光滑洞口，约有双臂合围大小，想是洞内便是那白鼠的藏匿之处。那日白鼠因金刚要拿她，便急忙从屋内洞中潜逃，藏匿于灵山后山此处深洞不敢露面，只等风声过去。天王指示太子哪吒："你执照妖镜在洞口上空停了，时刻观察下面的动静，若那妖精逃窜，便用宝镜照住。"太子领命，天王独自一人前往洞内搜查。

李靖进入洞口，经过狭小窄道悄然来到洞内深处，约有数十丈远，行见一宽敞之处，内有灯火，见一身形晃动，天王停住，暗中仔细观瞧，就是那阿傩给他描述的白鼠精的模样。那白鼠不知天王已至，兀自在洞内石台前正对着镜子梳洗打扮，未披外装，只有一袭内衣在身，后背敞露，玉体横陈，肤白如瓷，身姿妖娆。见到此景，天王把抓捕妖邪的事情几乎抛至脑后，不觉在白鼠精身后站立许久，一时竟未顾及此番前来的使命。

白鼠精拿着镜子对着自己左照右照，忽然在镜中发现了天王的身影，大吃一惊，忙转身欲取兵器，又见天王未动，方才把慌张的心情略微平复，转而故作镇静问道："你是何人？怎敢擅自闯至我处！"天王见那鼠精惊觉，正欲抽出兵器，但观其只是妖媚，未见得有什么高强法力，便暂不施武力，上前几步质问道："你是何来路？"那白鼠精看那李靖一身便装打扮，但眉宇威严，武器傍身，想必是个有来头的，便先欲施软技，请天王落座吃茶。

天王知那白鼠最是擅长以美色迷惑他人，并没有放下防范之心，见那白鼠上茶，不想与其纠缠，对那白鼠道："我乃是天王李靖，我来问你，可是你在灵山脚下作乱，犯下大错？"白鼠见来人居然是天庭的天王，不禁更为惊讶，忙扯了一领白纱披在身上，定了定心神，轻声细语答道："小女子不知天王前来，还请恕罪。"李靖灯下见其容貌娇美，举止和言谈有礼，有所放松警惕，说道："你可知罪吗？"白鼠回答道："天王说笑了，我乃一寻常女子，安守在自家的住处，谈何作乱二字，也只是歌舞欢乐，何罪之有？"李靖见那白鼠媚态十足，娓娓道来，似也有理，有所沉吟。白鼠趁机手捧茶盅向李靖献茶，天王此时口渴，将那茶盅接过，饮了一口。哪知那白鼠早把迷幻药物在茶里放了，李靖饮下，顿时性迷情乱，忘却平日自我，只剩天生本色，又加上半截观音软语莺声，百般哄说，一把将白鼠搂在怀中，乱了性情。

事毕，天王警醒，心想："自己奉玉帝之命前来灵山替佛祖捉怪，怎会做出如此之事？"急忙起身穿戴整齐，整理衣冠，回头见那白鼠正看着他媚眼睨笑，到底捉还是不捉，李靖犹豫了一下。随后用力一把抓住那白鼠的手臂，对其厉声道："你这妖孽，居然敢迷惑本王，我要拿你去佛祖那里问罪！"说罢便要将那白鼠精拖向洞外。

白鼠见李靖突然横眉怒目，心中立刻慌乱，惊叫一声，拼命挣扎，却不得挣脱，急忙中叫喊道："天王听我有话要说！"李靖停住，问道："你有何话要讲？"白鼠道："若我到佛祖面前将你我方才之事道出，天王你便声誉尽毁！"李靖一听怔住，随即怒道："你敢要挟于我，我将你就地打杀了！"说罢抬起手就要施力。白鼠忙下跪哀求："天王不敢，还请天王饶命！"李靖见其眼含星光，楚楚可怜，却又心软，缓缓放下抬起的手臂，对白鼠道："即便是我不要你性命，你也逃不出灵山，那纠察护法早已将灵山四面紧紧包围，但有人想逃出灵山，即刻便要捉拿。"白鼠闻听，下跪不起，苦苦哀求天王救她一命。李靖皱紧眉头，想了想，对白鼠说道："这样吧，你随我一同离开灵山。"白鼠一听，连忙叩谢。李靖对白鼠做了一番交代，白鼠谨记心上，随后将白鼠绑了，从原路来到洞外。

此时天已大亮，哪吒在半空中等待许久，见天王押着一名女子从洞口出来，知是天王得手，便收起了宝镜。李靖来在空中，告诉哪吒已将那妖精捉住，即刻押往灵山以外处置。三太子于是跟随天王一同驾云离开灵山。未行许久，便遇见灵山的纠察护法，互相一照面，见是天王父子，绑住一人，护法上前先是与二人见礼，接着询问究竟。天王道："此便是作乱的妖邪，本欲就地灭杀，但恐污了灵山净地，遂拿她至远

第三十七章　灵山之乱自难平　天庭相助派李靖

处荒野处置。"护法闻听天王此说，随即放行，目送天王父子带着白鼠精离去。

三人一路向东，奔了许久，回首看，早已不能望见灵山，方才收住云头，落在一片密林深处。天王对那白鼠道："今日我且放过你，你再也不要为非作歹，速速远遁他方，莫提今日之事，否则……"李天王做了一个处死的手势。那白鼠忙跪倒，口中连连道："多谢天王饶恕性命，一定依照天王吩咐，绝不敢违背。"

天王遂给她松了绑绳。白鼠对天王父子又拜。天王道："你去吧。"那白鼠却不起身，口中说道："感念天王和太子饶恕性命，我想就此拜天王为义父，拜三太子为兄，以谢天王和太子不杀之恩！"李靖见其颇有诚意，也不拒绝，也未当真，但只是点头，急切说道："好吧，你尽快找一处藏身，我要回佛祖处交差。"白鼠对天王和三太子各拜了三拜，起身奔向密林深处，很快不见了踪影。

天王父子见白鼠离去，遂返回灵山。到了灵山直奔如来的大殿，守门的金刚通报，如来叫请。来到殿上，见如来佛光罩身，居中而坐，两边菩萨、罗汉陪伴，二人急忙上前行礼。如来已知天王父子暗中亲自办理所托之事，今见二人来此，知道事情已经办妥。天王父子和佛祖见礼完毕，如来问道："天王前来，必是已将那搅乱灵山的祸害拿了。"天王道："正是，有那白鼠精偷食香花宝烛，我已将其处置，永绝后患。"如来闻听，点头道："鼠类偷窃，如同人之觅食，乃是天性所至，但毕竟此乃灵山圣地，不能迁就于她，今天王即已处置，我便是放心了。"对于此事，如来不愿多加追究，若是一路追究下去，势必牵出诸多不堪之事，损毁佛门清誉。随即命人摆素宴款待天王父子。

宴席已毕，李靖告辞，如来又叫阿傩去取了一颗舍利宝珠，赠与天王，作为答谢之礼。天王谢过，辞别佛祖，与三太子出雷音寺回天宫去了。

天王李靖和三太子哪吒捉拿完妖邪回到天庭，前后仅区区半个时辰，天庭其他人未有察觉，如同没有发生此事一般。佛祖赠送的宝珠，李靖不敢私藏，上交给了玉帝，玉帝差人送往西海龙宫，交与了西海龙王敖闰，命其好好保管，莫要污损遗失。西海龙王一见，知是佛门上等宝物，又有玉帝之命，自是不敢怠慢，将其作为西海龙宫镇宫之宝置于龙宫殿上。那宝珠光华四射，照耀龙宫大殿如同中天之日，龙子龙孙和海中众仙看了，无不称奇赞叹。

白鼠精别了那天王父子，四处躲藏，最终跑到陷空山，寻到一无底洞安身。又立了那李天王和哪吒的牌位，上写"尊父李天王之位"和"尊兄哪吒三太子位"，时时祭拜。那白鼠本性难移，未久又继续干起在灵山的勾当。

天地乱事均已平息，一时间各方看似业已安定。难得的平静带来的却是暗流涌动，各路仙神纷纷忙于做法收赠，建观造庙，领地扩张，佛门人丁大兴。西天欲传经一事已成为各种场合包括盂兰盆会上的主要话题，灵山一众上仙几乎都在谈论佛祖要传大乘经于世，佛徒的思想和行为也在逐步转化。也有如毗蓝婆菩萨者，乃是一心做个世外清修之士，逐渐与那众人无甚共同话语，自打二百年前最后一次参加盂兰盆会之后，便独自隐居紫云山千花洞中，不再过问佛门之事。

观音菩萨早已感知传经乃是佛门既定之要事，最为关注，已开始为此谋划布局。自打跟了如来佛祖，受封了南方五老，四海常往，普济天下，观音对各方各处是了如指掌，比之其他上仙更知晓其中的奥妙，知道哪里最为重要。在要地提前布局乃是先手，根据地形，观音选中一南赡部洲与西牛贺洲交界之处，那里有一座庙宇，观音准备亲自前去探看一二。

第三十八章　菩萨命名观音院　道门心中生忌惮

　　观音欲亲自去往造访之地有一所禅院，多年以前，一名长老在此出家，因后来修行甚高，做了方丈。此位长老与普通佛徒有所不同，为人特别喜好金银宝物，广纳钱财，院内有一水池，外人皆传言里面堆满金银，便称其为"金池禅院"，禅院因此得名，那长老也被称作"金池长老"。这金池长老除了广纳钱财，也喜好四处结交，广结人缘。距此地南二十里处有一山名为"黑风山"，山水清灵，琼崖争峰，是个真修的所在。金池在寺院内每日诵经，偶有烦闷，便出门闲游，行至山下，见此山僻静优美，生得灵秀，苍松翠柏，花草芬芳，百鸟争鸣，石木皆奇，不禁赞叹。想自己年事已高，终日诵经念佛，竟未曾到过此山深处，未免有些遗憾，便决定继续向前，一探静幽。

　　长老穿林踏石行至山林深处，远远见有青烟升腾，不禁心中奇怪："难道这深山里还有人家居住？"被好奇之心驱使，金池向着青烟出处走去。走近一看，原来，此处有一山洞，能容几个人同时进出，石门洞开，门上无字，洞前有一块平地，平地上立有一炉，似有人在此生火炼丹。金池见此地虽为山野，却是整洁，更是惊奇："如此人迹罕至之处，难道还有人修行？若是修行之人，乃是同道，不妨前往拜望。"想至此处，金池来到洞前，向洞里张望，看有无人在，叩壁呼唤。未久，长老在洞口听见有脚步声音，定睛一看，直吓得是腿脚发麻，双膝一软跌倒在地。原来，出来的不是寻常之人，乃是一长吻圆耳高大威猛的黑熊成精，如此行将出来，凡人皆要被唬倒。这熊精平日在此洞内生息、炼丹，也有些个长生之效，累年修得接近了人形，四下里还结交了些山中的狼虫蛇怪。今日黑熊精一早升起炉内丹火，便回洞休息，却忽听洞外有人呼唤，声音陌生，不知是何许人，便出来一看究竟，见一僧人打扮的老者，已是惊慌失措跌倒在地。

黑熊精见有人跌倒，连忙赶了几步，要上前搀扶。金池在地上向后爬了几爬，再也不能动弹，只把手放在心口，那心已狂跳不止。黑熊精见此情景，也不再向前，开口道："你莫怕，我不吃人。"这长老见熊怪开口能人言，也没有上前来，心里稍许安定，喘匀了气，从地上颤巍巍站立起来，问道："你是这洞主？"熊精见问，答道："正是，你是何人，为何前来此地？"金池道："我是距此不远处的禅院方丈，见此山灵秀，进山闲游，看到有青烟，以为是人家，便寻迹而来，未曾想，遇见得道之仙。"熊精闻听稽首道："原来是方丈，我倒也有所耳闻，想不到今日有缘得见，幸会，幸会。"随后邀请金池进洞一坐，金池此时心已平定，便跟随其入内。

进到那洞中，见里面别有洞天，松柏桃李遍布，花草芬芳四溢。二人入内里坐下互相细说了各自的来历，攀谈处，竟愈发投机。原来，这黑熊精除了炼丹，也好修行，见到金池谈佛论道，颇受开悟，自是欣喜。而这金池，金银多有积攒，年岁一高，便每日渴求长生，知道黑熊精会炼制长生丹药后，便想求得一二。二人至此结好，打那之后常相来往。金池通晓佛法、世理，又精于文墨，熊精渐渐受了熏染，并逐渐信仰了佛法，禁绝了杀生。金池喜好各类宝物，收藏袈裟锦衣无数，挑上好的盔甲兵器赠与那熊精，黑熊则精选炼好的丹药与金池服了，金池因此得以延年益寿，一直担任着寺庙的方丈。

观音欲考察的便是此座寺院，腾云驾雾来在寺院上方低头仔细观看，见那庙宇四周松篁桧柏环绕，庙内殿阁层叠，钟楼高起，塔峻炉高，鸟鸣清幽，净土无尘，果是不凡。菩萨作法隐去了真形，化身一行脚僧人，前去一探究竟。

到了金池禅院门前，观音轻轻叩门，守门的沙弥闻声出来见了化身的菩萨，行礼问询，接进寺院，茶饭款待，安排歇息。观音自己先绕院内行走了一遭，见此寺院修整得颇为华丽，大殿堂皇，院落整洁，看来寺主是一个精细之人，化缘颇多，很是合心意。行至后院，见那里有一水池，近看池水清澈，内有鱼儿游动，又仔细观瞧，观音颇感惊奇，原来此鱼儿生得非凡，遍体红光，金鳞闪烁，虽为鱼身，却似水中游龙。观音见了此鱼，心里颇为喜爱。转身回住处，对那小沙弥说要求见方丈。小沙弥去告知了金池方丈。金池听说新来一个行脚僧人要求见，便穿上袈裟叫请。

　　观音到了金池的方丈处，见金池打扮，颇为讲究：头戴镶宝毗卢帽，身穿锦绣褊衣衫。金池见观音面目非凡，沉静慈祥，尽显尊严之相，知是得道高僧，于是互相行了佛礼，上茶款待。二人边喝茶边交谈，先谈来历继而又交流佛法。那菩萨乃高上传法之尊，七佛之师，寥寥数语，已令那金池叹服，忙又起身再度施礼，口称得见高人。观音见此情景，还原了真身，金池见竟是观世音菩萨驾临，忙跪倒连拜，口诵佛号。观音让他起身，依旧坐归原位。

　　金池命人更换上等茶盅，未久小沙弥端来一个朱漆茶盘，上面摆着两个茶盅，放在二人面前。观音见那茶盅居然是用玉石雕琢而成，晶莹美润，果是上品。金池毕恭毕敬道："不知菩萨大驾光临，有失远迎，还望恕罪，但请问菩萨光临寒院有何指教？"观音点头道："佛门僧众人数逐渐增多，我遍寻天下，欲寻一个为佛门收集上等袈裟的所在，今看你处寺院，经营得有声有色，十分合适，你可愿意担当此任？"金池一听菩萨要其出力办事，求之不得，忙道："愿意，愿意，只要菩萨交代，贫僧一定尽力办理，我寺院这些年多有收集上好袈裟，只等敬献佛尊使用。"观音道："甚好，这袈裟也不白向你拿，我自会有安排。"金池忙谢。

　　观音又道："还有一事，与你商议。"金池道："菩萨尽管吩咐。"观音道："就是那后院池中的一尾金鱼，我见其颇有灵气，与我有缘，欲放置我处豢养，不知你可否同意？""这个……"金池闻听菩萨此言有些犹豫，那金鱼也是他颇费了些金银和周章所得，但是菩萨开口，自己又不得不舍，略一沉吟，便道："既然菩萨喜欢，自管拿去。"观音看出金池难舍，对其道："我也不凭空夺你心爱之物，这里有金丹砂一粒，可抵万两黄金，你且收下，算作与你交换那金鱼和购买袈裟的资费。"说罢从袖中取出一粒丸药大小的金丹递予金池。金池连忙道："贫僧哪敢要菩萨的金丹。"观音见他推辞，道："这金丹你只管收下，只要你为我尽心收取供奉，采办袈裟，金丹就归你所有。"金池连谢，起身将金丹砂接过收入怀中，心中甚喜，又从自己的怀中也取出一粒散发着幽幽青光的丹丸，对观音道："菩萨赠与小僧金丹，小僧我这里也有一粒丹药还赠与菩萨，望菩萨笑纳。"观音问道："哦，你也有丹药，可是你自己炼成？"金池道："我无有炼丹妙法，乃是这不远处有个黑熊成精，善炼丹，被小僧感化，又好佛法，我与他经常谈佛论经，交往甚厚，因此他送我精炼丹药，小僧方得以延寿，现已百十余岁数，才有幸得见菩萨真身。今正有此丹，赠与菩萨，聊表寸心。"观音听了欣喜，收下了丹药，心中也记下有此一妖。

观音又对金池道："此地乃我佛门要塞，因此我欲借你这寺庙让众生知晓此处为我佛门所据。"金池问道："不知如何做到，请菩萨明示，小僧定当全力配合？"观音道："你这庙宇可加我名号，众生便知晓此乃是佛门要地，不可随意侵犯。"金池听观音欲以其法号命名寺院，忙道："谨遵菩萨法旨，菩萨亲自大驾光临，小寺已是蓬荜生辉，愿赏以尊号命名本寺，实乃荣幸之至，这里就叫'观音禅院'吧。"金池此言正合观音之意，菩萨点头示意许可。

观音也不作久留，将金鱼拢在袖内驾一道金光离去。金池长老目送菩萨远去，直至不能望见。随后将院名改为"观音禅院"，立匾额于正殿，从此大殿中央供奉大慈大悲观世音菩萨。因菩萨威名，观音禅院很快声名远扬，四下皆知。

佛祖如来得知此事，单独召见观音，对菩萨道："尊者此举在东土通往西天的要道佛道共生的前沿必争之地立了佛门之威，扩大了佛门之势，足见尊者先行感知玄机并能占得先机之能。"观音谢过佛祖褒奖。如来又道："只不过此举可能会诱发那道门的戒备之心。"观音道："佛祖果有远见智慧，是弟子未曾想到。"如来点点头接着道："此亦无妨，是也可看看那道门究竟会作何种应对，你且时刻留意。"观音双手合十施礼，辞别佛祖回南海自去安排。

得了金鱼，观音将其置于自己后花园紫竹林的莲池之中，闲时喂养观赏，那莲池添此灵物，顿显生机，满池祥光粼粼，红瑞蔼蔼。菩萨想还需有个看守院落的方可，待有机会去寻个合适的来。

太上老君、元始天尊和灵宝天尊一日齐聚上清天弥罗宫中，三清一体，共同受人们祭拜供奉，时时聚首，讲道议事。因近来诸事繁忙，距离上次聚首已有多时。三清同掌道门，分工各有不同：老君在天庭行事，频繁往来天庭，天庭仙班也几乎都是老君的门生，玉帝初始遇到要事常与老君商议，只是近来不再如此；元始天尊汇聚天地间有道大仙，在弥罗宫中传讲大道之法；灵宝天尊则为道门甄选和培养门生，传其道法，以期重用。

太上老君平日里和天庭接触密切，每到此刻，总是最先发言，老君道："最近所发生的一些事令人生疑，一是有玉帝派李靖亲自去那灵山捉怪，玉帝和西天你来我往，二者甚是亲密；二来又凭空出现一座以观音命名的禅院；且我在和燃灯古佛交流道法时得知那佛门正忙于修新的大乘佛经，此前又有西天替天庭大张旗鼓安天平乱，等等诸如此类之事，汇聚起来，其背后似有更多更大的企图在潜移默化地推动类似行为持续发生，是否应早作打算，还请二位天尊对此发表看法？"

元始天尊掌大道，慧眼能洞悉世间一切，听完老君所述开口道："这普天之下，皆属混元，本无你我之分，只是当今之人以群分、以门类分，有欲求更多者，便生出你我之别。佛义乃应势而生的教化之义，将来皆要归于大道。今有欲以佛义教化更多众生者，其必将发起一番作为。"灵宝和道德天尊闻听点头，灵宝天尊亦乃是开天之灵，天上地下，人神鸟兽，得灵宝天尊所授经要的道门弟子众多，今日听太上老君把近来所发生的事情一番述说，前后联系归总，便是明了，于是开口道："今依老君所述，我看这西天如来此一番是要出手运作大的手笔，必是想将那佛法广为传布，深入道门苦心经营的腹地，取而代之。因有两次安天之举，佛门在天庭的威信大增，玉帝近来也明显有偏向于佛门之意，是为能够完全独立稳固主政。一旦玉帝偏向佛门，其后果自是对道门的气数有所减损，我道门不愿看到佛门与道门争锋。天庭玉帝掌有天上、地界连同冥府，皆广大之地，而我道门的供养来自本门的信徒，信佛的多了，信道的便少。况且我道门又有如此众多的门徒，若不广大稳固，如何于当下供养你我及这众多子弟？"

太上老君点头道："灵宝天尊所言极是，我道门本为天下之主教，现今那西天如来神通广大，法力高深，座下菩萨、罗汉、圣僧等弟子众多，仅一观音便是法力高强，足智多谋，左右又有文殊、普贤，地藏则监管了幽冥之界，在天庭也树立了极高的威望，自是有扩张之心。而如今这地界当中范围的归属，一是看玉帝分封，二是看占据先行。我等若不去掌控，他人便可得之。掌控的范围越广，越有利于影响天庭，供奉丰足。下谋谋事，上谋谋势，谋势乃是全局之谋。那西天灵山正在四处积极布局，虽暂未深入你我现今之腹地，但如若放纵下去，定不利于将来的打算。我道门讲求顺势而为，而当今世势尚未至无为之境，仍需及时适度而为，不可随意纵容，否则我道门气数无以稳固，不是长久兴盛之计，故根据佛门的举动我将采取相应的措施。"

灵宝天尊见太上老君将局势摆明，便道："乃是实情，我等当早日采取相应举措，以免任由此苗头发展至难以收拾的局面。道德对天地实情了解得最为透彻，此事还要你尽心出力。"老君对灵宝天尊道："此等大事，非我一人能够办到，还需灵宝天尊的鼎力相助。"灵宝天尊点头道："如需我相助，尽管提出。"老君道："待我回去仔细思量一番。"三清互相辞别，老君返回兜率宫详细考虑，再做计议。

第三十八章　菩萨命名观音院　道门心中生忌惮

第三十九章　地仙之祖从三清　顾及左右心未宁

　　老君从上清天弥罗宫回到兜率宫中反复思量，又仔细观察了四大部洲地形地势，心中有了打算，想出了第一步具体对策。于是又请元始、灵宝二位天尊一同前来商议。

　　三清再度聚首弥罗宫中，老君先开口说道："我已仔细观察了四洲地形，西天灵山可通往各处，而那观音单单选中观音禅院之所在，此举乃是非同小可。以其自身法名命名禅院，可见其十分地重视。那禅院不在南赡部洲，也不在西牛贺洲腹地，偏偏在两洲边界之处，似有所指。虽然西方之地原本名义上就已归属为西方五老的如来管辖，但实际上，西牛贺洲仍是广大道门信众充盈之所，有不少供奉我道门之地，且我道门还在扩展西牛贺洲各处的实际领地，以图光大我门庭，故此佛门在此洲的一举一动都将牵涉到我道门的切身利益。那西天一直想要拓展佛门领地，如今布下观音禅院，并非简单为在此地安插一处庙宇，实乃为在那里立威立势，作为前沿，与南赡部洲相接应，且又和灵山呼应。南赡部洲现以道为尊，观音此举表明西天可能意在此洲，更可能还会借机深入涉及西牛贺洲各地，最终占据两洲之主教地位。如灵宝天尊之前所言，如来是欲将佛法广传，这便是其初步举措的迹象。我们可在其意图所在的方向上安排人手，阻挡其扩张之举。同时也可派人前往那西天势力未触及之地，建立自家的掌控范畴。"

　　灵宝天尊听了太上老君这一番详尽解说，频频点头，表示赞同，遂问太上老君有何具体应对之法。老君道："应对之策说来也简单，这一路上既有高山大河，也有大小诸国，我看我们现在就重点在那西牛贺洲去往南赡部洲紧要之路上安置人员，或在那必经之路上的诸国之中派遣我道门得意弟子先行兴我道门气数。"灵宝天尊听罢完全同意老君的意见，愿出人力，支持老君。

老君道："只是要寻合适的人选却有些难处。"灵宝天尊道："这有何难？你我门徒众多，挑些人，差遣去办理便是。"老君摇头道："不然，有些举措看似简单，但却要挑选上佳人选，他人未及之地稍许容易，只要是我等门生，皆可推荐前往。只是处置那要塞之地，非常人可担当，比如说应对那观音禅院。"灵宝问道："怎个非常人能担当？"老君道："你我业已发觉那西天扩张之意，西天的如来本就是个神通广大者，现又有观音在两界之处直接布局，想那观世音，单是她那玉净瓶便威力无比，当年我和她打赌，连我的丹炉都输她那宝瓶一筹，更何况若是一平凡小仙安排在其意欲扩张之地，无甚大用。"灵宝天尊点头道："道德说的是，若是安排了一般人去，无甚功用。"老君继续道："若要能与观音相匹敌，此人法力定要神通广大，是我道门中人，又要能安定在地界，方可堪此重用，只是天上地下全部符合这几样条件的人选是少之又少。"灵宝天尊道："道门众多门徒当中难不成真的寻找不到此等可用之人？"老君问道："门徒之中可有能堪比观音者？""这个……"，灵宝天尊想了想，摇了摇头。老君也捋了捋胡须，目视远方，一时不再言语。二人都深知那观音法力极为高强，普天之下，如今谁个不知其名号？除了上神三清、如来佛祖，有谁能敢说堪与之匹敌？故此沉默。

终于，还是元始天尊打破了沉寂，开口道："有一人选可担当此重任。"另外两位天尊一听，眼中一亮，都把目光投向元始天尊。元始天尊道："此人资历甚深，法力也广大，且久居于地界。"太上老君和灵宝天尊听了各自思量究竟是谁？灵宝天尊直问："是何人？"元始天尊道："此人浑名'与世同君'，又号'镇元大仙'，乃是与地同生，除天地之外，当属他资历最深，法力也高。"其他二清一听，都似乎被点醒，不禁点头，知有此人，乃是地仙之祖。元始天尊继续道："只是此人在地

第三十九章　地仙之祖从三清　顾及左右心未宁

271

界自在而立，不愿参与天下之事，我也是只在开天成地之时与之相识。如能将此人纳入道门，当是能镇守一方，乃上佳之选。"太上老君和灵宝天尊皆道："有理。"

灵宝天尊道："这个地仙之祖虽说早有耳闻，但却是陌生，近来也未曾得见其人，更无有太多其行踪偏好的消息，倒是有些神秘。"元始天尊道："此人乃开天之仙，资历深远，若要请动此人，非得你等亲自出马不可。"老君闻言道："说起那地仙之祖，我倒是与其曾有过一面之交，想当初我曾经请他代为在那大地之根处看管一块神石，不知其后来为何与他那人参树一同迁移至西牛贺洲万寿山之地，似有人在背后安排所致。此事不劳烦灵宝天尊出马，我去即可。"灵宝天尊见太上老君愿意前往，点头称好。元始天尊道："若那地仙之祖愿入道门，则其可至弥罗宫中听讲混元道果。"两位天尊点首称是。

寻地仙之祖之事由太上老君去处理，灵宝天尊则斟酌安置可用人选，三清就此别去，各自安排。

且说那地仙之祖，现正在万寿山中自己的五庄园内，未曾外出游历访友。老君算出其当前的所在，遂直接前去寻那地仙之祖，如今的"镇元大仙"。

到了地仙祖的居所，见此处四面环山，峰峦叠嶂，林木葱郁，是一个幽静之处，山中有一庭院庄园，院中有棵参天古树，此树与天地齐生，便是那仙根所长的人参树，上结数十颗万年长生人参仙果。老君见了那人参树，便知是到了镇元大仙的所在，于是收了祥云，落在庄园门前，轻轻叩门。那门里有看门的童子，闻听有人来敲门，开门一看，见是个道长模样，问了来意。老君说要见其主人，小童进门去报。

镇元大仙正在园中神树下修炼，听童子来说有人要见，算知是个非凡的上神，忙起身出门相迎。到门口，见来者不是旁人，正是那三清中的太上老君，急忙行礼，道："天尊前来，未曾远迎，恕罪！恕罪！"老君还礼，道："仙祖客气了。"随即镇元大仙将老君迎入园中主厅内，童子用羊脂玉盘端上两个斟满仙茶的玉茶盏。镇元大仙道："多时不见，天尊在天庭事务繁忙，今得空来我陋室，不知有何指教？"老君见他直接相问，便也开门见山，不委婉客套，道："仙祖好不自在，我此次前来是想请仙祖入我三清道门，不知你可愿意？"这地仙之祖原本是自在之仙，不谋自立门户，也不与他人为伍，只无奈之中与那佛门结交，在此做些镇守和通风之事，今日见太上老君欲邀其加入道门，而且好像有不由其选择之意，不禁心中犹豫，溢于表里。沉吟了片刻，那仙祖对老君直言："承蒙天尊高看，我乃地界区区一小仙，不曾想入哪门哪派。"

老君一直在等待其回答，见他推辞，早有预料，不急不慢地道："仙祖图个自在，我三清自是无可干涉，只是现如今天地之间，教派有分，仙祖法力广大，如入得我道门，乃是我门之幸，若入他门，岂不悔矣？"地仙祖听老君的话软中带硬，若是果真别的小仙，当是莫敢不从，也是荣幸，但这地仙之祖只拜天地，从未想过加入任何一方，况且背后有佛门所托，只不便在道祖面前显露出来，老君如此一番直言，仍旧未能打动他，故只是沉吟不语。

太上老君见直言未果，并未进一步用言语相逼，站起身稳步行至院内那棵仙树前不远处。仙祖不解其意，也起身跟随而行。老君抬手指着那棵仙树问道："此树多少年岁？"仙祖见问，道："此树乃混沌初分，天地尚未开辟之际便孕育的灵根。"老君又转而问他："你今又有多少年岁？"仙祖道："天尊自是知晓，也与天地平齐。"老君道："你得以历劫而长生，是何缘故？"仙祖道："乃是我苦苦修行不辍，才得以与天地齐寿。"老君听完笑道："你这树上所生何宝？"那仙祖见老君如此追问，不解其意，但依旧回道："天尊所指，人皆知是我这树上结的草还丹，又名人参果。三千年开花，三千年结果，三千年方得成熟，万年结得三十个果子，吃一个，就得四万七千年延寿。"太上老君听完其回答，没有继续搭话，从怀中取出芭蕉扇，朝那树只轻轻一扇，刹那间，一阵狂风掠过，将那原本高大挺拔的参天神树刮得是连根拔起，轰然倒地，根须尽露，枝断叶飞，上面所结的人参仙果皆掉落尘埃，瞬间消失不见。

第三十九章　地仙之祖从三清　顾及左右心未宁

地仙祖见状大惊失色，紧赶几步奔至那倒下的树前，手抚树干，回头望着老君高声道："你这是何意！为何毁我仙树！此乃天地独根，别无二个！"说时镇元大仙瞪圆双目，愤怒尽显。

老君见状，故作不解，轻描淡写道："仙祖修行即可长生，而此树只得长生，别无他用，不如我将此树晒干，回去放在我那炼丹炉里，当些柴烧。"那地仙祖听老君这番话，一时间不知所措，大声道："此树我有大用，你怎能毁我宝树？"然后看着那行将枯萎之木，连连顿足。少顷转身从怀里拽出一条七星鞭，拉开架势，欲对老君发作。太上老君见其欲使强力，依旧不慌不忙，右手执宝扇，左手又取出一只金刚琢，对镇元大仙一晃，那大仙手中的七星鞭便咻的一声被金刚琢收将去了。

镇元大仙见手中的宝鞭瞬间被老君收走，大惊，情急之中，也顾不得许多，便抬起手欲使出其多年练就的独门绝技"袖里乾坤"，去夺老君的金刚琢。老君见其扬起袍袖朝自己的金刚琢卷来，似是有非常的大法力使出，倒也要看看其究竟如何，便站在那里没有躲避，待到那袍袖近前，一抬手，将那芭蕉扇又是一扇，镇元大仙的袍袖便被一阵劲风吹回，手臂难以自控，猛甩开去，不能自持，连退了几步，勉强站稳。那大仙见老君是有备而来，连自己的绝学都未能奏效，知不是老君的对手，遂只得收起袍袖，二目紧盯着老君，看老君下一步意欲何为。

老君与镇元一番较量，摸清了其根基，见其罢手，遂也收了两样宝物，继续问道："此树对仙祖究竟有何功用？"口气沉稳，如同刚才任何事情都未发生一样。那镇元情急无奈之下，道出实情："此树所结仙果乃天地罕有之宝物，食之长生，胜却无数修炼之苦功，我常将其送与诸仙，那诸仙在蟠桃宴上赠与王母上寿，可说是大用！今你将此树断根，毁王母之礼，有何益处？"太上老君一听，笑道："哦，原来堂堂地仙之祖，还要用此物巴结王母和诸仙，可笑啊，可叹！"那仙祖一听老君此言正说至其要处，有些羞愤，道："何谈巴结，乃不过是有缘结交而已，你有仙丹，便不叫我等也有些好处？"老君道："未尽实言，你这是为自己立足谋个打算。"语气颇有些咄咄逼人。镇元大仙见一切已被老君挑明，便道："是又如何？我虽为地仙之祖，相比之于诸仙只不过是早生了些时日，虽有些法力，自立于此方寸之间，又并非是与天地隔绝，也得在有四方众仙的地界强者之中谋个安生，又有何不可？"太上老君点头道："这才是实话，我知你苦心，现我有一法，可令你不必苦苦四处经营，即可安身。"那仙祖听老君如此一说，将信将疑，拿着架势，试探问道："哦，有何妙法？"老君神情泰然只答四字："入我道门。"

地仙祖闻听，顿时不语，低头看着那棵倾倒的仙树沉思，片刻抬头道："道祖相邀，乃我之幸，只是我一向自在，对道门未有功劳进献，何德何能入得道门，不敢享此殊荣。"老君知其势力单薄又欲谋独善其身，只是有那宝树，依靠其与诸仙结交，方在诸方争夺中逍遥自在，因此先放倒了那树，又探看其法力究竟如何，方才再度劝其加入。现在见其心有所动，便将此行的目的强调一番，老君告知那地仙之祖："此次邀你入道门，乃是为了能有一位足以与佛门分庭抗礼之上仙，我知你法力高深，此非你莫属。"

至此，那镇元大仙方才明了老君此行的真正目的，原来是三清顾忌佛门张扬，才邀其加入，助一臂之力。那仙祖此刻心中又做权衡："三清神通广大，门徒众多，那佛门也势力不凡，尤其是那如来法力高强，与任何一方对抗，皆无有好结果。但那老君已亲自来此强力相邀，几无拒绝可能，其背后是三清道门，自己若是当场拒绝，下场恐不比那人参树好多少。"想至此处，仙祖对老君道："入三清门下可以，只不过，我有三个条件。"

老君见其答应，并未出乎所料，便道："仙祖既然应允，愿意屈就，那实在是好，不知是哪三个条件？"地仙祖道："一是，我入道门，依然独立，不参与道门诸事。"太上老君听了，嗯了一声，点点头，继续听其后续。那仙祖接着道："二是，我与道门出力，但不参与那与佛门直接对抗之事。"老君听了，又点点头，尚未作答。仙祖又说："三者，这宝树乃是随我同生之木，还请天尊使其复原，不胜感激。"

太上老君听罢那仙祖所言，点头道："这三个条件皆可应允，只要你肯入道门，便可至弥罗宫中聆听混元道果。"那地仙祖知混元道果乃是大罗真仙果位才能听得，非寻常太乙之仙可享，便道："这个甚好。"

老君见其已经应允加入道门，但还要先交代些具体事宜，对那仙祖道："你今入我门下，是以道之名镇守此地，不可令那西方延展，并要察看往来西天之路的动向，遇事需与我通禀。我知你与那佛门曾有结交，与之直接对抗乃有不妥，也非我意图。至于那人参神树，我自是会将它好生安置。"镇元大仙道："那就多谢道祖，还请道祖尽快复原宝树。"老君遂施展法力，朝着那躺倒地上的宝树一指，只见那人参树须臾间直立而起，根须入地。又取出一羊脂玉净瓶，朝那树根倾倒甘露，未多时，那人参树又现枝繁叶茂，绿意冉冉，人参果依旧是个个神采奕奕，一枚不少，摇曳于树梢之间。那镇元不禁被其震撼，感叹太上老君法力之强，作揖行礼，高声致谢。

太上老君复原了人参神树，收起宝瓶，又对镇元道："你既已入我道门，我与你起个法号，在你原来的名号上加个'子'字，就叫作'镇元子'吧，你这五庄园也应有道门之名，便改作'五庄观'，以明示我道门所在。"镇元本有拒绝之心，但口中只是谢老君赐名。

一切安排停当，太上老君告别，驾一道金光返回天宫，镇元子目送老君离去。至此，西牛贺洲在通往南赡部洲方向的路上多了一处道门领地，门前有石碑上刻"万寿山福地，五庄观洞天"，一时无可逾越。

第四十章　佛门传经禀天庭　老君玉帝各权衡

　　太上老君收了镇元子入道门，返回上天与元始天尊和灵宝天尊说了，二位天尊皆称赞老君的手段。但灵宝天尊又提出个问题："不知老君是否考虑过那镇元子暗中再次投靠西天佛门的可能？此本有先例。"太上老君顿了下道："这倒暂时未曾顾及，其所处之地距离西天甚远，一时应该难以接近。"灵宝天尊道："这镇元原本非我道门之人，想当年如来设盂兰盆会时他还受邀前去，与那西天众仙佛有过密切交往，今其虽被收入我门中，但见其所提的几个条件，恐其左右摇摆，须派人监督为宜。"元始天尊和太上老君都点头称是，赞灵宝天尊考虑周全。老君道："安排人监督之事我会去寻个合适人选。"灵宝天尊道："既然老君出马，我等自是无须多虑了。"

　　镇元大仙入了道门称"镇元子"立五庄道观一事，早有人报与西天如来佛祖得知。如来闻听此事，深感三清此举非同小可，据此看来，佛门的意图似已被那三清有所察觉，三清正着力加紧布局，在佛门既定的传经之路上安排道门的有生力量。有道之处则难有佛，如此一来，那传经的难度便会大增。

　　如来作为佛门之祖、治世之尊，感世间万千变化，传经之事日益迫切，况且筹划已久，时机已近成熟，要早日安排。但正式公布传经取经之前，还需要做一件重要之事，方可最终定夺。这一日，如来命阿傩将观音尊者请来商议，观音领命，自南海普陀落伽山驾祥云至灵山，来见佛祖。如来单独召见了观音，对观音道："今天请尊者前来是要商议一件要事。"观音请佛祖明示。如来道:"想必你已经知晓我欲传经之事。"观音点头。如来又道:"这传经乃是佛门大事,须经过天庭的认可才得成行,天庭尚未确知此事,亦不知其对此举的态度如何?我想请尊者前往探问那天庭的意见。"观音合十道:"谨遵法旨,我这就前去问明禀报。"如来点头道:"那就有劳尊者费心行走一趟。"又向观音交代了此行需要注意的事项。

观音领法旨,即刻前往天庭与玉帝通报佛祖之意。菩萨驾祥云未几来到天庭,南天门广目天王见是观音菩萨前来,不敢耽搁,进去通报,很快玉帝将菩萨请至灵霄殿上,玉帝问道:"此次观音尊者前来所为何故?"观音行礼道:"贫僧是遵我佛如来法旨前来传达南赡部洲众生的善念渴求。"玉帝见是南方五老之观世音欲说南赡部洲境况,知其常往来那南洲各处体察世情,慈悲救苦,对之最是了解,今以佛祖之名告解,必有要事,于是便道:"就请尊者讲来。"观音道:"自打天庭大乱,我佛如来安天后,已数百年,此间地界妖孽滋长,人心横生邪恶。尤其是那南赡部洲之人,贪杀恶乱,如不劝其向善,久之必无可治。而南赡部洲佛门信众中有善愿者,因只得少量粗浅佛法,不能自我解脱,更不能度化他人。曾有为救众生之苦,不畏艰险,不惜性命,累世前往西天欲求取佛法真要者,却怎奈路途遥远无数险阻,又有妖魔丛生,皆未能如愿。现我佛修成大乘佛法,能够解脱世人苦难,度化亡者超生,故欲借此时机成就那南赡部洲善信大愿。"玉帝问:"如何成就?"观音答道:"若那南洲再有求取真经的有道善信,我佛如来欲派人加以护佑,一路前往西天取得真经回还,以普度众生,替陛下解忧。"玉帝闻言不禁问道:"你那西天有法力神通者无数,何不将经书直接送去,反要待那南赡部洲之人来取呢?"观音道:"陛下乃三界尊主,必是知晓世人之心。只因那南赡部洲之人愚蠢,以得来之难易判定是否珍惜。若将真经直接送往,其人必不知珍贵,从而怠慢佛法,反误初衷;再者,我佛如来欲借此取经之机,铲除西方路上的妖邪,为大天尊安定西方天下。"

玉帝听完观音菩萨这一番话,感觉甚是有理:那如来乃是西方佛老，平定西方倒也是其分内职责。此举亦明显是其想将佛法传扬天下，于是玉帝道："这实是一个善举。"观音见玉帝首肯，便向上行礼道："佛祖要我安排几名徒弟与那取经之人做个护佑，方可成行，派我前来也正为此事与陛下商议，共图传真经、安天下之大业。"玉帝闻听心想："那如来所做的取经安排是一件大事，此次前来与我商议，定是想听听天庭对此的意见。其意欲让天庭支持他传扬佛法是久有此心，如今果然付诸行动。如此要事，需仔细衡量，不便马上做了主张，以防疏漏。"想到这里，没有对取经人选一事置可否，而是说道："你那佛门之中法力广大者众多，恐早已自有安排。"观音道："陛下是圣明之主，此次我佛如来欲派遣三人随同护佑取经，还请陛下也举荐人选。"玉帝闻听对观音道："这取经乃是西方佛老为天庭安定一方的大事，天庭该当极为重视。选人之事关系重大，需要深思熟虑，待我和众卿商议。"观音见玉帝已经初步认可取经之事，并答应考虑安排人选，此行的目的便是达成，行礼谢过玉帝，回灵山与佛祖如来通报。

观音刚走，灵霄殿上众仙便开始纷纷议论，有人说："这名为是取经，实际乃是那西天如来意欲传经并借此让佛门主导南赡部洲，甚至是有更大企图。"有人则道："此次佛门欲成就南赡部洲之人大愿，真乃是大善举。"玉帝听众人如此议论，也不加评价，少顷说道："如来佛祖曾替我天庭安天，今又有传经度人之心，乃是下界众生之大幸，你等且各安职守，待我仔细考虑后定夺。"说罢宣布散朝，回宫去了。众仙臣行礼退朝。

玉帝知如来此番发起的取经影响非同小可，尤其是对道门，回宫后便派人去请太上老君，以探问其意。老君本正欲见那玉帝，见玉帝来请，于是安排好自己兜率宫中之事前往玉帝处。

玉帝见老君到来，忙出门迎进殿中，吩咐茶果款待。玉帝先问道："道祖可知那如来安排取经一事？"老君道："我正为此事前来。"玉帝心想："那道祖果然早已得知。"遂把今天观音菩萨前来讲述的关于如来要安排取经一事详细说了，说罢问道："这取经看来是如来早有打算，当是非同小可，因此请道祖来一起商议，不知道祖对此有何看法？"老君点点头道："当今的西天，自打安定了天庭之乱，自认功高名威，据我所知，在那之后其各路人马得如来支持一路扩张，想那如来对各洲早有打算，谋划许久。"玉帝试探问道："那依道祖看，天庭是支持还是反对此事，或干脆将此事搁置化解？"老君道："此次取经乃是佛门计划传经于南赡部洲，如若成功，届时佛门之势必也是名正言顺得以延展，而我等将会有所退让。"

玉帝听老君话里有话，便道："我也有此考虑。西天如来虽从属于天庭，但实则颇为独立，由其实际掌管之地他人皆不便染指。四大部洲，凡是那西天佛门没有触及之地，皆向天庭或道门直接供奉。怎样对待此事？还请道祖明示。"

老君知佛门如今不同以往，现已是能人众多，门徒广布，甚至在天庭以及四海众仙中都多有支持者，玉帝亦是早有显露扶植佛门之意，此刻问其心意，是在试探道门的意见。老君心中有自己的打算，遂问玉帝："那取经一行人员作何安排？"玉帝道："仅有取经人一名，连带几名随从。"老君又问道："那你准备作何安排？"玉帝道："我准备派一些功曹执事跟随监视。"老君闻听点头道："既然是世人果有此心意，西天此举也是为顺应众生善念。"玉帝本以为老君会直接加以反对，却听老君如此一说，心中反倒有些不安，不知老君究竟是作何打算，一时倒没了主意，只表示了对老君心怀天下的敬意。

送走太上老君，玉帝又将王母找来，把刚才和老君所作的一番商议和王母说了，问她有何见解。王母一听，沉思了一阵，对玉帝说道："我看你应该全力支持那如来取经。"玉帝听王母在此事上这般果断，有些惊讶，不知其为何能够如此地坚决，不禁问道："哦，这是为何？"王母道："理由有三，首先，人们敬佛、敬道都是敬天，玉帝乃是统领三界的代表，佛道均归属天庭，再怎么说这也仅是替天庭行天理。"玉帝一听，点头称是，又问还有其他哪两个理由。

王母继续道："其二，三清道门倚仗开天之祖，天庭臣子大都是其门中教化，多有对天庭之约束规矩不加顾及随意行事之举，甚至差遣其门徒对天庭安排了职责的臣子直接发号施令，已有超乎天庭威严和法规之上之嫌。而从那如来的安天平乱之举和近来的发展来看，佛门已有与道门抗衡之相，可借此时机，强化佛门力量，令佛门与天庭相近，让天庭多一个倚仗，双方得以相互制衡，便于掌控。"玉帝闻听此言点头道："正是我意。"

王母见玉帝点头，又说出第三个理由："那取经之举，当是如来早有安排，你看他，不欲请仙邀神一举将经书传与东土，而是要护送人前去求取真经，必是要一路降妖除怪，扫除祸患，此举对天庭亦是有利。你说是不是应该支持那西天呢?"

听完王母三个理由，玉帝对王母道："王母所说全合我意，我该当安排人手大力相助。如果天庭不出面，则佛道两家极可能因传经一事走向公开争夺，非但不能趋向稳固平衡，反倒引发大乱。"王母见玉帝下定了决心，便道："那是自然，你是三界之首，这个不难，天庭兵将众多，你还可派些人随同，若那取经之人有难，可适时出手相助。"玉帝此时想起在朝中观音请求推荐护佑取经之人选，便连连说好，准备就照此安排，派人随同，只是不知是否有合适之选，便又与王母商议。

王母略加思索，对玉帝道："安排直接跟随、护佑取经者必不能是凡仙，而如此明里派人和佛门共同去取经，过于张扬，似有不妥，有过分偏向佛门之嫌，更是会激发道门对天庭逆反之意，并非明智之举。而诸天庭上仙各司其职，都有安置，也并没有多余之人。"玉帝一听有理，道："那在职的上仙，自是无多余之人可供安排，但寻得一个和天庭有关的亦可，也算是天庭出力，若无此类人选便就只派些人暗中跟随护佑。"

王母想了想道："依我看，那贬下天庭的天蓬倒是个合适的人选。"玉帝经此提醒，道："对啊，此人倒是满足诸项要求，既算是天庭之人，又还不在天庭之列，也仍有不错的法力。那天蓬当初被贬下凡间，亦算是无端之罪，他一向听从天庭之命，未有不从。派此人赴那取经使命，既体现了天庭支持之意，也补偿其一个不错的归宿，是个上佳之选，只不知其本人意愿如何。"王母道："我们只管安排下去，将其推荐给佛门，最终还是让那佛门设法去说服他，若其不愿，还可让那曾经的卷帘前往，那卷帘现状凄苦，估计会是同意。若他二人皆无此意，派些随从暗中护佑，天庭也算是尽到心意。取经一行若有具体难处求助于天庭，天庭再酌情派遣天兵增援。"玉帝闻听点头。

玉帝和王母对佛门取经一事就此议定，只待次日上朝具体安排。

第四十一章　天宫选人同取经　太白妙语说天蓬

　　第二天上朝，灵霄宝殿上众文武仙班列立整齐，取经之事成为当前的头等要事商议。玉帝先发话道："今西天佛祖如来欲传经于南赡部洲，此是大善举，我天庭应当大力支持。"众仙一听玉帝表态支持取经一事，也都随声附和。玉帝见众仙并无更多疑议，随后安排六丁六甲、四值功曹随行相助，暗中护佑取经之人前往西天。取经之事暂且殿议至此，玉帝安排完了其他诸事，之后散朝。

　　散朝之后，玉帝把太白金星单独留下，金星上近前来答话，玉帝问那金星："你还记得那天蓬元帅吗？"金星道："记得，臣当初还为其求过情。"玉帝道："正是，当初因罪贬他下界，只因他乃曾是天庭人士，此次可以安排去跟随护佑取经。"金星问道："让他一同去取佛门之经，必是要遵守佛门戒律，他对皈依佛门是否有兴趣，恐不得而知，依我对他的了解，那天蓬向来喜好酒色，而此皆属佛门禁忌，想必其对此毫无兴致，为何将此人安排入取经之列？"玉帝道："我亦知晓，自有缘由，故此要派得力之人前去说服他同意随同取经，因你对其有恩，特差你前去。"金星忙行礼道："圣上知人善任。"玉帝笑笑，让太白金星回去仔细安排。

　　未等太白金星启程，有老君的手下前来告知老君有要事召见。天庭文臣武将多是老君门下，须常听老君讲道教诲，那金星无有例外，见是老君有命，不敢怠慢，立刻移步来到兜率宫中。老君直截了当对金星道："玉帝差你去说服那天蓬随同去取佛经？"金星闻听心中暗想："老君的消息果然灵通。"口中答道："正是，不知师尊有何吩咐？"老君道："你且遵玉帝之旨将他说服前去取经，但有一样，你叫他一路之上寻觅时机拆散那取经一行人等。"金星一听，心中大为惊异，欲问个究竟，但又不敢，那金星在天庭任职多年，深知此类事之深浅，还是不去探究为好，遂马上应承。老君又道："你若能达成，算你一功，那天蓬若也能达成，也在我这里记他一功。"金星领命，离开老君处，自行思量安排去了。

领了玉帝和老君两份不同的旨意，金星动身前往那天蓬放逐之地：福陵山。一路上，金星费尽思量，一个是天庭至高无上的玉皇大天尊，自己的顶头上司，一个是开天之祖太上道祖，自己的授业恩师；一个命其说服那天蓬加入取经行列，一个是让其拆散取经一行，二者之意自己都不敢违背。金星备感自己连同那被贬的天蓬同坠无间之道，甚是伤透脑筋。

一路冥思苦想，太白金星驾云头来到了福陵山前，径直来在云栈洞处，开口呼唤："天蓬可在？"那现已是猪刚鬣的天蓬正独自在洞中歇息，忽听门外有人呼唤，声音耳熟，出门一看，见是老恩人太白金星，不知其为何今日前来，马上迎进洞中，摆上好酒好茶。

金星进得洞中，见那洞中多有摆设，也弄得舒适堂皇，看来这天蓬日子过得还算滋润，只是当年曾威风八面的天蓬元帅现已是蓬头垢面的猪妖模样，心中未免唏嘘。金星坐下道："元帅此前与那牛魔王前去打杀妖猴可有结果？"天蓬一听，道："长庚说笑了，你定是早就知道那妖猴难除，还有人暗中保护，自是没有将其了结。"金星道："你可知是何人在暗中保护那妖猴？"猪刚鬣道："我哪里知道！好像是那西天佛祖安排的人，也不知为何，如来将那妖猴降服，却又设法保护，好生奇怪。"金星道："元帅说得正是，那妖猴确实就是受到西天佛祖如来的保护。"猪刚鬣叫道："啊？原来果真如此，玉帝真是害人不浅，知是有那佛祖暗中处置，自己不敢出面，偏偏叫我老猪出马去杀那妖猴，岂不是把这得罪人的事全都扣在我的头上！"金星道："元帅莫急，玉帝也有难处，不然怎会要那牛魔王和你前去行事？但此番妖猴未除，反倒令你与那西天结怨。"猪刚鬣道："就是，你金星知道利害，玉帝此番做事太绝，而你也总在其中掺和，也不知是在害我还是帮我！"金星道："非是玉帝与我有害你之意，只是未曾料到此事如此的棘手，非元帅行事不力。"猪刚鬣道："还是你太白体谅我老猪的难处，若不是你当年求情，我命早已休矣，现如今我已不再牵挂那些烦心之事，只顾自己逍遥快活便罢，来，你我先干了此杯！"说着举起酒杯要与金星同饮。

金星使命未达，哪有心思饮酒，道："玉帝也知道对元帅你的安置不妥，故特地遣我来给元帅一个解脱的法子。"猪刚鬣举起的酒杯又放下，问道："什么法子？我正愁哩。"金星道："玉帝要你加入佛门取经的行列，若你能协助西天取得真经，便可彻底解脱与西天的过节。"猪刚鬣闻听不解问道："取经？那佛门自己不是有许多的经，还取什么经？"金星于是便把佛门的打算同他说了。猪刚鬣听罢，立刻站起身道："不行，不行！太白你这是说笑了，叫我老猪去取佛经，万万不可！"金星道："如何不可？这可是你重修正果的好机会，又可加入西天高门，如果得成，自是不比做那天蓬元帅差多少。"猪刚鬣摇头道："什么高门正果，我早已无有兴趣。那天庭险恶，每每有令，我无不遵从，却落得个如此下场，佛门能好到哪去？那妖猴也是祸根，若不是其乱了天宫，玉帝也不会命我去执行无法完成的使命。现在我占山为王娶妻吃人，自在快活。这附近的浮屠山上有个乌巢禅师，精通禅修佛义，也有些道行，据说当年曾向佛祖请命，往来于各洲之间初传了佛义，想劝我跟随他修行，说什么'世上罪孽皆因无边私欲而起，如和他修行，可得解脱。'我问他：'和你修行，可得高官厚禄吗？'他说：'只可静心禅养，不得职俸。'我又问：'和你修行，可得吃喝吗？'他又道：'修行之人清心寡欲，吃食节俭。'我便对他道：'既然和你修行不得俸禄，更无吃喝，又有何意义？不如像我现在这样，要吃得吃，要睡得睡，自在快活。'他听我这样说，便也就作罢了。若要入那佛门，我早就入了，何须等到现在！"

第四十一章　天宫选人同取经　太白妙语说天蓬

金星见他几番推脱，继续道："这加入取经行列之事，也是玉帝的安排，你还需慎加考虑。"猪刚鬣道："我早已不在天庭任职，他玉帝不能差遣于我。"金星道："话虽如此，可这天上地下连同地府阴曹无不是玉帝管辖，你曾在天庭供职，自知违抗玉帝旨意的后果。"猪刚鬣一听，沉默不语，半晌才道："好吧，就算我前世欠那佛门，有此一番辛苦。"

　　金星见他答应去取经，才算了了两件事中的一件，还有一件，便是那老君交代之事。金星道："元帅慢来，我还有话未曾说完。"猪刚鬣扬首将杯中酒一饮而尽，道："还有何事，你莫吞吞吐吐，一并讲来！"金星道："另一件事乃是太上道祖交代。"猪刚鬣一听是老君安排，便不声响，想当年他也曾被老君亲自点化，且他的天河水军元帅之职和兵器九齿钉耙也是那老君安排授予，于是便坐下静听金星如何述说。金星道："老君命你拆散那取经一行。"猪刚鬣刚刚坐定，闻听此言顿时跳将起来，冲着金星大声叫道："什么？要我拆散那取经一行，那还要我去加入他们做什么？岂不是耍弄于我！这玉帝和那老君联合起来寻开心玩哩！"金星对他这样的反应早有心理准备，未太过惊讶，要知道他此行和那天蓬几乎同等使命、同等命运。金星道："莫急，待我说来。"猪刚鬣道："我倒要听听你有何话讲！"金星道："取经一事乃是如来发起，玉帝也已同意，因此不能不从。"猪刚鬣问道："那老君之命呢？"金星道："老君乃开天之道祖，也不得违背。"猪刚鬣道："这岂不还是无解。"欲继续发作，但又见金星语气平静，似心中早有计较，便不再高声叫嚷，平复一下心情，问那金星："我知你主意最多，此等两难之事，还请你指点个方向，做个化解。"

　　金星见其平复下来，道："既然元帅相求，我就给你出个主意，你也并非没有选择。"猪刚鬣忙道："愿听长庚指教。"金星道："先说这第一个选择，你可以拒绝去取经，让那天庭另寻人选，不入此浑水，以免后患，只是有一样，玉帝的旨意如欲违背，需要足够的胆气。"猪刚鬣问道："这确有难度，还有无他法？"金星道："另一条道路，便是随同去取经，一路之上，你身负两个使命，都不能不从，唯一能够做的就是见机行事。"猪刚鬣盯着金星道："如何见机行事？快快讲来，莫让我心焦！"金星道："取经时，你能够出力但且出力，那取经之路必定充满荆棘，如遇难以化解的困难，见机鼓动他们就此散去，他们若意志不坚，自是可达成老君所愿，这样在天庭和如来处，也非是你之过，乃是那取经人无有此造化，也算对老君的安排有个交代。"猪刚鬣一听，不禁脱口夸赞："还是你金星有主意，不愧在玉帝驾前效力多年，无人可取代。"金星道："元帅过奖了。"

猪刚鬣忽又想起一事，问道："如果拆散他不得，最后取经得成，复又如何？"金星道："如果是这样，元帅更无须忧虑，你若随同取经成功，便可得那佛门正果，届时你就是如来的门下，谁人敢对你小觑。"猪刚鬣听完金星一番讲述，如同醍醐灌顶，大梦初醒，心中清爽通透。只还有一样，如果做第二个选择，虽也可最终安身，只是要一路劳苦，费尽心思，按照猪刚鬣现在的秉性，当是绝非其心甘情愿所为。而第一条路，倒是痛快，但恐天意难违，后果难料。虽然有金星的点拨，猪刚鬣还是对金星说道："多谢长庚指点，容我再考虑考虑。"

金星该说的也都说了，便不多言，容他去考虑，如有必要，日后再做打算，便与猪刚鬣道别，自回天庭去了。猪刚鬣送走了金星，自己翻来覆去反复思量，依旧不能拿定主意。

金星返回天庭见了玉帝，把与那天蓬的事一说，未提及老君的交代。玉帝听了金星的一番描述，问道："依你看他答应去取经的可能有几成？"金星道："我看有七成。"玉帝笑道："七成即可，剩下那三成让西天自己去达成完满吧。择日去把观音尊者请来告知他取经的推荐人选。"金星遵命，又去兜率宫回禀老君：已是对那天蓬做好交代。老君满意不提。

观音菩萨从天庭返回灵山将玉帝已初步认可了取经之事禀告佛祖如来，佛祖甚是满意。未久，有人来报，说玉帝已定下取经的推荐人选，请观音尊者前往天庭商议，菩萨于是辞别了佛祖启程前往天宫看个究竟。

西天距离天庭相隔九重天，那法力无边的观音菩萨一路上思考究竟是何人一同前去取经，不觉已抵达天宫。经南天门通禀之后菩萨来到灵霄宝殿之上，观音对玉帝行礼道："接陛下使者相告，天宫已有取经人选，我佛也有所选择，特来奏禀陛下。"玉帝便说了天庭推荐那下界的天蓬元帅一事，对观音道："那天蓬虽是被贬下界，但依旧听从天庭安排，故推荐其随同前去取经，他若不愿，那卷帘亦可。另派遣六丁六甲和四值功曹一路跟随，暗中护佑监督取经之人。"观音闻听代佛祖谢过玉帝。

玉帝又问："不知你处人选是否也已选定？"观音道："佛门也已挑选出护佑取经之人。"玉帝问："究竟何人？"观音道："是那孙悟空。"玉帝一听孙悟空三字，如同心中骤然堵上一个大石，半晌不言，把之前孙悟空大闹天宫之事又在脑海里过了一遍，不禁背脊有些寒凉。复又冷静下来，此前心中的一些疑问现已是明晰。平缓些许后，玉帝问道："是那闹天宫的妖猴吗？"观音答道："正是。"玉帝道："不知如何选中那妖猴加入取经大业，他被佛祖压在五行山下，距今已五百年有余，不知现在怎样，是否还是那般叛逆。"观音口诵佛号道："我佛慈悲，予人改过行善的机会。那妖猴虽是罪恶滔天，搅闹天庭，但佛祖念其善念未泯，且已经饱受责罚，现欲让他戴罪立功，如能有始有终，还将与其正果，望玉帝准许。"玉帝口中道："既然是那佛祖亲点，我也就不说什么了。"心里却想："看来如来是早有打算。"观音再向玉帝致谢，又通报了取经大致的时间等安排，便驾祥云返回灵山。

玉帝回头又和老君说了天蓬随同取经之事，老君点头称好，又问："西天选定的护佑取经之人是谁？"玉帝道："不是别人，正是那此前大闹了天宫的孙悟空。"老君道："是了，应该就是他。"玉帝听老君这么一说，问道："难道道祖事先已知西天选定何人？不知道祖有何见教？"老君见玉帝这般问，回应道："我未事先得知，但我估算必是会寻个厉害的角色护佑。"玉帝道："如来将那妖猴压在山下数百年，今又准备将其放出，去跟随那取经人取经，妖猴的本性众人皆知，难道此番能听从指派去做和尚？不知如来何故作此安排，看来其也并非稳妥算计。"老君却只道："如来有此安排，必定有其道理。"

老君对西天取经一事是十分的重视，见玉帝与佛门对取经的安排已渐明晰，虽在玉帝面前没有多做表态，但心里已有了打算。

第四十二章　宝象之国结佛缘　奎星玉女齐下凡

　　西天取经之事已经向天庭和世人公开，为确保成功，作出了一系列安排。这一日，如来佛祖将那普贤菩萨召唤至宝座前，对其说道："今我已告知天庭取经之事，为保此大业功成，须尽量让那取经之路畅通，少些艰难险阻。"普贤菩萨双手合十口中称颂："我佛所言甚是。"如来继续道："那取经人将要经历的西牛贺洲境地有诸多国度，其中尚有未信奉我佛门者，不属佛门领地。如能令其在取经人到达之前尊我佛门，乃是佛门和众生的大善、大幸，此一重任需尊者来办理。"普贤道："佛祖明鉴，想是早有安排。"如来道："我闻得那地仙之祖已经归于道门，而其所在原本是取经必经之大路，与其紧邻之国名为宝象，因距我灵山甚远，那国王尚未遵依佛义，你且安排让那宝象国上下皆尊我佛门，以壮大我门之势。"普贤道："谨遵我佛法旨，此乃大善，亦是那宝象国人之大幸，又可助取经之功，我这就去安排。"如来点头。

　　普贤辞别了佛祖，出门便有了打算，他准备让自己的坐骑白象前去完成此事。那白象久居其座下，常听教诲，早已有悟性，现又正有空闲，命其到宝象国劝善是再恰当不过。于是普贤回到峨眉山命人将白象召来。那白象正和青狮在狮驼岭逍遥自在，闻听主人召唤，不敢怠慢，忙来到峨眉山拜见菩萨。

　　普贤见那白象在地界待了多日，如今是红光满面，富态尽显，知其近来过得滋润，对其道："佛祖有命，要劝那宝象国举国上下尊佛向善，现命你前往宝象国去见那国王，好生劝他尊我佛门，且不得逼迫，也不得有误。"白象一听，原来是要他去教化那国度向佛，想自己常年跟随菩萨修行，也有开悟，但对此类事还未曾有过尝试，无十分的把握，便道："主人有命，自当遵从，但那国王原本未曾向佛，我此次前去，不知怎的令那国王一定会听从我的教诲，还请指点一二。"

菩萨知道白象恐此去有失，便道："那宝象国向来是以象为宝、以象为尊，而你的本身则为白象，更是那国度的吉祥之相，你可借你原本法象令其国人尊崇信服。"白象一听，心中大喜有悟，疑虑消解，马上应承，即刻辞别菩萨，前往宝象国。

白象腾云驾雾，未及多时，便到了宝象国境内，远远见宝象国都城之中有一片宫殿林立，好不华丽。原来那宝象国王喜欢奢华排场，以举国之力建造了太极殿、华盖殿、烧香殿、观文殿、宣政殿、延英殿等许多金碧的宝殿，又造有大明宫、昭阳宫、长乐宫、华清宫、建章宫、未央宫等数座辉煌的宫院，加上许多美后、娇妃，尽享尘世人极。白象见这般情形，心中有了打算，随即到那皇宫金殿上方做了个法身，现出本相。

那宝象国王正与满朝群臣商议国事，忽见殿外光明大现，如日临凡，不知何故，忙率领群臣亲自出殿观瞧。出得大殿门外，众君臣见殿外紫气光华，空中有祥云笼罩，祥云之中乃是一高大的白象，浑身上下雪白无瑕，金丝罩头，锦绣披身，五彩珠宝璎珞点缀，具无比祥瑞之相。那国王和文武大臣一见此景，立即被此上圣祥瑞之像慑服，不自觉都俯身下拜，众人也无不随那国王和群臣伏地跪拜。白象见那国王和众人服拜，心中落定，少顷收了本相，乃化作一僧人打扮，落在国王面前，将国王搀起，国王见白象化为人形，乃是一名圣僧模样，身披锦绣，器宇轩昂，知是佛门之圣前来，忙请至殿上。

白象来在殿上，被延至上座，国王不坐龙椅，陪同落座，白象见时机完备，开口讲明来意："我乃是佛祖驾下使者，知你国向善，故来此劝你国人皈依，上至国君，下至百姓，如若一心向佛，可保国泰安康，风调雨顺，君王长命，百姓乐业。"

第四十二章　宝象之国结佛缘　奎星玉女齐下凡

国王和群臣见白象现身，皆认为乃是天降启示，此刻白象劝善向佛，无不遵从，一齐恭敬行礼，应允承诺，必以佛为尊，从此向善。国王又命设立高坛，请白象坐高台教化国君众臣，文武群臣以及百姓共同瞻仰显圣，接受教诲。白象在那国王挽留下待了数日，见此事已成，才与宝象国君告辞。那国王率众臣一再挽留，见是不成，又亲捧重金送别，白象悉数收下。自此，宝象国上下由君至民皆尊佛门。

白象离开宝象国，先至峨眉山普贤菩萨处交法旨，将在宝象国的经历叙述一番，菩萨欣喜满意，告知那白象继续任其自在，待有时机回归座下。白象谨遵菩萨之意，返回狮驼岭。

青狮见那白象一去多日，今日返回，神采奕奕，是有美事，忙问："你此去是何好事，有如此兴致？"白象见青狮问，也不隐瞒，对其道："我奉菩萨之命前往宝象国教化那国人和国君信佛，受到国王无比的尊崇和礼遇，临行时还获赠了许多金银宝物。"那青狮闻听道："兄弟好生令人羡慕，何时我也能享此一回殊荣。"说罢吩咐左右："快快摆上接风酒席。"身旁的小妖领命前去准备，青狮拉着白象坐下问个详细。

话说那太上老君心中时刻惦念着西天安排的取经一事，估算此事成行将会带来怎样的影响，若采取不同的措施应对又会带来哪些后果，因对道门将来的盛衰安危甚至天下大势必定会有不小的变数，故此时刻仔细思考应对之策。

这一日，老君从玉帝金阙宫中驾仙云而出，正欲回兜率宫，刚出天宫，远远见一男一女在天宫外面躲躲藏藏，正在交谈，行为亲密，似有隐情。老君知必有异事，遂掉转云头，仔细查看。

原来这二人分别是那二十八星宿之奎木狼和批香殿的百花玉女，他二人同在天宫供职，不期相遇，奎木狼生得高大威武，平日亮甲护身，天神风范；百花玉女是花容月貌，罗裙丝袄，上有诸类鲜花朵朵，如同繁星点缀，身姿婀娜，眉清目秀，一笑眼如一弯明月，举手投足优雅挥洒芬芳。奎木狼对其是一见倾心，心里好生喜欢，怎奈天宫戒律森严，禁止天庭仙班通婚配。故此平日里，奎木狼只能寻找机会从批香殿前路过，借此能多看那玉女百花几眼。这玉女也是怀春，一来二去自然感受到了那奎木狼的爱慕之意，每当那奎星值守，也远眺相望，但碍于天条不敢声张。二人互相爱慕，但都清楚天庭对违反天条者惩罚尤重，违者皆会被处以重刑。

上神无情，仙通人性。众仙中也多有七情六欲者，神仙之间、神仙下凡和凡人私通之事屡见不鲜，更有如玉帝之妹与杨姓凡人生出子嗣的，还有些个独善其身的也只是因未曾遇见合适者。这奎木狼就是七情未去，偏遇佳人。奎木狼多次私底下找百花表露心意，那百花玉女却是个谨守天规之人，不及他胆大，虽见那奎木狼法力高强，位居星宿要职，也有诚意，但顾忌天条，多次拒绝与之往来，这令那奎木狼沮丧不已。今日，奎木狼好不容易将那百花约出来一见，二人担心被纠察灵官发现，不敢在天宫里相会，便出得天宫，来到外面。奎木狼对那百花道："你知道我对你有情有义，无奈天条戒律森严，我考虑再三，为作长久之计，不如你我共同下界，去做一对恩爱的凡间伴侣。"百花听奎木狼欲与她同赴人间，结成连理，心中既是欢喜又是忧虑，对奎木狼道："我知你心意，也不是不愿与你在一起，我身为批香殿玉女倒是没什么不可舍弃的，只是你好不容易当上星宿上将，如此舍离，怎能让你甘心？他日若你心生悔意，让我如何是好？难做得长久夫妻。"

奎木狼正在意兴之上，一念到底，也因之前考虑了许久，刚刚下定决心欲与百花远离天界双宿双飞，当下是没有回头之意，遂对百花海誓山盟，表衷心爱意，愿此生共度，三生相伴。但那百花只是回应道："你我今生有缘天上相见，便已是知足，一世久远难有，更何况三生陪伴。"言语之中满是无奈哀婉。奎木狼哪肯放弃，玉女也有自己主见，看得长远，心中始终无法放下顾虑，见奎星不死心，又对之言道："即便我随你下界，难保玉帝不会因你擅离职守差人拿你问罪，到时又如何是好？只是为几日快活，后面却有无尽的灾祸，不啻饮鸩止渴。"奎木狼听那百花说到此处，其实原本他也并非没有想到这一点，只是现在经

第四十二章　宝象之国结佛缘　奎星玉女齐下凡

百花提醒，才稍有冷静，一时无语。

　　二人正沉默间，忽见面前金光一闪出现一人，定睛一看，正是那道祖太上老君，不禁齐齐惊慌失措，忙一齐下跪参拜。老君见此一男一女二人神情，便明白了几分，问二人道："你们这是欲前往何处？"二人知道无法向老君隐瞒，便说了实情。老君见是二十八星宿中西方七宿之首奎宿，知道其武力最为厉害，听罢二人所述，并未动怒，心中反倒欣喜，对二人道："你们身为天庭仙班，私通已是罪过，如今却又想一同私自下凡，触犯天条，天庭有朝一日发现，必将追究。"二人连忙一起哀求道："求道祖饶恕罪过，千万莫让玉帝知晓。"老君又道："虽是如此，但我有成人之美意，你二人若听从我的安排，可许你们一段姻缘。"

　　二人一听老君并无责罚之意，还要安排给他们一场姻缘，喜出望外，也未问事由，忙齐声道："一切愿听老君吩咐。"二人心里都清楚，太上老君法力无边，又是掌管道门之祖，不如爽快答应。老君见二人表态，点点头，遂对二人安排详细："百花玉女先且下界投胎，做个凡人，凡人可成婚配，不犯天条。待十数年后，长大成人，那奎宿再下界去与你相会，成就夫妻美事。这地上一年，天上一日，你与那奎木狼成就一世姻缘，天上不过数十日，我会去与那点卯的天师打个招呼，叫他暂且不计奎星的卯数便是，这样你二人便遂了心愿，成了好事，而奎星将来还回天宫复职。"

　　百花玉女和奎木狼闻听大喜过望，果真是一桩两全其美之事，老君不愧是开天之祖，能得周全。且非是老君，谁又能绕过玉帝直接向那天师发号施令？二人立刻一齐下跪向老君行大礼谢恩，老君将二人挽起，又对那百花玉女道："你可要想好，此番转世投胎凡间，你将失去身为天仙的一切。"百花闻听略微迟疑了一下，接着转身看了看奎木狼。那奎星眼中刚才的欣喜未去，正用期盼的目光看着百花，百花坚定了心意，用力点了点头。

　　老君见二人此状便说道："好，百花即刻便可投胎下界，我替你指点一处好人家，十数日后，也就是你转世十数年后，奎宿便可去与你团聚。"百花玉女千恩万谢，又与奎木狼依依惜别，约定来生，定不互相辜负。老君遂施法力将那玉女百花送至宝象国，投胎了国王之家。

安置好了百花，老君便对奎木狼道："今许你下界，我要安排你两样事情。"奎木狼躬身聆听。老君道："一是你要前往西牛贺洲要道守候，遇有一前往西天求取大乘经的大唐僧人，你须将其擒拿处置；其二，平日里你还要监督那国度附近万寿山镇元子的动向，一旦发现其有与西天佛门往来亲近之举，要立刻禀报与我，不得有误。"奎木狼听是这两样使命，未有迟疑，马上遵命。老君又从葫芦里取出一颗金丹交予那奎木狼，告诉他："这是一颗舍利玲珑丹，你吞入腹内，每日修炼，可增长功力，助你达成使命。"奎木狼自是感激不尽，将那丹小心藏好，辞别老君返回斗牛宫中。

这厢安排完毕，老君又去与那天师交代，告知自己安排奎木狼星临时下界行使使命，令其暂不点那奎星的卯数，天师见是老君亲自吩咐，莫敢不从。

第四十二章　宝象之国结佛缘　奎星玉女齐下凡

第四十三章　金银二童受差遣　白骨成精羡美眷

　　老君安排了星宿当中的奎星奎木狼，还是放心不下，虽然那二十八宿个个身怀绝技，且奎木狼身居西方七宿之首，武力高强，法力也不俗，又有自己给他的玲珑丹助长功力，但是能否对付得了曾搅闹天宫的齐天大圣孙悟空，还无把握。那石猴练就了金刚之躯，也是自己当年种下的因果。老君手下有两个烧丹炉的童子，一个是掌管金炉的金童，一个是掌管银炉的银童，跟随老君多年，皆是老君贴身之人，对老君唯命是从，深得老君信任。金童年长稳重，老君把他叫来，告知有唐朝取经人一事，命其即刻领银童下界，前往通向西天取经的路上暗中驻扎，遇那取经人，莫要声张，擒了自管处置，并详述了那取经护佑者的名姓模样。金童遵命。

　　那金银二童子虽也有不错的武功、法力，但对付那取经一行人若空手而去，也难有必胜把握。老君便把自己的几个宝物：盛丹的紫金红葫芦、盛水的羊脂玉净瓶连同"急急如律令"压帖、芭蕉扇，和一柄斩妖除邪七星宝剑交给金童，又给了他一条专门捆仙绑神的绳索"幌金绳"，教了他紧绳、松绳的咒语，这才放心叫他去了。那葫芦和净瓶不但可以盛物还能装上千人，无论是法力多高的仙体，凡是被装了进去，贴上"太上老君急急如律令奉敕"的帖子，不多时一概化为脓水，十分地厉害。老君此次除了自己那贴身的金刚琢，其余神器已尽数遣出。

　　金童领命辞别了老君，即刻找来银童告知欲同他一起下界行事，顺带自在逍遥一番。那银童有一样移山之术，念动真言，能搬来大山压倒仙神，遇上强敌，是个上好帮手。银童平日尊金童为兄，遇事皆听从他的主意，但见今日金童忽欲下界，银童先是吃惊，不敢答应，怕老君怪罪。金童告之莫要担心，乃是老君授意，银童方才欢喜应承。

金银两个童子常年只在兜率宫中为老君看炉烧火，本是十分枯燥烦闷，今受老君差遣下界，正是一次出去散心耍乐的好机会。领了老君法旨的金银二童手里拿着宝瓶、葫芦，怀里揣着老君的宝扇、金绳，腰间挎着七星宝剑，金童还依照老君所述，描绘了护佑取经人的模样，将图带上，高高兴兴地离开老君的兜率宫奔往下界，前往老君指派的地界平顶山。此山乃是东土经宝象国前往西天的第一个去处，老君的打算是若那奎木狼没有得手，便叫那金银童子行使截取取经人的使命。

经过九重天宫时，正遇见巡视的功曹，见老君的两位童子满身金光宝物说说笑笑似正欲向下界而去，功曹有些纳闷，不知此二人意欲何往，便拦住二位童子去路，行了个礼，问道："二位这是欲去往何处啊？"那银童平日也只知烧炉，经历世事不多，不知隐藏，口快说道："领太上尊师之命，去往下界平顶山快活。"还拿出那老君的宝贝向功曹炫耀。金童身负老君使命，不敢久留，催促着银童三言两语便赶紧离去了。那功曹倒是个有心的，嘴上只是连夸好宝贝。

两个童子带了老君的宝物下得界来，直接到了平顶山处。见山高峰险，峻岭连连，二人四处查看，欲先寻个地方安顿。这山中原有一妖在此居住，正是那降魔大战中逃至此山中的九尾灵狐的后代，已有千年，早已成精。九尾狐这一日正在山中巡视，不期撞见那下界的金银二童子正在寻找安身的去处，灵狐见那二人器宇不凡，身有仙气，不禁好奇，遂变化身形上前与那二人搭话。

金银二童子正行走观望间，忽见前面出现一位鬓发皆白的老婆婆，慈祥的模样，走上近前问他二人："你们是从哪里来啊，何故在此徘徊？"两位童子自小便跟随老君修行，一直受老君管教，未曾体味过父严母慈，故此对人少有戒备，今日一见这老婆婆，感受亲切。二人也不知避生，只当是遇见了慈善老者，金童未曾开口，那银童先道："我们是太上老君派下界，来在此行事的，正欲寻一处住处，你又是何人？"
九尾灵狐一听，心中暗暗吃惊："没想到这两个小小的童子居然是太上
老君的徒弟，如若和他们攀上，岂不美哉？"想到此处便对二人道：
"哦，原来是这样，我是久居这山中的一个老太婆，你二人要是不嫌弃
就住到我的洞中。"两个童子一听，这老婆婆愿提供他们住处，当然高
兴，马上道："这便是好，我们正在苦苦寻找，就随你去看看。"灵狐见
二人答应，心中欣喜，于是领他们绕过一道山峦，来到了那灵狐的洞
中。这洞名为莲花洞，九尾灵狐久居此处，天长日久，倒也将这洞打理
得有模有样，还有些服侍的女眷，是个好居所。二位童子见了，也颇为
满意。

那金童年长，有些见识礼数，问道："老婆婆，我们住了你的洞府，
你去哪里居住？"九尾灵狐道："莫担心，离此不远有一个压龙山，压龙
山上有个压龙洞，我可携我这些女眷去那里安居。"二人初到此处，便
受婆婆洞府相赠，自是十分感激，也未多想。灵狐又吩咐摆上酒席，招
待二人。二童子之前向来吃素，见那摆上的菜肴皆是些鼠兔鹿麂荤腥之
物，开始并不敢动口，但禁不住九尾灵狐一番劝说，便尝了几口，顿觉
肉香味美，连声夸赞。接着，又与那灵狐一起把酒言欢。那老婆婆非是
凡类，经多见广，二童子与其越谈越投机，遂提出拜那九尾灵狐为干
娘。九尾狐当即欢喜同意，二童子随即磕了头，改了称谓。

拜罢，那银童说道："大哥，我们既拜了干娘，何不将老君给我们
的宝物赠给干娘一样，作为礼物？"金童心里犹豫，老君的宝物岂能随
便赠人？但见银童话已说出口，又不好收回，转念又一想：只是借与干
娘使用，要用时去取回便是。便从怀中取出金绳对那灵狐说道："别的
想必干娘也不稀罕，这是太上老君的捆仙绳索，与干娘使用，算是答谢
干娘之恩。"九尾灵狐一见是老君的宝物，满心欢喜，也不推辞，便收
下揣在了怀中。

次日，九尾灵狐与随从的女眷带上大部分家用物什，去压龙山压龙
洞居住了，二童一起送行。自此之后，那金银二童便住在了平顶山原九

尾灵狐的洞中。又羡慕那灵狐左右有人服侍，二人商议也找些随从来听命，找什么人，二人自有打算，于是念动老君的真言咒语，将周围的山神土地拘来。那山神、土地见是太上老君派来的人，又有老君的宝物咒语，都不敢不从，自那时起便只得依照二人指使，轮流前来听从使唤，原本身负的天庭职责反倒荒废了。

有了这些听命的山神土地，二人还嫌人手不够，不显气派，又拘了许多的小妖前来听命，逐渐兴盛，竟也弄得声势浩大，二人便不再以童子面目示人，化身作个威武模样，分别称了大王，金童称了"金角大王"，银童称了"银角大王"。叫那一干小妖每日操练，又派人巡山，时刻探看有无取经人路过，二人则继续烧丹修炼。

再说奎木狼和百花玉女分别被老君安排去往下界，那玉女所投身的宝象国国王近来已笃信佛义，乃是普贤的白象之功。

一日，宝象国王后怀胎足月，产下一女，此女刚一出生便百花盛开，满城芬芳，众人无不称奇，恭喜国王王后幸得此女。国王和王后亦是大喜，因百花之名，取名"百花公主"，又因排行第三，又称"三公主"。百花公主天生灵性，美丽恬静，被国王视作掌上明珠。那公主遍体花香，异于常人，还有一个很特别的习性，就是每每晴朗之夜，喜欢独自一人眼望那闪烁的星空，若有所思。国王不解，只道是女儿好奇那夜空繁星，也并不为怪。

就这样，一晃十余年过后，百花公主长大成人，到了该谈婚论嫁的年龄，国王和王后也在为这个宝贝女儿四处张罗好事，寻找称心快婿。正逢这年的八月十五月圆之夜，那国王和王后带着公主、群臣一并赏月。众人正沉浸在桂花美酒、净空皓月之中时，忽然一阵香风袭来，一金睛蓝面的青发妖魔将那百花公主掳走，一道祥光便不见了身影。国王、王后和众大臣都惊骇不已，不知是何人掳去公主，一阵大乱，怎奈公主已去，无法挽回。于是拷问百官奴婢，打死了无数，也未有结果，又派遣兵将四处寻找公主，举国上下查访了数月，终究也未见踪迹。国王、王后心中悲伤，无可奈何。

那蓝面妖魔原来不是别个，正是天上二十八星宿之奎木狼，自打在天庭上与百花分别，天上十数日，地上已十余载，投胎下界的百花已然二八年华，于是那奎木狼依老君吩咐前往白虎岭安置下来，此处是距万寿山最近的山峦，随后趁月圆之夜，去宝象国寻了百花公主，刮一阵风将其掳至自己的洞中。

回到洞中，奎木狼将那百花公主小心翼翼放下。公主一路惊魂未定，又见了奎木狼的凶神模样早已吓得是花容失色，不知所措。原本天上的前世约定，今生得以再次相聚，奎木狼认得那百花，百花却早已不认得那奎木狼。世间单恋之苦，莫不是如此。奎木狼见百花惊诧，先不上前，只是言语轻声相告："百花，你还认得我吗？"那百花正心慌意乱中，浑身颤抖，哪里还认得故人，只连声哀求："你莫要过来！"奎木狼也不逼迫，知道百花转世间已经失却前世记忆，便先将百花安顿，待来日再续前缘。那百花哪里能安心歇息，辗转惊厥，一夜未眠，至清晨才不禁困顿，睡去。

次日，奎木狼早早起身，见百花熟睡，也不去打搅，只在一旁守候。三个时辰过后，百花苏醒，见那妖魔正在身旁，心中虽然留有惊恐，但感觉昨夜并未受到侵扰，似乎那妖魔也不是想要吃她，心神才略定。

奎木狼见百花苏醒，亲自去打水让其简单梳洗，又端上瓜果美食。公主双眼紧盯着奎木狼小心翼翼地梳洗、饮食已毕，这才禁不住开口问道："你为何掳我前来？"奎木狼闻言心酸，反问道："百花，你不认得我了吗？"百花公主心中奇怪："他怎么知道我叫百花？"看着他摇摇头。奎木狼叹道："看来你已经彻底失去前世的记忆。"于是便将那天上的前世一一回忆："你乃是天庭批香殿百花玉女，我是二十八星宿的奎木狼星，你我在天庭相恋，因天庭禁止婚配，才在太上老君的安排下有了这一段姻缘。"

百花公主静静地听着奎木狼说此一番前世今生，心中很是惊奇，她虽然看到那妖魔生的是蓝脸獠牙，青发金眼，但自己却并不觉得丑恶，反倒有一种很熟悉的感觉，便是半信半疑。奎木狼知道百花刚刚来此陌生之地，惊魂未定，便任由她自行安排，只是告诫，那洞外山中鬼怪野兽众多，不可离开此洞。

公主弱小，自是不敢离开，见那妖魔并无任何强迫之举，才略放宽心，只是在洞中居住不太习惯。过了些时日，公主渐渐心绪平定，奎木狼便向百花公主提亲，开始公主难以接受，但心中却有一种难以拒绝的感觉，自己也是奇怪，在这种心情的驱使下，再加上奎木狼百般真情执意，百花公主虽情不知所起，却是逐渐一往而深，慢慢地，竟被其感化，二人终成眷属。这真是：今世姻缘天促成，有缘何须等三生。缘起一眼生眷恋，无缘对面不相逢。

白虎岭乃是一深山老林，是距万寿山以西最近最大的山岭，奎木狼原本出身于丛林野地，此番安置倒如同回归老家一般，在这里如鱼得水，游刃有余。这岭上原有一妖，为一千年白骨所变，前世因婚配遭恶，于新婚之夜逃至此山，不期跌落崖下身亡，化为一堆白骨。因为死得悲苦，聚一口怨气，在此山中长期修炼成了人形，常变作个妖娆多姿的美人模样诱人来吃，人称"白骨夫人"。

平日那白骨精在此独自吃人为生，奎木狼的到来引起了白骨夫人的注意，既在一处，难免接触，也就认识了。那白骨夫人见奎木狼仪态不凡，道行高深，十分钦佩喜欢，意欲与其结为夫妻。这一日，白骨夫人特意来到奎木狼的洞府，要说明心意。恰巧那百花不在洞中，奎木狼见是白骨，迎进洞内，二人一同坐下，那白骨夫人先是一番客套，随后便直接问奎木狼道："不知兄是否成家？"奎木狼见其问及此事，便答道："我已成家，你问这个做什么？"白骨夫人一听，心中失落，但仍旧继续说道："不知哪家的女儿有如此福气，能和你成就婚配，她和我比又是如何？"奎木狼见白骨这样问，心里也明白了几分，但其对百花的情意未曾动摇，便答道："此人乃是与我前世有约，商定今生相聚。你与她各有千秋，不好加以比较。"

第四十三章　金银二童受差遣　白骨成精羡美眷

白骨闻听觉得自己机会尚存，便继续说道："前世约定，哪里比得上今生缘分，我敬佩你英雄气概，你我这今世是有缘，何不共修仙体。"奎木狼见其表明了意图，但依旧不为所动，回答道："既然是前世约定，我就要守约，无论前世今生，请恕在下不能再与他人谈论婚事。"白骨一见他这么说，便也不再追问，起身告辞，奎木狼将她送出洞门外。

　　这才是：飞鸟有伴虫有侣，心悦君兮君无意。一个是心有许，一个是情专一，到头来只多个相思失落意。那白骨是有情，怎奈奎星却无意，一心只爱那百花玉女，世上男女之间的烦恼多因此而起。白骨夫人又数次前去表意，奎木狼始终也未变更初衷。白骨只得独自伤怀，但世上伤心人无数，又有谁人知。年经月久，白骨见其心难撼动，不禁由爱生恨，一日去与那奎木狼表明最后之意，她与那奎木狼单独会面，对其道："如果我断了你对他人的念想，你是否同意与我结为连理？"奎木狼察觉那白骨言谈之中带出狠意，担心其会伤及百花，便先是言语安抚："容我考虑考虑，明日定将给你答复。"白骨道："那就给你最后一次机会！"说罢化作一阵狂风离去。

　　连夜奎木狼带百花公主离开了白虎岭躲避。次日，白骨果然来到约定之地，奎木狼对那白骨道："若你不再纠缠，我便将一长生秘诀告诉你。"白骨见他心意决绝，今愿以秘诀交换，无奈只得同意。奎木狼见其答应便告诉那白骨夫人："不久将有一个自东土唐朝上西天灵山求取大乘经的和尚打此路过，吃了那和尚的肉可长生不老。"奎木狼对白骨这样说，一来是安抚白骨的情分，二来也是为自己所负的使命增加一份胜算。至于成功与否，就看那白骨的造化了。

　　白骨夫人也不知奎木狼所说那唐僧之事是真是假，但见奎木狼已决意避她而去，毫无挽留余地，只得转身独自离开。却由此伤心苦闷，性情更加孤僻，渐渐断了对此等事的念想，心中再无情意所托，愈发食人更甚。

　　这真是：缘生缘灭因有缘，缘起缘落在前缘。缘来缘去难留缘，缘因缘果源自缘。

奎木狼身负使命，和百花没有远去，自那白虎岭向西四十里处寻了一座大山落脚，那山名为"碗子山"，松林密布，离宝象国却又近些。奎木狼找了一处洞府住下，起名"波月洞"，又恐漏失了那路过的唐僧，便将那洞外面修造成如同宝塔的模样，再做个法术，让那塔身放出金光，远远可见，只待引诱那和尚前来，好将其擒获。

第四十三章　金银二童受差遣　白骨成精羡美眷

第四十四章　黄眉意起成佛心　弥勒获赐小雷音

　　佛门不断发展壮大，各种开销用度也逐渐在增加，诸佛、菩萨安排手下四处多谋供养，与道门之间相互虽无约定，但也有章法，他人的地界通常不去打扰，只在自家所及范畴之内，免生事端，故寄望佛门广大。传经是弘扬佛法的关键之举，能参与其中者亦可借此机会累积功德，成佛称圣，佛众皆是羡慕。

　　那边便羡煞了一人，要说起他的主人，非同一般，正是那弥勒佛祖，此人乃是其手下的一名童子，唤作黄眉。弥勒佛祖身为如来的继任者未来佛，西天凡有事报，皆要原文抄送弥勒处，每每都是这黄眉童子接报，再呈送佛祖审阅。那黄眉也常趁机把西天送来的文书先看一遍，因此，对西天乃至天上、人间发生的大小诸事多有知晓。诸如：文殊的坐骑青狮和普贤的坐骑白象上天庭闹事，金蝉子被贬下灵山，大鹏在狮驼城吃了满城百姓，妖精假扮神佛，以及将要安排传经取经一事等等，一概皆知。

　　这黄眉近来看了如来的取经安排，思量参与其中者将能得成正果，故此十分艳羡。心想："我虽跟随了东天佛祖，修行不辍，也有甚高道行，但只是敲钟司磬，传递些文书，不曾享有什么荣华尊贵。这佛祖虽贵为未来佛，但毕竟还未曾得职上位，也不能明着大肆张扬，我只能受此贫苦低微，别无他法，比起那些得享尊荣的菩萨来真是相差甚远。而那佛祖秉性自在，自认将来尊位必得，对大多数事都不太放在心上，叫我等跟随他的人好生清苦。"

却说这黄眉内心琢磨着近来西天送来的那些文书当中所述的内容，思量了许久，但恐失却弥勒佛祖登极乐、自己享正果的机会，认为是时候该和佛祖说一说了。拿定主意，便借传送西天文报的机会，前去向佛祖诉说。

黄眉来到弥勒佛祖的厅堂之上，见那佛祖像往常一样，敞开大肚胸怀斜卧在自己的佛床上，摇着蒲扇，正在安闲。这东天佛祖与他人不同，不摆座椅，而是放一张宽床，斜倚在床上观阅公文，床前有书案一方，比通常的书案长些，遮住那床际。

弥勒佛见黄眉将多日累积的文报取了带来，便示意他放在书案上，一旁听候。黄眉呈上文报，行礼后在一旁站立，只等那佛祖看完发落。佛祖拿过呈阅的文书，过目一遍，然后笑笑，将那文书置于一旁，又斜靠在床上，继续摇着蒲扇。黄眉见机上前行礼道："佛祖。"弥勒佛见黄眉有话要说，便道："你有何事啊？"黄眉道："弟子想求教师尊，您常说的大同安乐平等自在世界，不知究竟是何等模样，能否开示弟子？"

那弥勒佛是现在佛的继任者，已近至尊，所求已非凡事凡物，本也豁达，乃是一尊福佛。因是已知己命，平日只露笑颜，向世间传递未来之大美好情境。然而天地间能及其位者，能及其大远见眼光、大胸怀者却十分稀少，多为世事烦扰，大都难以达到其境界。他见黄眉今日发问，便起身笑笑道："徒儿，将来之世间已经历了诸多变化，与现在有大不同，在那未来之时：

山峰峭壁多已消失，四皆平原，土地肥沃，海水平静，均乃自然乐土。四季风调雨顺，物产丰收，百花开放，果实硕美，任人自取。衣食无忧，屋舍良足，任人自住。无疾无苦，无灾无难，尽皆长寿。无争无执，无烦无恼，心皆大善。无贪嗔痴疑，更无杀盗淫妄。人人皆知修身行善，无有分别。众生相见尽皆喜悦，良言互相勉励，善行相互扶持。天空皆清净，地上无污物，各类宝物，随手拾玩。不知何为人为财死。鸟为食亡，逍遥自在，平等安乐，无有迷惘，也无需祭拜。地藏、观音也至大极乐，成就无为功果。"

第四十四章　黄眉意起成佛心　弥勒获赐小雷音

黄眉听罢弥勒佛这一番说解，再度行礼道："多谢师尊开悟，但不知这一切何时能得以实现？"弥勒佛道："这一切仍还是现世努力谋取的结果，亦是天地造化所成。"黄眉接着问道："佛祖可曾看了近日西天呈上的文报。"佛祖嗯了一声，道："你有何见解？"说着继续摇扇。黄眉道："见解不敢，我看那如来正欲安排一样大事。"弥勒佛道："说来听听。"黄眉道："文书当中多次提及取经一事，且早已安排如来二弟子下界轮回，看此情形，那金蝉似有使命，是取经的不二人选，将来极有可能借取经之机得成正果，亦有可能被如来扶持上位。"

　　弥勒佛听到这里，停下手中摇动的蒲扇，起身而坐，见那黄眉徒儿正对书案站立，理了理衣衫，用扇点指黄眉道："你且继续说来。"黄眉见佛祖有命，便继续言道："此次取经之举是之前从未有过，当是一件佛门大事，谁若取得真经，必能因功勋卓著，成正果，封上尊。只可惜人员似早已由如来拟定，而我等却无福参与。"

　　弥勒佛祖听罢道："徒儿，你不知其中奥妙，真经非是要处，求取真经的过程才是。"黄眉听那弥勒佛祖道出玄机，有所领悟，又道："佛祖明鉴，徒儿我是担心如来有意扶植其亲传弟子金蝉子上位，令您将来继承至尊之位有不测。"说完，黄眉紧盯着佛祖，注视着佛祖的表情反应。

　　弥勒佛祖听罢此言，笑容收敛，蒲扇也放下，沉默些许，对黄眉说道："徒儿，你若凭借本领，亦可取那真经，成一番正果。"黄眉立刻领会佛祖之意，忙道："佛祖指点迷津，我会尽力找寻时机。"弥勒佛祖点点头。接着黄眉又把自己琢磨已久的具体想法道出："佛祖您常年只顾广布众生喜乐，不过问佛门俗务，很少在佛门各种场合露面，甚至都没有一座专属于自己的正式庙宇。而佛门诸圣，天地诸仙，皆有自己的道场，借此多得供奉，何其享乐快活。"

　　黄眉所说乃是实情，弥勒佛现在确还没有正式的道场庙宇，公事也只是在自己的宅堂里处理，朴实简陋，不事张扬。好在他常喜四处云游，体察众生疾苦，对此倒也从未介意，只是今天听黄眉这么一说，倒提起一桩心事。弥勒佛祖神态安然道："又有何干？"黄眉道："徒儿是想，若要那西天为师尊专门建造一座寺庙，让佛门及世人能够切实感受到您的尊崇显耀地位，对于断绝他人非分之想，是大有裨益！不知师尊意下如何？"佛祖闻听此言，眼中略微一亮，呵呵笑道："徒儿，你腹中果然有些锦绣。的确，是要造一所像样的寺庙，不但要造，还要造好，造在关键之地，造出气势。"

　　黄眉见佛祖认同自己的想法，不禁心花怒放，忙上前凑近佛祖道："您乃是佛门至尊之位的正式继任者，那西天如来于理也该当有个像样的安排，今其座下弟子为佛门谋得了许多供奉，十分的宽裕，给您建造一间像样的寺院也说得过去。不如您以未来佛身份，要求建一座专属寺院，定下路数，徒儿我愿前往西天操办此事。"弥勒佛闻听当即点头道："好！就依此行事。此事既然要办就得办成，你若已胸有成竹，不妨去西天走上一遭，但别忘了先看看那如来的态度如何，再灵活定夺。"黄眉一听心中大喜，忙道："我佛福智圆满，徒儿自当全力办成此事！"弥勒佛又作了详细交代，黄眉领命辞别了佛祖回去准备，择日便出发奔西天灵山雷音寺而去。

　　黄眉跟随东天佛祖修行多时，也是道行匪浅，念动法力，驾祥云不消半日便到得雷音寺前。见那雷音寺里外已再度修缮，现是光彩如新，更显辉煌。守寺门的金刚见是弥勒佛祖的手下前来求见如来，立刻前去禀报，很快将黄眉迎进寺内。

　　如来正在大雄宝殿上与众菩萨议事，见弥勒佛的童子黄眉前来，便停下手中的事务，先受了黄眉的参拜。拜完如来，黄眉起身，如来佛问道："你家师尊近来可好，我有些公文送往你处，可有批示呈我？"黄眉见如来相问，便答道："我师尊每日查看所送公文，大为辛苦，今让我回告上师，公文皆仔细阅过，并称赞佛祖治理有方，他人无可增减。"如来听了笑笑，道："你师尊这是自谦了，他乃大智大慧至极的典范，是我等此间俗务并不能触动于他。"黄眉对如来道："只是有一件事要禀报上师。"如来道："你且讲来。"黄眉道："我弥勒师尊每每看毕公文将

第四十四章　黄眉意起成佛心　弥勒获赐小雷音

那公文堆放在旁，以便查阅，天长日久，小小的厅堂已经堆满，摆放不下。"如来闻听此言对黄眉道："弥勒佛尊一向节俭，其所在也确是有些拥挤了。"黄眉见如来认可，便道："我师尊此番命我前来请佛祖赐建一间专门的寺院，以利公干。"如来道："你家佛尊一向以勤俭为公、普度众生为己念，只是这宅院确也是小了些，以至于公事不便，与我佛门如今的光耀不称，与其地位也不符，是也该有一所专门的庙宇。你去找阿傩、迦叶商议建造一座新的寺庙，用以供奉弥勒佛尊。"

黄眉见如来答应得爽快，心中欢喜，便又请佛祖赐名。因是未来佛公干佛寺，如来遂赐名"小雷音寺"，以示与雷音寺的传承和区分，并安排了建造之地。黄眉听罢代弥勒佛谢过如来，随即直奔藏经阁找阿傩、迦叶二位尊者。见了二人，把来意说明。因是如来亲自安排给未来之主建造宅院，两位尊者自是积极响应，马上按照仅次于雷音寺的规格概算资银。具体建造事宜则由那黄眉自行处置。

西天之事安排妥当，黄眉回东天见弥勒佛祖，把在西天的事情经过一一述说，弥勒佛满意。佛祖又问黄眉如来安排的建造地点，黄眉回禀："如来吩咐寺院建在向西通往灵山的要塞之地。"弥勒佛祖点头道："如来做此安排，意在要那取经路途之中布置一处佛门要地。"又吩咐道："新的寺院莫离灵山过近，也莫太过遥远，你全权督办此事。"黄眉领命，辞别了佛祖，回住处歇息少许，便前去选址建造佛寺。弥勒佛安排完黄眉之后，不日便赴元始天尊之会去了。

黄眉心中一边念着如来安排取经之事，一边思索弥勒佛吩咐的具体建造地点，经过多日勘察挑选，在距离西天灵山不远的东边，去往灵山的要路，觅得一处巍峨耸立穿透云霄的高山，远看有如天柱一般，全合心意，遂将建造宝阁的地址选定此处。选好了地点，黄眉马上在阿傩的协助下招来了大批工匠，用西天发放的金银，大兴土木，历经数月，宝寺建成。阿傩、迦叶那里也获得良多。

那造好的寺院高大精致，气势恢宏，规模只在如来佛祖的雷音寺之下，却在天下诸寺之上。也是道道门，层层殿，高阁迭起，内有宝台香炉，瑞霭缤纷，山门之上镌刻"小雷音寺"四字金匾闪烁金光。寺院除了一些既有的固定样式外均按照黄眉的喜好建造。

见那寺庙已经建好，黄眉自是欢喜，奖赏打发了工匠，但他还不急于向佛祖禀报。因此前闻得有人假扮佛祖未受干涉，便自己也想尝尝为佛的滋味。于是去拘了些附近山林的鬼怪、妖精作为左右随从，变化成佛祖身边人的样子，自己则在那大殿上高坐莲花宝台，作个佛祖的模样，自称起了"黄眉老佛"，先品品为佛独尊的感觉。那些妖怪起初也是不敢冒充菩萨、罗汉，但见那黄眉手中一柄狼牙棒凶狠异常，法力甚高，也就顺从。

远近周遭的人见立有一寺，雄伟壮观，寺名中有"雷音"二字，寺内神佛、菩萨、罗汉等一应俱全，不敢怠慢，皆来供拜。那黄眉自是好一番消受，但毕竟不敢久留，不日到弥勒佛祖处回禀："启禀佛祖，寺庙建造完毕，只尚未最终修饰完全。"

见专门为他打造的宝阁现已造好，弥勒佛祖对黄眉道："你且在那寺内安生，待取经人前来，探探他们的虚实。"黄眉闻听让自己去掌管那宝阁，不禁欢喜，即刻遵命。弥勒佛祖又取了自己一副金铙钹并一只后天袋交与黄眉，皆乃是得力法器，以便其行事。黄眉将金铙小心装入弥勒佛的后天袋中，返回了小雷音寺。

东来佛祖是个习惯节俭之佛，虽已有了专为其打造的宝阁，他仍旧居于原地，常去四处度化众生。那黄眉童子便一直在小雷音自行称佛称尊，享受虚华，逐渐竟聚集起了数千妖精。黄眉准备等那取经人到来，思量着届时自己能取而代之，成个正果。

小雷音寺外观宏伟，其内五百罗汉、三千揭谛、金刚、菩萨、比丘、圣僧尽数齐整，尽显佛门荣耀声威，此地更是被称作"小西天"。

佛门因此次大兴土木，用度大增，又徒众日渐增多，如来加快筹划取经一事。

第四十四章　黄眉意起成佛心　弥勒获赐小雷音

第四十五章　三仙车迟把道兴　金鱼通天受使命

　　苟且世间乃庸泛，化己度人是圣贤。真经之路万里远，前途荆棘遍艰险。山能望高水见宽，人心之壑深无边。谁人若要到彼岸，不惧险阻不畏难。取经之人尚未出发，取经之路已布满了重重考验。

　　太上老君自打佛门向天庭禀报了取经一事起便持续关注着此次佛门取经之举的进展，思考应对之策。这一日，老君将东华帝君召至兜率宫中。帝君先是拜见了老君，老君与其说了近来三界的一些动向和自己所做的部分安排，东华帝君听罢道："师尊，看来您是要做一些针对性的布局。"老君道："佛门此次的取经安排，前后多有呼应，那取经经过的大路上宝象国近来已尊佛门，其意颇深。在宝象国传法除了有新的领地广传佛法，也是为取经之行铺路，将来路上又多了一个礼佛敬佛之要地，且意味着佛门此番的行动已经开启，对此需是得加以重视。"东华帝君点头道："佛门从一国之君入手，将宝象国举国纳入门下，又在取经路上打开了一扇通畅之门，此举很是高明，可谓一举两得，必须采取些措施，请问师尊具体策略，我遵照执行。"老君道："既然那宝象国归了佛门，我等便依样应对，来个一箭三雕。"东华帝君听老君这样一说，问道："请问师尊怎么个'一箭三雕'？"老君道："在取经必经之路上有一颇具规模的国度，名为车迟国，现乃是佛道共生之地，几代国君皆是敬佛，国中造寺修塔，佛徒也有数千，我欲安排道门弟子前往此国，设法使其举国上下皆信道尊道，一来可去佛门之势，二来可兴道门之威，三来横亘取经之路，此为一箭三雕。"

东华帝君听罢连声称妙。老君接着道："只是此番安排还需你费心操办。"东华帝君道："师尊尽管吩咐。"老君道："你派人前往车迟国，也从那国王入手，设法令其国君只尊我道门，不知现可有合适人选？"东华帝君闻听略一思量道：："那宝象国前已有镇元子驻守，何不令其出力相助？"老君道："可知那镇元子近来的行踪和表现如何？"帝君道："镇元子虽已入了道门，改称了道门名号，但道门之人却难得见上其一面，其亦不主动与道门人士往来。"老君点头道："他也只受元始天尊之邀，至弥罗宫中聆听混元道果，此人不会愿意为此事出手，亦不可强求。"东华帝君点头称是，接着道："禀师尊，近来我新收了三名弟子，他们原本是三个已修成人形的兽类，一虎、一鹿、一羊，之前因自行修悟，始终不得正途，反入了旁门，我将他们纳入我门中，传其正道，他们这才修得了正果，因而对我道门忠心。现可将此三人派往车迟国，为我道门建立功德。"老君听罢点头同意，又面授了机宜，随后帝君辞别老君前往地界。

太上老君又至天庭让玉帝暂且停了那车迟国的降雨，他人若求雨不可响应，只待持有他的令牌者发出的求雨令方可安排布雨。玉帝见老君又来安排天庭事务，只得通知九天应元雷声普化天尊按照老君的吩咐，停了风、雨、雷、电、云等值事给车迟国原本的安排，等老君的令牌行事。

东华帝君至地界，招来虎鹿羊三仙，对他们道："西牛贺洲腹地车迟国地处要塞，地域广大，富足繁华，且有佛门踪迹，乃道门必争之地，国王新近即位，尚且不能明辨是非，易于左右。今我奉太上师尊之命，举荐你三人前往那车迟国设法令其国君只敬道，莫信佛，也为那国王和国人做些好事，你三人建功立业，日后可得见师祖真容，谋得正职。"三仙闻听连忙谢过帝君的信任和举荐。帝君又道："你三人平白无故就此前往，那车迟国王不知你等要处，若苦等机会施展，不知何时方能得到国王的倚重上位，从而听从你们的劝导。今上天已做出安排，令你等一到车迟国便可受那国君的重用，使其早日独尊我道门。"三人齐

第四十五章　三仙车迟把道兴　金鱼通天受使命

声道："一切听从师尊的安排。"帝君接着道："你三人随时待命，待那车迟国大旱多日，你们便一同前去布施甘霖，再见机行事，必能成功。"三只灵兽刚刚修行有成，法力和资历尚不甚广大，正立功心切，今帝君交付使命，心中大喜，又再次感谢帝君指点教诲，承诺取得那国王的信任之后，一定倾其国力供奉道门和师尊。

帝君见三人此样表态，甚是满意。随后传了三人五雷真法，授了老君的令牌，用以调动行云布雨，并告知三人："这真法、令牌号令可直达天庭，你等如需降雨，可祭出此令牌，玉帝自会降旨，天庭相关执事便会前来行云布雨。"虎鹿羊三仙忙恭敬收下令牌，连连拜谢，随后辞别了帝君，即刻前往车迟国。

那车迟国果然一连三月毫无点雨，地裂苗枯。三仙知是天上已做出了安排，时机即将到来。国中百姓因连月干旱，焦灼不堪，家家焚香祭拜，人人磕头求雨，怎奈苦求不得。国王见旱情持续，难以化解，便叫一干僧人摆开大道场求雨，自己也亲自在宫门外观看。那一群请来的和尚，盘坐念经，声声不绝，却一连三日，毫无功用，滴雨未下。国王见这么多僧人也求不来雨，心中不禁烦躁，又命道士前来求雨。那些个道士见和尚求雨不得，心里也是惴惴不安，但国王之命不得不从，正愁苦间，只见天上一道金光，三个身穿道袍的神仙纵祥云从天而降，来在国王面前。

这三者正是那领受了使命的虎鹿羊三仙，见国王命和尚数日求雨未果，现安排道士出面，时机已到，随即现身。国王一见有道人打扮的仙人驾临，慌忙起身相迎。三人见过了国王，又介绍了自己的名姓，各自称"虎力大仙""鹿力大仙""羊力大仙"，乃是三清门徒，有呼风唤雨之能，此次前来，特地为国君解困。国王一听大喜，忙请三个大仙领一班道士作法求雨。三人即刻兴坛作法，祭起太上老君真法令牌，开始求雨，发出的符咒迅即上达天庭。玉帝见是老君之令，请求布雨，即刻降旨至九天应元雷声普化天尊处，着风婆、雷公、电母、推云童子、布雾郎君和四海龙王前往三人所在之地车迟国兴云布雨。片刻之后，只见车迟国上方天空狂风大作，乌云密布，电闪雷鸣，大雨倾盆。

国王一见三仙能呼风唤雨，顷刻间便解了举国大旱之灾，对三人是感激不尽、敬谢有加，设摆上等筵席款待三个大仙。席间三仙只管吹嘘自己的法力无碍，那车迟国王拜服，又对三个大仙大加封赏。从此国王每日便与那三个大仙一起上朝，三仙又为国王乞求长生，把个国王赚哄得是言听计从，没多久又安排三人做了国师之职，并从此听从三仙的建议开始灭僧敬道。

国君按三仙的奏告，建立起了道观供奉三清神像，命兵将把寺庙里供奉的神佛尽皆搬走，丢入荒地，又以那和尚求雨无用为由把那些僧众差遣了去从事劳苦之事，并派道人严加看管。那僧众不堪其苦，在逼迫之下，因劳累过度死伤者无数。国王又在全国境内张贴告示，捉拿不堪忍受而逃跑的僧人，令那众苦僧再不敢逃离。

三仙在车迟国的所作所为早有值守报与玉帝得知，玉帝暂且压下此事。而一干僧众的苦怨也通达西天，佛祖如来也已知晓这一切。

三清近来的一番安排引起了西天的高度警觉，尤其是在那虎鹿羊三人到了车迟国灭佛敬道之事报与如来之后，如来更大为重视，遂召唤观音前来，先说了车迟国之事，接着道："近来所发生之事将让那进入西牛贺洲地界的取经人遇到重重艰难、道道险阻，且阻碍正步步向西天延展，当下便需出手应对，以防事态发展，请观音尊者加以处置，但莫与他正面相争，以免取经一事尚未成行便横生枝节，遭遇不测。"观音领佛祖法旨。

一路思考着如何安排人选处理此事，观音返回了落伽山，因近来诸事繁多，现又有新的旨意要办，也些许烦闷，便缓步来到后花园处。白鹦哥迎着她在身边飞舞，那花园曲径幽幽，竹林绿意盎然，清风许许，菩萨心情稍有安定，至莲花池旁坐下，回想这几日的事情，思索将来的安排。

观音斜倚倾身，眼望池中莲花疏影，暗香浮动，净空明日下，碧波池水潋滟生光。正此时，那水中莲叶间游来一条金鱼，将头浮出水面，正是当年在金池长老那里用金丹砂换得的金身之鱼，因常年在莲池中露头听菩萨讲经说法，早已得了灵性。观音一见那金鱼浮上，心里一时开朗，心想："这应对之选便是有了。"遂点首让金鱼上岸。

金鱼见菩萨有命，化成人形，上到岸来，在菩萨面前跪拜，口中言道："菩萨有何吩咐？"观音让金鱼起身，对其道："我今日欲安排你一样事情。"金鱼道："菩萨只管吩咐，我定当遵照行事！"观音点头，对那金鱼道："我佛门广大，一向以慈悲为怀，感化众生，但力也有不逮，今有那车迟国灭佛扬道，听信三个道人谗言，行诸多对我佛门不敬之举，对佛门信徒更是施以酷刑苦役。我佛慈悲，是不能任由其放纵，因此差你前往那车迟国要塞元会县通天河中驻扎，借那大河天险据守，莫让道门之势再向西天方向推进，同时也要保护当地僧众，凡是往来之人，需小心加以观察，尤其要注意那道门三人的行径。如有要事，要来报与我知。"

金鱼听罢菩萨吩咐，领命，却不离去，观音见其还有话要讲，便问道："你还有何事？"金鱼道："确还有一事要恳求菩萨。"观音道："只管讲来。"金鱼道："我原本在菩萨后花园听菩萨讲法，修行感悟，也小有法术，今去凡间，不知会遇到哪些未知凶险，可有人相助与我？望菩萨指点明示。"观音点头道："这是你初次出山，也确有诸多担忧迷惑，你不必担心，自顾只身前去，如遇当地河神、土地拦阻询问，只管提我的名号即可。我也会时刻关注你那里的境况，一旦有异常，我自会循声亲自前去救助。"

金鱼一听菩萨此言，连忙拜谢，辞别菩萨转身正欲直奔车迟国通天河而去，观音叫住他，对他道："那通天河距此甚远，待我助你一程。"金鱼欣喜致谢。观音遂施展无上法力，由海中兴起一股巨浪，在空中引着那金鱼借着潮头跨越南海，在呼啸翻腾的奔涌浪涛之中，不消半个时辰便抵达了通天河。那金鱼此番见识了菩萨的法力，果真不凡，不禁叹服万分，消除了心中的忧虑。通天河中水族忽见巨浪滚滚、海啸波翻，不知何故，无不惊得是深潜四散。

　　观音见金鱼已到达通天河，遂收了法力，潮头退去，自己也驾云返回南海。正行至南赡部洲淮河泗州之地，见大水漫漫，不觉诧异。菩萨捻诀唤来当地城隍，问其为何此地大水漫城不退。那城隍见是菩萨召唤，不敢怠慢，慌慌张张前来对菩萨道出苦情。原来此地有一水母娘娘今日借海潮奔涌之际引四方之水淹没了泗州报复仇敌，已有无数生灵葬身水底。城隍哀求菩萨解救众生。观音闻听心中生怒，那妖邪竟敢无视众生如此作乱，又一转念，思量正可借此时机，让佛门至此地扫除灾患。遂遣走城隍，回转灵山，奏告佛祖如来派遣能者降伏水母娘娘，并于当地驻扎。如来得知，略作思量，遂差人命大圣国师王前去除恶，又交代观音后续安排。

　　那大圣国师王领佛祖法旨后，带领手下小张太子及四大神将前往泗州即刻捉拿了水母娘娘，置于当地关押看守。观音见国师王得手，按佛祖交代，上天庭禀告玉帝得知，并请玉帝准许安排那大圣国师王驻扎淮河之地，以防淮河一带妖邪再度兴风作浪。玉帝见佛门出力剪除祸患，大为赞许，即刻恩准。

　　观音返回灵山将玉帝之意禀报佛祖得知，佛祖大喜，遂封大圣国师王菩萨之位，驻扎淮河，以扬佛威。大圣国师王菩萨随即奉佛旨率领部众至淮河蟆城驻扎，又造大圣禅寺，立起高塔，威震淮河之地，名扬四方。

　　再说那通天河，千里宽阔，两岸连接车迟国和西梁女国。观音菩萨驾下的金鱼来在通天河处，一见那广阔之水，如同骏马遇到平川，一头扎入水中，大肆翻腾，好生兴了一番风浪，快意非凡。这河里原有一老鼋，修行已逾千年，平常做来往摆渡之事，长年累月，积累了许多善果，又有诸多家眷，还在河中修造了府邸楼台。今日老鼋突然间被那翻滚的波涛惊扰，便离开水府浮上水面观瞧，这一看，不禁吓了一跳，只见一巨大的金鱼正在那里兴风作浪，不知是何来路，因见其威猛，也不敢上前去探问。

金鱼欲寻个安身之所，四下游走观瞧，看中了老鼋的府邸"水鼋之第"，便前去索要，老鼋哪肯放弃自己经营多年的安居之处，自是不愿。那金鱼见其不从，便按照菩萨所授之法，念动法咒，拘来河神，一起去夺其巢穴。老鼋见那鱼精欲使武力强取，更是气恼，自认拳重甲硬，有些道行，身边也有许多虾兵蟹将，便与那鱼精争斗。哪料想金鱼精手使一柄菡萏花苞化作的九瓣铜锤，十分地骁勇善战。老鼋空使拳脚几个回合便敌不过，被那金鱼的铜锤击中，亏了那厚甲，才保住性命。老鼋负痛，急忙招呼手下一拥而上，那鱼精也不惧怕，抡锤左右抵挡，又有河神在旁相助，一番混战，直搅得是浊浪滔天，金鱼将老鼋和其一干水族战败，驱赶走了老鼋，捉了他许多的眷属。老鼋负伤力敌不过，只得忍气吞声，在水中隐蔽角落躲藏起来，不敢露面。

那金鱼占据了老鼋的府邸之后，便在此地称王，又取观音的称号"大慈大悲救苦救难灵感"之"灵感"二字为名，纠集了河中成精的鱼虾，在此称起了"灵感大王"，还起了一座"灵感大王庙"，向众人昭示来历，好不威风。此地周围的妖精见那金鱼以"灵感"为号称王，还有庙宇供奉，知道来头不小，有不少前来投靠，余者皆不敢来犯。那灵感大王不忘自己的佛门使命，凡是前来捉僧赶僧的车迟国兵丁，一概被其拿了吃了。

这通天河两岸本有通商之利，自此尽皆被其索取。那灵感大王却也给当地兴云布雨，当地百姓也都前来供奉，不敢怠慢。灵感又强行向百姓索取金童玉女祭祀，以作延寿之物，每年一对，不得缺少。当地百姓因儿女被选中者，骨肉相离，苦痛不堪，却因惧怕其法力，躲也躲不得，只得忍气吞声，求告无门，怒不敢言。

此事被那虎鹿羊三个大仙得知，那三仙在车迟国君身边时刻不忘兴道抑佛。车迟国僧人四处被驱赶，但到了元会县，却可得安生。那三个大仙闻听有称王的精怪在元会县立庙护僧，便前去寻衅。一经交手，方才知金鱼的法力远强于三人，只得罢手退缩。一时间不敢再侵犯元会县之地，并将此事上报帝君得知。

　　观音见那金鱼恪尽职守，且对所交付的使命游刃有余，不用其操心，便放下心来，将主要的精力用于其他诸般要事。

第四十六章　青牛六耳深潜伏　文殊劝度乌鸡主

车迟国的虎鹿羊三仙将通天河忽然出现一法力强大、来路不明的妖精驻扎并建庙称王保护僧人一事上报。老君得知此事，知是那佛门已专门针对车迟国地界有了防范，遂又命自己的青牛即刻下界，前往通天河西边之山金兜山处，阻挡住取经人的脚步，青牛领命。老君知取经非是一人加上几个随从那般简单，为确保青牛能够得手，老君将自己随身的宝物金刚琢交予了青牛。这金刚琢可收天下任何兵器宝物乃至各种五行所生之物，当年击倒闹天宫的猴王孙悟空令其被擒的便是此物，堪称是两军作战之天下第一能器。那青牛作为老君的坐骑，也是跟随老君修行多年，武艺十分高强，且擅长变化，在老君贴身门生之中乃是最具法力者，深得老君信任，加上那金刚琢助力，老君概算除非如来亲自出马，他人皆莫能敌，可说是自己身边可用之人的终极之选。

领了老君之命，青牛不敢怠慢，依照老君的交代隐去了原形，变作一个毛皮靘青、筋骨突起，像犀不是犀，像牛不是牛的独角兕怪，带上兵器一杆点钢枪和那金刚琢即刻下界前往金兜山。老君事先给了那青牛一粒七返火丹，使那看牛的童子昏睡不醒，青牛趁机悄然离开，一切神鬼莫知。临行前，老君又叮嘱青牛："若是取经一众因不敌，去灵山请如来出手相助，你便即刻上那灵山，就说是我的旨意，他便不能奈何于你，如若计较起来，便让他来找我。"青牛谨记。

金兜山山高路窄，峻岭连连，乃是个人马难过的险地，在通往西天的必经路上。青牛到那山中寻得一个洞府，驻扎在其中，不作声张。老君交给他的金刚琢不是凡物，青牛不敢疏忽大意，早晚带在身上。又暗中布下机关专等取经人的到来。

安排完青牛，老君前往灵宝天尊处，灵宝天尊迎入宫中落座，命仙童上茶，问道："近来佛门动向如何？"老君道："正是为此事而来。那佛门随行护佑取经的乃是我当年苦心炼化过的石猴孙悟空，要想成功阻止此次佛门以传扬佛法和扩大佛门领地为目的的取经之举比原先料想的更加具有难度。且不说玉帝、如来届时会派遣兵将相助，就是那随同护佑的石猴本身也神通广大，吃了蟠桃和我的许多仙丹，在八卦炉里炼成了金刚之体，火眼金睛，又经过如来数百年的调理，如今已是很难对付，我已一路安排了身边得力之人全力阻止。"

灵宝天尊问道："你何不亲自出手或动用天兵天将？"老君神情严肃道："此次取经之举，西天征得了天庭的鼎力支持，玉帝和如来准备充分，决心非常之大，倘若我以道祖身份亲自出面，他二人也必将出手，势必将局势引至道门和佛门乃至天庭激烈对抗的局面，那样必定天下大乱，生灵涂炭，届时难以收拾，不利整体局势稳定，也并不利于我道门。此非是初衷，亦非是目的。而众生不过是为获得心中所念，何以性命换取？既然佛门和天庭皆未表露此意，故当下我尽全力安排身边人手化解此事，将势态控制在预定范围之内。"

灵宝天尊闻听表情凝重道："既要化解此次取经造成的影响，又要让事态不至失控，这绝非易事！"老君道："就目前来看，持有我金刚琢的青牛，取经一行想要突破此道防御几无可能。"灵宝天尊迟疑了一下问道："万一他们突破你的层层布防该当如何处置，可还有其他可供调遣的得力人选？"老君依旧沉稳道："除非是我愿放行，并且条件必定是他们付出了令我满意的代价。此外，若是放行，我便要安插一人进入取经行列。"

灵宝天尊闻听颇感兴致道："如何安插，哪一个可担当此任？"老君道："近来我新收一徒，乃是生于昆仑山中的一只六耳猕猴，其天生灵体，极善聆音，不入十类，不服轮回，除却六耳，长相与那石猴孙悟空一般无二，是我当年照其影像描绘的石猴雏形。我前往昆仑山寻得了那六耳猕猴，与其说明来意，那六耳经年游荡，也无固定容身之所，见我要收其入门，十分愿意，也不敢不从，一切听命于我。他二者相像，可找机会让六耳猕猴取代那石猴，安插至取经队伍。"灵宝天尊闻听点头道："此果真是妙计！"老君道："我观那石猴的本领路数，唯天尊你能够打造出个一般无二的来。此番前来，我正想请天尊传授他些法术武艺，让其与那石猴本领一般无二，好见机行事。"灵宝天尊听罢沉思，未久点头应允。

老君见灵宝天尊答应，也是欣喜，遂告辞返回自己的兜率宫，让那六耳猕猴前往灵宝天尊处习学本领。灵宝天尊比照老君描述的孙悟空的本领教他。六耳猕猴天生聪慧，很快学了个九分模样，又自去练习个十分熟络。老君再见其时几乎与那石猴孙悟空一般无二，又自己亲自对其做了指点。再仔细上下打量这六耳猕猴，发现其与那石猴只少一根金箍棒。那石猴入龙宫抢得的定海神珍铁如意金箍棒本是老君所炼，世间独有，现也得给他一个方可。老君遂取铁生火，不日便又打造了一根一模一样的金箍棒，也是两头裹金，龙纹密布，交与六耳猕猴。这下，如果二猴一般打扮，就连老君自己见了也几乎分辨不清。

作了此一番安排，老君便对那六耳猕猴讲明他的打算："今收你为徒，传你法力和兵器，是因那西天要传经，一路之上有个石猴护佑，若取经一行人越过金兜山，你便要寻找时机取代那石猴化作取经人的徒弟前往西天，后续你该知道怎样。"六耳猕猴一听太上老君如此授命，顿时明了，心里却是忐忑，不知能否顺利混入取经之列，更不知能否晃过如来法眼，转念又想："如若不能混入取经之列也就罢了，如果能成行，到了西天，终归是我送那取经人抵达，多半能得成个佛门的正果，再对老君这里有所交代即可。"遂一口答应。老君满意。

安排完这一切，老君才略放宽心，只待观察结果，再作打算。六耳猕猴虽能知前后，万物皆明，聆听天下之事，但却仍然无法揣度自身将来的命运定数，一边苦思冥想，自去按照老君的吩咐潜伏行踪，等待时机。

　　位于五台山的文殊菩萨这一日得如来法旨召见，知有要事相商，即刻自五台山来在了灵山雷音寺面见佛祖。如来先是讲了取经当前的要义，文殊仔细聆听，如来道："今我佛门取经一事已告知天庭，玉帝鼎力支持，乃我佛门大幸，但却有重重阻力。那些险山阻挡了佛门东去之人，大河隔绝了西来向佛之士，我佛门也曾有人在通往西天的各处传扬佛法，但遇到这些艰险大都受阻难以继续前行，只少量侥幸跨越险阻带去了部分佛经典籍，然始终是势单力孤，历经多载，苦苦经营，才有了部分国度始向佛义，却并未完满，佛门未得到大尊崇。今需你广开智慧，为取经大业得成，在传经的路途之上设法为我佛门打开通路，增势强威。"

　　文殊听如来说解取经大义，知取经是佛门当前最紧要之事，今见有佛祖吩咐，双手合十口诵佛号向佛祖如来道："文殊愿谨遵我佛旨意行事。"如来点头，接着道："那取经必经之路上，步步险阻，我佛门虽已先有普贤尊者纳宝象国尊佛，后有观音尊者遣派门下驻守车迟国通天河，但依然势有不及，你且看如何在其中施力布局，以增大我佛门胜算。"

　　大智文殊菩萨闻佛祖问询，仔细想了想道："禀告我佛，我有一处安排可成就我佛门增势之愿。"如来道："说来我听。"文殊道："道门现已三地为营，成鼎立之势，我佛门前有宝象国，后有通天河，那宝象国前有镇元之万寿山，后有老君二童子之平顶山，而车迟国与平顶山之间无有我佛门力量相抗衡，况且万寿山与平顶山之间还有下界临凡的天上星宿奎木狼星，此人不知来路为何，但来得既突然而又蹊跷，恰好在那取经路上宝象国的前方，不得不防；同时，平顶山与车迟国之间尚有那牛魔王之子红孩儿，那牛魔王早年拒绝皈依佛门，如今他的孩儿已经长大，据悉也是法力高强，牛魔王派其占据号山为王，定不是与我佛门为善。"

第四十六章　青牛六耳深潜伏　文殊劝度乌鸡主

321

如来听文殊此一番分析得体，不住点头，便问道："尊者可有应对之法？"文殊施礼道："我佛明鉴，如欲与那万寿山、平顶山、车迟国三足之势相抗衡，必要在平顶山与车迟国之间增加一处佛门之地，方能联合宝象国、车迟国通天河共同形成三地鼎立之势，以期与道门势均力敌，待取经之人到达之时，即可将此平衡打破，我佛门定能胜出，此乃取经大业之上上善举！"如来闻听点头赞许："尊者不愧为大智者，此一番演说甚合我意，你可有具体谋划打算？"文殊道："禀佛祖，据我所知，那平顶山西向灵山有一国度，国王创国立邦，国号'乌鸡'，多年经营，文武众多，若尊我佛门，乃是大善。那乌鸡国王本已是好善斋僧，可引他为佛门效力。"如来闻听道："此事甚好，若要形成鼎立之势，那乌鸡国之地需是要增加一份强力，比之宝象之国君可更进一步，你且去度那国王得证金身，以我佛门之徒掌控乌鸡国度，助我佛门之威。"文殊遵旨，向如来告辞。

此事关重大，文殊要亲自处置，事不宜迟，文殊即刻驾祥云离开灵山雷音寺，前往乌鸡国，准备度化那国王入得佛门。不消半日，文殊到达乌鸡国境内，没有现原身，化作一个凡僧，手持一个钵盂前往那王宫。一路之上，见乌鸡国城邦繁华热闹，一片太平景象，果真是个兴盛之地。到了王宫朝门前，见那凤阁高起，辉煌壮丽，不同凡响。文殊来在朝门，对黄门官道："我是远道来的僧人要向国王化斋。"守卫朝门的使官肉眼凡胎，不识菩萨真面，见一素衣麻鞋的行脚僧上前便要求见国王，自是不许他见，命其速速离开，菩萨也不在意，故意高声诉告，很快里面听见报与国王。

那国王正在殿上参阅奏章，见来报说一云游僧人要向国王化斋，心中诧异，本欲不加理会，但转念一想："自己向来有礼佛斋僧之名，且这僧人也是奇特，若只是一个凡僧欲见君王一面，随手打发也就罢了。"便吩咐门官叫那化缘僧人进来一见。黄门官领命，将文殊引入朝门。

来在金銮殿上，见那大殿辉煌，左右文武百官果然是人数众多，气宇轩昂，不禁暗自点头。正中央龙床之上国王正襟危坐，文殊对国王施以佛礼。那国王见果是一凡僧，没有什么特别之处，只问道："哪里来的僧人？"文殊道："我乃是佛祖差我前来向陛下化些斋供，不求要多，只求装满我这一钵盂。"国王道："这有何难？我已叫人准备。"说罢命左右将上等饭食取来与他，又吩咐："再送他些米粮，看他能背动多少，就给他多少。"

两旁有人取了斋饭和米粮两袋，问道："和尚，你是背呢，还是拎着？"文殊道："且劳烦先将米粮装入我的钵盂，装满我方才离开。"差人一听笑道："这僧人说笑了，你这钵盂能装下多少粮食，估计是这僧人懒惰，只想要了这一钵盂的米粮，带回去轻松。"又问国王如何。国王道："就依他，给他装满钵盂。"于是两旁侍卫打开米袋，拎着口底向钵盂内倒米，只见那米花花如水流入钵盂，许久竟未见钵盂满溢。两旁人低头向底下看去，奇道："这钵盂莫非是漏的，怎么不见装满。"却又不见底下有米漏出，转眼间一袋米倒完，也未见满，侍卫不禁惊异，拿着空口袋呆呆站立。

那国王在上面见此情形也是吃惊，忙问道："那和尚，你这钵盂有些怪异，却怎不见装满？"文殊道："我这钵盂虽小，却可装你举国之米。"国王和文武群臣诧异，又问："哦？你这话可有虚妄？"文殊道："不是虚妄之词。"国王问："这又为何？"文殊道："大王不知，这世界本乃是一片空相，这米，这殿，这人，这国，这钵盂，皆乃是空，所谓五蕴皆空。我劝大王舍弃这一切虚空入我佛门，可得正果金身。"

那国王一听，心中暗想："原来这和尚是想要我加入他佛门，但我为坐这国王之位，创国立邦，何等的不易，苦心经营至今，尽享荣华富贵，怎可因这僧人一句话便轻易舍弃！"想至此处那国王立刻道："你这赖和尚，自去修行，如若化斋，我便提供与你，可你却开口说什么要我舍弃这一切，还弄这障眼之术，来呀，将其绑了！"

两旁武将正要一拥上前，有近身大臣连忙拦住，对那国王耳语："陛下，臣见那和尚有些手段，不是凡僧，必有来历，如此将其拿下，恐有祸患。"那国王正急于推脱，却道："管他怎的，若其果真有法力，

第四十六章　青牛六耳深潜伏　文殊劝度乌鸡主

自可逃脱；若是不能，则必为欺诈之徒。"说完命武将上前绑那和尚。大臣一听，不敢违背王命，一旁退去。殿前武士一拥而上，将文殊用一条拢身绳绑了，听候国王处置。国王见文殊未反抗挣脱，便吩咐武士："将这卖弄障眼法术的僧人浸入御水河中，让他冷静思过，以免再行胡言乱语，四处扰乱视听！"武士领令，将文殊就往殿外推搡。

文殊见国王留恋凡尘，执迷不悟，本欲作个法术将身解脱，心中却想："这也是那国王的因果，我且叫他捆绑，待到将来便有还报，也叫他无话可说。"遂在武士的押解之下，文殊被浸在御水河中整整三天三夜。文殊不自行解脱，河神也不敢解救，却也不敢怠慢，只让那河水不流经菩萨的身体。浸满三日，早有六甲金身前来解救，文殊见六甲前来，轻轻将身一抖，那绳便早已脱落，菩萨遂驾起云雾，在六甲神陪伴下返回西天灵山。

到了灵山佛祖处，文殊将经历之事禀明如来，如来闻听道："尊者此行苦心劳力，此乃是那国王尘缘未了，因缘未到。其早有水中之灾三年，此次只不过是尊者前去为其了却此前缘，待那取经一行人到达，便可完成劝度大愿，你也可将因果还了与他。"文殊见佛祖道出玄机，早已领悟，合十行礼，回去安排。

文殊要与那乌鸡国王了却一番因果，自己不便出面，须派一可靠之人前往，便想到了那下界的青狮。菩萨早已知那青狮在狮驼岭称王，便叫人传口信，命那青狮行此使命。青狮正在狮驼岭与白象每日饮酒作乐，见有主人来使，忙迎进洞内，来使叫其他人回避，与青狮单独交代："菩萨奉法旨要与那乌鸡国王了却一个因果，因此特派你前去行事，你且设法将那国王浸入水中，这期间你可化作那国王模样，坐享其尊，但莫生乱。"

青狮领旨，送别来使，心中高兴，白象见来使已去，青狮喜上眉梢，便上前问道："大哥有何好事，如此开怀？"青狮道："贤弟，我羡慕你享那宝象国王的尊崇款待，今我也有此机会，能不快活？"白象一听，也高兴道："哦，那祝贺大哥了！"青狮道："先莫道喜，待我完成使命再贺不迟，我且不能耽搁，事不宜迟，这就起程。"白象见青狮急于出发，便叫小妖备好青狮常用的铠甲兵器，送他上路。

那青狮也有神通，狮驼岭与乌鸡国一个在西，一个在东，青狮不消一日便到。到了乌鸡国，刚好赶上天降大旱，河干井枯，业已持续三年。那青狮见此情形，心中暗想："此乃天助我也。"于是便变化作一个全真道士，去见那国中要臣，自称是来自钟南山的全真，求引荐与国王，可助那国降雨。那大臣见青狮施展了一些小法术，便以为他是仙道出山，又听说他能祈雨，不敢怠慢，很快引荐给那乌鸡国王。

那国王见一道士口称可以降雨，将信将疑，但举国大旱三年，无奈有一线希望也要尽力争取，便叫摆下祭坛，请青狮即刻登坛祈雨。青狮登上祭坛，令牌响处，顷刻间大雨滂沱，当下解了那国大旱。国王大喜，遂与青狮八拜结交，互相称兄道弟，自此青狮便与那国王同出同入，尽享尊崇。

第四十六章　青牛六耳深潜伏　文殊劝度乌鸡主

第四十七章　如来兰盆说取经　观音奉旨向东行

春去秋来，四季更迭，天上地下，仙神碌碌忙忙，少有安闲，佛门欲发起的取经影响深远，相关各方针对此事紧锣密鼓明暗布局，传经一事迫切，如来早有了打算。

今年的七月十五孟秋望日将至，阿傩、迦叶前来请问佛祖，孟秋之会如何安排。如来对阿傩、迦叶道："孟秋盂兰盆会是一年一度的敬祖礼佛斋僧的仪式盛会，此番尤为重要，今年意在隆重，你二人且好生去准备。"阿傩、迦叶二人领如来法旨，回去安排。

不几日，兰盆会期已至，一切安排妥当，由阿傩、迦叶主礼，众信聚集，果真是个盛大的斋僧礼佛盛会。数日前便已建立好"中元佛坛""普施坛""孤魂坛"三坛，将大殿打扫干净，准备各种供器，坛上摆好五行方桌，中间供如来宝盆一座，内有诸般宝物和百样繁花、千般异果，真是宝物熠彩，繁花鲜艳，异果奇香；又摆大瓶荷花，供设香案，殿前挂"兰盆盛会"匾额。大盘的鲜香果品、甘美四色蔬菜案上摆放。

辰时刚至，鸣钟响磬，众神佛菩萨由执旗者引入正门，僧侣、施主从有人把守的旁门而入。侍者执手炉、香碟至香案前上香，众人齐声唱和，正式开启盂兰盆会。

接下来净坛绕经，此时观世音菩萨执净水瓶，取柳枝甘露，净洒坛场四方，去除坛秽。佛祖被引上前领诵《盂兰盆经》，孝行永流，法乐无疆。众人跟随绕坛诵《盂兰盆经》，又念"南无阿弥陀佛"三遍，之后依次在两旁列立，听佛祖祝词讲法。佛祖此时端坐法坛开讲孝净修忏、恩福超升。众信听佛法要义，见百花盛开，闻馥郁馨香，无不合十皈依。佛祖讲毕，众人拜南无本师释迦牟尼佛十二拜，南无弥勒菩萨三拜，南无文殊菩萨三拜，南无十方诸佛三拜，南无十方菩萨三拜，完毕退还。接下来鸣钟三声，主礼者高唱："上兰盆供！"众佛僧受食。

食毕，如来佛祖端坐宝莲台上，见诸佛、菩萨、罗汉、揭谛、金刚、比丘等众也已正襟而坐，准备聆听教诲，便缓缓开口明示源流，讲三乘妙典。此时只见花雨缤纷，龙凤显形。如来道："我灵山雷音宝寺所在西牛贺洲，位须弥山以西，多牛羊珠玉之宝，乃是四大部洲之一。此四大部洲众生善恶各有不同，东胜神洲者，敬天礼地，心气平和；北俱芦洲者，生性冷漠，喜好杀斗，性情拙劣；我西牛贺洲者不贪不杀，敬神礼法；而那南赡部洲者，最是贪图淫乐，口舌扬凶，多有争杀，但尚且可教，如遇真谛，愿修长进。我有三藏真经，谈天、论地、度鬼，可劝人为善。"

菩萨问道："不知是哪三藏真经？"如来继续道："三藏乃法、论、经各一藏，共三十五部，一万五千一百四十四卷。此乃是我新做大乘佛法，讲求入世修行，普度众生。若天下众生要得解脱，非修此大乘佛法不可。今我欲送上东土，将其人教化。但若我就此将经书送去，恐那南赡部洲者愚蠢不知珍惜，从而怠慢佛法经典，因此要那东土懂佛法、一心向善者前来求取真经，教他历经劫难，方得取回，届时达成正果，普度天下之人。那取经之人需按我佛门九九归真之道，经历八十一难，将我真经取去，弘扬于天下。此行，有诸多大河险山、邪怪妖魔，因此还需有能护送取经之人一路降妖伏魔方能到得灵山。"

众圣闻听，皆双手合十高声颂赞佛祖见诸高远。观音菩萨此时上前行礼道："弟子不才，愿上东土去寻一个取经人来。"如来闻言喜悦道："好，这件事还非得观音尊者不可，今我授观音尊者办理此事，去那东土寻得取经之人，来我灵山。"又予观音五件宝贝，乃是"锦澜袈裟"和"九环锡杖"，以及三个"紧箍儿"用以助那取经人收服徒弟取经得成。观音行礼辞别佛祖。

盂兰盛会结束，取经之事终于落定，众人散去，各自议论不提。佛祖如来又派阿傩尊者携亲笔正式文书一份，上灵霄宝殿呈告玉帝取经一事，玉帝见文书钦准，昭告三界。

　　观音得了如来佛祖的法旨和宝物即刻开始取经安排，取经之人如来早已选定，就是那当初被贬下凡间投胎的金蝉子，业已修行了九世，每世经地藏指派，皆投于信佛人家，今世早已由南极星君依观音法旨安排其投胎了南赡部洲东土大唐宰相殷开山之女，佛门讲求十世圆满，该其归位。这第十世金蝉子出生前其父陈光蕊便已遇害，其母殷温娇被强盗所掠，出生后为躲非命，是辗转苦难，出娘胎不久便与佛结缘，如今已成为长安城中的有道高僧。

　　除此之外，最重要的就是选定取经人的徒弟，前往西天的路上，妖魔鬼怪、高山险阻不计其数，没有大法力者随同披荆斩棘、降妖除魔，将寸步难行。其中的首要人选也已确定，就是如来亲定，那闹天宫后被压在五行山下的猴王孙悟空。观音此番需说服那孙悟空心甘情愿跟随圣僧前往西天，同时还要让那大唐国君亲自派遣取经之人前来求取真经，这全要仰仗观音菩萨的智慧。

　　取经的其他人选也都需要观音来定，天地之大，真正适合的却是不多，为与天庭形成合作之势，也已请了玉帝来推荐，接下来便是要去一一找寻来，并让他们甘愿去成就取经大业。世上本无天经地义之事，天地亦多有缺损，有诸多因素影响，若要和设想达成一致，需要精心谋划执行。

　　观音概算那金蝉长老已经历了九世，第十世转世人间已有三十载，正是时机前往大唐引其向西天求取真经，便叫惠岸行者跟随，下了灵山。二人行至灵山脚下玉真观，此处乃是那当年太上老君安排的金顶大仙所在。金顶大仙见观音出行，便出门迎接，献上仙茶，邀二人坐下一叙。观音知道那金顶的来历和使命，恐其多虑，不欲多作停留。大仙见二人似要远行，便问："不知菩萨和行者这是去往何处？"观音道："领如来法旨，去东土寻一取经人前来。"金顶一听就明白了观音此行意图，心想："佛门取经终于付诸了行动，只不知这如来要有多大动作，成几多功果，待我探问探问，好向老君回报，以便让他做到心中有数。"却不便直截了当询问，便道："取经人要历经多久能到？"观音见他问取经历时，心想："此次取经，我佛欲毕全功于此，扫除整个西牛贺洲道门领地和对立的妖邪，势必要历经许久，但我若如实相告，恐那三清知我佛门决心之大，从而倍生阻挠之意。"想至此，便对那大仙道："不需几年，也就两三年即到，让那取经人一路赶行，不问他事，专心来取些佛经便回。"那大仙听了，心中记下。观音辞别大仙，离开灵山奔南赡部洲东土大唐而去。

金顶大仙送走了观音，稍后便将刚才观音所言报与了老君得知。

灵山距大唐十万八千里远，大慈大悲救苦救难的观世音菩萨为成就如来佛祖传大乘经之佛门大业，真是费尽精神，依照如来吩咐，不经霄汉，只在云雾中行，一路勘察地上形势，为取经做个准备，以确保成功。哪里有高山峻岭，哪里有大河荒漠，哪里会有妖魔鬼怪，皆做到心中有数。

观音与那惠岸行者正云雾间行，前面出现一条大河，已是来到流沙河界。见此河足有八百里宽广，恶浪滔滔，半点船帆皆无，有一股阴煞之气，横梗在西天取经路上。正观瞧处，只见一青面妖魔从水中霍然跃出，将一过路行人一把抓住，拖入水中，不见了踪影。

观音见有食人妖魔出没，于是念动咒语将河神唤来问个究竟。河神闻听菩萨召唤，急忙来见。观音问道："此间何处，那水中妖魔是何来历，为何有如此重的煞气？"河神道："禀菩萨，此处乃是流沙河，之前来一天将，是那被天庭贬下凡间的卷帘将军，现已在此为妖，居于河底，偶尔出来吃过往行人。"观音道："那你等又为何不将其擒拿上报天庭？"河神回道："菩萨有所不知，天庭知晓此事。每隔七日，那天上便有飞剑前来穿其胸肋，天庭还命我等在此监督此妖，令其莫逃，因此并非不向天庭禀报。"观音道："原来如此。"遂遣走了河神。

　　菩萨又捻指一算，方晓得那金蝉命中转世十轮，每每天命指引前往西天，到达此处，已被其吃了九回，方再得轮回。观音暗自点头："此妖与那金蝉子甚是有天命之缘，如今已助其九世轮回，是为归一之功已成，该其终结苦楚，除却罪孽，助力西行，得结善缘。去了前往西天的一个大的阻碍，亦是吉祥之兆。"心中做下打算。

　　那被贬此间受飞剑穿心之苦的卷帘大将见又有人出现，便冲将出来。这卷帘被飞剑穿胸精神极为悲苦，已浑然不识菩萨真面，见了那菩萨，上前竟欲擒来吃食，一旁惠岸行者木吒迎住，喝道："观音菩萨在此，怎敢造次！"那卷帘定神一看果是菩萨，赶忙下拜求菩萨宽恕。菩萨听他诉说了来历，知道确是那卷帘大将获罪在此，便劝其护佑取经之人，并承诺可免除其飞剑穿心之苦，还可皈依正果，还他本职。那卷帘见可免除其苦，已是求之不得，更有正果可成，毫不犹豫，即刻应允。于是观音为其摩顶受戒，授了法号"沙悟净"，自此皈依佛门。又将那之前吃掉的九个取经僧人不沉之头颅穿在一处，挂于他项下，命其在此原地等候那取经人。沙悟净遂领菩萨之命在此等待，不再杀生。

　　被贬的卷帘大将皈依佛门一事早有看守仙班禀报玉帝，玉帝得知便停了飞剑的刑罚，卷帘的法力和精神也逐渐恢复。

　　观音收了沙悟净，又向前行，未几，来到福陵山前，正是那天蓬元帅投胎后的安身之处。天蓬因投入了猪胎，已成为了猪精，忽闻得有人前来，以为又有口福，便从云栈洞中奔出。也怪这天蓬投了猪胎又吃人心切，虽当初在天庭做八万天河水军元帅时认得观音，现也未曾想是菩萨前来，上前便打，被木吒用铁棍架住一阵好杀，不分上下。观音使法力用莲花将二人隔开，木吒喝那天蓬："还不上前见过菩萨！"天蓬闻听闪身仔细定睛一看，方才识得是观音菩萨，慌忙磕头下拜，求菩萨恕罪。观音知其来路，也不怪他，先问清他的身世来历，又对其道："你在上天获罪，如今又有下界伤生之过，何不做些有前程之事？"已是猪刚鬣的天蓬却不以为然，对菩萨道："我在此弄些人来吃，也是自在快活，哪管那许多！"观音见未及其心，这样劝说无用，便又对其道："你若肯皈依正果，随取经人往西天走上一遭，将功折罪，便可有养身之处，不必每日饥肠辘辘，担忧那吃食。"

如今已是野猪之身的天蓬肚肠宽大，口欲难填，在这山中为怪多年，来往行人早已无多，每日正为吃食烦恼，这才见了菩萨都饿得眼花，难以分辨。观音一说有养身之处，只要随取经人走一遭便可衣食无忧，正说到他心坎上，加之此前还曾有金星的一番劝导，知道自己参与取经是个定数，如今观音开出此一条件保证其吃喝，不必自己每日烦心寻觅，于是顺势对菩萨道："愿意！愿意！"菩萨见其答应，便也与其摩顶受戒，取了法号"猪悟能"，命其在此处等候取经之人。猪悟能领命，从此遵佛门戒律，持斋把素，断绝了五荤三厌，专候那取经人。

观音和木吒一路又向东行，忽听半空中有一声音呼喊，十分哀苦，抬头看，乃是一条玉龙，被绳索捆绑了，身受其刑，正在呼号。观音不知何故，便上前一问。

来到被绑着的白龙跟前观音仔细打量，见其生得也是真龙仙体，麟角生辉，甚是不凡，尤其是，那白龙浑身透出一股舍利宝气，令观音甚为惊讶。舍利之宝乃佛门独有，今此白龙似得其修行之力，不知究竟为何，便问道："你曾做何冤孽，获此罪罚？"那被绑的白龙见有人问，恍惚间也不认得是谁，咬紧牙关，浑身忍痛，道："你是何人？"观音见他问，便道："我乃是南海救苦救难的观世音，你若与我讲明经过，我或可在玉帝面前为你减轻罪罚。"

白龙一听是专救世间苦难的观音菩萨，这才把在此受罚的详情经过说了一遍，望菩萨搭救，原来此事竟和佛门有关。

这白龙来历非同一般，其乃是西海龙王敖闰的三太子，当年其父西海龙王得到一枚佛祖赠与玉帝的舍利宝珠，玉帝托付其好生保管。那佛宝舍利明珠非凡，灵彩遍体，光华耀眼，百里能见，引得无数人觊觎垂涎。如今宝珠归西海龙宫保管，那龙宫一众，凡是见了此宝物者无不惊奇艳羡。

西海龙王敖闰有个太子，行三，人称"三太子"，见了此宝珠，心中尤为喜欢。那宝珠圆润异常，光华无比，七彩夺目，在殿上得见者，都想取下一看，无奈敖闰有令，任何人不得接近，每日有兵将把守看管。那三太子只得在心中暗自打算。

这一日，东海、西海、南海、北海四海龙王的几位龙子在一起聚会谈乐，几杯美酒入肚，大家扯开话题，上至天庭大事，下至人间百态，东至神洲圣地，西至极乐世界，海阔天空无所不包。谈着谈着就把话题引至那殿上的佛宝舍利明珠上，西海龙太子摩昂对众人道："前些日我父王得了玉帝旨意，收了一颗奇宝。"众龙子一听都问："不知是何奇宝？"摩昂道："那宝物乃是一颗佛宝舍利珠。"众龙子又问："那佛宝有何好处？"摩昂道："这佛宝可真是非凡，不知吸取了多少精华，是个修行的好法宝，若要是得此宝珠修行，可得千年的功效。"众龙子听了，无不惊异，感叹天下能有如此宝物，不知为何到了西海龙宫。

摩昂见众人羡慕，得意道："此宝乃是如来佛祖因天庭助力降妖而赠与玉帝，玉帝交予我父王保管。"众龙子交口称赞道贺。这时，那一旁的三太子开口道："大哥，既然这宝珠如此神灵，能不能取来给大家看看，叫我等也开开眼界。"众人也纷纷跟着要求一见。摩昂道："取来看却是不可。"众龙子道："为何不可？"摩昂道："我父王有令，这是玉帝吩咐保管，任何人不得接近，如有污损，就要责罚，若要丢失更要定罪。因此置于殿上，每日亲自察看，不敢怠慢。我也被父王安排看管此宝，不能有失。"众龙子一听，纷纷慨叹没有一饱眼福的机会，只好作罢，又举酒言欢，自是不提。

宴席散去，大太子、三太子也各自回去歇息。三太子回去后，心中开始盘算："原以为这宝物只多些光华，却没承想还是一个修行的法宝，如果得此宝珠，轻易便得大的道行。可那宝珠如今却空置于殿上，岂不是浪费了好处。"三太子为了那宝珠思量多日，一心想得那宝珠助自己修行，成大罗上仙。可宝珠被置于龙宫大殿，有那虾兵蟹将每日轮流看管，还有已是西海储君的大太子摩昂，其手使一柄三棱金锏，武功高强，统领水族兵将，一向唯父王之命是从，也是难以逾越的屏障。

如此法宝近在眼前，却如同隔墙美味，隔帘美景。这可急坏了那三太子，每日见了宝珠的光华，日思夜想，那似乎伸手可得的大道行却又遥不可及，每每不得，如同那大圣进了蟠桃园，不取实有不甘，遂心中暗自谋划欲取那宝珠，这才引出一场杀身之祸！

第四十八章　菩萨妙法显智慧　取经万事得齐备

这一日，西海龙王敖闰同众部下议事完毕从龙宫大殿散去，许久，至深夜时分，那放有宝珠的大殿上不知何故突然火光四起，守殿的众兵将还未及反应，刹那间即蔓延至整个龙宫大殿。众将慌乱，大殿此前从未失过火，一时不知所措，乱作一团。有人喊："快快取水来救！"众人方才猛醒，赶紧奔向殿外取水，匆忙中又没有盛水的器具，东找西寻，更加混乱。

等众人取得水来救，大殿已是烈焰冲天，难以接近。龙王闻讯慌忙赶来，太子摩昂也匆匆赶到，大家一齐忙救，半天时光总算熄灭了火焰，再看那殿上一切物具，早已焦煳。龙王急命人查看损失，尤其是那宝珠，但却遍寻不见。

见失了玉帝交与的宝珠，龙王心中焦急惊恐，心想："这下可闯了大祸！"忙一边安排人收拾重整，一边查问失火原因，询问看守的卫士，卫士报告："失火时，曾见三太子身影。"龙王即刻命人召三太子来见，众将领命去寻，却早已不知去向。龙王心里明白了几分，急忙又叫大太子摩昂带领三百水族精兵去追赶三太子。

摩昂带领众兵将循着踪迹紧紧追赶，未多久，发现远处三太子小白龙正翻身冲出海面，急朝岸边奔去，遂也破浪而出，率众在其后紧追不舍，很快将三太子围在当中，不得前行。

岸上礁石嶙峋，海风凛冽，浪潮声声，那摩昂盔明甲亮，气宇轩昂，手持三棱锏，寒光闪闪，拦住去路，指着三太子大声道："三弟，你要往哪里去?"三太子立在岸边一片光秃秃的礁岩上,无以躲避,只得故作镇静道:"大哥,我去那东海走走。"摩昂冷冷道:"三弟,龙宫大殿失火,宝珠又失,有人见了你的身形,你可知宝珠的去向?"三太子道:"小弟不知。"摩昂见其绝口不承认是自己所为,道:"父王有命,要你随我回龙宫问询!"三太子哪肯返回,百般推脱,见是不成,便欲抽身逃走。太子摩昂见状挥兵器上前拦住。小白龙见言语无用,与其交手。因心中慌乱,又无兵器,几个回合,便是不敌,周围数百名水族兵将将其团团围困,无以逃脱,只得被太子摩昂押回龙宫去见龙王。

龙王见拿了三太子,叫一旁人升殿,太子摩昂和虾兵蟹将押三太子上侧殿。一番审问,三太子只说自己是见失火方才来看,不知那宝珠何处去向。又上下搜其身,也不见那宝珠。龙王明知其中有诈,却又无可奈何,便叫太子摩昂先将三太子关押,自己则回宫休息。

回到寝宫,龙王敖闰翻来覆去难以入睡,想此番是惹下了大祸,玉帝叫其看管的宝珠遗失,定要降下重罪。那宝珠失得蹊跷,按理被火焚烧,众人极力相救,也该落下些许痕迹,可这宝珠却如同水汽一般蒸发,未留下一丝半点遗迹。尤其那三太子平时曾表现出对此宝珠的喜爱,失火时又出现在现场,想必是其所为,但却没有确切证据。若不告知玉帝三太子之事,他人上告玉帝,查出端倪,则我不但遗失宝珠且纵子瞒报,亦难逃重责,二人将一同领罪。龙王心事重重辗转反侧彻夜难眠。

第二天一大早,龙王动身,叫太子摩昂押着小白龙一同前往天庭,禀报玉帝。至天庭门口,把守天门的广目天王拦住,龙王告诉天王有紧急之事奏禀玉帝,天王向里面去报,未久,玉帝宣龙王上殿,敖闰这才急忙赶至灵霄殿上。玉帝见是西海龙王,慌慌张张,似有急事,便问道:"龙王何事,如此惊慌?"龙王将一路想好的说辞向上禀报:"启奏陛下,微臣教子无方,被三子纵火焚烧了放置宝珠的大殿,宝珠被毁,现特来请罪。"玉帝闻听大惊,心想:"如来佛祖所赠稀世之珍舍利宝珠交与龙王看管,却没承想竟被大火焚毁。"不禁大怒,喝道:"敖闰,你可知失职之罪吗?"敖闰战战兢兢忙下跪磕头:"臣知罪。是当年,陛下将此宝珠交予微臣好生保管,微臣一直不敢怠慢,未曾想被这忤逆之子所毁,万望陛下恕罪。"

玉帝暂且放下心中愤懑,对龙王道:"既然非是你纵火,你的罪责可减,但你那三太子焚毁宝珠,难逃死罪,他现在哪里?捉他来见,否则,一并定你死罪!"敖闰连忙磕头谢恩道:"臣已将孽子押送前来交天庭问罪。"玉帝道:"让其上殿伏法。"

不多久,摩昂和一众兵将押了三太子到大殿之上,玉帝问明身份,不由其分辩,叫天将将小白龙捆了,吊在空中,责打三百,不日诛杀。因罪责虽不在老龙,但须加以警示,便调换西海龙王去了北海。

小白龙向菩萨诉说了大致经过,却隐瞒了部分实情,只道是自己不慎火烧了殿上明珠,未说自己已将那宝珠藏匿。观音听完,稍加沉思,已知晓真相,心生妙计,对白龙道:"焚毁宝珠确是大过,你且莫慌,待我去和玉帝与你说个情来。"那白龙是万分感谢。观音说罢,转身对一旁的监刑官道:"你且慢动刑,我去与那玉帝商议再做计较。"监刑官见菩萨发话,便把白龙暂且放下,观音前往灵霄宝殿去见玉帝。

早有邱、张二天师上奏,玉帝下殿迎接。菩萨行礼见过玉帝,玉帝问菩萨取经一事现今如何,观音道:"正为此事前来,今日我见那天宫门外绑有一龙,说是触犯天条,被定了死罪。"玉帝见问,道:"那白龙毁了佛宝明珠,因此被定罪。"观音道:"这白龙因佛家之物而生罪孽,也是和佛家有缘,今取经尚缺人手,我想让那白龙跟随取经之人西行做个脚力,还望陛下准许。"玉帝见观音为其求情,又可为取经添力,便道:"既然是菩萨有慈悲之念,就让其戴罪立功,随那取经人前去。"观音谢过玉帝。

玉帝又问:"不知取经人手是否齐备,可以成行了呢?"观音答道:"多谢玉帝挂怀,有陛下派人随同,鼎力相助,再加上将会有天蓬、卷帘在内的三人跟随护佑,那取经之事已有相当把握,我还要找寻到取经

之人，便可成行。"玉帝闻听欣喜，欲摆宴款待观音，观音因有取经要
事在身不作久留，辞谢了玉帝，出了天宫。

到了天宫门外，见那监刑官已接到玉帝旨意，将小白龙释放，白龙
正在门外等候，见观音菩萨出来，连忙上前跪倒谢菩萨救命之恩。菩萨
道："我已向玉帝为你求情，免去死罪，但罪责未除，你须跟随取经人
一同前往西天，做个脚力，待求得真经，方可解脱，并成正果。"小白
龙尽皆应承，感谢菩萨给予机会重生。

观音交代完之后，又亲自将小白龙送往蛇盘山鹰愁涧，命其在此等
候取经人路过。路途之中，观音对小白龙道："我知那殿上明珠并未被
焚毁，因其为佛门之宝，我有大用，你须将其取来交还与我，算你一
功。"原来菩萨心中早有安排，欲将此佛门至宝安置于西行路上要塞国
度显耀处供奉，让周围凡见此光华之宝者，均前来拜祭。地点已做好打
算，便是那西行路上的必经之地：祭赛国。那祭赛国乃是上邦大国、西
行要塞，地界广阔，壮丽繁华，南有月陀国，北有高昌国，东有西梁
国，西有本钵国，国都有敕建护国寺庙，若祭赛国内有此光明异宝镇
国，见者必以此为仙府神地，这样便可令周边国度见佛有宝，同来瞻
仰，彰显佛门之威。

小白龙不知其妙，只顾慌忙下跪叩谢，口称："未曾敢瞒过菩萨，
一定照办！"观音见其答应，便又叮嘱："只要你按照我所说的行事，一
路将取经人好生安稳驮负至西天，见到我佛如来，便可得成正果，脱离
苦海。"白龙谨记。观音安置了白龙，遂和随行的惠岸行者驾云沿着取
经之路继续一路向东。

送别了菩萨，白龙在鹰愁涧安了身，之后又去西海找寻。当初其欲
逃离西海而去时，尚未及走远，见大太子摩昂领精兵追来，眼看就要被
追上，急忙之中，他将宝珠藏匿于一片珊瑚丛中的一个巨大如床的砗磲
当中。他复又寻得了那砗磲，把宝珠取回藏好，只等取经人路过。

纳了卷帘，劝了天蓬，收了白龙，菩萨前行来到了五行山下，正是

羁押那齐天大圣的地方，见那如来的法帖依旧在山上放着金光。监护大圣的山神、土地和天将看到观音菩萨前来，慌忙都来拜见，并将菩萨引至大圣的所在。

那原本桀骜跋扈，曾经威风无比直逼青天的美猴王齐天大圣孙悟空在此山下受困已逾五百年。数百年间，饥餐铁弹，渴饮铜汁，世间沧海桑田变换，他却始终孤孤单单。寒风苦雨，秋去冬来，度日如年，真个是：春风拂过不留暖意，百花开放无法触及。夏日高阳难以沐浴，湖光山色远离记忆。秋天凉意随风骤起，落叶飘零眼前之地。冬季漫漫寒夜来袭，冰冷风雪心中堆积。当年的齐天大圣，磨心砺胆，备感寂寞难耐，慨叹命难由己，内心无比渺茫，更无处诉说凄凉。此时此刻，有什么比得上对自由的向往。好在其并未放弃求生之念，依旧期盼有朝一日能得以解脱，还原自在之身，重归自由天地。

孙悟空正不知苦难何时能解，忽一日，见观音菩萨在监押众神的引领之下来面前。大圣一见观世音现身，如沧海中望见彼岸，忙高声叫道："是那南海普陀落伽山救苦救难大慈大悲南无观世音菩萨吗？我在此度日如年，无一个相知的来看我一看，如来哄了我，把我压在此山五百余年，万望菩萨解救！"菩萨见状叹息道："你罪业深重，救你出来恐你又生祸害。"孙大圣道："我已知悔了，请大慈悲指条门路，我愿修行。"菩萨闻言欢喜，对大圣道："你既有此心，待我到东土大唐寻一个取经的人来，叫他救你。你可跟他做个徒弟，秉教伽持，入我佛门，再修正果，如何？"猴王被困多时，今见有重获新生的机会，是满口答应，连声道："愿去！愿去！"菩萨道："我与你起个法名。"大圣道："我已有名了，叫作孙悟空。"菩萨喜道："前面也有二人归降，正都是'悟'字排行。你今也是悟字，却与他相合，甚好，甚好！"大圣本名与那"悟净""悟能"都是"悟"字，乃是冥冥之中早有安排，自此皈依了佛门。

观音收了悟空，在他的耳边叮咛："你此去将一路保护取经人前往西天，路遇妖邪定要尽力剿灭，尤其是遇到三清道门势力，必须剪除，才算功果，而唯有功德圆满，方成正果。"孙悟空领会牢记。

观音离去，大圣明心见性，归了佛门，在五行山下安心等候，只待取经人路过，前来解救脱困，奉佛向西。

随同取经人的几个徒弟皆已安排完毕，观音这才直奔南赡部洲大唐国都长安城，去寻那求取真经的取经人。如今的大唐国土已占据了南赡部洲的大部分疆域，唐王姓李，讳名世民，有文功武德，手下能臣众多。大唐国力兴旺，声名远播，虽已有佛义传扬，国中多有佛徒，却不以佛教为尊，举国上下敬道为主。

智慧满身救苦救难大慈大悲灵感观世音菩萨自领了如来法旨起身前往大唐国都长安寻取经之人，便早已做了打算：此去需是要费一番苦心，要让那唐王敬佛、唐朝民众厚待僧众。上至国君、下至黎民尽皆仰佛、尊佛，方可令那唐朝国君自愿派遣其有德高僧来求取真经，以弘扬佛门善果，全佛祖苦心谋划的取经大业，让佛教真经永传东土。

菩萨一行二人到了长安城内，见那大唐果是天下首屈一指的盛邦，国都一片繁华景象。观音先是变化了真身，住进土地庙内。满城神祇知是菩萨到来，慌忙一起前来迎接参拜。观音安顿好之后，隐身形暗中查访，见那金蝉子历经十世轮回投胎了宰相门中，现已成为大德高僧，心中喜悦。遂找来袁天罡叔父袁守诚，暗中交代玄机。那袁守诚占卜之术天下闻名，见是观音菩萨亲自吩咐，不敢违背，依照而行。

安排好这一切，观音又命木吒去找来泾河龙王。那龙王居于长安城外泾河水府，乃是八河总领，掌管长安降雨。早年间娶得了西海龙王之妹，生有九子，亦多有龙孙，倒也享尽了齐人之福，怎奈今其寿数将近，却尚不知晓。

泾河龙王被叫至菩萨面前，不知有何吩咐。菩萨对他道："因天意造化，近日你会有无端杀身之祸。"那龙王闻听甚是恐惧，知枉死难以超生，忙跪求菩萨告知迹象，以求躲过灾祸。菩萨对其道："若是有人猜中你行雨的时辰、点数，便是灾难来临之际。"龙王惶恐之中恳求菩萨开解灾愆，帮其解脱。观音言道："天意难违，你去苦苦哀求唐王，若其答应解救，便可解脱，故你命在唐王。"龙王不解，忙问："为何唐王能救吾命？"菩萨道："因索你性命者乃是唐王手下之臣魏征，故唐王定能答应救助。"泾河龙王听罢菩萨所言心中亦悲亦喜，连连叩拜谢恩，自回水府。

次日，泾河龙王正在宫中独自忧心忡忡，有巡水夜叉来报，说长安城里有一卖卦之人，能算得水族踪迹，那些渔人据此下网无有走空，已将水族捞却无数。龙王又惊又怒，担心自己的水族要被尽皆打尽，遂变化了去寻那卖卦之人，欲将其赶出长安，以绝后患。

卖卦者不是别人，正是那袁守诚。龙王前去见了他，要与其打赌，若其猜中行云布雨的时辰点数还罢了，若猜不中，便要砸其招牌，将其赶出长安。那先生倒也不惧，与其约赌，说明了次日下雨的时辰、点数。泾河龙王自认行云布雨之事乃天庭之旨，不能泄露，自己尚未得知，那算卦的术士更是不能知晓。龙王回去同众水族说了，众水族皆笑那卖卦者必输无疑，龙王也自欣喜。未曾想，此时玉帝忽然降旨，命明日辰时布云，巳时发雷，午时下雨，未时雨止，降水三尺三寸零四十八点。龙王闻听玉帝旨意上时辰点数与袁守诚所说一般无二，即刻想起菩萨所言，不禁吓得是魂飞魄散，当即昏死过去。手下见状，急忙叫醒，不解龙王何故如此恐惧。一旁军师见龙王对此赌约这般在意，忙出主意，劝那龙王更改点数，以赢得赌赛。龙王当下只想着如何解除菩萨所言死期之咒，即依了军师所说，斗胆违抗玉帝旨意，次日更改了降雨的时辰和点数，以期这般能够避死求生。

谁能料想，冥冥之中天注定，枉死有名妄求生。龙王更改了玉帝安排的降雨时辰和点数之后，便去那卖卦先生处兴师问罪，因其不准，欲赶其出城。哪料袁守诚不但不惧反倒笑他私自改了玉帝的旨意，难逃一死。龙王方才清醒，进而悚惧，天条难犯，自己如此亦更是死路一条。情急之下，求告那先生为其解脱。袁守诚遂告之除非去求监斩官魏征之主唐王，方可无事。龙王见袁守诚所述同菩萨一般无二，便是深信不疑，又哪敢不听，含泪拜谢，深夜去皇宫苦苦哀求唐王救他性命。唐王见那龙王苦楚可怜，又是自己的臣子监斩，遂动恻隐之心答应解救，龙王方才欢喜离去。

观音早已请玉帝安排大唐宰相魏征行令，次日，玉帝降旨命那魏征午时三刻梦斩泾河老龙。魏征领命，于梦中斩了泾河龙王，令唐王无以拦阻。一同前来监斩的天将又依照吩咐，将那斩下的龙头抛在长安十字街头，众人惊恐。随后秦叔宝、徐茂功等将那血淋淋的龙头抛于唐王面前，唐王惊问那魏征，方知其梦斩了龙王。太宗心中悲喜不一，强打精神，传旨将龙头悬挂市曹，晓谕百姓。

泾河龙王此前求告唐王，得到承诺解救，如今唐王却失信，令自己丧命，龙王怨恨不已，冤魂不去，夜晚寻那唐王索命，要与其一同前往阎王处对质。唐王被龙王冤魂扯住不得挣脱，正在惊恐之时，观音及时前来喝退了龙王。那怨龙见观音阻止，只得一缕孤魂前往阴司状告唐王。

皇宫之中，唐王因屡受惊吓，重病不起。魏征见唐王病重，甚是焦虑。时正值贞观一十三年，原本该那唐王阳寿已尽，却因佛门有重托，故观音命掌管生死簿的判官要给唐王再添阳寿二十载，判官谨记菩萨之命。此时观音又命木吒变化前去告知魏征让他在唐王将逝时手书一封书信交与唐王，信上乞求那判官崔珏放太宗还阳，便可令那唐王复生。魏征闻知那判官乃是自己八拜结交的兄弟崔珏，感激欣喜，随即依照执行。

泾河龙之妻见龙王冤死，只得带着最小的儿子小鼍龙投奔哥哥西海龙王处，以求安身。泾河龙则在阴司地府状告唐王许救反诛，幽冥府一殿秦广王遂差鬼使催命唐王至地府对簿。在地府之中，唐王得见先主李渊及被其害死之兄弟李建成、李元吉前来索偿性命，惊吓不已，好在有崔判官相随，方才不受其害。太宗见了阎王说明真情实况，阎王告知唐王，因是那龙王死簿上早有名姓，故与太宗无干，又给他增添了二十年阳寿，由判官将唐王送回阳间。

第四十八章　菩萨妙法显智慧　取经万事得齐备

因见了在自己手下枉死的冤魂，唐王在地府受到惊吓，正不知如何开解，崔判官依菩萨授意，教他到阳间做一个水陆大会，度那些亡魂超生，方可解脱。太宗正在迷惘恐惧，见有法解脱哪敢不听，将那判官的叮嘱谨记，许诺返回阳间之后一一照做，绝无半点差池。

唐王还阳后，果然修建寺庙，张榜招僧，做"水陆大会"超度孤魂，命各处官员推选有道高僧。此时太史丞傅奕认为生死自然，佛法无用，而宰相萧瑀则说佛乃圣人，佛法弘善遏恶，助国为家。众人辩论，太宗终采纳宰相之意，遂着魏征与萧瑀等，邀请诸佛，选举一名有大德行者做坛主，设立道场。又出法律，严禁毁僧谤佛，违者治罪严惩。遂在众僧之中选得一德行高者，不是别人，正是那投身宰相之家，历经磨难的十世金蝉子，现名陈玄奘。唐王见其乃是宰相之后，德行又高，遂加封"天下大阐都僧纲"，赐五彩织金袈裟一件和毗卢帽一顶，自九月初三日起，在化生寺聚集千余名僧众，主持七七四十九日水陆大会。太宗本人和皇亲国戚及满朝文武，皆前往恭敬听讲。

观音菩萨见时机已至，先是化身向唐王进献了佛祖交予的锦澜袈裟和九环锡杖，唐王喜得两样佛宝，将其赠与法师陈玄奘。那法师感念唐王大恩，披袈裟，执锡杖，好似地藏法相，在高台讲法，不觉七日。菩萨遂在那大会之上、众人面前，现出法身指点迷津，告知唐王：那玄奘法师所讲乃是小乘佛法，度不得亡者升天；而在西天天竺国大雷音寺佛祖如来处，有三藏大乘佛法，能解怨消灾，度亡者脱离苦难。告知那太宗大乘佛法的要处后，观音菩萨便驾祥云而去。唐王连同众文武百官及寺内僧众见菩萨真身，无不跪地焚香，朝天礼拜，又做画像。

因是救苦救难观世音菩萨现身教化，太宗即刻询问谁可前去取大乘真经？玄奘见自己难辞其义，遂自荐为唐王求取真经。唐王闻听大喜，愿与其结拜为兄弟，玄奘谢恩，发下宏愿：不得真经不回。朝中上下与玄奘各去准备，待选良辰吉日，便要出发。

观音菩萨在云中见唐王已派遣玄奘去求取真经，一切准备便是妥当，只待那圣僧出发，遂和惠岸回转南海。

第四十九章　万妖大会盛空前　群妖争艳魔王殿

　　西牛贺洲狮驼城上空，白象应大鹏之邀驾云前来赴宴，他低头向那城看，只见大蟒围城，长蛇占路，城中虎狼驻守，摇旗擂鼓，狐鹿穿梭，传文送报，野猪、狡兔买卖营生，四处精怪攒动。白象看罢不禁点头，心中道："这大鹏自五百年前吃了狮驼国满城文武官员和百姓自立为国王，倒是有些治理国家的本领，如今较其之前在灵山的境况是不可同日而语了。"想至此处白象已来在了金銮大殿外，收了云头，落在门前。门官见是白象，直接请让至殿内。白象进得大殿，见大鹏正坐在宝座之上饮酒，身旁一些亲信左右侍立，见白象独自一人前来，大鹏略微一愣，接着起身道："兄弟怎的是一人，青狮哪里去了？"白象见大鹏问，直接走上前道："青狮受菩萨之命前往乌鸡国去与那国王了却因果。"大鹏闻听不解问道："哦？是何因果？"白象道："是此前那乌鸡国王将菩萨水浸三日，将来要还他三年，青狮便去那国中行事了。"大鹏闻听原来如此，也不去多问，请白象落座。

　　白象坐下后问道："许久不见你前来走动，不知近日如何？"大鹏道："我去西牛贺洲各地走了走看了看。"白象问："哦？所为何事？"大鹏道："我欲拿下西牛贺洲各国，最终称霸整个西牛贺洲。"大鹏的声音不大，白象闻听却不禁瞪大了双眼注视着大鹏，他见大鹏面色沉稳，不像是在戏言，白象没有言语，大鹏顿了一下接着道："我拿下西牛贺洲，届时灵山也不敢小觑。"白象此时开口问道："你可有详尽打算？"大鹏道："我要像拿下此国一样夺取诸国，征服各路妖族领地，那些妖类，想也不敢与我为敌。"说罢仰首干了杯中之酒略微斜眼看了看白象，见白象点头，大鹏又对白象道："你和青狮二人与其给人当坐骑，供人驱使，不如与我共同征服西牛贺洲，在我称霸之后，我许你们位列仅次于我的位置。"说话时大鹏双眼紧盯着白象，看他的反应。此时一丝光亮从白象的双眼闪过，接着又恢复了原状，他没有马上答复大鹏，而是问道："今日你请我来就为谈此事？"大鹏见白象问，便道："我此番请兄弟前来一是共饮，二是要商议今年举办的大会事宜。"白象接着大鹏的话道："又到每年一度秋收已毕时节的聚会之时，不知今年你准备怎样打算？"

大鹏举起再度斟满的酒杯与白象干了一盏，然后放下杯道："之前举办的大会只是自家热闹，而现今整个西牛贺洲妖类是越来越多，因那天上的蟠桃宴会盛大、地上的盂兰盆会繁华，我也有齐聚天下众妖的想法，天下妖怪越多，我举办的这大会也就会越是隆重。"白象道："这主意甚好，只是要兴师动众，耗费不少钱财、精力。"大鹏马上道："那都不是问题，我这狮驼国经营数百年，也颇有些家资，想那宏大的场景、热闹的景象岂是能用钱财劳力来衡量的！"

白象见大鹏是早已下定决心，渴望那种万妖来朝的满足感，便也就点头附和道："不错，果真是个上好的主意。这西牛贺洲虽为佛门掌管且是佛祖所居之地，但近百年来，佛门忙于诸多事务，也未曾清理此洲妖族，因此妖类丛生，近来尤其更盛。且不说其他所在，要论妖族的数量，当属你这狮驼城最多。你把个国城治理得井井有条，聚揽了天下不少妖类，连那远处的精怪也都前来投靠，如今规模不亚于当年那有四万七千猴精七十二洞妖王的孙悟空的花果山，比周边小国和天下其他妖精洞府则更是远远胜出，聚集一城，何等的胜景，正合此番大会之意。但不知这大会要起个什么名头？"

大鹏听白象如此一说，心中十分得意，见白象提及大会之名马上道："就叫'万妖大会'！"白象一听鼓掌高声道："好个万妖大会！"大鹏道："还请兄弟帮忙告知青狮，届时一同前来。"白象道："这个尽管放心，我定携青狮前来赴会！"大鹏欣喜满意。二人边喝边聊那大会的详细，不觉已至天黑，吃喝尽兴，白象在大鹏的宫中歇息一晚，次日返回狮驼岭自己的洞中去了。

拿定了主意，大鹏便着手仔细安排，拟定好请帖，差鹿使前往各处发放，邀请天下众妖来此参会。范围包含西至灵山，东至两界山之间广大的疆域，国都郡县、河流山川尽皆送达、无有遗漏。

这国有哪些国？乃是：西番哈呩国、乌斯藏国、宝象国、乌鸡国、车迟国、西梁国、祭赛国、南月陀国、北高昌国、西本钵国、朱紫国、比丘国、灭法国、天竺国、舍卫国。

那山有哪些山？都有：两界山、蛇盘山、福陵山、黑风山、黄风岭、白虎岭、碗子山、平顶山、压龙山、乱石山、钻头号山、金兜山、解阳山、毒敌山、火焰山、翠云山、积雷山、乱石山、小西天、荆棘岭、七绝山、盘丝岭、狮驼岭、麒麟山、陷空山、隐雾山、豹头山、竹节山、毛颖山、青龙山。

那河又是哪些河？乃是：流沙河、御水河、黑水河、通天河、子母河等等。

山川大河，大小诸国，凡是做妖为怪无论有无名头者尽数邀请来狮驼国参加盛会。大鹏这五百年来凭借其建立的规模庞大的妖魔之城，在地界树立了不小的威名，以他几万人的魔城规模，西牛贺洲其他地方概莫能比，见是大鹏邀请，之前也还未有过如此规模的盛大聚会，故此多数愿往。

这有愿来的也就有不愿来的，这要来的原因都是一样，不来的原因却各有不同，来的暂且不提，且说有哪些不来：一是原本不愿与众妖为伍的，如那黑风山的黑熊精，黑熊精自打跟了金池长老学佛习经，渐生佛性，虽未入佛门，但已不再干那妖怪的吃人勾当，只是他有两个早年间交下的朋友，一个苍狼、一个白花蛇也接到了请帖，要黑熊一同前去，未曾想黑熊精却不愿前往，劝说无用，狼蛇二怪便决定一起自行赴会，黑熊精也不阻拦。另有豹头山黄狮精和竹节山六个狮怪虽为精怪但却不屑与妖为伍故而不去赴会。还有就是那娶了铁扇公主的大力牛魔王，这牛魔王本意就不愿与任何一方结交过深，因此接了请帖也不前往。二是奉上仙之命下凡的，自不屑去，首先是那自称佛祖的黄眉，见了请帖不禁大笑，随手丢弃，黄眉笑那大鹏不识真佛，既然起名叫万妖大会，怎能请得他去？也不叫手下的群妖前往。车迟国三个虎鹿羊修道成精的也自诩乃是道门的上仙，自是不去。还有那老君差遣下界的奎木狼，以及观音派去通天河自称灵感大王的金鱼精，虽有妖行，也因自诩承命上仙，不与妖聚，便也回绝。那已下界为妖的天蓬一来身负有命，二来对此样事毫无兴致，自是不去；而卷帘深陷苦楚刚刚得以解脱，也不屑与妖类为伍。老君的青牛化身独角兕藏匿颇深，无人知晓，故也未请得。另外还有一种如那七绝山的蟒蛇精，修炼未成，听不懂人言看不懂文帖，因此不得前来。还有许多想去，无奈没有请帖，离那大会地点也远的，便也没能得去。

遍发请帖完毕，大鹏自家城中手下的数千妖怪一起紧锣密鼓忙将起来。全城张灯结彩装饰一新，精心收拾金銮大殿，重新摆放桌椅，准备上好酒水，安排上等饭食。大鹏本来治理魔国就喜欢事必躬亲，不放心他人，此次大会更是亲自督导指挥，力争安排妥当，上上下下是好不繁忙。主宴会址选在金銮大殿，专门安置那名头大的，桌椅在两旁一路排开，直排出殿外，中间铺血色红毯，延至宫门。酒壶过千，盅碗上万，用来招待的瓜果堆积如山，只等万妖大会的日子到来。

九月十二，是大鹏选定的吉日，秋风送爽，暖阳高照，碧空如洗，一切似乎都特意为了此次盛会妥善安排。城中之妖早已提前到来，单是排至城门迎接天下众妖的便有万余之多，个个手持彩旗，上锈虎豹豺狼猛兽，迎风飞舞，气势非凡。接到邀请的众妖纷纷从四面八方赶来，生怕错过这平生难遇的热闹场面。众妖魔一大早齐聚在王宫前，浩浩荡荡，人头攒动，在主礼官的安排下，依次入得宫门，前往金銮殿。

只见今日那金銮宝殿与往日大有不同，殿中红色攀龙柱上，金龙放光，殿头之上，匾额高悬，上书"万妖大会"四个大字，金光闪耀，颇显气派。四周悬灯结彩，锦旗飘扬，桌椅摆放停当，马面礼官站立，大鹏锦衣金冠在大殿正中坐定，意气风发，等候大会正式开启。未久，良辰已至，首先是有名头的众妖在掌礼官的安排下开始逐个唱名，依序沿红毯上殿。

最前面的两个就是那青狮白象，二人皆一身王者打扮，锦袍玉带，内穿金甲，威武气派，青狮听白象说大鹏邀请参加盛会，特意从乌鸡国赶来。大鹏见二人已到，忙起身亲自将二人迎至身边上座。

紧接着便是上妖入席，先从红毯上殿的是一众女妖。只见这些女妖，个个生得妖媚，人人打扮妖娆，有浓妆艳抹，又有华服翩翩者，无不动人多姿。此时听那唱礼官唱出第一个嘉宾的名姓："地涌夫人到！"随即见从殿外红毯走来一窈窕纤纤女子，生得真个是：弯眉如月目如星，粉面桃花自含情。人道乃是观音至，却是半截观音形。一袭白衣，飘飘欲仙，不是别个，正是那原在灵山得道今在陷空山为妖的金鼻白毛老鼠精，接到大鹏的请帖，因离得近，第一个前来赴宴，一展风姿。众妖平日里只与鬼怪血腥打交道，没怎么见过这等迷人的女妖精，一见顿时迷倒，齐声赞叹。大鹏将其让至事先安排好的女妖前席入座。

又听唱礼官高声道："白面玉狐到！"众人见处，不禁吃惊，这玉狐与那刚才的地涌夫人长得一般类似，只是更为年轻些，二妖论长相，如同姐妹，也是生的个面白如玉，媚态百种，千般风情，纤腰玉臂，杏眼削腮，也隐约有观音之形，一笑便出个倾国倾城模样。众妖齐声又叹。

紧接着又听："玉兔仙子到！"众妖惊奇：难道今日天仙也来参会？果不其然，玉兔自那天上蟾宫而来，因在月宫中与素娥结怨，五年前素娥打了她一掌，躲至下界，她也下界来追查素娥的踪迹，藏身于毛颖山中，伺机报复，今得到请柬，便来参会。那玉兔生得个天仙模样，美貌自不必言说，今日更是打扮得异常秀丽，一袭白衣飘逸，身姿婀娜，自觉来自上天与众妖不同，目光中带有些藐视之气，表情中更多些孤傲之意。众妖看得眼也直了，皆目送其入座，若不是唱礼官高声又喊，眼睛不得离去。

又闻："蜘蛛仙子到！"众妖这才从玉兔身上抽出眼神随红毯望去，见一排七人，个个如同仙女一般，尤为惊艳，乃是七个蜘蛛精前来，全都是妖娆打扮，从头到脚花枝招展，玉簪插髻，金钗两边，锦丝绸缎，金丝耀眼，衣裙皆短，若隐若现，媚眼如勾摄人心魄，七人一同落座，等待后面之人上前。

又有："玉面公主到！"众妖同扭身观看，不禁新奇赞叹，只因从未见过如此高贵打扮。只见这玉面公主面白如玉，美艳如霜，浑身上下披金戴银，头顶珠光宝翠，光彩照人，颈间宝石成串，闪亮耀眼，周身锦衣绣凤，世间少见，看来是个颇有钱的模样，却是个狐狸成精。听说了此次大会，于是把那积攒的首饰、收罗的锦衣挑了满意的，到大会上显耀一番。玉面公主落落大方且妖媚迷人，在众妖的目光齐聚中与众妖挥手招呼，翩翩风姿，顾盼左右，走毕红毯依次序落座。

接着听喊："琵琶洞主到！"再一望去，见一面容娇秀、身姿丰韵的女子走上红毯。走近前，见那女子虽生得貌美如珠，肤若凝脂，但面容沉静似水，眼如毒蝎，令人不寒而栗，特别是竟随身携带一柄钢叉，原来便是从灵山而出现藏身于西梁国毒敌山中曾毒刺佛祖的琵琶大的蝎子成精，正是：钢叉无敌好武艺，烟雾毒针无人敌。当年离得灵山去，只为听经意兴起。

众人皆道今天开的是玉女宴了，又听那唱礼官唱道："白骨夫人到！"这才望去，见一风姿绰约的妇人走上红毯，头戴简约钗环，身穿如丝明缎，肤白似雪，如染冰霜，目不斜视，不苟言笑，与前面的那些女子不同，年岁显得稍长。人不知是前世饱尝冷暖、今生形影孤单的一个白骨成精，受大鹏之邀也来参会，被礼官引至自己的座位上坐了。

坐上座的女妖入场完毕，众妖是大饱眼福。正当众妖还沉浸和回味在如此之多的美貌红颜中时，听外面一阵乱哄哄吵闹，不知何许人？只听礼官高声道："圣婴大王到！"众妖一听是个大王，以为是个高大人物来了，拢眼神高高望去，却未见身形，大为惊奇，低眼一看，原来乃是一个穿肚兜总角的小儿，身后跟了一批随从。那小儿见报其名号，让随从在殿下等候，自己独自由红毯上殿。走近些看了清楚，见其生得齿白唇红，肉嫩肤细，机灵秀气，只是眼神凶狠，与其年龄不称，不像是孩童。原来正是那牛魔王和铁扇公主之子红孩儿，闻听大鹏举办万妖大会，邀请其前来，有此玩乐机会，高兴万分，今日带了不少跟班，因此在大殿外一阵吵嚷。大鹏见牛魔王之子红孩儿到来，十分高兴，起身迎入，虽然其父没有露面，但有其子赴会也算是弥补一些缺憾。

圣婴大王落座，众人惊奇未收，又听："避寒、避暑、避尘三大王到！"听名字便是惊奇，都想这大鹏果真威武，请得这许多大王前来，且看看是何方神圣。众人放眼望去，只见三个牛首人身、身披铠甲、魁梧模样地走上红毯，乃是三个犀牛成精。接到大鹏的邀请，因是家资阔绰，还特意挑了些上好的珍珠、玛瑙、珊瑚、琥珀、砗磲、宝贝、美玉、黄金前来送与大鹏，也是赴会的众妖精中唯一献上礼数的，落座上位。

接着又听："南山大王到！"众人一听又是大王，正思量此一位又如何。只见一身穿金叶铠甲的走上前来，豹头环眼，乃是隐雾山折岳连环洞的一个花皮豹子精，也自占山头称了大王，得了自在。

接下来主礼官高声道："金角大王驾到！"还是"大王"的名号，有了前面的几个亮相，众妖只当平常，但此时来的却不同凡响。只见走入殿门的这位真有个大王模样：高大威武，身披铠甲闪烁金光，昂首挺胸，趾高气扬，真正的大王气概，正是那金角。接到请帖，让银角看守山门，自己前来赴会。走过红毯，来在殿前，金角见过大鹏，被引导至自己的座位坐下，一帮随从，安排在殿外。

金角刚刚落座，又听："灵感大王到！"之前见了这许多大王，众妖对大王二字也无更多特别感受了，有的甚至已开始自顾左右攀谈，却不料那正要上殿的来者未至，先有一阵香风袭来，众妖无不甚是奇异，原来那寻常的妖精身上都是些腥风恶气，唯独这灵感大王却是不同，满身带着香气扑面而至，众妖哪能不觉惊异。只见来者高大威猛，头戴金盔身穿金甲，闪耀霓虹光彩，腰扎红云宝带，足下踏云雾烟霞，二目圆睁似明星，两瓣鱼唇显峻冷，虽有香气，却带阴风，煞气腾腾，正是那观音莲花池里的金鱼精。原来这金鱼精自持奉上仙使命来到下界，收到大鹏的请帖，开始并不想与妖魔混在一处，后左思右想，难以拒绝这热闹新鲜场面，又想看看这些妖精的行径究竟如何，便自前来。通报了名号之后，也逞耀威风，在礼官引导下走上殿来，与大鹏见礼过后，早有准备的调配座位给了他一个在大殿远处落座。

紧接着是：孤直公、凌空子、拂云叟、劲节十八公、杏仙等一干树精，倒是所有的妖精中最显儒雅风度者，大鹏结交见识甚广，各种性情均能应对。之后又有那灵山上下来的黄毛貂鼠，颇显低调；黑风山黑熊精的两个好友苍狼凌虚子和白衣秀士白花蛇，以及各路虎熊豺狼鹿，直坐至殿外，好一派热闹非凡的景象。

上妖安坐完毕，其余受邀参加筵席的殿外各找座位自行落座，众妖互相见过，有熟悉的得此机会一聚自是难免相互间问候一番，初次见面的也是要各自介绍，大殿内外，甚是喧嚣喜庆。

第五十章　九头神虫说分明　三藏出发求真经

万妖大会的主会之所狮驼城金銮宝殿上，众妖入座已毕，大鹏命上酒开席。一上午的热闹亮相，众妖早已是饥渴，就等这一刻，纷纷叫叫嚷嚷，咧嘴敞怀，推杯换盏，把酒言欢。大鹏同青狮白象畅饮，三人叙谈旧事，好不欢快。

一杯酒刚刚下肚，忽听殿门外有人厉声高叫道："哎呀，这么盛大的筵席，怎么也不请我坐个上座！"高亢之音从天而降，像不是从一人口中发出，却又声调都相同，众妖皆惊，忙放下手中酒肉循声观瞧。大鹏闻听也甚是奇怪，扭头问身边马面礼官："可曾有人遗漏？"礼官拿出名册，见那名册上之妖皆已勾到，便道："不曾遗漏，不知是何人。"大鹏和众妖在疑惑间看那来者，不禁大为惊异，还以为是撞妖！只见一个生有九个凶恶鸟头，眼放金光，黑羽如墨、利爪钢喙模样的正欲强行进入大殿。殿门官见其没有请柬，空手而来，上前拦阻。大鹏摆手叫门官退下，示意让其上殿说话。那九头怪鸟见大鹏让上前，便来到殿上，九头有眼，但也不瞅众妖，径直走到大鹏面前，见过大鹏。

大鹏见那九头鸟生得奇特模样，也是一惊，但其毕竟见多识广，见那怪鸟走近了看得清楚，反倒不再惊异，但觉刚才此妖开口高声，有些气概，便问道："你是何人，从哪方而来，报上姓名，怎的就要坐上座？"那九头鸟见问，没有直接回答，反而问道："大王这是开的什么大会？"青狮白象见他反问，如此不恭，正欲问罪，大鹏示意叫二人安坐，道："此乃万妖大会，天下的上妖聚会，不知是何方神圣前来？"那九头鸟道："我来自上天，却非神圣，今天打此路过，见有盛宴，来凑个热闹讨杯酒喝。"大鹏一听，原来如此，便道："即是有缘来此，当然可以，来人，给他后面安排一个座位。"

九头鸟道："慢来！我想问问，你这筵席比那王母的蟠桃宴如何？"大鹏见他如此一问，有些不耐烦道："怎么，难道你见过那蟠桃宴会？我这大会宴请之上妖比那蟠桃宴上的神仙还多数倍，那蟠桃宴会算得什么盛会，怎和我今朝这空前的万妖大会相比！"众妖有不少随声附和："正是，正是，蟠桃会算什么，这里比它更是盛大！"那九头鸟听大鹏这么一说，仍未动声色，九头长眼各观一路，众妖看到那犀利的目光不禁也胆寒声稀。九头鸟不惧众妖数量甚多，毫无胆怯从容道："人数是多，但东西却少一样。"大鹏不禁问道："是何物？"九头鸟道："就是那蟠桃。"大鹏一听笑了，道："那蟠桃吃一个即可得道长生，但却不是想吃就吃得到的，想当年，我还为我两个兄弟未吃到那蟠桃一同闹了玉帝的天庭。"两旁青狮白象一听也与大鹏相视而笑。

九头鸟却道："没有蟠桃，怎么不找个好物什替代，也应了这大会的盛名！"大鹏听那九头鸟果然话里有话，便问道："哦？不知你可有好的物什，让我等也开开眼？"九头鸟道："我倒没有什么好物。"又站到殿中对殿上众人道："大家都多年修行，吃人也无数，可曾吃过那能够长生不老之肉？"

众妖一听，纷纷议论，有声音道："你是说笑，我们吃过无数人，不过填饱肚子充饥，哪里有吃肉可得长生的，莫不是神仙肉？""是啊，是啊！"众妖也随声附和。九头鸟道："我说的这个既是凡人，也是神仙。"有妖笑道："怎个既是凡人又是神仙？"九头鸟道："说凡人，乃是现世凡胎；说神仙，乃是前世的上仙。此人之肉若能吃得一块即可长生不老。"众妖一听，居然还有这等人，有的眼中放光，但更多的还是用疑惑的眼神看着九头鸟。

大鹏听着九头鸟与众妖对答，至此处，知是那九头鸟前来必有特殊缘由，于是问道："那你说的这既是凡人又是神仙，吃了可长生的，他现在何处?"那九头鸟转过头来,对大鹏道:"此人现远在南赡部洲,是一个和尚。"大鹏和众妖一听,多有些怒了,那金角大王听出些端倪,只是未动声色,静观其变。

有妖大笑道:"你真是在说笑,原来是个和尚,还远在万里之遥,那南赡部洲之大,又不知其在何方,即便是真,说了何用!"众妖也按捺不住,有的纷纷起身向九头鸟叫嚷。大鹏叫众妖先都坐下,且听那九头鸟如何道来。众妖应大鹏前来,见大鹏示意叫大家坐下,也都安静下来。九头鸟见众妖安定,继续道:"此人虽离此遥远,但正欲前往西天,不久将踏上这西牛贺洲之地,届时就会有人知道他在何方了。"

大鹏听他这么一说,心中一动,不禁思量:"这九头鸟怎知道得这么详细,其中必有缘故。"于是问道:"那和尚究竟是何许人,怎的会前来这里,又怎的会吃了长生,你且说来听听。"九头鸟见大鹏问,便道:"此人不是普通的凡人,他的前世乃是如来座下的二弟子金蝉长老,是得道之体、十世修行的好人,现在如来的安排下,自东土唐朝前往西天求取佛经。如吃他一块肉,便可长生延寿,抵得上千年修行。"众妖一听长生延寿,不禁眼睛放光,口水欲淌。要知道那些妖怪有的为了修行长生也苦历了千余年,还未必得法,今一听吃了和尚的肉便可长生,如何不动心?座席间的灵感大王一听心中也不禁大为惊喜,想自己所在通天河乃是西行向灵山必经之地,若那和尚从此处路过,自己暗中将其捉了来吃,岂不是尽得长生美味!那金鱼精自顾暗想,不觉双眼呆呆,双唇张开许久未合。

大鹏听说是金蝉子,点点头,道:"原来是金蝉,这倒也不假,我却是知晓。"众妖一听,问道:"哦,大王居然知道那金蝉?"大鹏道:"当年他做如来的徒弟时我也曾见过他,现如今他竟然下界转世,不知何故。想必也还留有仙体,吃了是可长生。只是这金蝉极易受到惊吓,一旦受惊,便失了仙气,再无灵性,要许久等他心平气定,方可食之长生。"众妖一听,原来如此,敢情这九头鸟所言不虚。

大鹏毕竟见多识广,又老谋深算,虽是听了九头鸟的一番话,但也没有立刻完全相信，便问那九头鸟："你说你知道那和尚的出处，你怎会晓得此事？如真有此事，你又为何不自行前去将其捉了而要与大家在此盛会上共享？"九头鸟道："此事真假稍后自会告诉大王得知，只是要提醒大王，那金蝉虽无有法术，可是他此次也并非一人前来，还会有几个徒弟相随护佑，其中就有五百年前大闹天宫的孙悟空。"九头鸟的声音不大，大鹏闻听却沉吟不语。左右青狮白象不禁脱口而出："原来是那闹天宫的猴子！"席间有知道孙悟空，也有不知道的，大多是在地界为妖，对数百年前天宫之事自是不知，未把孙悟空三个字当回事，只那在座的蝎子精闻听此名有所触动。

大鹏对孙悟空却是了解，心里一沉，嘴上只说了声："哦，原来是那闹事被擒的猴子，我当是何等人物。"周围众妖一听大鹏并未在意那孙悟空，不过是一只猴子，顶多是只修行过的妖猴而已，也就不惧，纷纷都说要等那僧人前来捉了摆宴。那圣婴大王表现得最为不屑，叫道："来了让他看看我的厉害！"一旁见其乃是一个孩童模样，却如此地猖狂，只当是玩笑。那女妖却另有打算，几个蜘蛛精笑道："若是个俊俏和尚，说不定我们还舍不得吃呢。"众妖闻听一阵哄笑。

大鹏见众妖对唐僧颇有兴趣，趁机道："唐僧肉虽是好吃，但毕竟有人保护，要想吃他得斗得过孙悟空才行，不知各位都有何本领敢拿唐僧？"众妖闻听大鹏此言纷纷叫嚷着要上前施展，大鹏示意后撤酒案让出大殿中央，迅即便有跳出来的舞弄了一番，一旁观看的众妖有的喝彩有的不屑，接着陆续有在场的精怪上前施展武艺，使出各样兵器，闪展腾挪，挥舞招式，大殿之上一时刀光剑影，喧嚣沸腾。

大鹏正目不转睛地盯着那些舞弄的妖精仔细鉴别他们的身手高低，九头鸟走至大鹏近前，从怀中取出一个白瓶递与了大鹏。大鹏见那瓶洁白如玉，光华四射，知道是宝物，有些惊奇，心想："这九头鸟怎得此宝物，又怎的要送将与我？"九头鸟低声对大鹏道："我乃灵宝天尊门下弟子，此为太上老君亲自打造的阴阳二气之瓶，可将装入其中的天下鬼神化为脓血，老君命我赠与大王，以助神威。"大鹏听是老君命九头鸟转赠，很是惊讶，接过那瓶，用手一掂，颇有些分量，原来那瓶中内有七宝，故此十分的沉重。大鹏在三界多有见识，常得见宝物，知道这宝瓶绝非一般，也就是太上老君一路人物方能打造，竟然到了他的手中，因此对九头鸟方才的一番话是信了，不动声色地藏起了宝瓶，又吩咐手下给那九头鸟安排个座位坐了。

因这九头鸟一来，大鹏又多了一样心事，他对青狮白象道："二位，刚才那九头鸟所说也都听见了，你们作何感想？"青狮道："那金蝉长老乃是如来所遣，上灵山取经，必有左右明里暗里护佑，如何打得他的主意？"白象也附和道："就是，谁若想吃，叫他自去捉来吃，我等不掺和其中。"大鹏道："你我三人联手，哪有吃不到嘴的肉？管叫他有来无还！"青狮道："即便如此，他一路经过无数险地，怕是那唐僧肉早已被分光食尽。"大鹏瞅了一眼正在大殿中卖弄武艺的众妖道："他们的本领比那孙悟空如何？"青狮道："当年那个大闹天宫的猴子孙悟空，论本领与二郎真君相当，如来佛祖亲自出手才将其降服，那可不是个好惹的主，想眼前这些都不是孙悟空的对手，况且恐还有天兵暗中护佑。"大鹏冷冷道："正好借孙悟空一行之手除去他们，不用自己亲自动手。"青狮闻听有些诧异道："你的意思是……"大鹏道："要想吃唐僧肉，只有在我这数万精兵之地方能得手，待唐僧抵达狮驼岭时，我们一同将其捉住分食。"大鹏往年在西天时常食龙，自得长生，如今下界，只有凡人可吃，只得果腹，况有称霸之念，故此今日得知金蝉子西行取经之事颇为上心。

青狮迟疑了一下道："我等现虽在山野，但毕竟出自佛门，受其约束，且还时常负有菩萨的使命，不敢怠慢，不想那什么唐僧肉。"白象一旁点头，他二人下界原本乃是暂避风头，风头一过想还是要回菩萨处，归如来管辖，因此无意吃那取经之人，故此对大鹏所说刻意敷衍。大鹏见青狮此状对其道："难道你还想继续给人当坐骑？"青狮闻听大鹏此言看了一眼白象，见白象也正在看他，青狮沉默不语。

此时大殿当中有女妖表演歌舞之技，婀娜婆娑，曼妙多姿，卖弄千般风情，众妖大开眼界，正看得是不亦乐乎，颇为尽兴。

大鹏见青狮沉默便对其道："你和白象二人若与我联手共同征服西牛贺洲，在我称霸之后，我许你们位列仅次于我的高位。"大鹏把之前和白象所说的又对青狮当面陈述了一番，同时双目紧盯着青狮看他的反应。青狮沉吟稍许对大鹏道："我受菩萨之托正要做那乌鸡国君，你所说之事待我考虑一二回来之后再给你答复。"大鹏见其仍旧犹豫不决，有些急道："要么这样，你我三人结拜为兄弟，你们为兄，我甘愿为弟。待那唐僧一行至狮驼岭时，我们一齐将孙悟空捉住除掉，将唐僧拿下分食。若在狮驼岭不能得手，再到我这狮驼城自家境地连同数万小妖一起出手，定能捉住那孙悟空和唐僧，你们看如何？"

青狮再次推辞，白象附和，大鹏与二人又你来我往，不肯死心，竭力相邀。

此正值南赡部洲大唐贞观十三年九月望前三日，秋高气爽，红叶初落，众妖齐聚大鹏的妖魔城中之时，亦正是那唐王选定出发的良辰吉日。太宗一早设朝，准备好取经文牒，用了宝印，御弟陈玄奘上殿面见唐王，唐王亲为之选了随从，又赠了马匹和紫金钵盂，摆驾与众官将玄奘送至关外。法师之徒已在关外捧衣相送，太宗为即将远行的御弟指经赠号"三藏"，酌酒践行，又再三嘱托。玄奘辞谢，终是惜别。

万妖大会上，众妖正各自忙处，那金蝉子转世的三藏法师已从东土大唐国都长安城出发，一路向西而去。

图书在版编目（CIP）数据

新版西游记前传/致宁著. —上海：上海三联书店，2024.7
ISBN 978 - 7 - 5426 - 8421 - 9

Ⅰ. ①新…　Ⅱ. ①致…　Ⅲ. ①长篇小说－中国－当代
Ⅳ. ①I247.5

中国国家版本馆 CIP 数据核字（2024）第 055146 号

新版西游记前传

著　　者 / 致　宁

责任编辑 / 王　建　陆雅敏
装帧设计 / 0214 _ Studio
监　　制 / 姚　军
责任校对 / 林佳依

出版发行 / 上海三联书店
　　　　　（200041）中国上海市静安区威海路 755 号 30 楼
邮　　箱 / sdxsanlian@sina.com
联系电话 / 编辑部：021 - 22895517
　　　　　发行部：021 - 22895559
印　　刷 / 上海盛通时代印刷有限公司

版　　次 / 2024 年 7 月第 1 版
印　　次 / 2024 年 7 月第 1 次印刷
开　　本 / 655 mm × 960 mm　1/16
字　　数 / 320 千字
印　　张 / 23
书　　号 / ISBN 978 - 7 - 5426 - 8421 - 9/I · 1867
定　　价 / 58.00 元

敬启读者，如发现本书有印装质量问题，请与印刷厂联系 021 - 37910000